La señora
de los sueños

Sara Sefchovich

La señora de los sueños

LA SEÑORA DE LOS SUEÑOS
D. R. © Sara Sefchovich, 1994

ALFAGUARA

De esta edición:
D.R. © Aguilar, Altea, Taurus, Alfaguara, S. A. de C. V., 2001
Av. Universidad 767, Col. del Valle
México, 03100, D.F. Teléfono 5688 8966
www.alfaguara.com.mx

- Distribuidora y Editora Aguilar, Altea, Taurus, Alfaguara, S.A.
  Calle 80 Núm. 10-23, Santafé de Bogotá, Colombia.
- Santillana S.A.
  Torrelaguna 60-28043, Madrid, España.
- Santillana S.A.
  Av. San Felipe 731, Lima, Perú.
- Editorial Santillana S. A.
  Av. Rómulo Gallegos, Edif. Zulia 1er. piso
  Boleita Nte., 1071, Caracas, Venezuela.
- Editorial Santillana Inc.
  P.O. Box 19-5462 Hato Rey, 00919, San Juan, Puerto Rico.
- Santillana Publishing Company Inc.
  2105 NW 86 th Avenue, 33122, Miami, Fl., E.U.A.
- Ediciones Santillana S.A. (ROU)
  Constitución 1889, 11800, Montevideo, Uruguay.
- Aguilar, Altea, Taurus, Alfaguara, S.A.
  Beazley 3860, 1437, Buenos Aires, Argentina.
- Aguilar Chilena de Ediciones Ltda.
  Dr. Aníbal Ariztía 1444, Providencia, Santiago de Chile.
- Santillana de Costa Rica, S.A.
  La Uruca, 100 mts. Oeste de Migración y Extranjería, San José,
  Costa Rica.

Primera edición: noviembre de 2001

D.R. © Diseño de cubierta: Angélica Alva
D.R. © Imagen de portada: Aliisa Hyslop, *An Angel doesn't Always have Wings.*

ISBN: 968-19-0903-8

Impreso en México

Índice

Para ustedes, los cinco,
que como dijo el poeta, ahora están navegando
y ahora llegan a puerto y no saben lo que les espera.
Pero recuerden: "Hoy todos los caminos se abren para ti.
Tómalos, adviértelos, conviértete, ama."

*Los manantiales sólo estarán
donde nuestros deseos los hagan fluir.*
ANDRÉ GIDE

Hay muchas moradas en la casa de mi Padre.
EL EVANGELIO SEGÚN SAN JUAN

PRÓLOGO
El círculo de la condenación eterna

Yo, Ana Fernández, pobre de mí, soy una mujer que se aburre. La vida me pesa, no hay nada que me interese y no le encuentro sentido a la existencia.

Tengo el alma envejecida, me siento un trapo, una jerga, me estoy secando. Vivo en el hastío mientras las horas van limando los días y los días van royendo los años. Vivo como muerta en esta vida no vivida y se me escurre entre las manos la vida, mi vida.

Nunca hubiera pensado que este vacío podía ser tan fatigoso. Paso tantas horas sin quehacer ni ocupación, los minutos se me hacen eternos inventando con qué llenar el tiempo. Me sé de memoria mi mundo tan estrecho, ya no me emocionan sus ruidos y a ciegas encuentro sus rincones.

Preferiría renunciar a seguir adelante, me da pánico pensar que llegará mañana y la otra semana, el siguiente mes y dentro de cinco años y todo seguirá igual.

¿Habrá salida a esta aridez, a este ahogo, a esta asfixia? ¿Se puede desear algo que no se sabe qué es, añorar una felicidad que quién sabe si exista, sentir nostalgia por lo desconocido?

Quisiera gritar, sólo que ¿habrá alguien que me escuche? y ¿serviría de algo?

Ama de casa, esa soy yo, ama y señora de mi hogar. Paso el día yendo de un cuarto a otro, aquí tiendo la cama, allá le doy vuelta a la sopa, ahora paso un trapo húmedo y después acomodo, una vez más, los adornos. Esta soy yo, la reina de la casa, la patrona de la licuadora, de la ropa sucia, de los sartenes y la plancha, la mujer libre para elegir si gasto mi tiempo en ordenar o en limpiar, si gasto mi dinero en jitomates o en pan, si gasto mi esfuerzo en el mercado o en el salón.

Temprano suena el despertador y mientras mis súbditos abren llaves de agua, revuelven cajones, gritan prisas y cierran puertas, yo parto la fruta, frío los huevos, tuesto el pan y preparo el café. Y aunque esto sucede todos los días de mi vida, aún me sorprende la velocidad con que ocurre y luego el silencio profundo en que quedamos sumidas las dos, la casa y yo.

La casa, mi casa, mi reino. Aquí vivo desde hace casi veinte años, aquí he visto nacer y crecer a mis hijos, mis muy queridos hijos, y he visto engordar y encanecer a mi marido, mi muy querido marido. Aquí, entre estas cuatro paredes que son mías luego de años y años de pagos mensuales, aprendí a hacer los mejores pasteles, a planchar como los ángeles y a tejer como las mujeres de los cuentos. Y aprendí a sonreír cuando me cambiaron las pasiones de la cama por los elogios de la cocina. Aquí, entre estas cuatro paredes he sentido lo que es la felicidad, la de tirar unos zapatos viejos, cambiar una mesa de lugar, volver a ordenar un estante.

Mías son todas las horas del mundo, desde las siete y media de la mañana hasta las siete y media de la noche. Es mi tiempo, el que lleno con mis fatigas y obligaciones, con mis responsabilidades. En ese lapso todo debe quedar listo, limpio y recogido, preparado y cocinado. Ya puse la lavadora, ya preparé la salsa, ya sacudí el escritorio, ya cosí el botón, ya doblé las camisas, el almidón está listo, los calcetines tienen su par, el pan de nuez crece en el horno, las verduras bien lavadas y desinfectadas esperan en el refrigerador, ya llevé las tarjetas de navidad al correo, ya hablé por teléfono para saludar a mi suegra, ya hice una larguísima cola para pagar la luz y otra para cobrar un cheque en el banco, ya recogí el traje de la tintorería y la plancha de la compostura, ya conseguí un plomero y un cerrajero, ya compré los refrescos y piqué la cebolla, ya hice esto y lo otro, ya hice todo lo que tenía que hacer, esta soy yo y esta es mi vida, día a día, desde hace casi veinte años.

Mío es también todo el silencio del mundo, que apenas si interrumpe el sonido de la aspiradora, el timbre del cartero que toca a la puerta a la hora que él puede y el de la vecina que pide prestado un huevo a la hora que ella quiere.

Mía es la luz que entra por las ventanas en la mañana, cuando las abro para dar paso al aire fresco que debe orear las habitaciones, y mía la oscuridad de la noche, cuando las cierro para que no entre el frío.

Mío es todo el espacio del mundo dentro de este hogar al que en cualquier momento alguno de sus habitantes puede llegar: regresé temprano porque me siento mal, preferí comer aquí para cuidar la dieta, tuve que pasar a cambiarme antes de la reunión.

Yo, la mujer perfecta. En esta casa nunca falta pasta de dientes y nunca sobra polvo, jamás hay desorden y siempre hay postre, los amigos de todos son bienvenidos y hay tolerancia para los humores de cada quien. Yo, la mujer perfecta, la que hace el guisado que prefieren y prepara dos tipos de sopa para que estén contentos. Yo, la mujer perfecta, la que echa a mano las tortillas para darles gusto, la que pela el aguacate y parte el limón para ahorrarles trabajo. Yo, la que no olvida poner suavizante a la ropa para que huela bien, bolear los zapatos oscuros para que luzcan bien, sacar punta a los lápices para que escriban bien. Yo, la que sonríe feliz cuando recibe un piropo: gracias mamá, eres lo máximo; felicidades mujer, esta carne está sabrosísima. Yo, la que escucha los problemas de lejanas escuelas y lejanísimas oficinas y sabe los nombres de maestros, jefes, compañeros y amigos. Yo, la mujer perfecta, la reina de su hogar, la feliz esposa de su marido, la orgullosa madre de sus hijos, la buena hija de sus padres, la gentil cuñada de sus cuñadas, la amable vecina de sus vecinos, la cumplida ciudadana, la habitante virtuosa de este país, llena de deberes, tapizada de obligaciones, cumpliendo todo a tiempo, de buena manera y con buena cara.

Mire usted, yo a mi mujer la quise mucho, la cortejé durante años, la visitaba en las tardes, la llevaba al parque o al cine los fines de semana, le daba regalos, era muy correcto con su familia. Cuando nos casamos me sentí el hombre más feliz del mundo, todo el día esperaba el momento de llegar a casa y encontrarla siempre tan alegre, tan hacendosa, todo limpio y ordenado y ella muy guapa, bien vestida y bien peinada, con algún platillo nuevo para tenerme contento. Además se portaba excelente con mi mamá y con mis hermanas, les preparaba galletas, les hablaba todos los días por teléfono, les tejía alguna chambra a los sobrinos. Cuando nacieron mis hijos, para qué le voy a decir, una gran felicidad. Es cierto que nacieron al revés, primero la niña y luego el niño, eso no me gustó tanto, pero de todos modos estuve feliz. Ella los atendía bien, no los dejaba solos ni un minuto, como debe de ser. Y eran chamacos obedientes, nada latosos. A mí me abandonó un poco por eso, ya no me hacía los platillos especiales y siempre estaba cansada en las noches, ya no había arrumacos ni pues, cómo decirle, vida íntima, todo eso se acabó. Pero lo entendí, como quien dice a fuerzas, pues los niños son y deben ser lo primero. Pero luego los muchachos crecieron y ella jamás volvió a ser la misma ni a interesarse en mí como antes. La verdad, yo siempre he cumplido, tenemos un buen departamento, económicamente nada nos falta, no es que sobre pero alcanza bien. No salimos mucho a pasear porque llego agotado de la oficina, algunas veces hasta de mal humor, pero así es la vida, no es un cuento de hadas, es cosa de trabajo.

Lo que nos trae aquí con usted es que mi esposa anda bastante mal, no sé a qué horas cambió tanto ni por qué. Cada día está más apagada, con una cara de esta vida es una cruz muy pesada que ya no aguanto. Se arrastra por la casa, cumpliendo con lo que tiene que hacer pero sin ganas. Anda desarre-

glada, el pelo recogido como sea, sin peinarlo ni
pintarse, ni siquiera los labios, parece fantasma de
tan pálida que se ve. Apenas terminamos de comer
se echa frente a la televisión pero ni la mira, sólo está allí como ida. No nos escucha si le hablamos y
muchas veces llora durante largo rato sin decirnos
por qué.

Y bueno, pues al principio no dije nada, pensé
que era cosa de darle tiempo, luego me preocupé,
de tan mal que la veía. Pero ahora tengo coraje, ya
son varios meses de esa depresión y yo no soy ningún santo, hay días en que si no fuera por mis hijos
creo que hasta le pegaría. Por eso mejor la traje acá
con usted, mi jefe me la recomendó y dice que tal
vez pueda ayudarla, ojalá.

Nuestra familia es normal, como cualquier familia.
Mi papá trabaja en su oficina, mi hermano y yo es-
tudiamos, mi mamá se encarga de la casa. Vivimos
como todo mundo, o mejor dicho, vivíamos como
todo mundo hasta ahora que a ella le dio por deprimirse. ¿Deprimirse de qué?, no lo sé. ¿Y por qué
ahora? Tampoco lo sé. Toda la vida ha sido igual, a
mi mamá nunca le ha interesado nada más que si la
comida está a tiempo, si la casa en orden, si todo
limpio. No está ni enterada de lo que pasa en el
mundo, no habla de ninguna cosa que valga la pena, puede dedicarse dos días a limpiar un mueble o
pelear tres horas con mi hermano porque deja tira-
dos sus calcetines, pero allá ella. Yo no voy a ser así,
se lo aseguro. Cuando me case, y espero que sea
pronto, ya Luis me dijo que me va a pedir, voy a in-

vitar a merendar a los de la oficina de mi marido y voy a leer el periódico para conocer las noticias más importantes y así poder sostener una conversación. No como mi mamá que se queda callada, como pasmada, pues no tiene nada para decir.

Bueno, también la culpa es un poco de mi papá. Nunca salen, muy de vez en cuando la lleva al cine porque siempre llega tarde y cansado. Además se ha vuelto un cascarrabias, todo lo que mi mamá hace o dice a él le enoja. Si la salsa es verde dice que a él le gusta más la roja y si hacen carne molida dice que esa es comida de pobres; se queja de que su camisa está mal planchada o de que en esta casa se gasta demasiado. Cuando abre la boca es para protestar; jamás oigo que le pregunte nada de lo que ella piensa o siente y a lo mejor mi mamá ni siquiera piensa ni siente nada, no sé. Yo no voy a ser así y estoy segura que mi marido tampoco será así.

Luis dice que a más tardar en un año vamos a casarnos. Me da tanta emoción imaginarme señora, dueña de mi hogar. Puedo verme a mí misma en un departamento, todas las mañanas cuando suene el despertador, levantándome a preparar el desayuno mientras él se baña y se arregla para ir a la oficina. Desde la noche anterior le voy a dejar su traje sobre la silla, recién traído de la tintorería, como hacía antes mi mamá, cuando tenía muy consentido a mi papá, no lo dejaba ni abrir un cajón, decía que todo lo desordenaba y que además ni sabía combinar colores de corbatas. Bueno, hasta la loción se la voy a escoger yo, una de aroma varonil, como dice ella.

Y voy a quedarme todo el día en la casa, dueña y señora de mi tiempo, para abrir las ventanas y que

entre el aire fresco de la mañana, para limpiar hasta
el último rincón y que todo brille, para ir al mercado a traer los alimentos del día y prepararle a mi
marido platillos sabrosos y postres que le sorpren-
dan. Mi mamá hace un pan de nuez delicioso, le
voy a pedir que me enseñe, cocinar es lo único que
sabe hacer la pobre. No es cierto, también teje bonito, yo nunca he querido aprender, siempre me dejan mucha tarea, no tengo tiempo. En las tardes voy
a ir al salón de belleza para que me peinen y siempre
voy a estar bien arreglada y maquillada, no como
ella que parece fantasma, para qué me pinto si no
voy a salir dice; yo sí me voy a arreglar para que Luis
me vea muy guapa. Y en las noches todo va a estar
listo antes de que él llegue a cenar y nos vamos a
sentar juntos, la mesa bien puesta, con sus flores y
su agua de frutas endulzada y vamos a comentar lo
que pasó en el día, como hacía mi mamá antes,
cuando yo era niña. Entonces así era y todos esperábamos a que llegara mi papá, pues nos daba mucho
gusto.

Y ojalá pronto lleguen los hijos aunque entonces tendré que organizarme mejor para poderlos
atender como Dios manda y llevarlos al parque a
tomar el sol mientras llega el momento de que vayan a la escuela. Tendré mucho que hacer, comprar-
les zapatos, llevarlos al médico, prepararles sus
fiestas de cumpleaños y ayudarlos con las tareas.
Eso sí que es vida, mi vida, en mis manos, yo tomando todas las decisiones, yo organizando y acomodando, todo a mi gusto.

Bueno, pero le decía de mi mamá. Cuando yo
era pequeña ella siempre estaba alegre. Cantaba,

nos llevaba a pasear, visitábamos a mi abuela y a mis tías, íbamos a comprar tamales para la merienda. Los domingos salíamos a algún lado, al cine o a un día de campo. No sé a qué horas cambiaron las cosas, ahora está tan apagada, hace las cosas de la casa lentamente y, sobre todo, muy a disgusto.

Vine aquí con usted porque mi papá me mandó y me dijo que le contara todo esto para que nos ayude.

Yo no sé por qué me obligan a venir acá. Mi papá dice que debo hablarle de mi mamá y los problemas que tenemos con ella, dice que está enferma y que usted la va a curar. Pero yo no tengo problemas con ella ni la veo mal. Es muy buena, la quiero mucho, siempre me ayuda en todo. Bueno, ahora ya no puede con las tareas porque son más difíciles y no sabe esas cosas, pero de niño sí, se sentaba conmigo toda la tarde mientras yo hacía las sumas y las planas de letras.

Lo que le pasa a mi mamá es que su vida no tiene chiste, ya se lo he dicho a mi papá pero no me hace caso, dice que eso es lo que hacen todas las mujeres casadas, que así debe ser. Pero yo digo que no es justo, los demás tenemos nuestro quehacer y también amigos y paseos, ella en cambio no tiene amigas porque a él no le gustan y no la deja ir con ellas a tomar café ni que vengan a la casa, dice que son puras viejas chismosas y ociosas que pierden el tiempo. Pero él tampoco la lleva a ninguna parte; antes tenían reuniones con los compañeros de la oficina o iban al cine pero hace mucho que ya no.

De chicos salíamos en las vacaciones a la playa pero dejamos de hacerlo desde una vez que nos engañaron con un departamento de tiempo compartido. Así es que mi mamá está siempre en la casa, sola, cuando mucho va al súper, al banco o a mandar a componer alguna cosa y creo que eso debe ser muy tedioso, se la debe pasar bastante mal. Me lo imagino porque cuando me dio sarampión tuve que estar diez días encerrado y sin poder recibir visitas ni hacer ninguna actividad. Fue espantoso, así debe ser la cárcel, qué horror. Y ella vive así todo el tiempo, por eso es que está tan deprimida. Bueno, eso pienso yo y por eso se lo digo.

Cuando yo era niña vivíamos enfrente del parque y en las tardes íbamos a jugar con los vecinos. Mi hermano era el que organizaba, había que obedecerle, y yo era su secretaria. Después nació el bebé y a mi mamá le dio por abrazarme y besarme porque yo era su única hija, su compañía para el futuro decía, los hombres se van y las mujeres se quedan. Pero con nosotros fue al revés, ellos se quedaron y yo me fui, mi marido me trajo aquí, tan lejos de mi familia, nunca los veo, ni ellos vienen ni nosotros vamos. Antes les hablaba de vez en cuando por teléfono, pero ya no, ¿para qué?, todo se nos va en decir ¿cómo estás?, bien, ¿y tú?, bien también, ¿qué hay de nuevo?, nada, ¿y contigo?, nada.

Últimamente he pensado mucho en mi mamá, creo que fue tan infeliz como soy yo ahora. Papá se iba a trabajar, nosotros a la escuela y ella pasaba la vida en la casa, limpiando, ordenando, cocinando.

Cuando crecimos y nos fuimos, ella siguió igual, encerrada siempre. Luego murió papá y allí está, sola. Se me salen las lágrimas de imaginarla, con su vestido oscuro sentada junto a la ventana mirando la calle. Me acuerdo cuando me preguntaba ¿cómo serán las vidas de los demás?, pero en ese entonces yo no entendía y le contestaba feo, ¿cómo quieres que sean?, igualitas a la nuestra. Yo no era tan grosera con ella como mi hija es conmigo; en mis tiempos eso no se hacía y además no es mi carácter, pero tampoco le ponía atención a sus quejas, no me importaba su vida, o mejor dicho, no pensaba en ella, allí estaba en la casa, las cosas funcionaban y eso era todo. Mis hermanos decían que mamá era suspiradora, yo ahora también lo soy. La ventaja que ella tenía es que se llevaba con las vecinas y todos la conocían en el pueblo, iba al mercado con sus marchantas y se entretenía largo rato platicando, yo en cambio en la ciudad estoy sola, sola todo el tiempo, días enteros no cruzo palabra con nadie.

Hay veces en que me baja una tristeza que no puedo parar de llorar, yo misma me pregunto qué me pasa pero no lo sé, no lo sé. Tengo todo lo que una mujer puede pedir: el marido, los hijos, la casa puesta, buena ropa y comida, nada me falta, no sé por qué me siento así. En las mañanas me levanto y me veo en el espejo del baño y pienso que va a empezar otro día igual, lo mismo otra vez y así por todos los meses y años que me queden de vida, yo dando vueltas por la casa recogiendo, limpiando, cocinando. Y sola, encerrada, aburrida.

I
Tú eres en el desierto necesaria

Mi familia está enojada conmigo. A veces me da la impresión de que mi marido hasta me quiere pegar. Eso pasó el otro día que no sé por qué, olvidé la olla sobre la estufa y se quemó. Cuando llegaron, en lugar de comida, lo que había era humo y un olor terrible por toda la casa, por más que abrí las ventanas. Fue entonces que salió esa furia. La Nena, mi propia hija, me gritó que estaba harta de mis payasadas, que eso no era depresión sino descuido. Sólo mi muchacho salió a defenderme, me abrazó y no dejó que me siguieran insultando.

He estado pensando mucho en lo que sucedió. No entiendo, yo soy muy cuidadosa, mi casa es un espejo de limpia, hasta las ollas parecen siempre nuevas. Llevo orden en los cajones y armarios, también en los papeles, las chequeras, los estados de cuenta de la tarjeta de crédito, las boletas de mis hijos y sus certificados escolares, hasta las recetas médicas, las radiografías y los análisis de laboratorio guardo, por si se ofrecen. Los pagos los hago en el día exacto, jamás me retraso; si algo se descompone voy mil veces hasta que consigo que venga el plomero o el electricista. Y mi cocina, debe usted ver mi cocina, es un primor, las cucharas de madera en un lugar, las de peltre en otro, los cuchillos para picar o para partir el pan bien acomodados, los moldes de plástico puestos por tamaños y las tapas en una caja aparte, las especias en frascos etiquetados, el aceite envuelto en tela para que no se resbale. Estoy tan obsesionada con la limpieza que puedo pelear durante horas con mis hijos para que levanten su cuarto y ordenen su escritorio, no dejo a mi marido sacar su ropa con tal de que no me revuelva los cajones, prefiero preparársela yo en las noches. Bueno, qué le puedo decir, hasta el bote de la basura está limpio, hasta las jergas del piso. ¡Y de repente se me quema una olla, se me quema la comida, se me desordena la vida!

Todo fue por culpa de un libro. No sé si ya le conté que cuando voy al súper, paso frente a una librería que está sobre la avenida, pero nunca me detengo, siempre llevo prisa y, además, no soy de las que compran libros. Pero el otro día estaban acomodando el aparador y me llamó la atención una portada en la que se veía una mujer cubierta con velos, a la que se le asomaban los enormes ojos, muy hermosos y muy tristes. No sé por qué, me quedé mirando, como encantada. ¡Me dolía la expresión de ese rostro a pesar de que era sólo un dibujo! Es una novela sobre los árabes, me dijo una voz de hombre, está llena de magia y poesía, ¿no le gustaría leerla? Me reí. Para empezar no tengo tiempo de leer le dije, estoy muy ocupada y, además, a mí qué me importan los árabes. Pero él insistió, tal vez porque en mi cara vio que yo mentía, que lo único que no tenía era con qué llenar el tiempo. Lléveselo me dijo, seguro encontrará un momento. Si no le gusta me lo trae y le devuelvo su dinero.

Llegué a mi casa, puse el pollo con las verduras y en lo que se cocían me eché en mi cama y abrí el libro. Empecé a leer muy despacio, porque no tengo costumbre, pero desde el principio me atrapó y me sentí transportada a otro mundo, en pleno desierto, hasta con arena en la lengua. Y así estuve, leyendo durante mucho rato y cada tanto me detenía para imaginarme cómo sería yo viviendo en ese lugar y en esos tiempos.

Y de repente el olor a quemado y cuando llegaron todos no había nada para comer. ¿Qué estabas haciendo que no te fijaste en la estufa?, me preguntó mi marido, y yo de tonta le dije la verdad, que había estado leyendo. ¿Leyendo?, se sorprendió, ¿leyendo qué? y cuando le mostré el libro empezó a decir que de dónde había sacado eso y que desde cuándo a mi me atraían los libros y que con razón descuidaba mis obligaciones y que yo qué negocio con los árabes, que lo único bueno que tenían eran sus muchas esposas obedientes, que le servían muy bien a su esposo.

Me sentí mal porque tenía razón: le había yo fallado. Según dice el libro, no hay mayor felicidad para un hombre que una mujer sumisa y obediente. Esa noche no pude dormir, estuve inquieta y llena de culpa. Se me revolvían en la cabeza las historias que había leído con las caras de enojo de mi hija y las palabras tan feas de mi marido y para cuando amaneció había tomado la decisión de cambiar y ser una esposa como Dios manda.

El problema es que no sé si puedo, porque no sé si sabré cómo se le hace. Creo que para serlo de verdad tendría yo que haber nacido allá, en Arabia, y haber aprendido desde niña, como a su vez habrían aprendido mi madre y mi abuela. Si así fuera, me habría gustado llamarme Aisha, como la esposa favorita del Profeta, y como a ella, a los siete años me habrían comprometido en matrimonio, dátil aún verde como dijo él. Pero eso yo no lo sabría, pues aún tendrían que pasar cinco años para casarme y durante ese tiempo nadie diría una palabra del asunto.

Vivíamos en Taif, la Única, la amurallada, la fresca, la adornada con hermosas palmeras. Era el nuestro un oasis de verdor en medio del desierto, un lugar de montaña en la inmensa planicie, un lugar de viento entre el duro calor. Mi familia no tenía tierras para cultivar, pues eran de los que iban y venían vendiendo y comprando mercaderías.

Tuve suerte de que me dejaran vivir, de que al nacer no me enterraran en la arena como se acostumbraba antes, pues si bien el Profeta ya lo había prohibido, nadie tenía interés en una niña: "un hijo es un regalo del cielo, decían, mas no así una mujer". Pero sucedió que ni mi abuelo ni mi padre estuvieron presentes cuando vine al mundo y no volvieron a casa hasta que yo había cumplido los tres años de edad.

Apenas si recuerdo a los varones de mi familia. No sé cómo eran sus caras aunque sí sus turbantes y sus caballos. De cuando venían al hogar se me han quedado grabados los ruidos y las órdenes que se escuchaban, los ires y venires apurados de los sirvientes y la emoción que se reflejaba en el rostro de mi madre.

Sus estancias con nosotras duraban poco tiempo. Llegaban a descansar, a vigilar sus propiedades y a llevarse a mis hermanos para enseñarles la religión y el oficio. Porque mi familia ya había abrazado la fe. Aunque eran mercaderes, profesión que le parecía tan despreciable al Profeta, de todos modos se habían sometido.

Los años en que viví sola con mi madre fueron muy dichosos, pues ella volcó en mí todas sus caricias. Tenía un hermoso rostro de enormes ojos tristes y cantaba con voz dulce los versos de los poetas. Decía que había muchos, para todas las ocasiones y para todos los estados de ánimo. Se sabía unos de amor y otros que contaban las gestas famosas o que relataban la belleza de algún lugar. Yo los escuché desde siempre, cuando era muy pequeña, mientras ella me alimentaba de sus pechos, y con esa leche recibí una nostalgia que se me incrustó en la piel y en la lengua y que me ha acompañado toda la vida.

Un día, mientras peinaba mis largos cabellos, mi madre me lo dijo: "En tu ropa había ayer unas gotas de sangre. Eso significa que eres mujer y estás lista para casarte. Pronto vendrá por ti el que será tu marido y te llevará con él, lejos de mí."

Antes de que tuviera yo tiempo de decir nada, agregó: "No debes llorar ni entristecer, pues aún no es el momento. Esa es la voluntad de Alá el misericordioso y la de tu abuelo y tu padre, debemos aceptarla. Tu carácter es dulce y obediente como debe ser. Sigue así, nunca seas insolente, sino siempre respetuosa y agradecida." Mi madre era una mujer de pocas palabras, pero en esa ocasión habló más: "Recuerda que lo importante no es estar junto a los nuestros de sangre sino a los nuestros en la fe, pues ese es tu Asl, tu honor y tu moral."

Tenía yo entonces doce años. Doce como el ciclo de la profecía, doce como los imanes, doce como las islas que componen la tierra, doce como los años que dura la infancia.

El día de mi boda me vistieron con un mindil de seda fina traído de tierras lejanas y que había sido de todas las mujeres de la familia en su matrimonio. Mi cuerpo era esbelto y liso como una palmera. Mi larguísimo cabello negro fue untado de aceite y mi piel del color oscuro que ama el sol recibió esencias y perfumes.

Mientras las mujeres me acompañaban, mi padre y mis hermanos compartían con los amigos un festín con vino de dátiles, sopa de cereales, tharid y carne.

Tres días más tarde, mi madre se acercó a mí y me dijo: "Ahora sí, ha llegado el momento, detengámonos a llorar, Kifa Nakbi." Gruesas lágrimas resbalaban por sus mejillas mientras agregaba: "Recuerda que la oración es la llave del paraíso y que rezar es lo mejor que le es dado al ser humano para alcanzar la paz del espíritu. Recita en nombre del Señor, tu Creador." Luego me hizo repetir el Sura: "Señor, dame que te dé gracias por la gracia que has dispensado a mí y a mis padres."

Una vez hecho esto, me despedí de ella y fui entregada a mi marido junto con dos camellos y una bolsa de dinares. Partí abandonando a los míos —entonces no sabía que para siempre—, dejando atrás mi casa, a mis seres queridos y a mi Umma, mi comunidad. Una tristeza enorme me inundó y pensé en cuánta razón tenía el Profeta al decir que el mejor de los tratos en esta tierra debía dispensarse primero a la madre, después a la madre, a continuación a la madre y por fin al padre y a los demás miembros de la familia.

A mi marido apenas si lo miré, como me habían enseñado que debía hacer. Montada en el animal, fui detrás suyo cuando iniciamos nuestra travesía por la arena. Él no me dirigió la palabra más que una vez. Me dijo que debía quitarme la tristeza y no derramar ni una lágrima, pues casarse era cosa de felicidad y llorar era cosa de niños, lo cual yo ya había dejado de ser. Luego me advirtió que el matrimonio era un contrato para ser penetrada, Akd Nikah, y que yo debía estar siempre dispuesta para él, que ahora era mi dueño.

Pero no hubo tiempo de cumplir con el contrato, ya que esa misma noche, mientras descansábamos al lado de nuestras monturas, nos asaltaron. Todo fue tan rápido que apenas si me di cuenta. Había oído hablar de los árabes de tierra vacía, pero no imaginé que algún día yo los conocería. "Te mataré si opones resistencia, le dijeron a mi marido, aunque matar no nos interesa, sólo queremos el botín."

Él no resistió y yo fui parte de ese botín. Cuando amaneció, me encontré en un campamento beduino. Había perdido a mi marido, a mi camello y a los objetos que mi madre me había entregado para mi casamiento. Jamás los volví a ver. Después de esperar varias horas bajo el sol del desierto, un hombre llegó hasta mí y me habló: "De hoy en adelante eres mía, pues yo te robé. Vivirás como nómada y el desierto infinito será tu hogar. No dormiremos dos noches en el mismo sitio ni nos acostaremos jamás en el mismo lugar en que hayamos despertado. Iremos por el mundo buscando agua y alimento, nos sentaremos sobre pieles de camello con las piernas cruzadas y esperaremos a que terminen las noches heladas y empiecen los días hirvientes. Beberemos leche de camella y comeremos Tarfa. Y tú aprenderás a hacer lo que hacen las mujeres y vivirás como viven los moradores de las tiendas."

Así empezó mi nueva vida, mi vida beduina. Todo el tiempo íbamos de un lado a otro y trabajábamos duro. Temprano por la mañana levantábamos las tiendas y el día era para caminar al lado de los camellos y las cabras, con los hijos colgados a la espalda o metidos en las alforjas asomando apenas la cabeza.

Las arenas formaban y deshacían dunas que el viento empujaba caprichoso y el sol caía a plomo haciendo que todo se quejara de calor. La soledad y el silencio profundo eran nuestros acompañantes. Todo era arena y cielo, hambre y sed. De cuando en cuando una palmera o una roca avisaban la presencia de un oasis que nos proveía de agua fresca y dátiles. Mi piel se volvió más oscura, reseca y dura a pesar de que la llevaba completamente cubierta.

Nuestros hombres acechaban a las caravanas, a las que atacaban ágiles para conseguir carne, tapices y perfumes, mujeres y camellos. Entre tanto, nosotras nos ocupábamos del rebaño que nos alimentaba durante las dos treguas anuales de paz.

Por las noches, cuando los chacales acechan y el frío hace que las piedras rechinen como si se quisieran romper, volvíamos a plantar las tiendas y mientras los hombres bajaban las monturas y acariciaban sus espadas, las mujeres alimentaban a los animales, amamantaban a los hijos y preparaban de comer. Más tarde, en la oscuridad, con las estrellas brillando en lo alto, ellas esperaban a los varones que se acercaban para hacerles hijos. No había nada más importante para un beduino que procrear y ponían en ello todo su empeño.

Por ser tan joven, yo había sido puesta a cargo de la esposa más vieja del hombre que se apoderó de mí, a fin de que ella me enseñara mis obligaciones. Y así lo hizo. Lo primero fue quitarme la camisa de soltera y darme el vestido de las casadas, aunque yo aún fuera doncella. Me enseñó a adorar a las piedras y los árboles, a la luna y las estrellas, a los animales y el fuego, al viento y el sol, como ellos hacían. Me enseñó a ofrendar a los buenos y malos espíritus que moraban en su haram y a recitar invocaciones y fórmulas mágicas. Me contó leyendas y me cantó hermosas canciones, las hidas, cantos de camelleros, y las jabads, cantos de caballeros, siempre en su extraño dialecto que pronto aprendí.

Y sin embargo, a pesar de que obedecía en todo y cumplía con el trabajo, no recibía nunca la visita de mi hombre. A todas sorprendía que pasaran las lunas y mi vientre siguiera plano, que se fueran los inviernos helados y también los veranos hirvientes cuando los camellos mudan de pelo y yo no pariera hijo alguno. Instigada por las mujeres, un día me atreví a preguntarle a mi dueño la razón por la que no me hacía su mujer. Él guardó silencio tanto tiempo que creí que no me respondería, pero al fin habló: "Como es costumbre en mi tribu, las primaveras son los tiempos sagrados de paz. Antes de conocerte, aproveché esos meses para ir a la ciudad de La Meca, donde yace la piedra sagrada que los beduinos veneramos. Pero una vez allí, en lugar de seguir las costumbres de los míos, conocí las enseñanzas del Profeta, que me afectaron profundamente y sobre las que desde entonces he meditado. Sin embargo, no me atrevo a tomar la decisión de abrazar esa fe, por respeto a mi gente y a mis ancestros."

"Tú, Aisha, siguió hablando, eres piadosa y tienes buen carácter. Además tienes bella cara y bella voz, como dijo el Profeta que debían ser las mujeres. Has aprendido pronto y bien a servirme. Has resistido el polvo que tanto daña los ojos, has comido y dormido bajo las estrellas y te has sabido apretar el cinturón para no sentir hambre cuando escasea el grano. Has soportado las tormentas de arena y también las tormentas de palabras de los beduinos que hablan mucho, creyendo que la belleza del hombre radica en su elocuencia. Te he visto aguantar las injurias de las mujeres iracundas y conservar la calma. He visto todo esto en ti y me ha gustado."

Calló y yo no me moví de mi lugar. Un rato después siguió: "Por lo que he entendido de las enseñanzas de Mahoma, se trata de una nueva manera de ser y de creer, un código de fe pero también un código de conducta, ley y al mismo tiempo poesía. Aún no conozco bien sus mandatos pero he escuchado hablar del amor puro, el de la mujer no profanada, aquella que en la tierra puede ser como las huríes que habitan el paraíso esperando a los fieles y que son siempre jóvenes y siempre vírgenes. Y he decidido, para que las puertas del Edén se abran para mí, hacer que tú, mi mujer, conserves tu Uffa, tu pureza, y que el nuestro sea un amor Izri, casto."

Eso fue lo que dijo y nada más. A mí, el pudor, mi Hichma, y el señorío que debía tener una mujer, me obligaron a callar.

La vida siguió su curso entre las arenas mientras yo florecía inútil. El rostro de mi hombre aparecía cada vez más atormentado y pensativo. Tomaba a sus otras mujeres y les hacía hijos, pero jamás se acercaba a mí. "Te vas a marchitar por falta de riego", me decían ellas, pero no había nada que hacer más que obedecer.

Un día mi hombre me mandó llamar para decirme que juntara nuestras pertenencias, presentara mis respetos a los viejos y me despidiera de todos puesto que partíamos. Había oído decir que los beduinos no valían nada ante Dios y había decidido someterse a La Palabra.

Sólo yo pude partir con él pues en mí no se interesaba nadie de la tribu. Las demás mujeres y todos los hijos permanecieron con los suyos. Antes de irnos mi dueño repitió tres veces:

La Ilah Illa Lah Wa Muhammad Rasul Allah.
"No hay más Dios que Alá y Mahoma es su Profeta."

Y fue así como emprendí la segunda marcha detrás de un hombre, sin más compañía que nuestros camellos. Y fue así como Alá me permitió volver al camino correcto, el camino de la verdadera fe.

Fuimos por el desierto en largas jornadas ensombrecidas por su silencio. Yo desconocía nuestro rumbo y no lo supe hasta que nos acercamos a él. Una mañana, luego de cruzar los montes, vislumbramos el valle en cuyo fondo yacía la Santa ciudad de Meca, el santuario hacia el que me habían enseñado a voltear en los rezos. Sentí gran emoción.

Pensé en mi madre, de la que nada sabía desde hacía tanto tiempo y supe que mucho le gustaría saberme en peregrinación a La Quibla.

Mi hombre, que vestía un ihram de penitente todo blanco y sin costuras, atado a la cintura y a los hombros con un cordel, me dijo entonces: "desde hoy me llamaré Mohammed, en honor al Profeta, y obedeceré todos y cada uno de los preceptos del Libro".

Entramos a la ciudad por la más frecuentada de sus puertas, Bab-el-Omrah, siguiendo a los peregrinos que repetían "Labaika Allahuma, heme aquí Señor." Atravesamos por las callejuelas estrechas y llegamos a plazas en las que los comerciantes establecidos y los vendedores ambulantes ofrecían sus productos mientras los dependientes y señores dejaban pasar el tiempo plácidamente tomando alguna bebida.

Sin detenernos nos dirigimos hacia el territorio sagrado donde se eleva la noble Mezquita, en una de cuyas esquinas, la que mira al este, yace la piedra negra, la sagrada Kaaba, que es copia fiel de la que existe en el cielo, en donde viven los ángeles.

Siete vueltas le dimos, descalzos, aunque el suelo quemara nuestros pies, y una sola vez la tocamos suavemente con los dedos, pues al hacerlo tocábamos la mano derecha del Creador.

De repente Mohammed no pudo resistir y empezó a besar la piedra y a derramar copiosas lágrimas mientras preguntaba con las palabras del sermón del Profeta: "Oh Dios, ¿he cumplido bien mi tarea?"

Mucho tiempo permaneció allí, apoyado contra la pared que rodeaba a la Mezquita, entregado al Altísimo y a su meditación. Su boca se movía recitando los Suras y hablando de la fe: "Creemos en Dios y en lo que se nos ha enviado desde el cielo a nosotros."

Yo lo veía en su recogimiento, olvidado por completo del mundo, de sí mismo y de mí. Pacientemente esperé, como era mi deber, aunque el hambre apretaba mis entrañas y la sed pegaba mi lengua al paladar. Cuando por fin se levantó, fuimos a beber agua bendita del pozo de Zem, que sabía amarga como las penas de los humanos, y luego a Mina para lapidar al mal. Sólo entonces, limpios de todo pecado, puros y en gran paz, fuimos hasta donde manos piadosas regalaban agua a los peregrinos; nos refrescamos y emprendimos de nuevo el largo camino, otra vez sumidos en el silencio.

Nuestra peregrinación repitió la Hégira. Enfilando hacia el norte, Mohammed quiso que fuéramos por el desierto durante siete jornadas hasta Yatreb, la ciudad del Profeta, Madinat-al-Nabí, en donde yace enterrado el emisario de Alá. En todo ese tiempo se encerró en sus meditaciones y en sus rezos, sin jamás acordarse de mí. Apenas llegamos, recitó las palabras sagradas:

Al hamdu Lillah Rab Al-Alami
"Alabado sea el Dios Único, Señor del Universo."
Al Rahman Al Rahim Malik yawn mal din
"El Clemente, el Misericordioso, el Señor del día del juicio."

Sin demora nos dirigimos a la sagrada tumba, para pedirle al Profeta —que Alá lo tenga sentado junto a él— que intercediera por nosotros frente al Altísimo en el momento del juicio final. Comprendí entonces que toda la vida de mi hombre se había convertido en una lucha por dejar de ser zondik, pecador, y por alcanzar la Séptima Morada y acercarse al Único, loado sea. Comprendí su sufrimiento al extrañar a los suyos, a los de su sangre, y comprendí que su entrega a la fe había alcanzado en él dimensiones insospechadas para mí, pues era una de esas entregas que sólo puede florecer en el desierto, allí donde la vastedad y la soledad le hacen sentir a uno tan cerca del Creador.

Y en cuanto a mí, estaba yo por fin, después de tantos años, tal como lo había deseado mi madre, con los míos en la fe, en la que había nacido. Como debía ser, hacía mis plegarias, servía bien a mi marido y le obedecía en todo, de modo que tenía el corazón en paz, pues sólo los que se someten a la voluntad del Altísimo pueden confiar en Su compasión.

Una mañana, antes del amanecer, salimos de Al-Medina para emprender otra vez el camino. Tampoco en esta ocasión sabía yo la ruta que me esperaba, que resultó ser la más larga que hubiera andado jamás. Días y noches de desierto, siempre hacia el norte, cocinando sobre un fuego hecho con los excrementos de nuestros camellos y deteniéndonos a orar las cinco veces prescritas.

Y de repente empezaron a aparecer brotes en el suelo y pronto el verdor llenó nuestros ojos. Enormes campos sembrados y populosos caseríos surgieron por doquier. "Son las tierras más fértiles, dijo Mohammed, las de la media luna." Por un momento me imaginé viviendo en esos hermosos sitios y mi corazón se alegró, pero al ver que no nos deteníamos pensé que quizá nuestro destino no era este lugar sino la bendita ciudad de Jerusalém, que era la última que faltaba visitar en nuestra larga peregrinación y que según mi marido no quedaba lejos de aquí. Pero tampoco fue así, y siguiendo a mi guía salimos de la hermosa región verde para volvernos a adentrar en el desierto.

Y de nuevo fueron muchos días y noches de camino bajo el sol y bajo las estrellas, sobre las blandas arenas, comiendo dátiles secos y cebada. Una parte del camino nos unimos a una caravana y pudimos escuchar historias fantásticas de lo que pasaba en el mundo. Algunas veces tuvimos miedo de que nos asaltaran. Pero nada sucedió hasta que llegamos a las puertas de una magnífica ciudad. Entonces Mohammed habló: "Es Damasco. Te he traído hasta acá porque es donde reinan los Omeyas, Califas de la fe y poderosos señores. Ellos han formado el Imperio, han extendido sus dominios y la han convertido en la capital del Islam en donde han construido la Mezquita más grande y la más hermosa. Aquí viremos, entre musulmanes como nosotros."

Y así fue, aunque yo jamás conocí la ciudad, pues el día que entré en ella llevé la cabeza gacha como se me indicó y también entré de espaldas a la que sería nuestra casa, de la que ya nunca podría salir a menos que estuviera muerta. Así lo habían prescrito los sabios ancianos y así debía ser. Dios es Todopoderoso, Su justicia no se asemeja a la justicia humana y nosotros debemos aceptar sin preguntar. Él determina lo que es bueno y lo que es malo en el mundo, hay que tener fe.

Mi vida en Damasco fue de total reclusión. Pasaba yo el tiempo en casa, vestida con un largo batón negro y con un velo que tapaba mi cabello y mi cara y que jamás podía yo levantar. Una vieja criada se ocupaba de limpiar y preparar los alimentos y yo no tenía ningún quehacer ni veía a persona alguna que no fuera mi marido. Y muy poco lo veía pues pasaba su tiempo en la Mezquita. Había venido hasta este lugar para dedicarse a servir a Dios, reverenciar al Profeta y estudiar. La búsqueda del saber religioso, Ilm, era su obsesión. Pronto aprendió a hablar el árabe para leer por sí mismo el Sagrado Corán. Vivíamos de su trabajo como excelente artesano que era, pagando los reducidos impuestos que se cobraban a quienes profesaban la verdadera fe.

Para mí los días eran largos y pasaban lentamente. Recordaba los tiempos tan lejanos de mi infancia y los poemas que mi madre cantaba. Esperaba los viernes para que mi marido me contara lo que había dicho el Imán en el sermón del Minbar con los rezos del medio día. Eran ocasiones en que Mohammed quedaba alterado. Algunas veces decía que tenía que conseguir más esposas, tener hijos y hacer una vida familiar normal. Otras hablaba de la guerra santa contra los infieles y entonces pulía y limpiaba su espada, sacándole filo hasta que su hoja fina silbara como serpiente. Había noches en que volvía muy tarde a casa y yo lo escuchaba desesperado caminar de un lado a otro en su habitación.

Y un día se fue. Partió al Hadj dos lunas después del Ramadán, siguiendo al Imán de la ciudad. Se despidió de mí diciéndome que quería acercarse una vez más a la fuente de su fe. ¿Para qué tienes que ir tan lejos, pregunté, si ya has cumplido con la obligación de los fieles de ir una vez en la vida al Sagrado Santuario? Mohammed no me contestó, pero yo entendí que su sangre seguía siendo la de un nómada, incapaz de permanecer por demasiado tiempo en un mismo lugar, incapaz de llevar una vida sedentaria a la que desde el fondo de su alma despreciaba.

Mi marido murió en La Meca. Después de varios meses sin noticias suyas, un día alguien tocó a mi puerta para avisarme que había sido aplastado por los muchos peregrinos que visitaban el lugar. Esa misma persona me dio un consejo: "Consuélate mujer pues murió en estado de gracia y lleno de sabiduría y manos piadosas lo lavaron y enterraron para que se presente al Creador. En la ciudad sagrada estuvo cerca de Alá y fue colocado con la mejilla y la sien contra la tierra."

¡Qué frágil es la empresa humana, qué inestable! Estamos sometidos a la voluntad de Dios y somos impotentes frente al destino. Sólo Él entiende el sentido de los golpes y decide por qué los da y yo, como pidió el Profeta, no tenía otro camino que aceptar y ser siempre de naturaleza no sólo obediente sino incluso agradecida.

Tres veces había cambiado mi vida. Cuando me sacaron de casa de mis padres para casarme, cuando me robaron y me convirtieron en beduina y por fin cuando me regresaron a mi fe y me encerraron en una casa de la ciudad de Damasco. Pero en ninguna de esas ocasiones había yo tenido que tomar el destino en mis manos pues siempre alguien se había ocupado de mí. Pero ahora quedaba sola en el mundo, lejos de los míos, sin conocer a nadie y sin medios para vivir. Y sin embargo no lloré. Si esa era la voluntad de Alá, a ella yo me sometería. Como me enseñó mi madre, me entregué a rezar con todo el fervor de que era capaz: "Señor del universo, el Clemente, el Misericordioso. A Ti te adoro y a Ti te pido ayuda. Condúceme al camino recto."

Un día, cuando el hambre ya apretaba y volvía yo a aquella costumbre aprendida de los nómadas de amarrar una piedra contra mi estómago para no sentirla, tocó a mi puerta una mujer. Dijo llamarse Zinah y ser la dueña de la casa que yo ocupaba. Dijo también que sabía de mi viudez, que ya habían pasado los cuatro meses y diez días de guardar luto, que la vida tenía que seguir pues nada bueno resultaba de la mutazila, el aislamiento, y que como no tenía yo con qué pagar la renta, debía desocupar el lugar. Y me ofreció, si yo quería, trabajar para ella. Por supuesto que acepté, agradecida de que no me enviara al mercado de esclavos y que me pusiera a su servicio.

Zinah era judía. Vivía con sus hermanos y su viejo padre en una casa cerca del río Al-Amara. Hablaba bien el árabe, salía y entraba libremente de su hogar y no se cubría la cara con el velo. En su casa se bebía vino prohibido, sin que con ello se enojara a su Dios, se comía mucho ajo y se tocaba música, sin temor de que al oírla el espíritu saliera del cuerpo, como me había dicho mi marido Mohammed. Además conocía a los poetas, contaba historias de los que rivalizaban en la corte por las atenciones del Califa y de los que escribían los suyos con letras de oro y los colgaban encima de la Kaaba. Sabía las ghazalas, que son poemas de amor, y las casidas, que son odas a hermosos lugares lejanos, y hasta sabía de un poeta beduino llamado Ajtal Jarir. "Muchos de los tuyos creen que no se debe escribir nada, que sólo el sagrado Corán debe quedar por escrito, me decía, pero hay otros que no piensan así y afortunadamente para nosotros hacen hermosas letras."

Todos los viernes, la familia iba al baño y muy limpia y acicalada se presentaba en su templo a rezar y luego volvía a casa para comer una cena especial que se preparaba con anterioridad. Sus plegarias eran en un idioma extraño y a su Dios le llamaban Yaveh.

Serví poco tiempo en casa de Zinah. Un día se me acercó y dijo: "Eres muy bella, tu cuerpo se ha rellenado, tus pechos lucen erectos y duros, tu cabello tan oscuro brilla con el sol, tus ojos enormes llevan la luz. Hemos decidido venderte porque nos vamos y no podemos llevarte con nosotros. Aquí han sucedido cosas terribles y ya Damasco no es la misma. Iremos a Bagdad, que se dice es muy hermosa porque Dios la concedió a los hombres. Es una ciudad más allá del desierto y en ella hay un río y una casa de la sabiduría, Dar-Al-Hikma. Tu marido era seguidor de los Omeyas y conocía la profecía según la cual la dinastía habría de seguir en otros países que se encuentran al occidente. Así que hemos arreglado que te vayas allá donde ellos han ido a cumplir la voluntad de su Dios."

Tampoco entonces lloré. ¿Para qué? ¿Quién era yo para oponerme a los designios del Altísimo, loado sea? Las calamidades son pruebas que el Todopoderoso impone a los creyentes. Así que acepté mi destino cuando un hombre gordo, pesadamente vestido y adornado con joyas a pesar de la prohibición, depositó una bolsa de monedas sobre la mesa y me llevó consigo.

Una vez más emprendía yo la marcha bajo el sol hacia un lugar desconocido, en una caravana formada por soldados y por muchachos y muchachas muy jóvenes y muy bellos.

Y un día vi lo increíble. Habíamos llegado frente a una extensión de agua que jamás terminaba. Así me habían dicho que era el paraíso: mucha agua que no cesaba de moverse. Me quedé petrificada, mirando, mientras a mi alrededor se afanaban los hombres en quehaceres que yo no entendía. Luego nos subieron a una casa encima del agua y nos encerraron en sótanos tan oscuros que no se distinguía un hilo blanco de un hilo negro.

Pronto empezamos a movernos en lo que sería un balanceo continuo que subía y bajaba o iba con fuerza de un lado a otro. Hacía mucho calor allí dentro, olía a humedad, a sal, a polvo y a sudor y se escuchaba el correr de las ratas. Muchas mujeres nos apretábamos y yo sentía náuseas y dolores en el cuerpo. Y también hambre y miedo, mucho miedo. Unos días rezaba implorando la clemencia del cielo, sobre todo cuando el movimiento era tan intenso que parecía que todo se voltearía de cabeza, y otros maldecía mi suerte pero luego le pedía al Altísimo que perdonara mi rebeldía.

Sentada a mi lado iba una joven que jamás se quejaba. Se llamaba Fairuz y venía de una ciudad que crecía junto al río Nilo. Cuando mis ojos se acostumbraron a la oscuridad pude ver la larga trenza

negra que le llegaba hasta la cintura. Me contó que
la peste había acabado con los suyos, padres y hermanos, sirvientes y animales y que un tío la había
vendido a los mercaderes que ahora nos llevaban a
tierras lejanas hasta el otro lado del muhit, el gran
mar. "Allá los Omeyas han fundado hermosas ciudades donde se puede vivir la fe, me dijo, y por eso
nos llevan, pues quieren mujeres puras, doncellas de
estas tierras." Luego me explicó que este cuarto en
el que viajábamos y que nunca paraba de moverse
era una cala y flotaba sobre las aguas mientras avanzaba a su destino.

En el largo, muy largo tiempo en que estuvimos juntas sobre el mar, aprendí de Fairuz a no desesperar de la misericordia de Dios y a tener
paciencia: "El Altísimo no nos va a abandonar pues
lo que suelta con una mano lo recoge con la otra."
Sus palabras se grabaron en mí con fuerza: "Sólo
Alá el Misericordioso sabe por qué elige para nosotros un camino. Él conoce perfectamente a quién
ha extraviado su senda y a quien está en el buen camino."

De repente, la cala dejó de moverse y se escucharon pasos y agitados movimientos en el techo.
Las puertas se abrieron y nos dieron órdenes de
bajar. Fuimos depositadas en tierra firme, marea-
das, malolientes y cegadas por el sol. A las que se
quejaban los soldados les respondían insolentes:
"Tuvieron ustedes suerte en llegar, los otros dos barcos naufragaron, mejor se hubieran ahogado las
mujeres y no los soldados." Nunca volví a ver a Fairuz ni a saber nada de ella. Alguien me llevó a una
casa en donde unas viejas me lavaron y vistieron,

me perfumaron y me dieron de comer algo más agradable que el pan duro y el agua rancia de la larga travesía.

Varios días viví en ese lugar, acostumbrando mis ojos a la luz y mi nariz al aire puro. Durante ellos, el mar siguió en mi interior sin poderse apaciguar. Pensaba en aquellos que se habían ahogado, ¿qué miraban sus ojos abiertos?, ¿cómo sentían el agua entrando por sus bocas?

Una mañana llegó un hombre alto, de tez clara y ojos bondadosos, que vestía una djelabah, un chaleco verde —el color del islam, según dijo—, unas babuchas y un enorme turbante. Durante largo rato me observó y por fin me habló en mi lengua, pero su acento era tan dulce que parecía como si cantara y enredaba las palabras de modo tan complicado, usando muchas que yo desconocía, que apenas si le entendí. Después entregó un montón de oro a las viejas y me llevó con él.

Montamos en animales de brillante pelambre oscura y cruzamos un oasis que no terminaba nunca, en el que todo era verdor. Varias veces nos detuvimos a comer higos y dátiles o a cortar flores de exquisito aroma a las que el hombre llamaba con nombres extraños. La luz del sol era suave, no hería los ojos ni la piel y el cielo era de un azul más intenso que el que yo recordaba del otro lado del mar.

El hombre hablaba, hablaba mucho. Me contaba que este lugar se llamaba Al-Andalus y que aquí habían llegado los árabes después de la caída. Yo jamás le respondía, pero eso no parecía importarle. "Entiendo que tengas miedo, decía, ya se te quitará cuando veas que no voy a tratarte mal" y luego agregaba: "Pobrecilla, has viajado tanto como el mismísimo Ibn Batuta, sólo que tú nada has conocido. Has hecho como el Profeta, un viaje nocturno por el infierno."

Una tarde llegamos a una colina que ascendimos con paso lento y, en su cima nos detuvimos. No podía yo creer lo que mis ojos veían: minaretes, caseríos, arboledas, alquerías, una larga muralla, y coronando todo, un palacio como ni en los sueños era dado imaginar. "Se llama Granada", me dijo el hombre cuando vio mi estupor, "es el lugar más bello de la tierra. Ese palacio que ves, aquel tan alto y que tanto reluce es la Alhambra, Alá la guarde hasta el fin." Dicho esto, recitó con el mismo fervor con el que se recita el sagrado Corán: "Es un rubí en la cimera de la corona, su trono es el Generalife, su espejo es la faz de los estanques, sus arracadas son los aljófares de la escarcha." Y con la voz cortada por la emoción, agregó: "Granada, ninguna ciudad se te asemeja."

Entramos en Granada después de cruzar por hermosos campos en los que la gente se afanaba junto a los árboles cargados de pequeñas frutas verdes y negras a las que mi guía llamaba olivas. Cruzamos por una de las puertas de la ciudad y nos mezclamos con mucha gente, mucho movimiento y mucho ruido.

Luego de atravesar por callejuelas tan estrechas, que hacían una sombra fresca, llegamos frente a un amplio portón de hierro negro bellamente garigoleado. Dos sirvientes lo abrieron de par en par y entramos hasta un gran patio con una fuente cuyo surtidor de agua clara jamás se agotaba. Una mujer gruesa nos esperaba con horchatas frescas, naranjas, confitura de rosas y flores de un subido color carmesí. "Bienvenida seas", fueron sus palabras mientras me entregaba los presentes.

Así conocí mi nuevo hogar y a mi nuevo marido. Se llamaba Yusuf Ibn Muhammad Ibn Marwan Ibn Abd-Alah Ibn Hakim. Había encargado que le trajeran una mujer del Mashriq, de ser posible nacida en el desierto, pues sólo así aseguraba su alma limpia y pura, sin las vanidades ni los chismorreos de las mujeres de aquí. Tenía suficiente oro dijo, y lo había pagado generosamente para cumplir con su capricho. "El sagrado Corán dice que aquel que tenga suficientes medios para casarse con una mujer pura y creyente, debe hacerlo así."

No derramé ni una lágrima mientras le contaba mi historia a Yusuf, ni le oculté nada. A él lo habían engañado pues yo era casada y aunque no conocía varón, no era pura pues nada había tenido que ver con los sucesos de mi vida y no estaba aquí por mi voluntad.

El hombre quedó pensativo un buen rato y después habló: "No somos libres y nuestro destino se nos adjudica al nacer. Su texto está escrito desde el principio. Podemos elegir lo que no tiene importancia: una comida, un color, cómo pasar una tarde, pero lo importante ya está decidido y es el destino el que manda. Hay quienes lo cumplen sin rebelarse y hay quienes creen que porque se rebelan lo pueden cambiar. Alá te ha destinado para mí, por eso te ha puesto en mi camino y yo lo acepto con alegría. Tu cuerpo es puro, pero sobre todo lo es tu corazón, libre del coágulo negro del mal y del pecado, y tus ojos, grandes y negros como los de las huríes del paraíso, tienen una forma de mirar que presagia el amor. Unos bellos ojos que quizá se llevarán mi razón y mi dominio y que a mi corazón han de dejar maniatado y en prisión. Te he de desposar pues, ya que para eso te traje. Serás la primera de las cuatro mujeres a que tengo derecho según la ley y si tú eres lo que yo he soñado, mandaré a traer a las demás de tierras tan lejanas, pero en caso contrario, me conformaré con buscarlas aquí mismo en el Albaicín."

Y así fue. Se preparó una gran fiesta de matrimonio a la que vinieron muchísimas personas y que duró tres días y tres noches. Vestida de seda, adornada con collares de perlas y brazaletes de oro, yo esperé acompañada por las mujeres que me llenaron de dulces y parabienes.

Cuando los invitados partieron, Yusuf vino a buscarme y me acostó suavemente sobre las almohadas. Entonces conocí a un hombre por primera vez. Tomó posesión de mi cuerpo mientras repetía las palabras que según él están escritas en los muros de la Alhambra: "Del corazón sacan su fuerza el espíritu y el alma." Después recogió y dobló cuidadosamente la sábana con la sangre de mi doncellez y salió a mostrarla a una mujer que esperaba en el salón. No sé quién era ella pues Yusuf era huérfano de madre, pero ante su persona realizó la entrega de mi pureza.

"Este matrimonio tuyo no será como el anterior, me dijo Yusuf esa misma noche, pues yo no soy como tu anterior dueño, una gente iletrada y que por eso tendía al misticismo, sino que por el contrario, creo que el éxtasis del amor es la puerta que nos abre a la contemplación de la inmensidad de Dios.

Por eso el Profeta no prohibió los placeres siempre y cuando fueran lícitos. Yo te he desposado, he seguido la vía correcta y puedo entonces hacer obra carnal contigo según está escrito en el Hadith: Aquel que satisface sus apetitos de manera lícita obtiene una recompensa." Mientras hablaba, Yusuf acariciaba mi cabello y me miraba fijamente a los ojos. "La tradición afirma que cuando el servidor de Dios mira a su esposa y esta lo mira a él, Dios pone sobre ellos una mirada de misericordia. Cuando el esposo toma la mano de su esposa y ésta le toma la mano a él, sus pecados se van por los huecos que quedan entre los dedos. Y cuando cohabita con ella, los ángeles los rodean de la tierra al cenit. Según el Profeta, los ángeles asisten complacidos a tres juegos humanos: a las carreras de caballos, al tiro al blanco y al que juegan juntos un hombre y una mujer."

Jamás había yo escuchado palabras tan hermosas y agradecí a Alá el Grande por la vida que me había destinado. Y no me equivoqué pues fue una vida de la que recibí las mayores dichas. Yusuf era un hombre bueno, había estudiado en la Madrasa, era muy piadoso y la providencia lo había colmado de bienes. Tenía, según me hizo saber pues gustaba de hablar, tierras con vergeles que le producían suficiente para vivir cómodamente. "La nuestra es una casa hermosa, pues el Corán dice que no se deben ocultar los bienes que Alá nos ha concedido", me dijo. Y en efecto, los techos estaban bellamente labrados en madera y las paredes se adornaban con azulejos en los que había Suras de alabanzas al Creador preciosamente escritos en elegante caligrafía así como dibujos estilizados en plantas y flores. En el salón había un Mihrab tallado y adornado. Enormes alfombras cubrían los pisos y cómodos cojines lucían adosados a los muros.

Los jardines eran amplios, con lugares frescos y sombreados, con albercas, fuentes y surtidores de agua transparente y clara, límpida y fresca. Su rumor se escuchaba hasta los más apartados rincones de la casa y aunque no se la viera, su presencia se sentía, llenando el alma de dicha y serenidad. Y cuando uno se acercaba a ella para tocarla, podía ver el reflejo del cielo, del sol y del propio rostro al que yo nunca antes había mirado.

De los árboles colgaban frutas dulces y perfumadas, entre las cuales mis favoritas eran las naranjas. Por todas partes crecían macizos de flores hermosas, jazmines, alhelíes, malvas reales, caléndulas, adelfas, rosas y anarkalis, la flor de Granada. ¡Qué diferente era esta naturaleza, tan cuidada por los hombres, de aquella intocada que había llenado mis ojos y mis recuerdos antes de venir aquí!

"¿Te parece bello?", preguntaba mi marido cuando me veía extasiada y al responder yo que sí, me decía que sólo las almas que han conocido a Dios acceden a las bellezas en este mundo.

Yusuf me hablaba con amor de su tierra: "En esta hermosa ciudad de Granada, fundada hace tres siglos por los más grandes sabios, se pueden encontrar la poesía y la ciencia, los más fieles creyentes y los médicos más eminentes. Aquí se disfruta de la naturaleza, de la vida y del amor, bajo la protección de nuestro Sultán Abu Abd'Alah Boabdil."

Mi vida se llenó de ocupaciones, pues si bien no salía nunca de casa, tenía mucho que hacer en ella. Por las mañanas, con ayuda de dos jóvenes a mi servicio, me lavaba con agua perfumada y me bañaba en leche. Depilaba mis piernas con miel y untaba mi cuerpo de esencias y jazmín. Después me vestía con trajes hermosos de telas suaves y ligeras y adornaba mi pecho con rosas como hacían las mujeres de Granada. Mientras esperaba que mi marido volviese de sus negocios, paseaba por los jardines recogiendo los frutos y cuidando las flores y cantaba y reía con mis sirvientas. A todas horas bebía aguas frescas y mordisqueaba jugosos higos y naranjas o deliciosos dátiles secos. Al medio día comía manjares preparados con especies, dulces y pastelillos de almendras, pistaches y miel o confituras de frutas y de flores. Mujeres judías venían a casa, anunciándose con sus campanitas colgadas al cuello, para venderme velos, telas y tejidos, alheña para teñir mis cabellos y mis uñas, kohl para pintar alrededor de mis ojos. Desde que oía su aljaraz que tintineaba festivo, sentía alegría y curiosidad por lo que podría comprar. Yusuf me autorizaba a adquirir todo lo que se me antojara y él me cubría de regalos, ámbar y perlas, piedras preciosas, sedas y brocados, oro y perfumes "para agregar perfección a lo perfecto", como gustaba decir.

Cuando en el verano el sol calentaba con fuerza, yo buscaba las sombras frescas del jardín o de los interiores. Cuando en el invierno el frío era intenso yo miraba por las ventanas los blancos copos que caían con suavidad del cielo y que como un manto se depositaban sobre las montañas que rodeaban a la ciudad. "Esa nieve, decía Yusuf, permanecerá allí sobre la sierra hasta bien avanzado el año." Y luego mientras rodeaba suavemente mi cintura decía: "La voluptuosidad y el deseo tienen la belleza de las montañas."

Con todo, lo que más me gustaba eran las lluvias, cuando tupidas caían del cielo y me asombraban al punto del éxtasis. Jamás me fatigaba de ver tanta agua, el amado líquido fresco y claro que de sólo mirarlo y olerlo me hacía sentir en el jardín de Alá.

A pesar de ser hombre de tierras fértiles, en donde según decían los beduinos la voluntad se afloja, Yusuf estaba lleno de fe y era sumamente piadoso. Toda su vida se guiaba por el sagrado Qurán, que conocía de memoria desde el primero, la Fatiha, hasta el último Sura, de los ciento catorce que lo componen. Y siempre antes de hablar empezaba con la invocación "En el nombre de Dios, el Clemente y Misericordioso". Conocía los Hadits, el Tafsir y todas las leyes, las prohibiciones y las obligaciones, las cuales cumplía al pie de la letra y me obligaba a mí a cumplir. Llevaba su Tahalí a la cintura, jamás faltaba a la Mezquita, hacía las abluciones y se lavaba según las prescripciones, con la mano izquierda y recorriendo las partes de su cuerpo desde la cabeza y la cara hasta los pies, de los cuales mojaba primero el derecho. Por supuesto, oraba cinco veces cada jornada respondiendo a los cinco llamados: al alba, al mediodía, al empezar la tarde, a la puesta del sol y en la noche, extendiendo su esterilla y haciendo profundas reverencias con el rostro volteado a La Meca.

Oración y ayuno se cumplían en él con exactitud, siempre antes de comer recitaba el Bismillah y después de comer el Alhamdulillah. Su boca estaba llena del nombre de Dios y de sus invocaciones: "Inshallah", Dios lo quiera, "Subhanallah", gloria a Dios, "Allah Akbar", Él es grande, alabado sea. De las cinco obligaciones en la vida del creyente, había cumplido la de confesar la fe, recitar las oraciones, ayunar durante el noveno mes del año y dar Zakat, donativos y caridades. Sólo le faltaba realizar el Hadj, la peregrinación a la ciudad sagrada, pero había prometido hacerlo en cuanto naciera su primer heredero. Jamás probó el vino, brindó siempre hospitalidad y festejó con grandeza las fiestas obedeciendo el precepto que dice "No descuides tu parte mundana." Fue así que disfrutamos del Miled, la fiesta del nacimiento del Profeta, cuando se hacían justas poéticas; de las pascuas, en las que unos echaban a otros agua perfumada, flores y dulces, naranjas y limones; del Ras-a-sana, que iniciaba el año y de la fiesta de Id, cuando se rompía el ayuno del largo Ramadán, sirviendo suntuosas cenas de muchos platillos y repartiendo víveres entre los pobres.

El tiempo pasaba dulcemente en Granada, mi vida era de almíbar. Aprendí a amar las palabras, en el suave modo en que las usaban los andaluces, que era como un bordado. "La palabra es el mayor tesoro y el arte de la palabra, decía Yusuf, es lo más valioso que el Altísimo nos da. El ser humano vale por su lengua. Y el árabe es el idioma del Edén."

Por las noches me sentaba a sus pies y escuchaba largas historias de lugares lejanos con nombres hermosos que habían existido antes o que existían ahora y en todos los cuales brillaba el sol del Islam: Isfahan —o mejor, Yay y Yahudiyé—, Aleppo, Alejandría, Damasco, Bagdad, Bujara, Samarcanda,

Fostat en el Nilo, Shiraz, Ray y Tabriz, las del aire
puro, Constantinopla, Tremecén, Samaria, Tetuán,
Babilonia, Esmirna y Salónica. Pero sobre todo, me
hablaba con amor de Córdoba, allí donde se levantaba la Gran Mezquita. También me explicaba el
paso de la historia y la ronda de los astros, hablaba
de la ciencia y el razonamiento correcto, me contaba del jardín cuyos frutos son las ideas y del mar cuyas perlas son los talentos. Sabía de imperios y
califatos, de sultanes, visires, emires, imames, jeques
y cadís. Hablaba con cariño, como si fueran sus hermanos, de sabios y eruditos, de médicos y de poetas.
Gustaba de recitar a al Mutamid y al-Mutanabi, a
Ibn Jaldun y a Ibn Arabi y a un granadino llamado
Ibn al-Jatib. Mucho le gustaba leerme los cuentos de
Las mil y una noches, que se engarzaban unos con
otros sin terminar jamás. Pero lo que más le gustaba
era hablarme del Profeta que había nacido hacía
diez siglos. Me leía el sagrado Corán y decía que este libro era el mayor de los milagros. Y yo me dejaba
llevar por esos sonidos de los Suras, tan armónicos y
perfectos, tan bellos que me conmovían más allá de
las palabras.

Después de los relatos, Yusuf me hacía su mujer. "Las mujeres, decía, de los pies a las rodillas son
de azafrán, de las rodillas a los pechos son de almiz-
cle, de los pechos a los cabellos son de alcanfor y los
cabellos son de seda pura y materias preciosas."

Yo correspondía a sus deseos pues esa era mi
obligación, ya que una mujer jamás debe negarse a
su marido, pero no ponía en ello nada de mí pues
¿acaso no debía mantener mi pudor?, ¿acaso no
queda ciega aquella que muestra su desnudez, aun-

que sea al amparo de la noche como piden los poetas?, ¿acaso no debe una mujer recibir sin mostrar ninguna satisfacción?

Yusuf nada me reprochaba, pues era yo todo lo sumisa y humilde, lo respetuosa y obediente que debía ser. Pero no era eso lo que él quería de mí. Con toda paciencia me fue hablando del amor, me fue enseñando los caminos del placer, quitó de mí los miedos y las supersticiones. "El amor es el camino hacia Dios", decía y recitaba aquel poema escrito por el sultán de Granada: "Tú eres mi pan de Egipto, por el que se pasa la noche en vela y que no se puede comer. Pero yo sabré esperar. Sabré amasar el pan, echarle levadura y cocerlo y esperar a que se enfríe."

Y así fue. Poco a poco el amor se derramó como un perfume en mi vida, llenando los días, los meses y los años con su dicha, impregnando cada pliegue de mi piel, cada sonrisa y hasta cada tristeza mía, tiñéndolo todo con sus tonos, apartándome y desinteresándome de todo cuanto no fuera él, trastornando la luz, los colores, las formas y sobre todo, el tiempo.

La pasión que sentí por Yusuf se convirtió en un tormento que me hacía desesperar cuando él se hallaba lejos y también cuando estaba cerca. Era como cuando después de un largo día de calor se sentía mucha sed, pero ella no se mitigaba con ninguna agua, más bien al contrario, entre mayor cantidad se bebía, más imperiosa se hacía. Se había encendido en mí un fuego que nada podía apagar.

Fuimos muy felices Yusuf y yo, a pesar de que mi vientre seguía sin abultarse. "Cuando la esposa se embaraza decía, su retribución es la de un ayuno, una oración y una guerra santa. Pero cuando pare, el alma no puede concebir la alegría que se le otorgará." Juntos imaginábamos cómo sería nuestro hijo, al que veíamos hermoso con su mezcla de Oriente y Andalucía. "El paraíso se halla a los pies de las madres", decía mi marido y planeaba la fiesta de la circuncisión, el Thatir, día de la purificación, que sería, como era la costumbre, un gran banquete con muchos invitados y con muchos forasteros para agradecer a la Providencia.

Yo miraba a mi esposo, un hombre fuerte, íntegro, noble y lleno de honra y mi cuerpo se estremecía. Miraba sus ojos profundos, su piel de color aceituna y su ancha sonrisa y deseaba concebir un hijo que fuera como él. Mi hijo, al que pondría por nombre Asiz —el amado— o Hassan —el hermoso— hijo de Yusuf. Mi buena Samira me daba a beber elíxires, me colgaba toda clase de amuletos y talismanes contra Ibis el maligno así como diversos símbolos protectores y favorecedores, pero nada crecía en mí.

Mas de repente, Yusuf empezó a mostrarse inquieto. Ya no pasaba sus tiempos libres practicando con el calígrafo o disfrutando de los Muwashah y los zajal que tanto le gustaban. Caía en largos silencios y se encerraba por horas a hablar con sus visitantes. Sus ojos se veían tristes y su ánimo sombrío. Entonces sentí miedo, temor de que fuera mi culpa por no haberle dado el hijo tan ansiado, temor de que se hubiera cansado de mí y pronto trajera otra esposa a casa, temor incluso de que me repudiara. El insomnio se apoderó de mis noches, los fantasmas de mis sueños. Mis ojos se hundieron y mi cuerpo, hasta entonces pleno de redondeces, adelgazó.

Hasta que un día mi marido me dijo la verdadera razón de su inquietud: "Todos los imperios y todas las ciudades son perecederos, la Providencia es insondable. Granada es codiciada por unos hombres llamados rumís, que tienen otra fe, y su Dios no es Uno sino tres, la Trinidad. Ellos son nuestros enemigos aunque no deberían serlo pues su Profeta, llamado Isa, merece también nuestro respeto. Hasta ahora se han apoderado de buena parte de Andalucía. Ya han caído Murcia, Valencia, Córdoba la Grande y Sevilla y ahora esperan junto a nuestras murallas para apoderarse de Granada."

Fue durante el Ramadán, en uno de esos días en que el ayuno había sido particularmente difícil porque el sol había tardado demasiado en ponerse y las horas se hacían muy largas, cuando Yusuf se me acercó y en el mayor de los sigilos me informó que esa misma noche nos iríamos de su amadísima Granada. "Los cristianos son muy diferentes de nosotros, me dijo. Visten telas burdas, sin color y usan cinturones. Hablan un idioma llamado castellano y no aman el agua pues ni se bañan ni la usan de adorno o de música, únicamente la beben. Han devastado a su paso pueblos y huertas y han levantado hogueras para quemar a los judíos. Muy pronto estarán aquí sin que el Sultán ni nadie de los que se pelean el poder en la casa reinante pueda hacer nada para detenerlos. Tampoco creo que el Gran Turco ni los Mamelucos o los sultanes africanos nos puedan ayudar. Yo no quiero salir a perseguir al enemigo, no por cobardía sino porque veo que no servirá de nada y tampoco quiero permanecer en la ciudad porque no me será posible seguir siendo un buen musulmán entre los infieles y no será fácil evitar cometer ofensas contra Alá, Su Profeta y Su Libro. Junto con ellos, entrará el cerdo en los mercados que vuelven impuro al que lo mira y sus ojos se pondrán sobre nuestras mujeres deshonrándolas. Aquí no nos esperan ya la alegría ni la gloria sino sólo penas y como dice el Enviado, no debemos buscar inútilmente la dificultad. Abandonaremos Granada pues así está dicho: ¿No era amplia la tierra de Dios para que emigráseis en ella? Quien emigra en la senda de Dios encontrará numerosos recursos y amplio espacio."

Al escuchar a Yusuf, una gran paz se apoderó de mí. Le pregunté entonces ¿a dónde iríamos? y me respondió: "Los árabes llegaron aquí a cumplir la voluntad de Dios y por eso, ayudados por él, conquistaron Al-Andalus. Ahora nos ha sucedido lo que hace cinco siglos le sucedió a la ciudad de Kairuán: que nuestros pecados han sido tan grandes que ni Alá, que es todo clemencia, los pudo perdonar. Hemos perdido el favor de Dios en estas tierras y ahora debemos desandar el camino y cruzar el estrecho y la roca de Jabal Tarik hacia los reinos del Mahgreb, en donde podremos mantenernos fieles." Luego agregó: "Deberás guardar total discreción sobre nuestros planes. Confiaremos en Alá para que mientras todo aquí se hunde, Él nos conduzca y nos permita llegar a las tierras de la fe. Quiera Él no ahogarnos como tantos que así se han perdido en el mar y quiera que el hijo que deseamos, que hasta ahora no nos ha enviado, pueda nacer entre los fieles."

Siete horas después de aquella conversación salimos de Granada. Era muy tarde ya cuando Yusuf amarró a su cuerpo y al mío varias bolsas con monedas de oro y piedras preciosas, subió a los caballos algunos baúles con ropa y provisiones y despertó a la buena Samira y al fiel Hamid para que nos acompañaran. El calor se levantaba de la tierra pero en el cielo brillaban las estrellas. Estaba muy oscuro y marchábamos conteniendo el aliento. En el mayor de los sigilos cruzamos la puerta de Nayd al sur. Entonces le hablé a mi marido para darle fortaleza: "La Providencia es insondable y sus decisiones incomprensibles", le dije recordando lo que él mismo me había enseñado y luego le repetí las palabras que Fairuz había grabado en mi corazón: "Sólo Alá el Misericordioso sabe por qué elige para nosotros un camino. Él no nos abandonará porque lo que suelta con una mano lo recoge con la otra."

El reino de Granada tiene diez jornadas de este a oeste, ocho de norte a sur y dos desde la Alhambra al mar. En el segundo día de marcha desde que salimos de nuestro hogar llegamos al puerto de Almería. Un barco nos esperaba ya. Yusuf repartía dirhams a diestra y siniestra y monedas de oro a los soldados cristianos a fin de comprar los permisos necesarios para salir. Por fin después de muchos trámites logramos embarcar. ¡Cómo me dolía ver el rostro amado bañado en lágrimas mientras nos alejábamos de las costas de Al-Andalus! ¡Cómo sufría Yusuf al separarse de su tierra tan querida, la que había visto nacer y morir a sus padres y a sus abuelos, la que lo había visto nacer y ser hombre a él, trabajar, gozar y orar!

Al dejar atrás el suelo firme, mi marido recitó varios Suras del Corán y el verso de un poeta granadino:

Y cuando nos detuvimos aquí
la mañana de la despedida,
de esta tierra que alguna vez fue mía,
con el corazón que la pena había congelado.

Y sin embargo, a pesar del dolor, ¡qué viaje tan distinto fue este para mí! El mar se mantuvo siempre manso, el viento corría suave y yo conocía por primera vez en mi vida el lugar a donde íbamos y partía hacia él con la serenidad que da el amor y el saberse acompañada y protegida. Yusuf y yo pasábamos el tiempo en cubierta, tomando aire y mascando jengibre contra el mareo mientras él hablaba de Granada y recordaba su infancia y a su madre.

Desembarcamos en Melilla, después de ver durante varias horas la silueta de la costa africana. Allí esperamos a la caravana con la que cruzaríamos los caminos para protegernos de tantos ladrones y asesinos que merodeaban por esas tierras.

Diez jornadas duró la travesía por el reino de Fez, entre el calor y el polvo del camino. Íbamos montados en mulas y dormíamos bajo las estrellas. El oro me pesaba en el cuerpo pero jamás hice la menor muestra de incomodidad. La tristeza de Yusuf me pesaba más que el metal. Una noche le dije: "Está escrito que no hay que perder la fe y que hay que someterse a la voluntad de Alá. No le pido al Altísimo que me libre de las calamidades, sino de la desesperación." Entonces le vi sonreír por primera vez desde que salimos de Granada.

Y por fin una mañana encontramos las murallas color de arena de la ciudad de Idris, Fez la Santa. Habíamos llegado a nuestro destino. Con el corazón henchido de alegría, escuchamos las voces de los muecines salmodiando desde los blancos minaretes que se elevaban por todas partes hacia el cielo azul. Ese llamado a la plegaria, que marcaba para nosotros el tiempo que hasta entonces, durante todo el camino, se nos había ido sin saber, nos hizo sentirnos en casa de nuevo.

Unos parientes de mi marido nos recibieron con los brazos abiertos en su gran casa de piedra. "¡Salaam Aleikem!, la paz sea con vosotros, sean bienvenidos", decían mientras hacían los saludos moros pasando la mano derecha por el pecho, la boca y la frente para mostrarnos que sus sentimientos, sus palabras y sus pensamientos estaban con nosotros. Generosos, nos instalaron en amplias habitaciones y nos dotaron de sirvientes para atender con esmero hasta el menor de nuestros caprichos.

Nuestra vida retomó entonces su ritmo, el del diario vivir. Pasábamos el día entre los rezos, las espléndidas comidas y las conversaciones. Pronto aprendí las costumbres de la casa y participé de las labores que se me asignaron. Con las mujeres iba al hammam los días señalados y a las horas precisas cuando una cuerda atravesada en su entrada indicaba que era el tiempo para nosotras. Me enseñaron a preparar y a comer cuscus, ftat y otros platillos tan variados y abundantes que otra vez mi cuerpo se rellenó y hubo que hacerle vestidos nuevos a la usanza de la ciudad: amplios pantalones y amplios velos. Pero sobre todo, me esmeré en darle cariño y atención a Yusuf y dediqué mucho tiempo a rezar para pedirle al Altísimo que me enviara el don de un hijo que hiciera otra vez feliz a mi esposo.

Pero estaba escrito que mi marido no alcanzara la dicha y que nunca, desde que llegamos a estas tierras, volviera a ser el de antes. Una profunda tristeza marcaba su rostro. Pasaba las tardes sentado en la terraza hablando de Andalucía con los hombres que lo visitaban. Atentos seguían las noticias de allende el mar y recibían a los emigrados que llegaban con los ojos asustados y las historias terribles. Unos hablaban de los impuestos cada vez más pesados, otros contaban que los cristianos les habían obligado a abrazar esa fe y luego les habían maltratado por ser conversos nuevos. Su cuerpo antes fuerte y erecto enflaqueció por la añoranza y por la ira y él, que siempre había tenido tantas palabras para decir, más palabras incluso que riquezas pues la elocuencia era el don del que se ufanaba, pasaba horas sumido en el silencio o me decía que se sentía profundamente cansado, fatigado de las cargas de la vida.

Y un día empezó a tener fiebres que ningún médico pudo curar, ni siquiera los famosos doctores judíos que habían estudiado en la Karauín. Aunque yo cumplía al pie de la letra los tratamientos que le recetaban, los sangrados y cataplasmas, las pociones y preparados, su estado se fue agravando peligrosamente. ¿Cuántas jornadas pasaron entre mi risa de esposa y mi llanto de viuda? No lo sé. Tampoco supe cuándo enterraron a Yusuf ni quién me vistió de blanco para el luto ni cómo arranqué mis vestidos por el duelo ni el tiempo que permanecí postrada llorando más allá de mis fuerzas. "Hay momentos para llorar, me había dicho hacía muchos años mi madre, detengámonos a llorar cuando estos lleguen."

Una y otra vez venía a mi memoria aquel poema que Yusuf me enseñó: "Porque cuando uno ha llegado al amor y ha bebido y jugado con él y ha sido acribillado por él, ¿a dónde ha de mirar?" ¡Ay de mis tormentas, ay de mi dolor que cada día sin él crecía y se hacía más insoportable! ¿Qué hacer sin los ojos de Yusuf, sin su voz, sin sus caricias y sus palabras? ¿Qué hacer con esta piedra que me oprimía el pecho? ¿Por qué Alá insistía en hacerme la vida difícil? ¿Cómo era posible que a pesar de tanta sumisión y obediencia el Altísimo no se compadeciera de mí?

Mucho le pedí entonces que me llevara a mí también, pero era Él quien había fijado el tiempo de cada cual. Cuanto sucede está escrito y estaba escrito que esa fuera mi vida. Como también estaba escrito que una mañana escuchara, por accidente, cuando los parientes hablaban de mí con el cadí y se preguntaban qué hacer conmigo y qué hacer con la herencia de mi marido. "Para cada problema la ley tiene una solución, decía el juez, hay que proceder con ella como corresponde a una viuda que no ha dado hijos a la familia."

Esa noche tuve un mal sueño. Me vi con la cara desfigurada como se hacía en mi tierra con las viudas y aunque al despertar escupí tres veces, no pude tranquilizarme. Sentía miedo. Otra vez estaba sola en el mundo y sin medios para sobrevivir pues todo el oro que habíamos traído de Granada le había sido entregado al jefe de la casa para su custodia.

Un día, cuando la casa estaba en el mayor de los silencios porque era la hora del calor más pesado, la hermana vieja lo hizo. Vino por mí hasta el aposento que hasta hacía unos días había compartido con Yusuf, me llevó a través de habitaciones y pasillos, se paró frente al gran portón, lo abrió con la ayuda de dos sirvientes y me puso en la calle. Antes de cerrar para siempre pronunció unas palabras: "El Señor te hizo incapaz de concebir, tu marido ha muerto, alguna razón habrá para que tanta calamidad llueva sobre tu persona. Está escrito que cada mujer debe tener un guardián masculino, padre, hijo o esposo y tú no tienes nada y nosotros no tenemos ningún deber para contigo."

Era el medio día y todo estaba detenido en Fez la Santa para la oración. Caminé y caminé por la ciudad nueva que me era desconocida, como desconocidas habían sido para mí todas las ciudades en las que había vivido siempre encerrada. Recorrí las calles con sus palacios, jardines y patios que estaban cerrados y llegué a la ciudad vieja con sus callejuelas. Conforme avanzaba la tarde, éstas se fueron llenando de gente, olores y ruidos, niños y mendigos. Pasé por la plaza principal, por la Mezquita mayor, por las madrasas y por las casas de los notables sin detenerme jamás. Luego llegué al mercado y recorrí los bazares de los artesanos, los zapateros y los lecheros, los orfebres y los joyeros, seguí por el suk de las flores, el de las sedas y el de los perfumes y por los zocos llenos de mercaderías de todo tipo, telas y babuchas, libros, verduras y especias, aceitunas y quesos.

Poco a poco mi deambular me fue alejando del centro de la ciudad, sin saber si me dirigía a la puerta del puente o a la puerta de los manantiales. Tenía

sed cuando pasé cerca de las lanas recién teñidas que
dejaban escurrir sus múltiples colores y cerca del río
donde los curtidores, entre tufos espantosos, lim-
piaban y ponían a secar las pieles.

¿Cuánto tiempo caminé? ¿En donde estaba? No
lo sabía. Sentía un enorme cansancio, como si hubieran pasado siglos desde que salí de la casa de piedra y
vagamente recordaba a mi madre y a mi marido, que
el Altísimo los tenga sentados junto a él.

¿Qué puede hacer una mujer sino seguir de pie
mientras Alá decida que debe vivir? Sólo Él, bendito sea, sabe por qué hace las cosas. La vida del creyente se asemeja a las espigas, pues a éstas el aire las
mueve constantemente y a él no cesan de sucederle
infortunios.

Hacía largo rato que el sol se había puesto en el
horizonte cuando me detuve y me dejé caer. No podía dar un paso más.

Cuando desperté yacía yo sobre una estera en
lo que parecía una choza muy pobre. Por el techo
de madera se colaba la luz del día y se veía el cielo
muy azul. Cantidad de amuletos cubrían mi cuerpo, y en la boca la lengua se pegaba seca al paladar.
"Has estado enferma, agitada y afiebrada durante
muchos días y muchas noches pero por lo que se ve
aún no es tu hora de partir de este mundo", dijo
una voz.

Volteé la cara. El que hablaba era un hombre
tan negro y alto que creí encontrarme en el infierno
con uno de los genios del mal.

—¿De dónde eres? ¿Cómo te llamas? —preguntó el djinn en un árabe poco fluido. Me costó
gran esfuerzo incorporarme y hablar.

—Vengo de muy lejos, no sé cómo llegué aquí pero estoy sola en el mundo y no tengo recursos, pues soy viuda, dos veces viuda, que es uno de los fines más odiados por Dios. Y no tengo ningún futuro.

—Yo soy Antar —dijo— vengo de Tumbuctú, la misteriosa ciudad en el país de los negros que está más allá de los confines del desierto.

—Oh Dios —dije afligida—, ¿no serás de las tribus bereberes, hijos de Goliath, a quienes el Profeta, loado sea, consideraba como la peor raza sobre la tierra?

—No mujer —respondió—, ellos son los nómadas de este desierto que atraviesan las mesetas heladas en el invierno para bajar a los puertos en busca del calor. Yo en cambio vengo de las tierras desconocidas, Burr Adjam. Soy esclavo y me han encargado cuidarte y decirte que aquí podrás vivir si estás dispuesta a trabajar.

Estábamos en las afueras de la ciudad, al pie de las dunas, ¡qué exaltación me produjo pensar en el ancho espacio que se abría allí mismo, mi amado desierto y sus blancas arenas! ¡Volver a mirar el paisaje de mi juventud!

Tardé varios días en reponerme. Antar me traía alimentos y me ayudaba a beber agua. Por las mañanas el sol iluminaba las palmeras y al llegar al centro del cielo levantaba un fuerte calor. Por las noches, la luna ascendía por el oriente y las sombras eran profundas.

En la casa habitaban varias mujeres dedicadas al único oficio con el que podían sobrevivir aquellas que estaban solas en el mundo: el de agradar a los hombres. Había dos negras venidas de los confines del desierto, dos judías nacidas en el reino de Fez, una muchacha muy joven que parecía beduina y Hafsia, la dueña del lugar. Por las tardes, cuando conversábamos, me explicaban cómo debía cumplir con mi trabajo y me contaban sus historias tan tristes como la mía. Una de ellas era huérfana desde pequeña y nunca tuvo quién viera por su persona. Se llamaba Rajil y era altanera. Otra había huido de su casa porque su marido la golpeaba sin piedad. Una más había sido repudiada por él. Decía que era mejor ser viuda que haber escuchado tres veces las palabras del repudio: "Inti talika".

A una de las negras la habían traído aquí unos europeos que la compraron en el mercado de esclavos y luego de usarla y maltratarla la abandonaron y la otra era hija de una tribu destinada desde siempre a ejercer este oficio. Sólo la patrona callaba su pasado y si hablaba era para recordar a su único hijo que había partido sin dejar rastro.

Yo también les conté de mí, les hablé de mis tres maridos y de mis dos viudeces, de mis viajes y mis casas. "Tuviste buena suerte dos veces. El hombre vale por su lengua y por su corazón", me dijo Hafsia cuando terminé mi relato.

La patrona tenía las carnes flojas y era propensa a la ira pero sabía mandar y tenía buen corazón. Gracias a ella se evitaban odios e intrigas y todas formábamos una familia. De su boca escuché otra vez las hermosas cantinelas de amor que tanto me habían gustado siempre.

El día lo pasábamos en la indolencia, huyendo del clima y de la suciedad en el arrabal, atendidas por una vieja morisca, tomando té y escuchando al negro Antar tocar el sintir y cantar algunas chorfas. Por la noche salíamos a trabajar. Algunas vestían de caftán, otras la ropa tradicional de sus tribus. A mí me dieron un amplio pantalón, una chaqueta de colores y unos zapatos blancos de tacón muy alto. Dejaron suelto mi cabello al que untaron de henna para cubrir las blancas marcas de mis penas y enrollaron a mi cuello varios pañuelos para adornarme. Me untaron kohl para agrandar y hacer brillar los ojos y me colgaron brazaletes, ajorcas y collares que tintineaban al moverse. Y por fin, me perfumaron con exageración.

Cada noche nos dirigíamos a una calle en la que estaban los cafés llenos de hombres que bebían vino. Eran salas bajas cubiertas de humo, con piso de tierra, en las que algunos músicos ciegos formaban una orquesta con el ud, la garba, el rabab y el bendir mientras una mujer sentada en cuclillas batía las palmas llevando el ritmo a otras que cantaban o bailaban. Sentadas junto a la puerta en unas bancas de madera, esperábamos a que los hombres nos llamaran y entonces íbamos con ellos a los cuartuchos desnudos que había atrás de cada local.

Muchas cosas tuve que aprender en mi nueva vida: a hacer sortilegios y brujerías, filtros y brebajes, a tener la boca llena de obscenidades y a insultar sin maldecir, a golpear a los borrachos y a no dejarme golpear. Pero lo más importante que aprendí fue a entregarme a los hombres, eso que Mohammed con tanto cuidado me había negado y que Yusuf me había dado con tanta delicadeza y tanto amor. Mis hermanas me enseñaron a moverme cuando era usada, para dar buen placer y despertar en ellos el ichk, la pasión amorosa, pero me enseñaron también la forma de no dejarlos terminar dentro de mí. Y aprendí lo que toda buena musulmana debe saber: a morderme los labios si gozaba, para no molestar al hombre con mis quejidos.

Viví así durante varios años. Vi enamorarse y secarse a Rajil a la espera de un hombre blanco que le hizo promesas y nunca volvió. Vi envejecer a Hafsia sin que su hijo regresara jamás y vi enloquecer al negro Antar que se fue hacia el desierto cargando su música.

Un invierno particularmente frío caí enferma y empecé a sentir gran cansancio y debilidad. Tuve que permanecer acostada sin poder salir. Luego empecé a toser y de mi boca brotaron gotas de sangre que caían sobre la estera. Supe entonces que por fin Alá había decidido llevarme, pues sólo Él tiene el poder y la fuerza para hacerlo, alabado sea. Cada vez me resultaba más difícil respirar y en mis sueños inquietos extrañaba el aire fresco de Taif, el aire puro del desierto y el aire perfumado de Granada.

Pensé en mi vida, que unos días había sido dichosa y otros llena de sufrimientos. Recordé a mi madre y a mis maridos, ojalá el Arcángel los haya llevado a través de los siete cielos hasta la presencia divina. Alá el Misericordioso había querido alejarme de los míos para entregarme a hombres que luego él mismo me había arrebatado. Un día había yo sido pobre y otro estuve cubierta de joyas para luego ser pobre de nuevo. Nací en un oasis, viví en el desierto con los árabes de la tierra vacía y fui llevada a las tres ciudades más grandiosas que levantaron los humanos aunque yo apenas si las vi. Y el amor me fue dado pero nunca se me concedió un hijo para alegrarme y para cuidar de mí en la vejez. Por eso tuve que ejercer un duro y penoso oficio para vivir. Y ahora había llegado el final y aquí estaba sola y enferma, esa es la voluntad del Creador, pues todos estamos en Sus manos y sólo Él sabe por qué hace las cosas. Pronto todo terminará para mí, de lo cual doy gracias, estoy preparada para ir al jardín del otro mundo.

He pedido a mis hermanas que me traigan el rosario de las cien cuentas y dedico mis últimos momentos a desgranarlo afirmando las cualidades de Dios: El Único, el Sabio, el Generoso, el Creador, el Juez, hasta que llegada la última, digo Su nombre bendito y vuelvo a empezar. Las he hecho prometer que lavarán mi cuerpo y lo envolverán en un kefén para luego acostarme en la arena de estas tierras del sur con el rostro dirigido al oriente. Allí podré esperar el día del juicio, según dice el último Sura del sagrado Corán: "Alá será juez el día de la resurrección pues a Él pertenece el reino del cielo y de la tierra y todo cuanto ellos contienen."

En el nombre de Alá, el Clemente, el Misericordioso, esta habría sido mi historia si yo hubiera sido una mujer sumisa, obediente de mi destino.

II
El tiempo de nuestras pasiones

No reconozco a mi esposa, como que es la misma pero no. Otra vez pasa el día limpiando y ordenando y parece que lo hace con gusto. Llenó la casa de flores y dulces y prepara unas comidas extrañas pero muy sabrosas, que carne molida con trigo y yerbabuena, que pepinos en jocoque, higos en miel y cosas así, vamos a engordar, de por sí a mí me sobran diez kilos, mi jefe dice que debería yo hacer ejercicio pero no veo a qué horas si todo el día lo paso en la oficina.

Bueno, le decía, hay algo raro en ella, pues aunque hace lo mismo que antes de deprimirse, es con una actitud distinta, muy servicial, a todo dice que sí y hasta baja los ojos cuando le hablo, hágame el favor, como si fuera una esclava cuando el patrón le dirige la palabra. Le ha dado por pintarse los ojos de negro, como si la hubieran golpeado y tuviera dos enormes moretones en la cara y por untarse el cuerpo y el pelo de aceites, ella les llama "esencias", pero no son más que unas grasas que dejan su mancha enorme en las sábanas y los sillones. Se pone pantalones muy anchos, como los que salen en las películas, *Aladino y la lámpara maravillosa* o *Mi bella genio*, parece cebolla de tantas capas y capas de tela alrededor de su cuerpo, anda todo el tiempo como si la hubieran invitado a una fiesta de disfraces. Pero lo peor es que huele exageradamente a perfume, hasta marea.

Por las noches se me repega y me dice apodos: mi lucero de la madrugada, mi estrella del desierto, mi perfume de jazmín, quién sabe de dónde los sacó, a lo mejor de las telenovelas o de un libro sobre los árabes que se compró, hágame usted el favor, ¿qué negocio tiene ella con los árabes, digo yo?, ¿qué tiene ella que andar leyendo? Aunque claro, si leer le sirve para curarse, pues que lea, no me opongo. La verdad es que así me gusta más que cuando andaba tan triste. Ahora es dulce y tierna, más que antes, quizá demasiado, a veces hasta resulta empalagosa. Pero bueno, vengo para agradecerle su ayuda, cuando mi jefe nos recomendó con usted pues yo no le creí mucho, nada más hice la cita por no dejar y mi hija se puso furiosa, dijo que era una vergüenza ir con una sicóloga, ni que estuviéramos locos, pero reconozco que sí sirve, ahora ya podemos seguir viviendo a gusto, todo es normal otra vez.

Estoy enojada, muy enojada. Me volví buena y obediente, trabajando todo el tiempo sin chistar, cumpliéndoles sus antojos a mis gentes. Soy la mujer ideal, siempre dispuesta y amable como las esposas de los cuentos y ¿sabe qué he ganado? Se lo voy a decir: ellos están encantados, claro que sí, cómo no van a estarlo ¡y bien que se aprovechan!, tráeme esto, prepárame lo otro, tengo sed, contesta el teléfono. ¡Se tomaron en serio eso de que estoy a su servicio!

Y eso sería lo de menos si también ellos se volvieran dulces o apasionados como son las personas en los libros, pero no, mi marido es un buen hombre, eso no lo niego, nada más que tan burdo, jamás tiene ningún detalle, jamás me ofrece un regalo, no digo algo caro, cualquier cosa para demostrar que le importo, no me dice una palabra amable ni se le ocurre nada diferente. Llega a la casa cansado, se sienta inmediatamente a comer, ve un rato la televisión y se duerme, pesado como tronco. Y en las mañanas ni los buenos días, siempre apurado y de mal humor, se va corriendo y deja aventada la ropa sucia de ayer. Cuando platica algo, son sus quejas de la oficina o del dinero que no alcanza. Y mis hijos, los he mimado tanto que toman como algo natural que la comida esté lista, que siempre haya papel higiénico y calcetines limpios. No ayudan en nada, jamás me preguntan de mí, yo no existo más que para cumplir con mis deberes. ¿Y la poesía?, ¿y el amor?, ¿y las palabras bonitas? Son puro engaño, no existen en la realidad, sólo en las páginas de los libros.

Hubiera visto el desastre que fue mi casa por unos días en que estuve enferma, en cama una semana completa, dormida todo el tiempo por tantas medicinas que me recetaron. Mis gentes se pusieron tan mal que mejor mi suegra se vino a vivir con nosotros para que todo siguiera marchando. ¡Y lo peor es que yo me sentía culpable por descomponer el orden! Así que hice una tontería: cuando me pude levantar, con todo y que estaba muy débil, les preparé una comida especial como para pedir perdón por haberles fallado. Y resultó peor porque en la tarde me desmayé por el esfuerzo y tuve que regresar a la cama casi una semana más y ya para entonces sin mi suegra. Fue terrible, me empezaron a decir indirectas acusándome de flojera, preguntando si de verdad la enfermedad era tan grave y cosas así. Y nadie lavó un plato o un calzón, nadie pasó un trapo, así que cuando me alivié encontré tanto trabajo que me di cuenta de todos mis errores y me enojé, me enojé mucho.

Y voy a decirle una cosa: sigo furiosa. Jamás volveré a ser servicial, jamás permitiré que me traten así, la sumisión no conduce a nada bueno, no señor. Más uno le da al otro, más el otro le exige; más uno es amable, más el otro lo trata mal, ¿qué caso tiene?

El otro día pasé por la librería y el dueño estaba parado en la puerta. ¿Cómo está? me dijo, hace rato que no la veía, espero que le haya gustado lo que le recomendé. Muchísimo le dije, estoy agradecida con usted, pasé unos momentos maravillosos leyendo y luego hasta aprendí a preparar platillos árabes. Eso le dio risa, no me diga que va a ser usted de las gentes que se creen lo que leen dijo, y luego me preguntó si no quería algo más. Pero no tengo tiempo, le contesté con mi misma tontería de siempre, estoy segura que no se la traga, en la cara se me nota el aburrimiento. Aunque sea despacio, me contestó, no hay ninguna prisa, pero debería seguir leyendo. Y sin decir más fue y me sacó unas novelas, son rusas, del siglo pasado. Yo no llevaba dinero pero me aseguró que no importaba, abrió un cuaderno, apuntó mis datos y me hizo firmar a crédito. Luego se ve que es usted persona confiable, cuando pueda me paga.

Salí de allí alterada, me daba emoción nada más de imaginarme otra vez echada en mi cama sin-

tiendo como esa primera vez, imaginándome a mí
misma en otra vida. Me apuré a hacer mis compras y
a dejar todo listo porque ya me moría de ganas de
empezar. Pero ese día no pude porque la Nena llegó
mal del estómago y tuve que ir a la farmacia por una
medicina y prepararle un consomé con pan tostado.
Mientras los demás regresaron y total, el día se acabó.

Pero a la mañana siguiente ya no veía a qué horas empezar, me urgía que se fueran. Cuando oí cerrar la puerta, que siempre es un momento en que
me viene una enorme tristeza porque me quedo
completamente sola en la casa, por primera vez sentí al revés, un alivio. Corrí y me tiré en la cama, de-
senvolví el libro y me puse a leer. ¡Qué barbaridad,
que historias! No sé si usted las conoce pero son be-
llísimas, me impresionó lo apasionadas que eran las
gentes, cómo vivían el amor, cómo amaban la naturaleza, cómo se entregaban a la música y a la poseía
que les agitaban tan profundamente el alma.

Estaba yo tan entretenida que no me di cuenta
de cómo se pasó el tiempo. Y de repente vi la hora y
entré en pánico. Por más que me había prometido a
mí misma ya no ser servicial, pues no podía dejar de
prepararles sus alimentos, pobrecitos, llegan cansados y hambrientos. Así que empecé a correr de un
lado a otro del departamento recogiendo lo que podía, escondiendo lo sucio donde nadie lo viera, inventando cualquier cosa para comer con las sobras.
Y cuando llegaron mis gentes se dieron cuenta de
que había algo raro, pero no dijeron nada porque
afortunadamente todo había salido bien.

¡Qué envidia de las señoras rusas que tenían todo el tiempo del mundo para ellas! Claro que eso

pasaba porque eran muy ricas, tenían casas enormes, eran dueñas de extensísimas propiedades y de montones de sirvientes de modo que no hacían nada más que leer, enamorarse, tocar el piano, suspirar. ¡Cómo me hubiera gustado vivir así! Estoy segura de que la felicidad se logra cuando una es, rica en serio, rica en grande, suficientemente rica para permitirse vivir todas las pasiones.

Me imagino cómo sería mi vida si yo hubiera nacido en Rusia, el año en que murió el zar Pablo y subió al trono su hijo, el nieto de Catalina la grande, el heroico y romántico emperador Alejandro I.

Mis padres habrían sido dueños de enormes propiedades en las fértiles estepas ucranianas y señores de miles de siervos que se multiplicarían constantemente gracias al decreto imperial que obligaba a las campesinas a parir con regularidad a fin de asegurarle soldados a la patria, que mucho los necesitaba pues siempre había alguna guerra por pelear.

Nuestra finca se encontraba a tres días de camino de la vieja ciudad de Kiev, la primera capital del imperio. Estaba regada por el poderoso Dniéper, gracias a cuyas aguas y a la generosidad de la tierra negra, se extendían hasta el infinito, altos y dorados, el trigo, la avena, el centeno y la cebada, pues estas llanuras veían crecer los mejores y más abundantes granos. Y más allá, donde terminan los sembradíos, oscuros bosques tupidos de abedules, álamos y tilos con sus troncos blanquísimos y de olmos y avellanos con sus troncos muy negros, en los que abundaba la buena caza de las mejores especies y aves. Por aquí y por allá aparecían las pequeñas aldeas de los campesinos con sus isbas de troncos de madera y techo de paja, en donde habitaban los mujiks con sus familias compuestas de viejos de cara muy arrugada y largas barbas, esposas que se cubrían las cabezas con pañoletas de colores vivos y montones de niños descalzos y semidesnudos. En una de estas aldeas había una iglesia pequeña pero muy hermosa, con su altar de iconos dorados iluminados por la luz perenne de las bujías.

Nuestra casa se erguía imponente en medio de un enorme parque bien cuidado, cubierto por una alfombra suave de pasto cortado al ras y salpicado de macizos de flores multicolores. Era una mansión de tres pisos, con gruesos muros blancos cortados por infinidad de ventanas de madera y con anchas columnas que abrían un imponente pórtico a la entrada. En la planta principal se localizaban las salas, salones y comedores de tamaños diversos para los distintos usos, así como las cocinas y la repostería en las que el ajetreo era constante desde muy temprano por la mañana hasta bien entrada la noche. En el primer piso se encontraban los apartamentos de mis padres y los nuestros, así como el cuarto de los niños, los salones de estudio y las habitaciones para huéspedes. En el último piso tenían su lugar los criados y las doncellas.

En el extremo del jardín se localizaban las caballerizas habitadas por hermosos ejemplares, pues mi padre sabía apreciar un buen animal y los cobertizos en los que esperaban todo tipo de coches, desde trineos y droshkis hasta tílburis y kibitkas, un break, dos simones, una berlina y una calesa. Había también establos con vacas, cabras y corderos; conejeras y gallineros; palomares y panales donde las abejas hacían dulcísima miel y las perreras en las que se encerraba a los animales destinados a la caza y a ser guardianes, pues los domésticos vivían con nosotros echados siempre allí donde por la ventana se colaban los rayos del sol. Hasta atrás estaban las bodegas para materiales, el cuarto donde se guardaban los knuts, cadenas, grilletes y esposas para castigar a los siervos desobedientes, la destilería y el taller. Pero lo que a mí más me gustaba eran los huertos umbrosos y húmedos en los que cantaban ruiseñores y se levantaban altos los manzanos y melocotoneros, con las ortigas enredadas a sus troncos y las telarañas a sus ramas.

Vivíamos muy mimados, rodeados de lujos y atendidos por ayas y nyanyas, criados y doncellas, mozos, jardineros, cocineras y choferes que cumplían nuestros menores deseos y caprichos, además de las institutrices y preceptores extranjeros que se encargaban de dirigir nuestra educación y los maestros especiales que la completaban.

Yo nací en el mes de abril, el de la primavera, cuando las aguas del Dniéper bajan a su nivel y las cigüeñas vuelven a sus nidos. Es un mes hermoso, de día brilla un sol tímido y de noche brilla la escarcha que aún no se derrite. Mi nyanya rusa, que me cantaba y me relataba hermosos cuentos llenos de hadas y enanos, decía que por haber nacido en esta fecha estaba yo destinada a ser por siempre una incurable romántica y una mujer de carácter ardiente.

Apenas si recuerdo el tiempo que pasé en el cuarto de los bebés con las nodrizas y las niñeras. Fue el tiempo de leche azucarada, papillas de fruta, paseos por el jardín en brazos de las doncellas y mucho dormir. Cuando fui capaz de sostener la cucharilla y comer sola sin volcar la sopa ni ensuciar el mantel, me trasladaron al departamento de las niñas. Me quitaron entonces los zapatos de lazos y me dieron vestidos con moños, obligándoseme desde entonces a mantenerme seria y quieta durante las comidas y durante las larguísimas misas.

Glafira Ivánova, nuestra institutriz, nos despertaba muy temprano, pero a diferencia del preceptor de mis hermanos que les hacía levantarse inmediatamente, a nosotras nos permitía permanecer un largo rato en la cama mullida bajo el calor de los edredones de plumas. Era ése un momento delicioso, no sólo por el bienestar que se sentía en el cuerpo sino porque podía una dedicarse a sus ensueños y entrar en el mundo poco a poco.

Eso sí, una vez de pie y aunque hiciera frío, nos obligaba a un lavado muy completo y cuidadoso, para luego vestirnos con las ropas limpísimas y recién planchadas que en ese preciso momento traía a nuestra habitación la buena Anenka y a pasar después por la tormentosa ceremonia de desenredar los cabellos, lo que hacían las doncellas con sumo cuidado, hasta dejarnos peinadas con una gruesa trenza impecablemente estirada. Una vez terminado el arreglo, bajábamos a dar los buenos días a mi madre, que nos esperaba ya en el comedor pequeño, el de los desayunos.

Mi madre era hermosa. Tenía la tez muy blanca, casi transparente, surcada de venas azules y el cabello y los ojos oscuros, colores que yo heredé. Sus manos eran muy finas, de dedos largos y las movía constantemente aun cuando las descansara en su regazo. Era alegre, siempre cantaba, reía y hablaba en voz muy alta. Por las mañanas llevaba vestidos de telas suaves en colores pastel: lila violeta, azul cielo, verde agua, amarillo canario, que la hacían verse fresca y juvenil. Recogía su largo cabello en un moño por detrás de las orejas y jamás usaba a esa hora otro adorno que no fueran perlas, en collares largos o cortos, en sortijas y pendientes. Pero lo más bonito eran sus escarpines, que siempre eran de la misma tela y color que sus vestidos. Y si hacía un poco de fresco, de sus hombros colgaba una mañanita de lana que hacía juego con lo demás.

Al llegar al comedor acompañadas por Glafira Ivánova, nos dirigíamos directamente hacia mi madre, y empezando por Natasha la mayor, le dábamos los buenos días y un beso en la mejilla, luego de lo cual pasábamos a ocupar el lugar que nos correspondía en la mesa, frente a mis hermanos, que ya se encontraban allí acompañados de su preceptor, Monsieur Morin.

Mamá servía entonces el té de un samovar y una tetera colocados en una pequeña mesita a su lado. Acostumbraba hacerlo personalmente así como repartir de su propia mano los terrones de azúcar para evitar que comiéramos demasiada, pues nos gustaba tanto ver cómo se deshacía al contacto con el agua caliente, que pedíamos otro y otro más. Sobre la mesa había pan negro que podíamos untar con manteca, miel, confituras de fruta, vareñike y nata.

Una vez servidos, mamá le preguntaba a la institutriz si habíamos pasado una buena noche, pregunta que después nos repetía a nosotras y a la que siempre respondíamos que "oui chère maman, merci beaucoup", así hubiéramos tenido pesadillas o dolor de estómago, pues eso se resolvía con Glafira Ivánova y no con ella.

Terminado el desayuno, mamá nos despedía y recibía al ama y al mayordomo a quienes daba las instrucciones para el día. Nosotros nos dirigíamos entonces a nuestras actividades y mis hermanos pasaban al despacho de mi padre para saludarlo. Él acostumbraba tomar allí su desayuno mientras hablaba de los asuntos de la finca con el administrador.

Mi padre era alto, de cabellos rubios y ojos azules, colores que heredaron todos mis hermanos y hermanas a excepción de mí y vestía con una elegancia que imponía: impecables chaquetas, fracs o levitas según la hora y la ocasión, pecheras almidonadas, camisas de puño perfectamente planchadas, pantalones finamente cortados y ajustados, chalecos cruzados por cadenas de oro macizo y altas botas o suaves botines según se requiriera. Había sido oficial en tiempos de la emperatriz Catalina y por órdenes de ella había leído a Voltaire y a Rousseau y había aprendido, además del francés, un fluido alemán. Único varón de su casa, había heredado la fabulosa riqueza de mi abuelo, buena parte de la cual gastaba en los caballos, que eran su pasión. Era un excelente jinete y a todos nos enseñó el dominio de ese arte.

El despacho de mi padre era una habitación enorme, amueblada con pesados sillones de piel color café oscuro y una larga mesa que hacía las veces de escritorio, tras la cual él se sentaba mientras mis hermanos permanecían de pie a su lado y el administrador al frente con los papeles y el gran libro con los números y las cuentas.

Después de interrogar a Monsieur Morin lo
que considerara conveniente sobre la conducta y los
estudios de mis hermanos, mi padre hablaba con
Ivan Nikoláievich de aquellos asuntos que le interesaba que sus jóvenes hijos empezaran a conocer sobre las tierras y los siervos, la venta del grano, la
madera y el heno, el cobro de las rentas y otras cuestiones por el estilo. "Es necesario que se instruyan
en el manejo de los negocios, gustaba decir, pues algún día tendrán que dirigir sus propias fincas."
Cuando le parecía que era suficiente por ese día, les
hacía saber que se podían retirar y entonces pasaban
al salón de estudios en donde permanecían encerra-
dos hasta la hora del almuerzo, aprendiendo aritmé-
tica, geografía, historia y, por supuesto, idiomas.

Las niñas en cambio, pasábamos directamente
del desayuno al cuarto de estudios, donde se nos
enseñaba francés e inglés —idiomas que nuestra
institutriz dominaba a la perfección pues había vivido la mayor parte de su vida en Europa—, literatura, declamación y caligrafía. Creo que de entonces
data mi amor por la poesía. Su lectura provocaba en
mí dulces sentimientos y mi mirada se perdía a través de la ventana por el parque infinito tan verde y
por el cielo inmenso tan azul, hasta que Glafira Ivánova me llamaba suavemente la atención.

A la una en punto suspendíamos el estudio y
pasábamos al cuarto de costura, en donde mamá
daba instrucciones a las ajetreadas mujeres sobre los
arreglos a los vestidos o sobre los nuevos que debían
hacernos, además de los trajes para mis hermanos,
los pañales para el bebé, las sábanas y manteles para
la casa. Allí permanecíamos entre telas y modelos,

alfileres y cintas que nos probaban las costureras, zapatos y botines que Misha el zapatero nos traía a medir y sombreros que Mitia el sombrerero nos hacía lucir, hasta las dos y media en punto, cuando el mayordomo venía a avisar que el almuerzo estaba servido.

Bajábamos entonces a un comedor algo más grande que el anterior y nos reuníamos con la familia completa: mis padres y hermanos, el bebé y su aya, la abuela paterna, la tía Olga, hermana menor de mi madre, que aún no se casaba y vivía con nosotros, y los huéspedes que hubiera en casa, que siempre los había, ya fueran parientes, amigos o vecinos, algunos de los cuales se instalaban con nosotros por días, meses y hasta por años.

Criados de librea nos servían la sopa según edades y jerarquías. Si era invierno, la traían bien caliente, de papa o de lenteja. Si era primavera, la traían fría, de pescado, fresa o betabel. Era éste mi plato favorito pues nada más comerlo me llenaba de bienestar, calor o frescura según la temporada. Seguían después las carnes, ya fuera vaca o lechón, ganso o pato, acompañadas de la col y las verduras. Y por fin, los dulces postres con los que terminaba la comida, que eran deliciosas compotas o pastelillos y de los cuales se nos servían raciones pequeñas pues mi madre insistía en que era dañino abusar del azúcar.

Los niños no hablábamos durante esas largas reuniones, a menos que se nos preguntara algo directamente. Nos limitábamos a escuchar a los mayores que comentaban sobre el clima, sobre algún sucedido en la corte o alguna novedad entre los amigos, vecinos y conocidos, sobre la tertulia del día anterior o la fiesta de mañana. Natasha y Petia ya participaban de esas conversaciones puesto que eran los mayores y, como tales, llevaban los nombres de mis padres.

Una vez terminada la comida, los adultos pasaban a la biblioteca a beber el café y fumar mientras los niños salíamos al jardín a tomar el fresco y a caminar. ¡Cómo me gustaban esos paseos que nos obligaban a hacer en aras de la salud, pues así decía en los libros ingleses y franceses que leían mis padres! El aire limpio, frío o tibio según la época, golpeando contra mis mejillas; el césped mullido bajo mis pies; los senderos bordeados de álamos que derramaban su sombra sobre nosotros; el bullicio de mis hermanos que se confundía con el de los perros que siempre nos acompañaban; la conversación tranquila entre Monsieur Morin y Glafira Ivánova, que iban detrás; los pasos silenciosos de los criados y doncellas pendientes de lo que se nos pudiera ofrecer. Pasábamos así un largo rato, que era siempre el más agradable del día.

A la vuelta del paseo, excitados y alegres, encontrábamos a mis padres en la terraza si era primavera o en el salón si era invierno, conversando con sus invitados. Nosotros saludábamos y pasábamos directamente a las lecciones de música y canto que se prolongaban hasta la hora del té. Aprendíamos a tocar el piano y a cantar romanzas y viejas cancioncillas francesas, inglesas y alemanas.

El té era de nuevo un momento muy grato. La mesa rebosaba de fruta fresca y pastelillos y cuando el tiempo era bueno, mamá decidía que lo tomáramos en el pabellón junto al río. Entonces nos dirigíamos hacia allá mientras alguien cantaba o declamaba y nos servían helados. En las tardes largas, se mandaba enganchar un coche y salíamos al campo a pasar el rato. Mis hermanos iban a caballo, luciendo lo que aprendían en sus clases de los sábados y que tanto enorgullecía a mi padre, mientras nosotras íbamos despacio en el coche, con las sombrillas abiertas y mucho alboroto. Por doquier encontrábamos a los campesinos que volvían del trabajo o al rebaño que regresaba a pasar la noche en su lugar.

Terminado el té, venían las clases de baile bajo la muy estricta supervisión de mi madre, que por alguna razón se interesaba vivamente en que aprendiéramos los difíciles pasos del vals, la mazurka, el quadrillé y el grossvater.

En invierno la noche llegaba temprano. Nos reuníamos en el salón donde mis hermanos leían alguna novela francesa mientras los invitados jugaban una partida de ajedrez o de naipes y nosotras bordábamos sobre los bastidores o hacíamos labores de punto. En ocasiones mamá tocaba el piano o cantaba. Tenía una voz muy hermosa y animaba la tertulia haciendo que participaran los demás. A esas horas acostumbraba vestir colores oscuros y telas pesadas y se adornaba con joyas brillantes, mientras que mi padre invariablemente llevaba levita.

Los niños nos retirábamos temprano a nuestras habitaciones. Allí cenábamos kashá y un tazón de leche con azúcar y nos cambiábamos a la ropa de dormir y las batas acolchadas. Mientras Anenka pasaba la pesada plancha de carbón al rojo vivo sobre las sábanas para calentarlas y las espolvoreaba con polvos de Persia, las doncellas nos deshacían las trenzas y nos ponían las tenazas calientes para hacer los rizos de los cuales dependería nuestro peinado del día siguiente.

Terminado este trajín, todo mundo salía de la habitación y nosotras nos arrodillábamos frente al kiet. Era un momento muy intenso con mis queridos y venerados iconos, iluminados apenas por la luz de las bujías. Decíamos nuestras oraciones con fervor y permanecíamos arrodilladas hasta que llegaba mi madre a darnos su bendición y hacernos la señal de la cruz. Entonces nos metíamos a la cama, bien arropadas y Glafira Ivánova apagaba la vela. Poco a poco la respiración se iba haciendo apacible y el sueño se iba apoderando de mí. A lo lejos se escuchaba la música que subía del salón o el bullicio de los invitados cuando pasaban, ya muy avanzada la noche, a cenar al gran comedor. Cuando no había visitas y mis padres salían, se oía el movimiento de la casa que se recogía y se podía adivinar cómo iban apagándose las luces, la última de ellas en la repostería y por fin la del cuarto del ama que hasta bien entrada la madrugada contaba cubiertos, vajilla y copas, lienzos, sábanas y manteles, terrones de azúcar, libras de arroz y papas. Entonces ya sólo quedaba el silencio, la oscuridad del jardín, el ladrido de algún perro o los pasos del guarda que hacía su ronda.

En algunas ocasiones se permitía a los niños permanecer despiertos hasta más tarde. Una de ellas era el día de San Pedro, la festividad de mi padre y mi hermano mayor. Después de comulgar, ambos se paraban en el gran pórtico hasta el que llegaban los siervos para postrarse. Era conmovedor ver la

larguísima fila de hombres y mujeres que se arrodi-
llaban y ponían la frente contra el piso aunque fueran ya muy viejos y estuvieran muy arrugados,
mientras les decían "Dios los bendiga, padrecitos."
Luego, ya de pie, les besaban los hombros con devoción, deseándoles toda clase de parabienes.

También en la Nochebuena podíamos desve-
larnos. Se acostumbraba servir una gran cena y se
repartían lechones y vodka entre los siervos. Al día
siguiente, en Navidad, venían visitas cargadas de regalos. Era emocionante esperarlos. Con los vestidos
y zapatos nuevos, oíamos desde lejos las campanillas
de los trineos y adivinábamos quién podía ser y qué
sería lo que nos traería.

Una vez cada doce meses íbamos a Kiev a pasar
las festividades del año nuevo. Era ese un momento
solemne y sobrecogedor. En la enorme Basílica iluminada por las velas, con los cánticos tan hermosos,
los popes en sus vestiduras salpicadas de oro, los
iconos enjoyados y el aroma del incienso mezclado
con el de las flores, nos deseábamos lo mejor para el
año que empezaría a la medianoche.

Pero mi festividad favorita era el viernes de San
Elías, cuando nos levantábamos de madrugada para
ir al bosque que estaba cubierto aún por una fina capa de hielo. También me gustaba el carnaval porque
nos disfrazábamos y la pascua porque a los niños nos
daban huevos rellenos de dulces y a los adultos rellenos de joyas. Recuerdo un año en que mi padre obsequió a mi madre con uno en que el cascarón
estaba tallado en forma de pájaro, en color azul con
incrustaciones de oro y los ojos brillantes con dos
enormes piedras preciosas de un rojo intenso.

Mi infancia fue un tiempo hermoso. En invierno pasábamos mucho tiempo en casa pues el frío era intenso, las nevadas tupidas y oscurecía temprano. Por las ventanas bien cerradas se veían los copos cayendo con suavidad sobre el paisaje ya blanco y el hielo tomando formas extrañas en las ramas de los árboles que se doblaban por el peso. Después llegaba la primavera y las alondras empezaban a cantar anunciando la estación. Las golondrinas buscaban dónde hacer nido y poblaban el aire con sus trinos. Tímidamente nacían las primeras flores y los arroyos del deshielo se deslizaban veloces por doquier. El viejo Vasily buscaba por los rincones y en los techos los montoncitos de nieve escondidos que aún esperaban al sol para que los derritiera. Él los limpiaba y una vez terminada esa labor, quitaba la madera protectora de las ventanas para dejarlas abiertas de par en par a que entrara la hermosa temporada. Cuando caía una de esas tormentas primaverales, tan frecuentes como sorpresivas, yo me sentaba con mi fiel Basnya sobre las rodillas y miraba fascinada la cortinilla de agua que se derramaba sobre el parque que empezaba a verdear. Pronto los árboles se llenarían de melocotones y cerezas y el aire de aromas perfumados.

En el otoño el piso se espesaba de hojas secas y crujientes, amarillas y doradas, y el bosque se teñía de rojo. Un musgo tímido asomaba entre las piedras y un polvo muy fino se levantaba hasta que los goterones de las lluvias torrenciales lo convertían en barro. Pero no había momento más hermoso que aquel en que después de la prolongada lluvia, mientras los árboles seguían escurriendo, aparecía en el cielo azul limpísimo un sol brillante y esplendoroso y el aire se cargaba de olor a frescura, a tierra y hierbas húmedas.

La época más querida para nosotros era el verano, cuando se sentía la vida en pleno vigor. Entonces el centeno se erguía amarillo y en el calor sordo se escuchaba el canto de los grillos y las cigarras. Pasábamos la temporada en la finca de la abuela, que quedaba a muchos días de distancia de casa. La excitación del viaje comenzaba varias semanas antes de partir, desde que mamá y un ejército de sirvientes sacaba la ropa ligera de los baúles para lavar y planchar lo necesario, y ayudada por las cocineras preparaba y tapaba conservas cuyo aroma llenaba dulcemente el comedor, empacaba y embalaba cajas y más cajas y cubría con telas blancas los muebles y los espejos. Por fin, cuando el día tan esperado llegaba, partíamos en una larga procesión de coches que los caballos apenas si podían jalar por tantos puds que les cargaban encima.

Yo adoraba el viaje por la estepa interminable en la que durante verstas y verstas mis ojos no tropezaban con obstáculo alguno. Sólo los campos completamente sembrados y los senderos apenas definidos por donde cruzaban los coches, las suaves lomas, las bandadas de grajos, las aldeas campesinas que aparecían de repente, los bosquecillos, las montañas de heno y los altos girasoles, los riachuelos y los puentecillos de madera. Cada tanto encontrábamos un mujik con las espaldas dobladas sobre su trabajo, una mujer robusta, un caballo con su campanilla o una yegua con su potro. Por aquí se veía un arado, por allá un pozo. El silencio era profundo y durante horas y horas sólo se escuchaban los cascos de los animales, el chirrido de las ruedas de los coches o la voz de alguno de los nuestros.

A media mañana y a media tarde nos deteníamos para tomar el té y estirar un poco las piernas. Los criados extendían un enorme mantel sobre la hierba y ponían el samovar, las frutas y los panecillos. Por las noches parábamos a dormir en las posadas del camino, donde la cena era al estilo ruso: sopa fría de kvas, sopa de col o borscht, pan negro con cebollas y sal, pepinillos en salmuera, arenque y salchichón. Dormíamos en camas de paja dentro de los extraños cuartuchos de madera que nos daban miedo por su oscuridad y porque estaban llenos de gente desconocida y tosca que hablaba un idioma apenas comprensible para nosotros: el ruso.

Nada más llegar a casa de la abuela, se entraba en un mundo maravilloso de fiesta permanente. Allí nos recibían con verdadera emoción. Los sirvientes nos besaban y ella nos abrazaba y nos hacía mil preguntas y cumplidos. Todos los primos y tíos imaginables y muchos amigos, jóvenes, viejos y niños, nos encontrábamos una vez al año para pasar la más deliciosa de las temporadas en la enorme finca, felices y perfectamente atendidos por la generosidad de la querida babushka.

Muy temprano, cuando los rayos del sol asomaban apenas por las copas de los árboles y teñían de rojo los blancos troncos de los abedules, salíamos a hacer excursiones a pie o a caballo. Unas veces eran paseos, otras carreras y competencias. Había cacerías de patos y gansos, días para pescar y otros para coger codornices que encerrábamos en jaulas

colgadas como adorno. Había caminatas para recoger setas y frambuesas en el bosque, almuerzos en
algún claro y altos en el camino para nadar en los
ríos o estanques que había por doquier. Recuerdo
vivamente nuestra dicha, las caras enrojecidas por el
sol, los cuerpos sudorosos. Por su parte, las señoras,
subidas en los coches con sus grandes sombrillas de
colores desplegadas al sol y sus vestidos de colores
claros, seguían a los hombres hasta la entrada del
bosque. Éstos, vestidos de zamarra y altas botas de
caña, iban sobre sus caballos detrás de los perros
hambrientos que a su vez seguían el sonido del
cuerno de caza.

Por las noches no había hora para irse a la cama
y todos participábamos en tertulias y conciertos,
obras de teatro y juegos y, por supuesto, en suculen-
tas cenas compuestas de platillos y platillos a cuál
más deliciosos. Pero lo mejor eran siempre los bailes. Eran magníficos, algunas veces de disfraces y
otras de ropa elegante aunque apta para la temporada y se prolongaban siempre hasta el amanecer.

En las noches blancas salíamos a caminar por
las largas avenidas del jardín, bordeadas de altos y
viejos castaños. Un extraño resplandor iluminaba los
rostros. Y en las noches sin luna nos quedábamos en
la terraza mirando el cielo cuajado de estrellas y el
jardín de luciérnagas brillantes. Envidiaba yo entonces a mi hermano Sergei que dormía a la intemperie
sin temor a los murciélagos ni a los moscos.

Tres meses permanecíamos en la finca de la
abuela y se iban tan veloces que siempre la dejábamos con una gran tristeza en el corazón, deseando
que pronto llegara el siguiente verano. Al volver,

nuestra casa nos parecía silenciosa y adusta, demasiado vacía y, sobre todo, demasiado cargada de obligaciones y quehaceres.

Así fueron pasando los años. Poco a poco mis hermanos y hermanas se fueron yendo de casa. Ellos, muy elegantes en sus uniformes, partían a incorporarse a algún regimiento, en el droshki que mi padre le obsequiaba a cada uno al cumplir su mayoría de edad, acompañados por un cochero y un lacayo personal. Ellas, muy contentas con sus impresionantes ajuares, partían para casarse con algún rico oficial o terrateniente y se empezaban a llamar desde entonces condesa o duquesa. Mi madre, después de afanarse en los preparativos y de organizar las espléndidas fiestas de despedida para mis hermanos y las bodas más suntuosas para mis hermanas, lloraba siempre en el momento de la partida, mientras mi padre, de pie en el pórtico, acompañado por toda la gente de la casa y por los siervos, hinchaba el pecho y esbozaba una sonrisa de satisfacción y de misión cumplida.

Para mí pasaron casi inadvertidas las ausencias de Natasha, Olga, Petia y Alexei, pero fue muy triste cuando partieron Serioshka, mi hermano menor, un ser melancólico y sensible con quien yo compartía la pasión por la música, y Ekaterina, la más cercana a mí, que era vivaz y coqueta, tan fácil de complacer y tan alegre, que su ausencia me hizo sentir un enorme vacío. Cuando Katinka se casó, ya sólo quedamos en casa el pequeño Igor y yo.

El verano en que la abuela cumplió ochenta años fue brillante y estuvo más concurrido que nunca. En esa ocasión llegamos a la finca dos semanas antes que de costumbre para que mi madre y mi tía colaboraran en los preparativos de la fiesta. Amigos y parientes venían de todas partes, desde lugares muy lejanos y hasta de otros países. Todos querían presentar sus respetos a María Petróvna, mi abuela, cuyo nombre yo llevaba con orgullo.

Fue entonces cuando mi hermano Sergei trajo a su amigo Nikolai Alexéievich, compañero del regimiento. Desde el momento en que lo vi, un temblor recorrió mi cuerpo. Me impresionaron profundamente su figura delgada, su rostro pálido y sus grandes ojos hundidos. Vestía impecablemente excepto por el cabello, que llevaba largo y despeinado y pasaba mucho tiempo solo haciendo cabalgatas o leyendo.

Un día en que todos paseábamos por el bosque, Nikolai me entregó un ramo de violetas. Quedé tan agitada que no pude conciliar el sueño, presa de sentimientos confusos y desconocidos para mí. Otro día, en una de las veladas de música, me miró largamente con sus ojos profundos mientras recitaba un poema de Pushkin, un joven poeta amigo suyo. Era ese un conjunto de versos que yo apenas si comprendía pues estaban escritos en ruso, pero en algunas partes sonaban como violines y en otras como campanas y a los dos eso nos conmovió profundamente. Y es que la suya era un alma intensa y apasionada, capaz de grandes sufrimientos.

Tampoco esa noche pude dormir. De pie junto a la ventana auscultaba yo el cielo y las estrellas. Todo estaba en silencio y envuelto en sombras y sin que yo misma supiera por qué, gruesas lágrimas se deslizaron por mis mejillas.

Al día siguiente era domingo. En cuanto escuché las campanadas, me vestí de prisa y me dirigí a la iglesia acompañada por una doncella. Allí la actitud fervorosa de los fieles y los rayos del sol que penetraban por las ventanas me hicieron recobrar la paz y una gran ternura invadió mi alma. Todo hablaba a mi corazón y mis plegarias se elevaron para dar gracias al Señor. De nuevo las lágrimas bañaron mi rostro pero esta vez ya no por sentimiento o por desesperación, sino de dicha.

Nikolai Alexéievich y yo empezamos a pasar juntos mucho tiempo. Después de la turbación y agitación de los primeros días, dejé de ruborizarme como amapola al verlo de frente, aunque no por eso me impresionaba menos su belleza y me conmovía menos su apasionamiento. Como si siempre hubiésemos sido amigos, paseábamos y hablábamos durante horas. Yo gozaba a su lado, admiraba sus palabras inteligentes y dulces, su corazón intenso, su rostro apuesto, el modo como arqueaba las cejas y las arrugas que se le hacían en la frente y en la comisura de los labios, que expresaban a la vez amargura y felicidad. Pero sobre todo, amaba esos ojos oscuros que dejaban ver los tormentos y violencias del fondo de su alma. Era como el verso de Lamartine, un ser siempre solitario, siempre soñador.

Dedicábamos la mayor parte del día a leer. Nikólenka decidió quitarme de la cabeza tantas novelas sentimentales y llenármela de las verdaderas novelas románticas. Así, mientras yo le relataba la historia de la pobre Elsa y su suicidio, él me enseñaba a Byron, a Schiller y a Goethe, y mientras yo le cantaba romanzas con mi acento ucraniano del que

tan dulcemente se burlaba, él me hablaba del alma
rusa, de Ilia Murometz, el poderoso gigante que recibía su fuerza de la tierra, de Alesha Popovich, el
joven osado, del príncipe Igor cuando éramos Rus y
la ciudad de Kiev, la de las puertas doradas, era la
capital. Me recitaba odas de Lomonosov que glori-
ficaban a la emperatriz Isabel y poemas de Dersha-
vin, llenos de amor por los campesinos y por la vida
sencilla. Nikólenka era un soñador, como el del verso de su amigo, el escritor Lermontov: "Arde su mirada que promete amor. En la frente lleva escrito el
destino y en su ser la pasión temprana." Los ojos se
le iluminaban cuando hablaba de la lejana Siberia,
una tierra hermosa y despoblada que quedaba a más
de siete mil verstas de distancia y que según él tenía
un lago maravilloso, pero se le apagaban al recordar
el ucase del zar que obligaba a los mujiks a cortarse
las largas barbas o se le nublaban al decir que los caballos blancos estaban en vías de desaparición. Y
terminaba siempre embravecido con estas palabras:
"De su sueño despertará la Rusia y sobre las ruinas
del absolutismo se grabarán nuestros nombres."

Una de nuestras actividades favoritas era emprender largas caminatas y luego, agotados, tender-
nos sobre la hierba fresca salpicada de florecillas
silvestres y delicadísimas, junto al estanque tan
quieto, buscando la sombra fresca de los árboles, o
bien en un claro del bosque donde permanecíamos
largo rato en silencio escuchando la vida, el murmullo de las ramas de los árboles que se movían con
el leve viento, el zumbido de los moscos y de las
abejas, la algarabía de las cornejas y la voz estridente
de los cuclillos, el chasquido de las ranas, el canto

de los grillos y las cigarras. De repente descubríamos una mariposa que se posaba en alguna flor o una fila de hormigas que se afanaban sobre la tierra. Nikólenka me quitaba las briznas que se enredaban en mis cabellos y me acariciaba las mejillas. Otros días nos refugiábamos en la huerta oscura y húmeda y nos sentábamos debajo de los manzanos, en cuyos troncos y ramas se engarzaban plantas silvestres o tallos de ortigas y cardos de anchas hojas y buscábamos las telarañas que aparecían en los lugares más insólitos. ¡Cuántas veces nos sorprendió la lluvia, esos chaparrones rápidos e intensos del verano que cuando cesaban dejaban asomar un sol tímido mientras el olor a hierba fresca llenaba el aire!

Por las noches, ya en mi cama, cuando la luna brillaba y su luz entraba por la ventana, el corazón me latía con fuerza y sentía gran inquietud. Nikólenka era tan pesimista, tan propenso a sufrir. "La alegría es bella pero por desgracia pasajera, repetía, la vida es una larga herida que rara vez se adormece y que jamás se cura." El mundo le parecía lleno de imperfecciones y su inconformidad era muy honda. Hablaba de "los abismos sombríos de la tierra" y entraba en prolongados humores oscuros que yo no comprendía.

Aquel verano pasó más veloz que ninguno. De repente ya era septiembre y teníamos que volver a casa. Entonces se apoderó de mí una profunda tristeza y no había palabras que pudieran expresar mi sentimiento de dolor. Los labios se negaban a pronunciar la despedida. "Ay querida mía —me dijo Nikolai— me parece que desde ahora mi ser estará tan vacío como esta mansión cuando llegamos." Y agregó con esa maravillosa mirada suya que tanto me gustaba: "En estas luchas del alma contra la pasión, el corazón se llena de heridas incurables." Entonces yo lo abracé y él, con los ojos húmedos, me dijo: "Masha, mi Mashenka, amas como sólo las muchachas rusas saben amar."

En el último momento, cuando se escuchaba ya la voz de los cocheros que se preparaban para partir, Nikólenka me besó en la boca y me dijo: "María Petrovna, me has entregado tu porvenir. Ahora eres mi prometida."

Ojalá nunca lo hubiera hecho. ¡Qué desgraciada me sentí! Eché a correr sin decirle siquiera adiós. Los labios me quemaban y el alma me ardía.

Desde ese momento todo cambió para mí. Perdí toda alegría y la vida me resultaba triste y sombría, como cubierta por una niebla, similar a la que flotaba sobre el lago en el mes de noviembre, el alma azotada por un viento helado como el que se colaba por las rendijas en el mes de febrero. Pasaba yo horas mirando por la ventana y suspirando, mientras mi madre y Glafira Ivánova se preocupaban. El padre Guerasim, nuestro monje confesor, que venía una vez al mes a casa para escuchar a toda la familia, empezó a llegar con más asiduidad, pues mi madre insistía en que debía ayudarme a vencer la melancolía que me acongojaba. Pero yo no tenía nada que decirle, pues vivía en una confusión, mezcla de la culpa por aquel beso que aún me laceraba y el vacío que sólo las cartas de Nikólenka llenaban.

Tal y como lo había prometido, Nikoshka me escribía apasionadas misivas de amor en las que me contaba sus sueños y lecturas y hablaba de nuestro futuro, de cuando estuviéramos juntos para siempre. "A mi Masha, la de la dulce mirada, Masha mía, esos ojos tuyos me han fascinado, ellos el alma mía han conturbado y a mi paz han puesto fin. Cuando la pena habita en mí bajo el peso de la agreste rutina, me acuerdo del minuto maravilloso en que apareciste ante mí como una visión instantánea, como genio de belleza pura. Oigo tu dulce voz, tu voz tan pura Mashenka mía y sueño con tus rasgos queridos. Extraño tu delgado talle, tu dulce blancura que centellea clareando la noche."

Recibía yo cuadernos de música, libros de poesía, flores secas prensadas entre las hojas. Las horas del día se me iban pensando en él. Ya no prestaba atención a mis estudios y no había ocupación que me interesara o me diera consuelo. Mi alma adquiría por momentos una agitación imposible de calmar y en otros una ausencia total de sensaciones. Sin motivo reía, sin motivo lloraba y mi sueño era inquieto. Pronto mis mejillas se hundieron y mi rostro adquirió una extraña palidez mientras mis ojos ahora desorbitados se agrandaron.

Un domingo pasó frente a mí un pope vestido de negro, presagio de la mala suerte que no tardó demasiado en llegar. Esa misma tarde mi padre me mandó llamar a su despacho, lo que era absolutamente inusual, y me dijo: "Escucha Mashenka, no se puede escribir y mandar regalos a una señorita casadera sin poner en claro las intenciones. Por lo demás, Nikolai Alexéievich Viazemski no te conviene, pues aunque pertenece a una buena familia es un hombre muy impetuoso y exaltado que gasta su energía en oscuras luchas del alma y está disipando su vida. Hace algunas semanas se enfrascó en un duelo por una insignificancia. Tuvo suerte, pudo haber muerto, pero solamente recibió heridas superficiales. Y lo que es peor, sé por fuentes confiables que pertenece a sociedades literarias y que está relacionado con grupos de conspiradores que atentan contra el Zar y contra el orden. Sueñan con una revolución y creen poder instaurar un poder constitucional en Rusia. Parece que él con algunos amigos suyos, poetas todos, escriben los epigramas que circulan por doquier, afilados como dagas, en los que critican y desafían al gobierno. Varios han sido ya detenidos y se encuentran presos en la terrible fortaleza de Pedro y Pablo. Probablemente serán desterrados a Siberia o incluso condenados a muerte, pues el emperador está furioso. La policía acecha y no hay nada que les detenga. Incluso penetraron por la fuerza en Kamenka, la finca del general Raevsky, un héroe de la guerra, lo que te indica que no hay apellido, riqueza ni condecoración que valga como protección. Así pues —continuó hablando mi padre, que jamás me había dedicado un discurso tan largo— entrégame inmediatamente todas las cartas que hayas recibido de él pues habrá que quemarlas y olvídate de su existencia. No quiero nada en mi casa que huela a conspiración. Las heridas del corazón se curan con el tiempo y con la distancia. Ahora lo pasarás mal pero eres muy joven y, a la larga, será lo más conveniente para nuestra familia y para ti."

Profundamente dolida obedecí a mi padre, pero mi sufrimiento fue indecible. Sin recibir las cartas de Nikolai y sin poderle yo escribir, mi vida

perdió todo sentido y enfermé gravemente. Enfla-
quecida, con los labios resecos y la frente ardiente,
me abrasaba sin poder volver a la conciencia y sin
que mis nervios se pudieran tranquilizar. Recordaba
aquella frase que me había enseñado Nikoshka: "El
amor es una gangrena del alma." La situación llegó
a ser tan difícil que mis padres se asustaron de verdad y consultaron con nuestros médicos e incluso
hicieron venir a un renombrado especialista de San
Petersburgo, cuya recomendación fue ir a tomar las
aguas.

De modo que acompañada de mi madre, de
Glafira Ivánova y de dos doncellas, emprendimos el
largo viaje hacia el Cáucaso. Yo estaba muy debilitada, por lo que hicimos el camino en jornadas cortas.
Un mes tardamos en llegar hasta Goryachevodsk y
allí permanecimos ocho semanas que era el tiempo
que duraba la cura contra el abatimiento.

Desde que llegamos me impresionó profundamente la hermosura y majestad del paisaje: las altas
montañas que proyectaban su sombra sobre los
acantilados y precipicios y tomaban formas fantásticas que cambiaban con la luz del sol; las hondona-
das que bajaban empinadas; los arroyos y corrientes
que corrían serpenteando por entre las matas, bor-
boteando y dejando rastros blancos y rojizos; los caminos pedregosos que recorríamos montados en
ponis mientras alguno de los otros huéspedes recitaba *Athalie* de Racine; el silencio y la quietud, el cielo turquesa, la naturaleza silvestre y agreste y los
circacianos, que tenían el aspecto y la apostura de
hombres libres, no como nuestros siervos siempre
agachados y temerosos, el delicioso shashlik de cor-

dero asado, el agua muy pura que bebíamos y sobre todo el aire fresco que golpeaba el rostro vivificándolo y vigorizándolo. Tenía razón aquel escritor que afirmaba que quien haya tenido ocasión de vagar por estas montañas, de contemplarlas larga, muy largamente, deja atrás las pasiones, los deseos y los remordimientos. Y, en efecto, cuando el rocío nocturno y el aire de la montaña me refrescaron la cabeza, comprendí que era inútil y disparatado perseguir la felicidad perdida. Pronto recuperé el color y las fuerzas y pudimos volver a casa para iniciar mis preparativos de presentación en sociedad.

Cuando cumplí dieciocho años y apenas terminado el largo y pesado ayuno de la Semana Santa, me enviaron a San Petersburgo con la abuela paterna que se encargaría de enseñarme lo necesario para la ocasión.

Ella vivía en una enorme mansión de seis pisos, con muchos espejos de marcos dorados, cómodas francesas, pesados muebles de terciopelo y grandes arañas de cristal cortado.

Me recibió con todo su cariño y me asignó una hermosa habitación adornada con bibelots de fina porcelana y dos doncellas para mi exclusivo servicio.

Nada más llegué y ya la abuela me había conseguido maestros para aprender los modales de señorita de ciudad, que iban desde apretar los labios y quedarme pensativa hasta lanzar grititos ligeros por cualquier emoción, desde subir los hombros y dejar caer los párpados hasta sostener una conversación, desde mostrar la punta del pie al sentarme frente al piano hasta bailar la sexta inglesa. Cuidó de ponerme al día en música y de pulir mi francés. Me enseñó a conocer de vinos y apreciar la buena mesa y encargó para mí vestidos de telas vaporosas con grandes mangas, como era la moda, encantadores sombreros, zapatos de raso blanco o azul pálido y adornos, sortijas y collares. Y, por supuesto, me llevó de compras y de paseo por la fabulosa avenida Nevsky.

A pesar de ser tan gris, San Petersburgo es una ciudad muy viva, sobre todo cuando se encuentra en ella la corte que pasa aquí la temporada. El corazón de la ciudad es la avenida Nevsky, el sitio de encuentro de todo mundo. "¡Qué lugar! Apenas se la pisa ya huele a recreo. Los escaparates resplandecientes, las mujeres elegantes seguidas por lacayos que les cargan los paquetes, hasta la joven emperatriz aparece por allí de vez en cuando acompañada de tres robustos sirvientes. Las institutrices, pálidas misses o rollizas eslavas, se desplazan majestuosas detrás de sus niñas ordenándoles que mantengan recta la espalda. Pasan por allí funcionarios, comerciantes y oficiales del ejército luciendo el uniforme que muestra su grado. Todo evidencia buen tono, los fracs y levitas, las pecheras almidonadas y los impecables capotes, las chaquetas civiles y militares de los caballeros o los sombreros y vestidos de las damas. La gente se detiene para comentar sobre el estado del tiempo o sobre algún concierto y lo hace con una nobleza y una dignidad extraordinarias. ¡Y cómo se cuidan de las farolas que escurren aceite y dejan oscuros lamparones sobre la ropa! Pasan los droshkis acicateados por los cocheros y de vez en cuando cruza un dvornik que limpia la calle o un mujik con su carreta a quien un budóchnik invariablemente regaña."

La mejor hora es de dos a tres de la tarde, cuando se puede ir, recorriendo la avenida, desde el puente Politseiski hasta el puente Anichkin, deteniéndose a mirar al pálido Neva que fluye apacible. Una vez llegadas a ese punto nos volvíamos pues no debíamos jamás cruzar las oscuras puertas de Kazán, donde empiezan las calles de madera en cuyas casas los hombres juegan al boston y se divierten con hermosas mujeres finlandesas.

Nos gustaba ver el Almirantazgo con su alta cúpula dorada, el rojo palacio de invierno con sus puertas de malaquita, la catedral de San Isaac y el monumento a Pedro el Grande, jinete de bronce. Nos gustaban los palacios que sólo en esta ciudad y por orden imperial eran de piedra y no de madera, como en Moscú, pintados en pálidos tonos rosados, amarillos, verdes y azules. Nos gustaban los muelles de granito rosado y el muelle inglés.

Con mi abuela recorrí los ateliers de las mejores costureras francesas, fui a tomar el té a casa de muy distinguidas y encumbradas amigas suyas, fui al teatro francés, a la ópera italiana, a conciertos sinfónicos y de cámara y a las galerías a ver pinturas europeas. Aprendí a comer ostras, perdices, espárragos y carnes preparadas en las salsas lácteas que se habían puesto de moda, y también bebí buenos vinos de Hungría, suaves vinos del Rhin y burbujeante champaña.

Y cuando ella consideró que ya estaba lista me hizo entrar en sociedad por la puerta grande. Fue en un baile en casa de la princesa Volkonski, al que asistió el Zar en persona y la concurrencia más elegantemente vestida y enjoyada que era posible imaginar.

Nunca olvidaré esa noche. Mi abuela encargó para mí un bellísimo vestido de raso en color blanco para destacar aún más mi blancura, con amplio vuelo y profundo escote, adornado con encajes y bordados de perlas a los que sus costureras dedicaron muchos días de trabajo. Haciéndole juego encargó los zapatos y los guantes de raso también bordados. El día de la fiesta empezamos a preparar mi tocado desde que terminó el almuerzo. Me lo arreglaron con los postizos y lazos que la abuela había comprado. Fui untada por primera vez en mi vida de polvos y afeites y rociada de perfumes y antes de salir hacia la recepción, mi querida babushka colocó alrededor de mi cuello un hermoso collar de brillantes con juego de pendientes, que eran su regalo personal.

En cuanto llegamos al vestíbulo del palacio Volkonski, los sirvientes nos recibieron los abrigos mientras doncellas de la casa nos ayudaban a dar el último toque a nuestro arreglo frente a los enormes espejos. Luego pasamos al inmenso salón, iluminado con tantas velas que parecía luz de día. Había muchísima gente, los hombres en sus uniformes de gala y con brillantes charreteras, las mujeres con hermosos vestidos de terciopelos y brocados, muselinas, gasas y sedas, con altos tocados llenos de adornos y brillantes joyas. La conversación era alegre y picante, sobre amoríos ajenos y sobre intrigas que parecían clandestinas pero que todos conocían. Corría el champaña y la música era excelente.

La princesa Sofía Alexéievna me recibió sumamente cariñosa diciéndome que era yo la debutante más bonita de la temporada, luego de lo cual me encargó con sus sobrinas para que me escoltaran hasta donde se encontraban las jóvenes.

En cuanto hizo su entrada el Zar y luego de que todos nos arrodillamos frente a él, dio inicio el baile. El emperador lo abrió con la vieja gran duquesa Voscharovsky, que a pesar de su edad se movió con elegancia en una mazurka. El resto de la noche el Zar lo pasó con la bellísima princesa Bagration, viuda de un general de las guerras napoleónicas, que era, según todas las lenguas, su favorita desde el congreso de Viena. Yo, por mi parte, fui requerida para todas las piezas, desde la contradanza hasta las vueltas y desde las cadenas hasta el frente a frente que me dejó sin aliento. A mi vez invité a un apuesto caballero a la hora del cotillón. Fue la noche más feliz de mi vida y no me senté un minuto. Cuando el príncipe anfitrión me concedió el honor de bailar conmigo me dijo: "Valsea usted tan bien que se lleva todos los corazones prendidos en los pliegues de su vestido."

Permanecí varios meses en San Petersburgo, gozando de la temporada social, pues mi madre estaba decidida a casarme, y no sólo eso, sino a casarme brillantemente. Y mi abuela se dedicó con sabia discreción a buscar al candidato adecuado mientras me instruía en los deberes de la coquetería: la elegancia de modales, el comer poco en público, el hablar con voz apenas audible, el mostrar fría indiferencia ante cualquier cosa.

Pronto el tema de mi matrimonio fue el único del que se hablaba en casa. Que si la hija de la condesa tal había hecho un mal casamiento por error de sus padres o que si la hija de tal duquesa había sido

engañada por su futuro yerno respecto a la cuantía
de su fortuna. Ya empezaba yo a ponerme nerviosa
cuando por fin fui informada del elegido. Se trataba
de un príncipe y general perteneciente a una familia
riquísima y muy apreciada en la corte. Su padre había sido ayuda de campo del Zar y era miembro de
la recién creada Duma y su madre era amiga personal de la Emperatriz. Él, por su parte, había luchado en las guerras contra Napoleón, en las que se
había distinguido por su valor y había presenciado
el incendio de Moscú. Yo ya lo conocía puesto que
en una cena en casa de mi abuela me habían sentado a su lado. No era joven pero no era viejo, apenas
me doblaba la edad. Era alto, medía unos dos arshi-
nes y seis vershoks, pero sobre todo era apuesto y
elegante y lucía con garbo su uniforme de botones
dorados y su espada, símbolo de nobleza y de grado.
Esa noche nos divertimos hablando de conocidos
mutuos y él entretuvo a la concurrencia disertando
sobre la importancia de Rusia como potencia mundial, lo que a ojos vistas le enorgullecía. Hablaba
perfectamente el francés, el inglés y el alemán, aunque este último idioma no lo utilizaba pues afirmaba que no era para gente distinguida, de modo que
apenas si salpicaba sus frases con alguna expresión.
Admiraba todo lo francés, no sólo la comida y la literatura sino sobre todo a los oficiales que cuidaban
a sus soldados y no como los nuestros que los mal-
trataban.

Una noche, Piotr Vasiliévich Drijanski se presentó a pedir mi mano, informando a mis padres
que contaba con la venia del Emperador para este
enlace. Yo me encontraba en mi habitación a donde

mi madre subió a darme la noticia. Bajé entonces a recibir la bendición y permanecí muda y con los ojos bajos durante todo el tiempo en que ellos planearon la fiesta de anuncio del noviazgo y la fecha de la boda que se fijó para seis meses después.

Empezaron entonces los preparativos de mi ajuar. Mi madre encargó vestidos y zapatos para mí, batas de dormir para los dos, sábanas y manteles para la casa. Varias sirvientas se encerraron durante una semana en una bodega llena de plumas de ganso para rellenar los edredones a los que las costureras les prepararon fundas bordadas con nuestras iniciales. Mi prometido me visitaba por las tardes y paseábamos en el jardín o permanecíamos en el salón conversando. Tenía un gran sentido del humor y una enorme capacidad de gozar la vida y se reía con ternura de mis lecturas y mi romanticismo, de mi amor por los poetas y sus vidas desdichadas. Al llegar y al partir me besaba dulcemente la mano.

Nos casamos en Nuestra Señora de Kazán. Grandes ramos de flores primaverales y de lirios derramaban su fragancia en el hermoso recinto sagrado, la que se mezclaba con el olor del incienso. La espaciosa nave estaba iluminada por cientos de cirios en los candelabros de plata y un coro traído del sínodo nos acompañó con las magníficas voces de sus monjes. El hijo de mi hermana Katinka desfiló delante de la novia llevando el icono de oro mientras los Popes lo recibían solemnemente ataviados en sus vestiduras de gala, entre el silencio y la reverencia de los muchísimos asistentes. Como era costumbre, no pude ver a mi prometido durante el día de la boda pero mi madre me vino a avisar cuando

Petia entregó a mi padre su certificado de confesión y de nuevo cuando concluyó la ceremonia de la bendición del novio por parte de mis hermanos, sus cuñados. Me impresionó fuertemente cuando lo vi en la iglesia, tan apuesto en su uniforme de gala blanco y con la Cruz de San Vladimir sobre el pecho. Yo llevaba un amplísimo vestido de muselina con un largo velo que arrastraba por el pasillo y lucía el regalo de bodas de mi marido: el tradicional kokoshnik, un hermoso juego de collar, tiara, pendientes y brazalete de diamantes y rubíes.

La recepción fue en el club de la nobleza y a ella asistió todo San Petersburgo, honrándonos con su presencia el Emperador y la Emperatriz, a cuya salud y larga vida hicimos el primer brindis. El menú fue preparado siguiendo las costumbres francesas que Petia admiraba: ostras, sopa de tortuga, pastel de perdiz, pollo al estragón en salsa espesa, salmón con espárragos, macedonia de frutas y quesos, todo ello regado con excelentes vinos. La música amenizó el baile hasta el amanecer y recibimos muchos y muy hermosos regalos. Mis padres nos obsequiaron con un armario de fina marquetería con incrustaciones, mi suegra me entregó un juego de alhajas de turquesa, de parte del Zar y la Zarina llegó un samovar de plata antigua finamente labrada y todos los invitados enviaron piezas de plata, cristalería y porcelana.

Me mudé con mi marido a su palacio de varios pisos en el que imperaba el lujo y la suntuosidad, pues Petia tenía una obsesión por el refinamiento que le acompañó toda la vida. En el centro de la casa destacaba una escalera muy ancha de fina ebanistería. Había varios salones y comedores, una biblioteca muy bien surtida con los tomos forrados en piel, una sala de música y una de billares y también un salón de baile en el que cabían mil personas. Las habitaciones eran amplísimas y tenían lo necesario para la comodidad. Los muebles eran de caoba con adornos de bronce, las mesas de ébano con patas en forma de garras de animal labradas en plata, los espejos enmarcados en filigrana, los sofás y sillones forrados de brocado, las colgaduras de damasco. Por todas partes el mármol de los Urales, el ámbar, el nácar, el alabastro. Enormes arañas de cristal colgaban de los altos techos con sus velas de blanquísima cera. Jamás, ni siquiera para las cocinas, utilizamos velas de cebo pues Petia no soportaba su olor, siempre usamos las de cera. Sobre las camas de hierro con colchones de plumas acomodamos los nuevos edredones de mi ajuar. Los cubiertos eran de plata, las vajillas de porcelana, las copas de cristal cortado, las pinzas para cortar mechas eran de oro, el papel para escribir cartas estaba suavemente perfumado y llevaba grabado el escudo de la familia y los lavabos eran tan modernos que tenían un pedal que se apretaba para hacer salir el agua.

Yo disponía, además de mi enorme habitación particular, de un cuarto para costura y uno para escribir cartas, con un bello secretaire francés, y mi marido tenía, además de su enorme habitación, un amplísimo despacho en el que se encerraba durante horas para manejar sus negocios con el administrador de sus fincas. Era dueño de muchas tierras y de muchísimas almas, pero jamás las visitaba pues amaba la ciudad y tenía permiso del Zar para vivir en ella.

Sirvientes de librea y largas patillas nos atendían dirigidos por un viejo y respetuoso mayordomo y una muy cumplida ama de llaves que manejaban estupendamente la casa y me consentían mucho. Bebíamos excelente té y también café y lo mismo que en el palacio del Zar, comíamos frutas de nuestro propio invernadero, que era un hermoso jardín cerrado con puertas de vidrio en el que la intensa humedad hacía que fuera propicio su crecimiento. Una criada muy gorda nos calentaba las sillas en invierno y los domingos recibíamos un paquete con el *Vestnik Europi* de la semana anterior, que Petia leía completo al terminar el desayuno.

Mi vida de casada fue un torbellino social. De día era medirse los vestidos y los zapatos nuevos, escribir cartas a mi querida familia que vivía tan lejos, salir de compras, ir a tomar el té a algún palacio vecino o patinar en las pistas del río helado, bajo los castaños, protegiéndonos del frío con los abrigos, los manguitos y los gorros de piel. De noche eran las tertulias y veladas, el teatro Alexandrinski y el ballet, los conciertos y la ópera, las recepciones en las embajadas y los bailes. Una vez por semana Petia iba a jugar whist al club inglés y yo asistía a las reuniones espiritistas.

Mi marido era espléndido y generoso conmigo. Me hacía regalos de pieles y perfumes, joyas y adornos. No pasábamos una sola noche en casa excepto cuando recibíamos, lo cual sucedía con mucha frecuencia pues a Petia le gustaba abrir las puertas de nuestro salón y que sus huéspedes disfrutaran de la magnífica orquesta de siervos a los que había mandado a aprender su oficio a Moscú, del estupendo

chef francés que dirigía nuestras cocinas y sobre todo de las cavas de la casa, que tenían fama de ser de
las mejor surtidas de toda Rusia.

Dios me concedió un primogénito varón. Aunque mi embarazo no tuvo problemas, estuve llena
de melindres, antojos y caprichos. Mi parto fue a la
manera moderna, con un médico que me atendió
sin la sábana de rigor que cubriera mis intimidades,
para escándalo de mi suegra, aunque mi abuela, mi
madre, mi hermana Katinka y hasta Glafira Ivánova
me apoyaron. La felicidad de Petia por su hijo fue
tan grande, que me regaló un carruaje con los asien-
tos forrados de seda roja y con su cochero de librea
y peluca empolvada. El bautizo fue solemne y mi
hijo recibió el nombre de su padre, que era también
el nombre de mi padre, de modo que toda la familia
estaba feliz y debidamente honrada.

Dos años después, precisamente cuando el Neva se desbordó y dejó tantos muertos, nació mi segundo hijo, también un varón. El tercero nació al
año siguiente, poco después de la muerte del Zar en
Taganrog, durante los negros momentos del levan-
tamiento de los decembristas, la represión, la nega-
tiva de Constantino a aceptar la corona y el ascenso
de Nicolás. Al año siguiente, en plena guerra contra
Persia, nació el último de mis hijos varones. Tuve
después dos hermosas niñas, la primera nació cuando el tifus asolaba al país y durante la guerra contra
los turcos y la segunda dos años después, en tiempos de la epidemia de cólera y cuando la subleva-
ción de Polonia. Y sin embargo, a pesar de tantas
desgracias, todos mis hijos fueron recibidos con alegría, tuvieron solemnes bautizos y Petia mandó

acondicionar los apartamientos del tercer piso para que allí vivieran perfectamente atendidos por las mejores nodrizas, a las que alimentábamos abundantemente para garantizar la leche, por ayas y nyanyas, criados, sirvientes y doncellas.

El nacimiento de mi hija más pequeña hizo especialmente feliz a Petia. La mimaba y jugaba con ella y ya desde entonces soñaba con presentarla en sociedad y casarla brillantemente. Siempre tuvo para ella un cariño especial y fue correspondido ampliamente por la dulce Sofía que lo adoraba.

Fue entonces cuando me hizo el regalo de una cabaña en la Crimea, frente al mar, que era como todas las casas tártaras, de madera y techo plano. Me enamoré de este lugar de clima cálido y paisaje tan romántico. "Un paisaje es un estado del alma", había escrito algún poeta y aquí eso era más cierto que en ningún otro sitio: el cielo azul, las rocas de la costa, los botes de los pescadores, los viñedos y limoneros, los bosques de cipreses y de pinos negros, el color tan especial de la luz. No podía uno más que recordar a Goethe: "¿Conoces tú el país de los limoneros en flor?" Era un lugar de belleza excepcional: "En el follaje oscuro arde la naranja de oro, un suave viento sopla del cielo azul, el mirto está allí, apacible y altivo se alza el laurel."

En esa cabaña, a la que sólo se podía llegar por mar, pasamos horas deliciosas mi hermana Katia con sus hijos y yo con los míos. Desde que la abuela murió, los veranos en la finca habían perdido su brillantez, de modo que preferíamos venir acá. Petia nos traía después de la Pascua y volvía por nosotras a fines de septiembre. Con los vestidos de algodón y el cabello suelto al viento, bebíamos clarette, comíamos uvas y leíamos poesía. Íbamos hasta el mar para dejarnos lamer los pies por las olas y bañarnos en sus aguas tibias. Yo dedicaba muchas horas a cultivar flores en mi hermoso jardín, que era célebre en la región.

Cuando mi hija más pequeña cumplió dos años, el Zar nombró a Petia para una comisión en el extranjero y él decidió que la familia lo acompañara. Fue así como emprendimos nuestro primer viaje a Europa.

Empezamos por Italia, en donde nuestra querida amiga la princesa Zenaida tenía una magnífica villa. Recorrimos ese país descubriendo sus bellezas excepcionales y gozando de su magnífico sol. Visitamos los lagos hermosos rodeados de adelfas y magnolias, emprendimos un viaje por mar que nos llevó a Génova, en donde almorzamos al aire libre bajo los naranjos cubiertos de frutos, y seguimos por tierra, a través de la dulcísima campiña romana, hasta Florencia, donde nos sumergimos en el arte y la música: Miguel Ángel, Rafael, Dante, Petrarca, Palestrina y Monteverdi. Roma nos fascinó por su grandeza y sus mármoles, a pesar de la suciedad de sus calles. El mundo pagano del Coliseo y las Termas me atrajo por sobre el de la Edad Media y el Renacimiento. Pero el viaje más hermoso fue a Venecia. Llegamos de noche y por un instante, al entrar en la ciudad, la luna mate y roja iluminó San Marcos cuyas cúpulas parecían de alabastro. El palacio ducal, con su silueta extraña y sus campaniles sostenidos por mil esbeltas columnas, nos impresionó vivamente. Un pesado olor a agua estancada subía hasta nuestras habitaciones en el hotel Gabrielli, y sobre las escaleras de los palacios rosados y dorados se escuchaba el sonido del agua que golpeaba el mármol. El fantasma de Byron rondaba las noches.

Pasamos luego a Viena en donde la temporada social estaba en su apogeo y allí encontramos a muchas nobles damas rusas que tenían amoríos con jóvenes tuberculosos mientras sus maridos se entretenían con bellas actrices de teatro y bailarinas. Pasamos allí dos meses que fueron como vivir en San Petersburgo, plenos de actividades. En Londres aprendimos a jugar lawn y croquet y nos llamó la atención la limpieza de la ciudad así como algunos inventos como el papel higiénico y las pastillas de menta.

Por fin llegamos a París, la ciudad más cosmopolita, la más animada, que hervía de círculos liberales y progresistas, de artistas y escritores, de amantes de la libertad y la civilización. A Petia le gustó tanto que pidió permiso al Zar para permanecer allí, por lo cual alquilamos una hermosa casa en una calle silenciosa pero de moda, compramos un magnífico piano y contratamos un ejército de sirvientes y de preceptores, institutrices y maestros para nuestros hijos, pues mi marido pretendía darles la educación más completa y más moderna. Fue así como empezaron a aprender idiomas, historia, literatura, música, baile, modales, esgrima y métodos de administración de las tierras y las finanzas. Además Petia tomó la decisión de que nadie les podía poner una mano encima y a ellos se les instruyó, a pesar de las airadas protestas que por carta nos hacía llegar mi suegra, que no debían golpear a los criados.

Fue en esta ciudad maravillosa en donde tomé la moda de usar sombreros de piel, bandas de terciopelo para adornar mi tocado, guantes de lazos en lugar de cordones y hermosas batas tipo oriental con mangas anchas. En el día de su santo regalé a Petia unas hombreras de oro grueso salpicadas de brillantes para lucir sobre su uniforme y en el día de mi santo él me obsequió unas zapatillas recamadas en oro y una bata de seda azul con grueso cordón a la cintura. También fue en París donde aprendí a tomar agua de Selz con limón y a abandonar los pastelillos para conservar mi esbeltez "de abedul", como decía mi marido.

En cuanto estuvimos instalados, Petia decidió que abriéramos un salón. Y así fue. Con su tradicional generosidad, me hizo entrega de doscientos mil rublos oro para que preparara el mejor lugar de encuentros de París, ofreciendo a nuestros invitados lujo, refinamiento e inteligencia. Dediqué varios meses a ello, indagando por aquí y por allá, hablando con esta condesa y con aquella duquesa y pronto empezó a acudir a nuestra casa lo mejor de la sociedad: riquísimos nobles, distinguidas señoras, inspirados artistas, excelentes músicos y mujeres muy bellas. Entre espléndidas bebidas y cenas magníficas se desarrollaban veladas musicales y conversaciones sobre literatura, filosofía, teatro, música, pintura y teología. Fueron asiduos los grandes duques Romanovsky, el conde Dorsay y la condesa Dargoult, los marqueses de Caillois, Madame Boissier y su hija Valerie, Lady Blessington, los escritores Balzac,

Musset, Hugo, Dumas padre y Sandeau; el poeta polaco desterrado Mickiewicz y el alemán Heine, que declamaba los poemas de su hermoso *Buch der lieder* y me decía exaltado "Du bist wie eine blume"; críticos literarios como Sainte Beuve y críticos musicales como Dortigue, los pintores Ingres y Delacroix, los músicos Meyerbeer y Bellini, el extraño y genial compositor Berlioz y el frágil y enfermizo Chopin, que pronto moriría; el abate Lamennais, cuya palabra espiritual movía profundamente a muchos de los presentes, y el viajero Alexander von Humboldt, cuyas historias de lejanos mundos embelesaban a todos; la célebre actriz María Malibrán y su hermana, la cantante Pauline Viardot, de quien me hice muy amiga y a la que enseñé a amar las letras de mi patria sin sospechar que el futuro le deparaba no sólo vivir en ella sino amar intensamente a uno de sus mejores escritores.

Y un día apareció él. La persona mas extraordinaria que había yo visto. Era joven y hermoso, alto y delgado, de grandes ojos verdes que brillaban como las olas bajo el sol y con una cabellera sedosa y larga que se agitaba con cualquier movimiento. Toda su figura proyectaba una imagen de vitalidad desbordante y todo en él era sonrisa y seducción. Se llamaba Franz.

Llegó a mi salón del brazo de la famosa madame Sand, escritora de renombre y mujer muy libre que vestía ropas masculinas, a quien yo admiraba y al mismo tiempo temía y cuya vida sentimental todo París seguía con atención. Me lo presentó como el pianista más grande y me anunció que me haría el honor de tocar en mi velada si yo se lo solicitaba.

La concurrencia se agitó, algunos porque conocían el talento del músico y otros porque querían escuchar a quien imaginaban la última conquista de la célebre dama.

En medio de un silencio reverente, Franz se sentó frente al hermoso Broadwood, echó hacia atrás sus cabellos dejando al descubierto una frente amplia y ofreció una interpretación como nada que yo hubiera escuchado. Las manos pequeñas y angostas, de dedos muy largos, subían y bajaban por el teclado, recorriéndolo de un extremo a otro y arrancándole los sonidos más originales, de gran armonía y profunda sensibilidad. Por momentos, esos dedos parecían estirarse y alargarse como si poseyeran resortes y se desprendieran de las manos. Los bucles sueltos, los ojos que primero se elevaban al cielo buscando inspiración y luego se posaban en algún punto del infinito o en alguna dama arrobada, el cuerpo poseído simultáneamente por la alegría y el sufrimiento, me hacían experimentar la más viva agitación. Tocaba con tal entrega e intensidad, dejando expresarse libremente una pasión tan grande y empleaba efectos técnicos tan totalmente novedosos, que el resultado además de provocar las mas arrolladoras y violentas sensaciones era de una extraña e incomparable belleza.

Fue una música que me colmó de tal manera que no deseaba nada más en la vida. Me vi obligada a salir a la terraza a tomar el fresco pues tanta embriaguez me ahogaba. Durante toda la noche no pude quitarle los ojos de encima a Franz. Era encantador, un conversador acostumbrado a moverse en los salones, cómodo en el éxito y la adulación, seguro de sí mismo y de su talento. Hablaba apasionadamente, exponiendo de manera vivaz pensamientos y opiniones por completo extraños a mis oídos habituados a las trivialidades y los convencionalismos.

Cuando a las tres de la mañana anunciaron la cena, él se disculpó y partió.

Pero al día siguiente recibí una esquela de la señora Sand con su inconfundible letra pequeña y firme: "Mi querida Marie: anoche, mientras él tocaba las melodías mas fantásticas, la princesa se paseaba por la sombra en torno de la terraza, vestida con un traje pálido. Un gran velo envolvía su cabeza y casi todo su esbelto talle. Luego quedó inmóvil, en un sillón frente al piano, muda sibila de velo blanco. Es usted hermosa, encantadora, ocurrente y, sobre todo, dotada de una inteligencia superior. ¿Qué hace una joven así casada con un hombre mucho mayor que ella, dejando escapar la vida y desaprovechando su sensibilidad?"

La nota me produjo una viva alteración. Reuniendo unas fuerzas que no sabía de donde venían, respondí con otra esquela: "Mi muy admirada Aurore: ¿Qué me propone usted? ¿Acaso me espera algo mejor en algún lugar que aún desconozco?"

Dos horas más tarde recibía yo un enorme arreglo de flores con una tarjeta de visita: "A Marie, erguida como un cirio, blanca como una hostia." Y por firma no llevaba más que una dirección y una hora.

No lo dudé un instante. Olvidando mi posición, mi familia, mi pudor, fui al lugar de la cita. Algo me empujaba a seguir ciegamente ese destino y no quise indagar más ni detener el cauce que se había abierto dentro de mí. Apretando fuertemente la pequeña tarjeta entre mis manos, salí de casa y fui a buscar el lugar.

Cuando llegué a su departamento, Franz me recibió con una hermosa sonrisa y una calidez que borró completamente la aprehensión que había sentido durante el camino.

No bien crucé el umbral, sentí una excitación, un cosquilleo en los labios y en la piel y una sensación de languidez que me eran totalmente desconocidas. No nos dijimos ni una palabra. Franz cerró la puerta, con suavidad me atrajo hacia él, levantó el velo que cubría mi rostro y nos enredamos en un abrazo apasionado y largo mientras nuestros labios se unían y nuestros cuerpos se tocaban. Y ya nada nos detuvo. Me descubrí voluptuosa y capaz del deseo más encendido, dispuesta a todas las audacias de la pasión, yo, que no conocía mi cuerpo, que había cumplido alegre pero indiferente con las obligaciones maritales sin sospechar siquiera la dicha que podía esconderse en el amor.

Desde ese día pasamos juntos todas las tardes, acostados en el amplio lecho, mirando a través de la ventana. Leíamos poesía, Franz repasaba en voz alta a sus autores favoritos y me escuchaba atento cuando le contaba de nuestros grandes rusos. Y hablábamos de religión, un tema que mucho lo obsesionaba. Había leído a Chateaubriand y decía que le gustaría unir la creatividad artística con la devoción religiosa. Soñaba con alejarse del mundo para vivir en la campiña dedicado a trabajar en paz hasta el fin de sus días.

Franz me hizo ver el mundo con una nueva luz, proyectada sobre los ideales de libertad, amor, arte y unión de la humanidad. Pero, sobre todo, me enseñó música. Con él aprendí no sólo a amarla sino también a entenderla. Él me hizo comprender su impacto sensual y espiritual y su poder para penetrar en los más profundos y recónditos meandros del alma humana, moviendo en ella lo mejor del ser. Y este saber se quedaría conmigo por siempre.

El negro Bechstein de larga cola que reinaba sobre su salón, sobre el cual lucía imponente un busto de su admirado maestro Beethoven fue testigo de esa entrega al divino arte. Sentada a su lado lo escuchaba interpretar la transcripción de una sinfonía de Beethoven o la *Marche au supplice* de Berlioz, sus versiones para piano de Paganini o sus arreglos para los poemas de Heine. Eran sus propias creaciones o las de su querido amigo Chopin, cuyo genio alababa sin reservas. Franz poseía un repertorio muy amplio y un dominio absoluto de todos los registros expresivos, desde los delicados y líricos hasta los exuberantes y heroicos. Su música tenía un poder tan abrumador que era capaz de crear una conmoción espiritual en cada ocasión que se la escuchaba.

Acostumbraba trabajar intensamente en su piano, que era para él su lenguaje, su vida, el custodio de todo cuanto le emocionaba profundamente y al que confiaba sus deseos, sus sueños, sus alegrías y sus penas. Yo, entregada a él sin reservas, lo adoraba en silencio, admirando ese espíritu radiante que brillaba en sus ojos y lo esperaba cuando después, terminado el enorme esfuerzo de componer y tocar, nos entregábamos sin freno a las caricias, a los besos

y a la dicha del amor, y el tiempo se nos iba como
agua. Las horas corrían rápidas en la tempestad de
los sentidos a la que seguía la paz y la dulce ternura
de la intimidad.

Pero el nuestro no era un amor apacible ni una
relación fácil. A Franz lo perseguía una legión de
adoradores, hombres fascinados con su arte y mujeres suspirantes que lo requerían para dar conciertos
y visitar sus salones. A mí me ocupaba el tiempo mi
familia, de la que escapaba inventando citas con
modistas, reuniones de señoras, visitas y tés.

Las dificultades para pasar el tiempo juntos trajeron tormentas entre Franz y yo. Él quería más de
mí, deseaba que yo estuviera a su lado en las mañanas mientras componía y practicaba y en las noches
mientras daba conciertos. Quería que durmiéramos
juntos y que el amor nos sorprendiera a cualquier hora y no sólo por las tardes y con citas fijas. Le alteraba
que yo tuviera que volver a casa, le irritaba que le hablara de mis hijos y mi hogar, le enojaba que en las
veladas y lugares públicos apenas si pudiéramos cruzar unas miradas o unas palabras. Quería abrazarme
y besarme sin esconderse, presentarme a sus amista-
des, juntos recorrer el mundo llevando su música y
disfrutando de nuestra felicidad.

Pero yo tenía miedo, miedo de dejar a mi marido, de perder a mis hijos, de abandonarlo todo. Pasaba las madrugadas insomnes pensando qué hacer,
ora planeando huir con Franz ora decidiendo sepa-
rarme y no verlo más. Me atosigaban los remordimientos y la culpa pero al mismo tiempo era en
vano que pensara en alejarme de él. Nada podía detener a este amor. Los días pasaban entre los en-

cuentros apasionados y los temores intensos, entre las recriminaciones ácidas y las reconciliaciones dulces. Franz me escribía hermosas cartas conminándome a tomar una decisión: "Te amé desde el primer momento y supe cómo era ese amor y cuánto habría de exigir. Temblé por ti, decidí alejarme. Pero ahora comprendo que no puedo dejarte. También yo siento sed de vivir y no tengo la menor intención de que seamos desdichados."

La guerra entre Italia y Austria decidió nuestro destino. Invitado a dar conciertos de beneficencia para los refugiados, Franz viajó a Ginebra. Llena de ansiedad, volqué mi atención en mis hijos mientras esperaba su retorno. Recibía hermosas cartas que hablaban de las bellezas naturales de la campiña Suiza, de sus nuevos conocidos, siempre gentes favorables a la causa de la independencia italiana. Me hablaba de las óperas de Verdi y se inflamaba. Pasaron así las semanas y la gira concluyó, pero Franz no volvió. Poco a poco las cartas empezaron a ser menos frecuentes y a adquirir un tono de distanciamiento y cortés frialdad: "Mi querida y buena Marie, eres en verdad un ángel y no te merezco. Tengamos fe, Dios no nos abandonará".

Con el correr de los meses, las misivas se fueron espaciando hasta que un día no llegaron más.

Desesperada, le envié una larga carta recordándole nuestro amor y sus promesas. No obtuve respuesta. Escribí entonces una esquela muy breve con las preguntas que roían mi corazón: "¿Qué sucede?, ¿estás enfadado conmigo?, ¿amas a otra mujer? o ¿acaso se ha apagado la antorcha?" Pero tampoco esa vez Franz contestó. Y yo entendí entonces aquel verso de Musset: "¡Ciega, inconstante fortuna! ¡Suplicio embriagador de los amores! Aparta de mí, memoria importuna, aparta de mí esos ojos que veo siempre...".

Creyendo que mi postración era una enfermedad grave que incluso hacía temer por mi vida, Petia decidió que volviéramos a casa. Las noticias de la patria no eran buenas. Mi padre había muerto y mi madre se encontraba bastante mal. Mi suegra padecía dolores en el vientre que los médicos habían diagnosticado como una oclusión cuyo único remedio era operar. A pesar de que habían pasado tantos años del intento golpista de los decembristas, el Zar seguía inquieto y había decidido suspender los permisos de viajes al extranjero para que nadie tuviera contacto con las ideas liberales. La vigilancia de la policía secreta era constante y varios de nuestros amigos habían caído en desgracia.

Antes de partir hicimos una gran cena de despedida a la que invitamos a todos nuestros conocidos. Me afané en organizarla de la manera más brillante posible, en parte para ocultar mi humillación y en parte para resarcir a mi marido de una infidelidad que todo París conocía y que él fingía ignorar. Serví una excelente cena, la rocié con los mejores vinos, traje músicos para animarla y en la madrugada, bajo las luces brillantes, brindamos con champaña por nuestros emperadores, nuestros países y nuestros destinos.

Esa noche dejé corridas las cortinas del rincón de los iconos para pedirles perdón por mis pecados y darles las gracias por permitirme retornar con bien a mi hogar, a mi marido y a mi familia.

Así fue como volvimos a Rusia, nuestra tierra. Aunque yo había perdido mucha de mi capacidad de emocionarme, de todos modos me conmoví al mirar otra vez la estepa querida, las aldeas y las iglesias, los mujiks que veían con desconfianza pasar los coches cargados con puds y más puds de equipaje.

Fuimos primero a la finca de mis padres, en donde nos esperaban mis hermanos con sus familias. Me impresionó ver tan envejecida a mi madre, que había perdido no sólo su belleza sino también su alegría. Lo mismo que mi padre, Glafira Ivánova no estaba más en este mundo ni tampoco mi querida nyanya, la que me había enseñado mis primeras canciones y me había contado los viejos cuentos de hadas. Mi hermana Katinka había engordado y era ahora una matrona rodeada de hijos. Hasta Sergei estaba cambiado, había perdido el cabello y lo que es peor, había abandonado sus afanes poéticos de antaño. Permanecimos allí un mes, rezando por nuestros muertos y comiendo los platillos tan queridos con el sabor a infancia: el dulce pirog, las blinis, la cuajada, los pepinillos en salmuera, el kvas y la kashá.

Después partimos a San Petersburgo, en donde nos esperaba nuestro hogar, perfectamente cuidado y mantenido por los sirvientes. Fue tal su emoción al vernos que lloraban y nos besaban los hombros. Nos recibieron tocando la balalaika, cuyo sonido era el más genuino de esta tierra a la que ahora volvíamos luego de tanto tiempo. En el salón donde colgaban los retratos de muchas generaciones de antepasados hicimos una reverencia para así sentirnos otra vez en nuestro lugar. Una semana después, asistimos al servicio de acción de gracias por el cumpleaños del Emperador, con la presencia del Metropolita y de toda la corte, con lo cual nos integramos de nuevo a la vida social.

Pronto nos pusimos al día en los sucesos y las intrigas: si tal señora sufría mucho en su matrimonio porque su marido era tacaño o desconsiderado, si tal señor le había dado su apellido al hijo ilegítimo que tenía con una bailarina, si tal señora escribía en secreto poemas y los publicaba en el diario con seudónimo, si tal señor había legado su fortuna a un asilo dejando a sus hijos en la miseria, si el Emperador había impuesto la condecoración de San Jorge al viejo general o la Emperatriz la orden de Santa Catalina a la condesa encargada de su guardarropa, si el color de vestido que llevaba la gran duquesa a la fiesta no le iba o si ya no se usaba un modelo de mangas anchas, si los príncipes habían casado bien a su hija o era ese un matrimonio absurdo y hasta ridículo, si la velada organizada por la esposa del conde había resultado un fracaso, si la nueva amante del Zar era muy hermosa. Petia volvió a jugar al whist y a hablar de la venta de madera, del precio del heno o de cuántos chetvert de trigo se habían cosechado, de arriendos, dessiatines, alquileres y ventas, de la mala fortuna de algún duque a quien el Zar había confinado en su propiedad o de las ventajas de alquilar el bosque para obtener liquidez.

"Estamos durmiendo y el tiempo pasa" me escribió mi buen amigo Turgueniev y era cierto. Nuestros hijos habían crecido y se habían convertido en jóvenes apuestos y elegantes, perfectamente bien educados. Las hijas empezaban también a florecer.

De los varones, Petrushka el mayor y Volodia el segundo, eligieron como su padre la carrera militar y entraron uno de ellos al servicio de los húsares perteneciente a la Guardia Imperial y el otro a la Academia Militar para pasar de allí al regimiento Preobazensky. Dimitri, el tercero, ingresó al liceo Tsarskoie Seló, con su hermoso uniforme azul de puños y cuello rojo, pantalones y guantes blancos, botas negras, botones dorados y un imponente tricornio emplumado. Allí se volvió, pobre Vanka, un defensor de la emancipación de los siervos y un idealista. Alexandr, el menor, ingresó al Colegio de la Nobleza en Moscú preparándose para el servicio diplomático. Sólo que al buen Sasha le gustaban más de la cuenta los amoríos con actrices de teatro y tenía fama de jugador y bebedor, lo cual preocupaba profundamente a mí marido. Las malas lenguas comentaban que derrochaba el dinero, cantaba canciones de cosacos y bebía el vodka con una pizca de pólvora, como ellos. A mis dos hijas las enviamos al liceo Ekaterininski. A Sónenchka la presentamos en sociedad en un baile brillante en casa de la princesa Vorontsova, pero con la pequeña Sofía la desgracia quiso que enfermara y por más que la atendieron los mejores médicos, de que recibió cataplasmas y sangrías, tinas de hielo y pan caliente, no pudo sobrevivir.

La tragedia se había ceñido sobre nosotros. El cuerpo sin vida de la pequeña Sofía yacía en una mesa, rodeado de grandes candelabros de plata en los que ardían altos cirios. La voz del sacristán se escuchaba leyendo los salmos. Una vez terminada la misa descubrieron el rostro bellísimo de la pobre niña y los concurrentes empezaron a desfilar junto al féretro para besarlo. En ese momento me desmayé.

Tardé muchos meses en recuperarme y nunca volví a ser la misma. Dejó de interesarme la vida social y poco me afectó cuando con un mes de diferencia murieron mi madre y mi suegra, la primera tranquilamente y la segunda presa de espantosos dolores. Intenté hallar solaz en las lecturas y en la música, pero fue inútil, mi alma había envejecido. Tampoco mi marido se reponía. Enflaquecido, pasaba el tiempo sentado en un sillón mientras gruesas lágrimas escurrían por sus mejillas.

En el mes de febrero del año en que se inauguró la vía férrea entre San Petersburgo y Moscú, enviudé. Petia no se había quejado jamás de nada pero un día no se levantó más. "Madrecita —me vino a decir su criado— el padrecito ya no se levantó hoy. Gracias a Dios había comulgado y se fue en paz."

Triste y sola, tomé camino para mi vieja casa de la Crimea en donde pensé que podría sentirme mejor. Nunca como entonces me fue tan cercano el gran Pushkin:

Te saludo rincón solitario
Refugio de la calma, la labor, la inspiración
Donde corre el torrente invisible de mis días
Bajo el aura de la suave armonía
A ti me doy. He renunciado a la corte
   viciosa de las sirenas
A los festines lujosos, los jueces y deslices
Por la música tierna de los robles
Por el silencio de los campos
Y el ocio libre, amigo del pensamiento.

En este lugar tan querido, me retiré del mundo y me dediqué a cuidar mi jardín. Aquí volví a dejarme arrebatar por la poesía y dediqué muchas horas a la música.

Unos meses después vino a verme mi hijo mayor para anunciarme su matrimonio y pedirme la bendición. Llegó acompañado de Sonia, ahora mi única hija, quien venía a rogarme que volviera a la ciudad. Y así lo hice, pues no podía descuidar mis responsabilidades. Por más grande que fuera mi dolor, yo debía estar a su lado en los momentos en que sus vidas tomaban su camino, sobre todo de la mujercita a quien era necesario casar bien. Y qué a tiempo lo hice, pues apenas vuelta a San Petersburgo estalló la guerra contra el Khan y mi hermosa cabaña en la Crimea sufrió las consecuencias.

De todos modos, ya nunca pude volver a la vida social y no participé más de fiestas y banquetes. Pasaba mi tiempo leyendo y asistía a conciertos, pues la música aliviaba mi alma.

El mismo día del matrimonio de Sonia con el Gran Duque Vladimir, recibí una carta de mi amiga la baronesa Malwida von Wuttenau: "Meine liebe Marichen: mucho me gustaría que vinieras a pasar una temporada conmigo. A ti que te gusta la naturaleza podrás encontrar que los paisajes de Baviera no tienen par. Es un país lleno de lagos en los que nadan elegantes cisnes a los que arrojamos pedazos de pan. Por todas partes se levantan castillos con grandes prados a la francesa, fuentes, estanques, pabellones en medio de las arboledas, retiros y ermitas en los que se puede rousseausear. La vida se desliza con calma. Podemos ir si así lo deseas a tomar las aguas, por supuesto no a Kissingen, en donde están todas las testas coronadas de Europa, pero sí a las termas de Spa, que están rodeadas de montañas en donde crece el edelweiss y la genciana de un azul inigualable. Podrás gozar de la primavera con los setos en flor y los grandes lirios que se mecen al viento. Verás brotar las primeras lilas que exhalan su aroma encantador".

La carta de Malwida me tomó por sorpresa. Después de todo, aún no era yo vieja, gozaba de excelente salud y considerable fortuna, de modo que acepté la invitación.

En cuanto llegué a Munich y apenas instalada en la mansión del Schwabing, mi anfitriona me llevó a tomar el té en Amalienburgo, donde estaba reunida la corte con el séquito del rey de Prusia, que pasaba por allí rumbo al balneario de Gadstein. Conocí entonces a un joven de unos dieciocho años, alto y espigado, de gran belleza clásica, tipo griego, abundante cabellera rizada artificialmente por excelentes peluqueros, rostro ovalado, nariz recta, boca firmemente dibujada y unos ojos negros en los que habitaba una mirada sombría y ausente. Había en él un no sé qué de etéreo y si bien por momentos lo acometía un entusiasmo súbito, la mayor parte del tiempo lo que predominaba era el ensueño.

Lo volví a ver una semana después, cuando asistí con mi amiga a la ópera a escuchar *Lohengrin* con el excelente tenor Niemann. La música de Wagner me conmovió de tal modo, que con el rostro cubierto de lágrimas fui a saludar al cantor. Me sentía como en mi juventud, cuando el corazón latía con fuerza al escuchar los versos de Nikólenka o cuando mi alma se embriagaba con la música de Franz. Poco después de mí, llegó al camerino el bello joven rubio, que enfebrecido llevaba brazadas y más brazadas de rosas al intérprete.

Muy agitados los dos, empezamos a conversar sobre la ópera. Pronto nos hicimos amigos y esa noche me acompañó a casa de mi anfitriona donde se quedó para hablar de música hasta el amanecer.

Cinco días más tarde ese muchacho sensible era coronado Rey, Luis II de Baviera.

No bien pasaron las ceremonias oficiales, fui requerida a palacio. Allí conocí en persona al gran Wagner, a quien el Rey había invitado a vivir con él para cubrirlo de favores mientras se dedicaba a componer. Desde entonces, con un grupo de íntimos, pasamos largas horas en sagrado estremecimiento, escuchando las notas de su genialidad.

La de Wagner era una música absolutamente diferente de aquella a la que estábamos acostumbrados. Se dejaba llevar por su propia lógica y su propio significado, en una intensa unión entre sonidos y poesía, entre las más profundas pasiones y la más extraña belleza. Después de escucharlo, ya nada me parecía grandioso, ni siquiera mi amado Haydn y aquel sublime Aleluya que yo esperaba año tras año en el día de la Ascención.

Después de los conciertos, todos guardábamos reverente silencio por un largo rato. Algunas veces nos íbamos sin despedirnos del Rey a quien veíamos profundamente afectado, y en otras ocasiones nos enredábamos en infinitas conversaciones que duraban toda la noche ya fuera sentados sobre la hierba y bajo la luna, paseando en el bosque o a orillas del Schwansee. Cuando Luis estaba de humor alegre, íbamos en barco a su pequeño pabellón en la Isla de Rosas, acompañados por varios jóvenes amigos y por su amado Pablo de Taxis. De vez en cuando se nos unía su prima, la hermosa reina Elizabeth de Austria, que mantenía con él una tierna amistad.

Tuve el honor de acompañar al Rey cuando de incógnito se presentó al ensayo general de *Tristán*. Juntos fuimos al estreno y a cuatro representaciones más. Y entonces por primera vez temí por su salud mental pues me di cuenta de que era tal su exaltación y su necesidad de lo sublime que estaba demasiado cerca del peligro. Recuerdo que de vuelta del teatro pasaba las noches silbando el preludio y la muerte de Isolda.

Durante ese tiempo delicioso recuperé la dicha de vivir. Mi espíritu encontró otra vez la paz, entregándose al gran arte de la música. Permanecí varios meses en Baviera, viviendo intensamente la vida del alma y en perfecta armonía con mi querido amigo. Pero todo era demasiado bello para durar. Pronto las envidias y murmuraciones lo obligaron a desterrar a su admirado Wagner, provocando en él tal desesperación y vacío, que daba pena acercarse a su persona. En mi afán de consolarlo, cometí el error de invitar a palacio al gran Von Bulow, creyendo que si escuchaba su música se calmaría. Cuál no sería mi sorpresa cuando Luis le pidió que tocara una y otra y otra vez el mismo pasaje del Oro del Rhin, precisamente a él, a quien la esposa había abandonado por el compositor. Pero entonces yo no sabía nada de esas intrigas. Tampoco sabía que esa misma mujer era hija de mi Franz.

Pronto fue imposible estar con Luis. La locura había tomado posesión de él y alejado del mundo vagaba de uno a otro de sus castillos, rodeado de sus jóvenes efebos que impedían el acceso de los amigos. No le interesaban más ni los asuntos del Estado ni la conversación de las personas y vivía dedicado a imaginar jardines bellísimos y músicas imposibles.

Entonces volví a casa. Pero para alejarme de las banalidades de la vida social en las que no tenía intención de participar, me instalé en Moscú. Era esta una ciudad que parecía salida de un cuento de hadas, con sus tejados y campanarios, sus anchas avenidas con moderna luz de gas y sus muchos monasterios con grandes puertas labradas. Visité el Kremlin con sus cañones, la catedral de San Basilio el Bienaventurado con sus cúpulas y el campanario de Iván el grande. Me postré ante la virgen del Iverskaia y fui al nuevo teatro Bolshoi para ver actuar al gran trágico Mochalov. Y también fui a pasear por los malecones del río Moskva en donde los jóvenes se abrazaban y en el verano se deslizaban suaves las embarcaciones, mientras en invierno había carreras de troikas sobre sus aguas congeladas iluminadas por la luna. Entendí entonces a los eslavófilos y tradicionalistas que sentían un profundo orgullo por lo nuestro y que despreciaban a los petersburgueses llenos de ideas y modas occidentales.

Pronto mi casa se convirtió en un activo salón en el que se organizaban conciertos y veladas de teatro a los que asistía poca gente pero muy selecta. Las conversaciones eran excelentes, pues lo mismo se comentaba la exposición de los impresionistas en París, que tanta oposición había despertado, como la nueva música rusa de Glinka, Mussorgsky y Rimski Korsakoff que provocaba polémica, y lo mismo se hablaba de la filosofía europea que debatía sobre las clases bajas, de que la nueva literatura rusa de Tolstoi y de Dostoievsky, respecto a la cual se enfrentaban, irreconciliables, dos bandos: el de quienes apoyaban al autor de los amplios frescos sociales con sus propuestas morales y el de quienes creían en el más sutil retrato del alma humana que la presentaba como perennemente atormentada.

Algunos de mis nietos vinieron a vivir conmigo y trajeron a casa los ímpetus de su edad. Uno de ellos es un rasnochintsi, un espíritu práctico enamorado de la acción. Otro es un nihilista que fuma constantemente cigarrillos y uno más es un moderado del *Kolokol*. Entre ellos discuten acaloradamente sobre si conviene enseñar a leer a los campesinos, sobre las desventajas del servicio militar obligatorio, sobre las cualidades y defectos del Zárevitch, sobre los nuevos métodos para cultivar la tierra y sobre una ciencia de moda llamada fisiología. El más joven pasa el día con el padre Ofimovich y ya ha viajado dos veces al monasterio de Optina Pustyn a buscar las guías y consejos del sabio Amurosy. Tal vez se convierta en el primer starets de nuestra familia.

En el año en que cumplí setenta y cuatro años posé para Serov que hizo mi retrato. Fue entonces cuando conocí a Lev Tolstoi. Es un hombre inquieto y malhumorado, pero con una presencia que impone. Le dije lo mucho que me interesaba su obra y las ganas que tenía de conversar con él, pero no quiso. Solamente dijo: "He escrito la más grande novela en la historia del mundo pero ¿a quién le interesan las novelas? Mi tarea es mayor que eso."

Han pasado desde entonces más de cinco años. Todas las mañanas, al levantarme, elevo mis plegarias para dar las gracias por habérseme permitido ver hijos hasta la tercera y cuarta generación. Soy vieja pero las piernas aún andan bien, la vista es buena, las manos no tiemblan y el sueño es tranquilo. Subo y bajo las escaleras con agilidad y mi mente está en completa lucidez.

Estoy sentada sobre el escritorio de plata que me regalaron mis hijos y nietos en mi último cumpleaños. Es una de esas noches de nevadas y heladas del norte en las que el viento aúlla y silba como Solovei Rasboinik. Leo a Lermontov: "Todo es silencio en el cielo y en la tierra como en el corazón del hombre en el momento de la oración matinal." Una sensación de bienestar va inundando mis venas y produciéndome una inexplicable alegría, la de sentirme ya tan por encima del mundo. Ha llegado la hora de irme y quisiera hacerlo dignamente, sin gritos ni lágrimas. Mi rezo es el de Gogol:

¡Salvadme! ¡Sacadme de aquí!
¡Dadme una troika tirada por caballos
veloces como el viento!
Toma asiento, cochero mío,
suena, campanilla mía,
alzad el vuelo caballos
y sacadme de este mundo...

III
Atrapar el espíritu

No sé a dónde vamos a parar. Yo creí que habíamos superado el problema con mi esposa, que usted la había curado devolviéndonos una mujer como Dios manda, que ya no tendríamos que volver al consultorio, pero no pasó así. Su vuelta a la normalidad duró poco tiempo. Ahora le dio por decir que ojalá fuéramos ricos, imagínese, a mí también me encantaría serlo, pero no lo soy, qué le vamos a hacer, no depende de mí. También dice que al menos deberíamos portarnos como ricos, contratar dos sirvientas, una para la cocina y una para las recámaras. Le pregunté si no quería también un jardinero, de broma, por supuesto, pues vivimos en un departamento, y muy seria me contestó que no sería mala idea, para que revisara las tres macetas que tenemos junto a la ventana de la sala y que ella llama "mi jardín de invierno".

He estado pensando y creo que la culpa de todo la tienen los libros ¿no le dije que últimamente le ha dado por leer? Hasta tengo la impresión que nada más está esperando que nos vayamos en las mañanas para ponerse a hacerlo, lo noto porque la casa y la comida están malhechas, de prisa, sin el cuidado y la dedicación de antes.

Pero total que tanto estuvo dale y dale con eso de la sirvienta que dije bueno, si esa va a ser la alegría del hogar, pues que venga. Nada más la consiguió y empezó a hacer que nos llevara el desayuno a la cama, como si de verdad fuéramos ricos. Eso no estaría mal, pero si viera lo que nos sirve: té y pan con mermelada. Yo le dije que quería mi jugo de naranja, mi papaya, mis huevos con chorizo y mi café con pan dulce, pero ella dijo que un desayuno así no era elegante. ¿Quién quiere ser elegante? pregunté, pero en fin, no discuto, todo sea por la paz. Ha tomado la costumbre de levantarse tarde y lo primero que hace es sentarse con la sirvienta en el comedor "para dar las órdenes del día", ¿cuáles órdenes? le digo, ¿órdenes de qué?, quién sabe lo que pasa por su cabeza.

A la Lupe la trae uniformada, para la semana de rosa con cuello blanco y para las fiestas de negro con mandil de encaje. Se preguntará usted ¿cuáles fiestas? pues sí, yo también se lo pregunté y me contestó que en adelante íbamos a empezar a "recibir". Recibir ¿a quién? Se lo diré: compró unas tarjetas blancas y las mandó por correo invitando a la familia y a los pocos amigos que tenemos a cenar. Todos se sorprendieron, no entendían si era broma o qué. ¡Y debe ver las cenas que sirve! Montones de platillos, que para empezar un salmoncito con alcaparras, con lo caro que es, todo de importación, luego una sopa de betabel o de fresas, sí, ¡sopa de fresas!, siguen las carnes, así en plural porque en la misma comida hay pollo, pescado y cerdo, unas piernas "bañadas", como le gusta decir, en salsas de sabores extraños y acompañadas de papas y col, nada de arrocito o pasta sino papas y col. Y todo con vino, que un blanco bien frío para el principio, que un rojo para la carne, que un rosado para el pollo, que una cremita para el final, ¿y desde cuándo nosotros hacemos esto? le pregunté, pero no me contestó. Cuando se le acabaron los conocidos empezó a invitar a quien se le ocurriera, un día mi jefe de la oficina, otro día los vecinos del edificio y así. Hasta los padres del novio de la Nena vinieron, eso me dio vergüenza, no sé por qué los invitó si ni la han pedido y el asunto no es formal, van a decir que nosotros les estamos rogando. Esa noche sirvió una sopa fría y una sopa caliente, una carne de esto y una carne de lo otro y entre platillo y platillo nada menos que ¡una copa de helado! Todo mundo creía que ya era el postre pero al rato venía otra cosa más y otra vez el helado y nadie entendía nada, volteaban a verme extrañados y cuando le pregunté de qué se trataba me dijo que eso se hace para "refrescar el paladar".

Dice que está muy mal que no tengamos nada de plata, de cristalería ni de mantelería. Fue y compró esas vajillas de porcelana china que ahora venden, escogió unas con dibujos de flores en color pastel, unas copas altísimas que se parecen a las finas y unos cubiertos que son copia de los antiguos. Invirtió un buen dinero y ahora tengo un saldo demasiado alto en la tarjeta de crédito.

¡Y cómo se empezó a vestir! Ella que ya nunca se arreglaba, ahora va diario al salón a que le peinen el cabello, se polvea y pinta la cara y se pone zapatos de tacón a todas horas del día. Se compró telas "vaporosas" y "pesadas", como les dice, y se hizo unos vestidos largos que parece que va a ir a un baile en el palacio de su majestad el rey. ¿A dónde vas? le digo yo y entonces me contesta que esperamos gente a cenar,

¿otra vez? pregunto furioso, si estoy agotado, trabajé como burro, deberías tomar un administrador me responde, ¡pero si yo soy el administrador! En fin, ni caso tiene decirle nada, está en su mundo y lo único que me contesta es vete a arreglar porque ya van a llegar los invitados, ponte traje y corbata de moño, es lo más elegante. ¡Corbata de moño!, no la usaba yo desde que fui a mi graduación de secundaria.

Pero la puntilla, lo que de veras me sacó de mis casillas es que habla de cosas incomprensibles: que si la música de piano, que si tal ópera, que si las pinturas impresionistas o las realistas, que si los poemas franceses o las novelas rusas. Y pone cara de arrobada y habla de "nosotras las mujeres apasionadas", "las que vivimos intensamente". A mi mamá le preguntó si pensaba ir al concierto de Bellas Artes la semana próxima, dijo que ella ya había comprado los boletos, carísimos por cierto, porque es un tenor famoso que es la primera vez que viene, y a los vecinos les contó de una novela que describía "maravillosamente" los paisajes del Cáucaso, ni sé dónde es eso le contestó la pobre de Maruja, pero ella como si no le hubieran dicho nada. Se hizo una tensión tan fuerte en la mesa que de plano, cuando las visitas se fueron, le grité y le dije cosas muy feas. Yo nunca había hecho eso, me enojaba sí, pero jamás la había insultado, sólo que esta vez ya era demasiado, ¿cuánto tengo que aguantar?

A mi mamá se le ha metido en la cabeza invitar gente a cenar a la casa, hace unas cenas magníficas, muy bien servidas, con velas, vinos, vajilla nueva, música de fondo. A mí eso me encanta, nos vestimos elegantes y conversamos. Las dos nos pusimos a dieta y ella se pintó rayitos dorados en el pelo, para verse rubia. Dice que va a comprar lentes de contacto de color para tener los ojos azules. A mí también me gustaría, los tonos claros llaman mucho la atención, se ven distinguidos. El otro día invitó a la familia de mi novio y los atendió tan bien, que quedaron impresionados y dijeron que éramos gente fina, de mucho mundo.

¿Le dije que ya tenemos sirvienta? Pues sí, muy uniformada y hasta de medias. Mi mamá le enseñó a servir la mesa, de qué lado te paras y cómo sostienes la charola y cuáles tenedores son para el pescado y cómo se dobla la servilleta y cuál es la copa para el agua y cosas así. De dónde las aprendió ella, eso no sé, a lo mejor de sus libros que lee todo el tiempo, ya no hace otra cosa que leer.

Cada vez que puede le dice a mi papá que deberían irse de viaje y eso lo pone fuera de sí, con qué dinero rezonga furioso. A mí me ha mandado a hacer unos vestidos preciosos y me insiste en que debería yo ponerme a bordar mi ajuar, qué ideas, en estos tiempos darle a la aguja. A mi hermano lo trae con que debería aprender a montar a caballo, que es el deporte más elegante, pero él, que no se atreve a reírse de ella, le contesta que mejor aprende a manejar y que le presten el coche. Y para ella misma hizo lo más increíble: le pidió a una vecina que le permitiera usar su piano, uno de esos japoneses que casi no pesan y se consiguió un profesor viejito que viene dos veces por semana y le enseña piezas y discuten que si Mozart que si Chopin.

Mi abuela y mi tía se quejan de que mi mamá ya no las llama nunca por teléfono ni les hace regalos como antes. Es más, según mi abuela ni le contesta cuando ella la busca, siempre la muchacha dice que ahora no puede tomar la bocina porque está ocupada. Y es que entre que prepara sus cenas, que se aprende los modales elegantes y que lee sus libros, de verdad, ya no tiene tiempo de nada.

Mi papá es el que está muy enojado, dice que mi mamá se acabó su aguinaldo y que a este paso va a liquidar sus ahorros y no sabe cómo van a pagar las tarjetas de crédito ni con qué me van a casar a mí cuando me pidan. En eso tiene razón, y aunque me gusta la vida social más que nuestras noches todas iguales y aburridas de antes, pues no quisiera que faltara el dinero para mi boda.

Aunque la verdad, no sé cuál boda, porque Luis no dice nada. Yo quería ser la primera de mi grupo en vestir de novia pero Carmen me ganó, Alfonso ya se decidió y la otra semana va a hablar con sus papás. Yo creí que el día de la cena esa tan elegante a la que invitamos a sus padres, Luis iba a aprovechar. Esperé a los postres, como dice mi mamá que es la costumbre, pero empezaron a llegar uno tras otro todos los que ahora le ha dado por servir, terminamos la gelatina y el mousse y el pastel y la fruta y el queso y el ate y Luis no abrió la boca. El que la abrió fue mi papá para armar un escándalo cuando se fueron las visitas porque mi mamá sirvió helado después de la sopa y otra vez después del pescado y de la carne y entonces le dijo que no sólo lo estaba empobreciendo sino también avergonzando.

Ya sé que nosotros venimos acá para hablar de mi mamá, dicen que está enferma, pero el que anda mal es mi papá, muy enojón, antes no era así. Todo el tiempo se queja que él trabaja como burro para que las mujeres de la casa tiren el dinero en invitados, vestidos y sirvientas. Pero es curioso, aunque refunfuña mientras se viste, después conversa tan a gusto que uno creería que sí le gusta que venga la gente. El otro día lo oí decirle a mi abuela por teléfono, que no le desagradaría eso de invitar si no costara tan caro y si mi mamá se portara como gente normal.

La que está feliz es la Nena porque cree que los padres de Luis quedaron muy impresionados de nosotros y está segura que pronto se va a casar. La muy tonta nada más sueña con el matrimonio, ya no soporta ir a la escuela pero tampoco quiere trabajar, lo que quiere es tener su casa y sus hijos, que la mantengan y no abrir nunca más un libro, eso dice.

A mí la verdad no me gustan las cenas porque son aburridas. A veces no he terminado la tarea y ya mi mamá empieza a corretearme con que arréglate y no dejes el baño sucio y no te comas esas nueces, son para las visitas. Quiere que yo ande de traje y no soporta las chamarras ni los tenis. O si quieres andar así vestido por lo menos lava esos zapatos, me dice, ¿dónde se ha visto que los traiga uno limpios? Creo que sería el único en el mundo, ¡si cuando son nuevos a propósito los ensucio para que no se les note que acaban de salir de la tienda!

Lo que sí me gusta es eso de tener sirvienta, dejo el cuarto tirado y no me da mala conciencia de pensar que mi mamá lo recoge. Y cuando vienen mis amigos la mandan a llevarnos refrescos y galletas. Por eso ahora todos quieren hacer las tareas en mi casa.

La próxima semana tenemos que entregar un trabajo enorme, así que todas las tardes, después de la escuela, nos juntamos para hacerlo. El grupo es de cuatro pero a Toño le dio hepatitis. Le cuento esto porque ayer le pedí a mi mamá que si me preparaba uno de sus ricos panes de nuez para regalarle a mi amigo, dicen que los enfermos del hígado deben comer mucho dulce para aliviarse. Ay mi amor, preferiría que lo compres hecho porque no tengo tiempo, me contestó, y yo no dije nada pero el que se prendió fue mi papá. ¿Cómo que no tienes tiempo? ¿En que está tan ocupada la señora, sirvienta y todo y ella sin tiempo? Mi mamá se quedó callada pero mi papá siguió hable y hable: es que la señora pasa todo el día leyendo esos malditos libros que le ha dado por comprar y llenando su cabecita de ideas extrañas y de locuras, ¡por eso no tiene tiempo! Poco a poco se fue acelerando y subiendo la voz hasta que de plano se enojó tanto que se levantó de la mesa, fue a la recámara, sacó los libros de mi mamá y los tiró a la basura. Después, sumamente alterado, le gritó que pobre de ella si la volvía a encontrar leyendo, que le prohibía absoluta y definitivamente leer.

Mi esposo me prohibió leer. Así que estoy otra vez aburrida y triste, mis días son largos y vacíos, igual que cuando empecé a venir aquí. Doy vueltas por la casa, paso de un cuarto a otro, acomodo y limpio, pero me siento mal. Nunca me había dado cuenta de que mi departamento es tan pequeño, tres cuartitos y dos bañitos, una salita-comedor y una cocinita, todo minúsculo. Apenas si me puedo mover, apenas si caben los muebles, no sé a qué horas compré tanto sillón y tanta silla, tanta mesa y mesita, tanta lámpara. Siento que los adornos se me echan encima, que las cortinas, las alfombras, las vestiduras y colgaduras me ahogan. Es extraño, antes me encantaba mi casa, me parecía la más bonita. Lo importante de mi vida era que los colores combinaran, podía pasar semanas buscando una tela, un mantel, una toalla, hasta los trapos de cocina para que tuvieran el tono exacto de verde y era capaz de matar a quien moviera de su sitio uno de los adornos de cristal cortado que lucen sobre el trinchador o uno de los cojines que hay en el sofá.

Y de repente ya nada de eso me importa. ¿Que se acabó el aromatizante de baños?, ¿que la sirvienta compró papel higiénico blanco?, ¿que el florero de la recámara principal está vacío hace ocho días?, ¿que no se han lavado los cubrecamas y los cubrelavadoras y los cubrelicuadoras?, no me importa, me da igual.

Ayer en la tarde salí a caminar, el día estaba hermoso, me gusta este mes cuando ya no hace frío pero todavía no hace calor. No sé si usted conoce la colonia donde vivo, todavía hay algunas calles tranquilas, algunos camellones con palmeras y alguno que otro parque entre los ejes viales. Por todas partes misceláneas, panaderías y tortillerías, carnicerías y fruterías, una tiendita donde reparan aparatos eléctricos y otra para cambiar suelas a los zapatos, una cerrajería, una farmacia, un salón de belleza.

Cuando nos venimos a vivir aquí había más casas que edificios, pero ahora es al revés, de repente entre dos muros gigantes se ve una casita que se quedó allí apretada y hasta se siente lástima por ella.

Si camina uno en las mañanas, todo es trajín, mujeres que van y vienen con sus bolsas llenas de las compras, el camión de la basura que pasa, cobradores y obreros que componen el pavimento o los teléfonos. Si va usted de tarde, encuentra niños con sus uniformes escolares arrugados que van a la papelería o a comprar helados, otros que andan en bicicleta o juegan pelota mientras sus mamás platican con las vecinas. Poco antes del anochecer se pone bonito, la luz del sol pega contra las ventanas más altas y se oyen los pájaros que se acomodan sobre los cables listos para buscar el calor.

Ayer, mientras caminaba, me acordé de cuando tenía yo quince o dieciséis años y volvía de la escuela en tardes como esa, contenta, no sé de qué, nada más de la vida. Luego, cuando me casé y llegué a la ciudad, ¡qué excitación! y cuando paseaba con mis bebés recién nacidos y cuando crecieron y salíamos al parque o a comprar algo para merendar. ¡Cuántas esperanzas tenía yo entonces! Me imaginaba que mi vida sería como la de las películas, llena de romanticismo y de felicidad, no esta pesantez y este hartazgo.

¿Sabe de qué me he dado cuenta? De que para ser feliz hay que ser libre, no hay de otra. El chiste es no tener familia, ni marido que le prohíba o le exija a uno, ni hijos a quienes cuidar y educar, ni suegra o mamá o vecina.

¿Por qué no puedo yo tener libertad? ¿Por qué no puedo hacer lo que me gusta? Me imagino lo que sería mi vida si estuviera sola, dueña y señora de mi persona y de mi tiempo, en alguna gran ciudad donde pase de todo, donde la prostitución sea total, la luz eléctrica también.

Where you from?

New York, she answers with the place she last was, not the place she is made of.

Vivir en Broadway, ¿por qué no en el hotel Central? Caminar por Times Square y ver a los que salen y entran de los teatros, siempre en grupos de cuatro o seis, parejas que visten de negro y ríen como si fueran muy felices aunque aprietan fuertemente sus bolsos por temor a que se los roben.

Me detengo en los kioskos donde hay montones de revistas pornográficas. Allí está siempre el albino ciego con el cabello lacio sacándole música a su invento de instrumento, dos cuerdas pegadas a un largo palo de madera. Echo unas monedas en su caja y me quedo escuchando, yo su único público, hasta que empieza a llover. Me le junto a un tipo que trae un enorme paraguas negro. Qué quiere me dice, no mojarme le digo, lárguese o llamo a la policía me dice. Me resguardo en una marquesina mientras espero que pase otro con un paraguas suficientemente grande y de nuevo me le pego. Ese no me dice nada y yo camino a su lado. En cada cuadra alguien toca un sax, un violín o unos tambores. En cada cuadra alguien vende algo o me pide to spare a dime. Nadie se detiene, nosotros tampoco. En las esquinas el agua humedece las bolsas de basura apiladas y sus contenidos se desparraman.

Caminamos muchas cuadras bajo la lluvia. El tipo del paraguas anda con su walkman, los audífonos pegados a los oídos y ni se entera de lo que pasa en el mundo. Vamos hasta Central Park. Llegamos al diamante. Allí lo esperan unos que le gritan hola Otis y él les contesta hola LaTour, hola LeBaron, hola Walker, hola José. De repente alguien le pregunta quién es esa polla que viene con él. La polla soy yo, se refiere a mí. El tal Otis voltea y me mira y dice que no tiene la menor idea, que jamás en su vida me había visto.

Me siento a descansar sobre un enorme bote de basura que apesta. Llega un tipo embutido en un abrigo descolorido y me dice que me quite, que él tiene que trabajar. Él apesta también. Me alejo y cuando volteo lo veo sacando las latas vacías. Lo sigo cuando las lleva hasta un lugar en donde otros como él hacen una larga fila. Sobre la negra puerta de metal cuelga un letrero que anuncia el horario para recibir las latas y el precio que se paga por ellas.

En la esquina donde venden las burgers más baratas y el refill de la cola es gratis, se para todos los lunes la camioneta donde cambian las agujas usadas por otras nuevas. Antes nadie venía, a todos les daba miedo subirse, creían que era una trampa. Ahora vienen y salen con el material listo para estrenar muy bien envuelto en papel transparente, un regalo del gobierno para que no contagien el sida.

El semáforo está en rojo pero da igual porque nadie puede avanzar ni retroceder. El tráfico se extiende hasta donde alcanza la vista. Todos tocan el claxon y asoman la cabeza por la ventana para insultar al de adelante. Cuando se oye una sirena el ambiente se caldea y el ruido crece. Trato de hallar un hueco para cruzar entre los autos que están demasiado pegados uno al otro y con los motores encendidos, de los que sale un humo caliente que me quema las piernas. Un mundo de gente viene de frente hacia mí, también queriendo cruzar. Todos intentamos sortear a todos. De repente una señora se me echa encima y me araña la cara con sus largas uñas rojas mientras me grita furiosa que ella lo vio primero, que es suyo, largo de aquí puta. Todo es demasiado rápido, no me puedo defender, no me da tiempo de sacar las tijeras que siempre cargo para encajárselas en el estómago. Para cuando entiendo de qué se trata, veo que se ha subido a un taxi vacío, oh milagro, un taxi vacío en estas calles. De todos modos yo ni lo había visto ni lo quería pero me ha dejado la cara sangrante.

Camino por la calle con mis heridas, nadie me mira pero me empujan de un lado a otro porque voy despacio y estorbo.

No sé por qué de repente me acuerdo de Burt, le gustaba ver a la gente sangrar, decía que eso lo erotizaba. Cuando llego a casa decido teñir de rojo unos viejos guantes y andar así siempre, porque a mí también me gusta el color de la sangre.

Voy al parque Riverside para ver a los que corren en la vereda. Me impresiona cómo sudan y se agitan y se ponen colorados, todo ese esfuerzo para vivir más años, para estar en plena salud como dicen, maldita sea. Compro un bagel en el carro. Son los mejores de la ciudad y me echo sobre el pasto a comer. Saco mi botella para darle unos tragos, se acerca un tipo que anda por allí, me pide que le convide. Se la paso, bebe largo, me la devuelve. Antes de irse me regala una cajetilla de Camel a la que le quedan como tres.

Camino por Harlem. Los tipos me gritan cosas que me calientan. Llevo unos vaqueros tan ajustados que apenas si puedo caminar y oigo sus voces que salen desde las viejas casas o desde las esquinas donde pasan el tiempo nomás parados, sin nada que hacer: Oye polla ¿quieres probar una buena salchicha? ¡Eh tú, basura blanca, ven para que te parta en dos! Hello pretty thing, a que ninguno de tus cerdos amigos descoloridos la tiene de cuarenta centímetros, ¿quieres sentir una pija de cuarenta centímetros? Ey marshmallow, ¿ya te han dado una buena por atrás?

De esos paseos salgo excitada y entro a un café. El dueño es italiano y gordo. Le pido un oscuro con panecillos, la oferta del día que se anuncia en una cartulina colgada sobre el mostrador. El tipo me cobra y me pregunta si quiero trabajar. Haciendo qué pregunto. Limpiando contesta, te doy veinte morlacos si dejas limpio el lugar. Me pongo a mirar, una capa de cochambre cubre las mesas, las sillas y las ventanas. No gordo, ni por cincuenta le entro, pero te ofrezco un buen rato de sexo por los mismos veinte, después de que me coma mi tentempié. Puta me dice, me avienta la comida y se va. Yo como despacio, saboreando el café aguado y los panes y cuando me levanto para irme me llama con el dedo y me lleva a la trastienda. Necesito un buen coño dice, y yo una buena lana digo, pues entonces a darle dice, la plata primero digo, no dice, primero me cumples y luego te pago, entonces no hay trato digo. Pero sí hay, porque saca el billete y me lo avienta encima y se baja el pantalón dejando al descubierto su enorme barriga y su minúsculo willy. ¿Sabes qué? le digo, no sé si me das asco o risa, prefiero no. Le devuelvo su billete y cuando voy a abrir la puerta para irme me agarra con fuerza y me tira al piso y me baja los jeans de un jalón y se mete dentro de mí y mientras se mueve me insulta. Cuando termina se levanta, se faja y me grita que me largue antes de que me saque a patadas.

El tubo va atascado, siempre va atascado, todos apelotonados, malhumorados, con prisa, siempre con prisa, se empujan, se pellizcan, se pisan, emiten sonidos y gruñidos. El viaje dura una eternidad y el tren se queda parado en una de las estaciones. Tengo suerte de no haber conseguido los veinte dólares del gordo porque unos tipos le roban a todo mundo lo que lleva encima. A mí me quitan el pullover que me regaló Pete y que tanto me gusta.

Llego a casa agotada. Encuentro abierto. Unos tipos se metieron y se largaron con todo. Todo menos la lana, esa no la encontraron porque está bien escondida en la caja del water que no funciona. Nos dejaron sólo con lo puesto, ¡qué día!

Voy a ver a Lucy para contarle. Tiene la cabeza con rulos de permanente y está untando mostaza en un pan. Eres una tonta dice, nunca cierras las chapas. Es que no me acuerdo dónde dejé las llaves digo, y que se empieza a reír, a reír como una descosida y yo me contagio y me empiezo también a carcajear. Comemos sandwiches de boloña y le ayudo a fijar los chinos. Pero se había pasado el tiempo que decían las instrucciones y la cabeza le quedó como africana.

A Pete le enfurece lo del robo. Es lo mejor digo, no tener nada, sin raíces que te aten, vivir libre vagando por las calles, comiendo restos de pizza de los basureros y durmiendo donde se pueda. Estás chalada contesta, haces eso y un día amaneces descuartizada, una teta en el basurero de la esquina y un pedazo de culo en un desagüe. No importa digo, yo apuesto por el cielo y por el infierno.

Pete ama sus trapos, sobre todo los zapatos. Invierte montones de plata en eso. Los bolea con cuidado y tiene su parte de la casa limpia y barrida. Siempre tiende la cama, se prepara comida caliente y se sienta a la mesa para comerla y luego recoge y enjuaga los platos. Y claro, me echa sermones porque yo nunca acomodo nada ni arreglo mi cama ni lavo mi ropa y como cualquier cosa: una dona, unas cebollas empanizadas, unas pop corn, lo que sea.

En el restorán donde trabajo hay un tipo que oye todo el tiempo a Bob Marley: *No woman no cry*. Canta mientras lava los platos y baila con las nalgas levantadas que tiene, como las de todos los negros, a mí me encantan. Los sábados llega con alguna mujer que lo espera sentada en la banqueta. Siempre las escoge de pelo largo y tetas grandes que se asoman por el escote. Un día la tipa que viene con él se harta y se larga. Entonces me pregunta si yo quiero pasear y le digo que sí. Durante horas andamos viendo aparadores. Se detiene largamente en cada uno y mira a través de las gruesas rejas de metal enseñándome lo que se va a comprar cuando tenga dinero: estéreos, camisas, zapatos. Por fin me lleva a un hotel que tiene la cama desvencijada y una vieja tele. Allí nos quedamos un buen rato, vemos unas películas and we have sex y él tararea todo el tiempo sus canciones de Marley. Luego se duerme y yo me paro, me visto y me voy a largar cuando lo oigo decir: ey chick, tienes una bomba de succión en el coño, coges mejor que todas las pollas blancas de Nueva York y seguro también de windy city, de elei y de frisco aunque yo nunca he ido tan lejos.

En la puerta del hotel está sentado un tipo con pantalones viejísimos, de esos todavía acampanados y muy sucios. Toca la armónica y mira con ojos de loco. No puedo salir porque no se mueve así que me siento en la escalera y espero. Espero y espero escuchando su música hasta que alguien baja y sin más lo salta y se va. Entonces yo hago lo mismo pero él se asoma por debajo de la minifalda y silba. Es que no uso bragas. Tampoco uso pelo. Hace mucho tiempo que me rapé, ya no me acuerdo cuánto. Es cómodo, no me preocupo de lavar, peinar, desenredar. Lo único malo es en diciembre cuando el viento muerde y en las tardes de agosto cuando el sol calcina.

Los de arriba pelean todo el tiempo. Empiezan por cualquier tontería y acaban aventándose los sartenes. Luego de la golpiza de hoy, Nelly baja a casa de Lucy a pedirle el teléfono. ¿Can I use your phone? Go ahead. Se pone a llamar a no sé qué servicio donde rentan algo. Está llena de moretones. Cuando termina de hablar pregunta si podemos invitarle algo de comer. Lucy no tiene nada en su casa así que buscamos en la mía, pero también mi fridge está vacío. En el cuarto de Pete encuentro un frasco de mermelada de naranja al que le queda poco más de la mitad y nos lo comemos entre las tres con los dedos. Luego Nelly se va, cojeando y con sus lastimaduras. Creo que tengo rota la muñeca dice, me duele.

Me quedo horas extras en el restorán porque Linda no llega a trabajar. La atropelló un autobús pero ella tuvo la culpa porque siempre hace cualquier cosa para largarse de este mundo que la tiene harta. Lo malo es que tiene una hija de seis años, se llama Violácea, es rubia como su madre, flaca y con cara triste, quién sabe a dónde va a ir a parar si aquella se muere.

Me duelen las piernas de tantas horas de pie, yendo y viniendo de las mesas a la barra. Un tipo me deja de propina monedas de algún país desconocido que no sirven para nada. Las echo a la alcantarilla pero luego Pete dice que en el banco me las hubieran cambiado. Ya me veo entrando al Chase Manhattan, al City Bank o al First National, esos edificios enormes de vidrio y pisos de mármol resbaloso para preguntar si me pueden cambiar mis monedas. No veo cuál es el problema dice Pete, este es un país libre. Eso sí le digo, en eso tienes razón.

Decido pasar el domingo durmiendo. Se lo advierto a Pete porque es el día cuando amanecen acá sus ligues del sábado y hacen ruido y se ríen y preparan desayunos complicados. Pero no sé por qué, como a la una despierto y no me puedo volver a dormir. Me levanto, me meto en un pantalón y voy a darle un rato a las máquinas. Hay montones de chavos que nomás están allí parados sin jugar ni nada porque no tienen ni un níquel. Pasan horas y horas viendo a los demás y molestando a los que pasan por la calle. Y allí está el tipo ese que cuando pierde agarra a patadas a los aparatos hasta que llega Ken y lo echa.

Ken es muy alto y más negro que todos los negros que he visto. A mí me gustan los negros, saben su asunto, aunque Oona dice que los latinos también la giran bien. Ken usa un enorme aro en la oreja izquierda y una camiseta que dice I love N. Y. Su jean tiene los bolsillos rebosantes de boletos usados del metro y de los autobuses que siempre guarda, a saber para qué. Nadie tiene idea de dónde salió ni dónde vive. Dice que un día quiso ser boxeador como todos los negros y lo noquearon, otro día quiso ser bailarín como todos los negros y se rieron de él. Se sentía muy jodido, apenas entraba a una tienda y ya lo acusaban de robo, caminaba por la calle y las mujeres temían que las violara, siempre le echaban la culpa de cualquier cosa, todo por ser negro. Pete dice que Ken ha liquidado a más de uno y que hasta estuvo de socio en una de esas matanzas que les da por hacer en las hamburgueserías. Al amigo que organizó el lío se lo echaron allí mismo y a él lo metieron preso un buen rato. Ahora cuida este local y consigue todo lo que uno quiera: pepas, inyecciones, polvo, cigarros, mujeres y hombres, niños y animales, cadenas, látigos, todo. Algunas noches, después de cerrar, nos vamos a hacer pintadas con un esprey rojo brillante:

Saddam Hussein tiene empleo ¿y usted?
Apocalipsis now

Lucy se quiere deshacer de su marido, ya no lo aguanta. El tipo pasa la mitad de la vida entambado y cuando sale llega por lana y la maltrata y se larga con otras. Me pide que la acompañe a comprar una magia para ahuyentarlo. Vamos a la tienda esa enorme que está abierta hasta la madrugada y pasamos horas buscando el remedio y de paso viendo las mil chucherías que venden. Por fin Lucy decide que todavía lo quiere y mejor se gasta el dinero en un teléfono transparente, una postal con una foto obscena y una lata de aire de California. A mí me regala un llavero con mi signo del zodiaco y unos lentes oscuros que me dan aspecto cool. Cuando regresamos a su casa, preparamos café y lo servimos en unos vasos de papel que robamos del garrafón que hay en la farmacia, pero pronto empiezan a escurrir y mojan el teléfono y la postal y los joden para siempre. Lucy se pone a llorar y le entra otra vez que mejor sí quiere deshacerse de su Gold and Silver. Mañana vamos otra vez por la magia dice, esta vez es en serio.

Boxie es el mejor amigo de Pete. Más bien es como su esposa, pues con él es con quien se acuesta más seguido y al único que de verdad quiere. Entre los dos cocinan platillos, arreglan las cortinas, llenan la casa de flores y hacen fiestas. Luego la cosa se va jodiendo, porque uno levanta a alguien y el otro se encela o porque el otro no quiere ir a alguna parte y el uno se enoja y total, empiezan a pelear, cada vez más fuerte hasta que Boxie desaparece con un portazo, jurando que nunca más y se va a California que es donde dice que se vive mejor. Pero apenas pasan unas semanas ya se extrañan y se empiezan a buscar y ahí va de nuevo todo el numerito.

Ahora Boxie está aquí, con su ropa de colores chillones muy costa oeste, que es un revoltijo de cosas de hombre y de mujer porque él dice que se niega a aceptar las convenciones del género, que esas son estupideces. Desde que llegó, todos los días prepara de comer. Hoy son camarones en salsa de ostión y para completar pide arroz chino al servicio de la esquina. Cuando tocan a la puerta con el pedido, abro y el chamaco que lo trae me dice buenas tardes señor. Oye digo, no soy señor, soy mujer. Perdone usted dice, pero es que como no tiene pelo pensé que... No andes pensando nada le digo y que me levanto la camiseta para enseñarle que tengo tetas y me levanto la falda para enseñarle que tengo coño y el pobre abre los ojos y la boca y no se mueve de allí hasta que le cierro en las narices. Desde entonces decido no usar camiseta y llevar solo un chaleco de cuero, para que se vea bien que soy mujer.

Todo el día mi madre llama por teléfono. Seguro necesita dinero. Yo no le contesto pero le dice a Pete que por mi culpa se jodió la vida y por mi culpa el marido se le fue y que está muy sola y yo nunca me acuerdo de ella. Tampoco me acuerdo de mis plantas y ni se quejan. Están más secas que el pelo del pubis de Lucy, gris y maltratado. Bueno, eso dice su Gold and Silver cuando se enoja, porque yo nunca se lo he visto.

Boxie dice que odia Nueva York, que aquí todo está apretado, no hay espacio, los edificios tan altos no dejan pasar la luz del sol. Le choca la basura apilada en las esquinas y por todas partes latas, kleenex, condones y colillas. Dice que la gente tiene cara de asesina o de muerta de miedo. Se pone a hablar de California como si fuera el paraíso, las playas, la amplitud, los colores, los freeways para correr a gusto. Se pasa la vida intentando convencer a Pete de que se vayan para allá pero él no quiere. Pete dice que esta es una ciudad maravillosa donde pasa todo y donde está el mejor cruising. Los fines de semana su actividad de ligue es tan intensa que hasta Boxie, que nunca se sacia, queda satisfecho. Un día deciden pintar la casa. Algo alegre y con luz dice Boxie. Algo dramático dice Pete. Por fin eligen hacerla en negro y blanco. Me piden ayuda pero a mí me da flojera y dejo a la mitad la pared del baño. Boxie dice que parece arte.

El edificio donde vivimos es viejo, de ladrillo café como todos los edificios viejos del downtown. Tiene montón de ventanas pequeñas que abiertas casi rozan a las del edificio de enfrente. Veo a las gentes en su vivir de cada día y ellos me ven a mí. Entre junio y agosto hasta los huelo porque dejan todo abierto para poder respirar. Algunos tienen aparatos de aire acondicionado en las ventanas. Pete tiene un ventilador encima de su cama que hace un zumbido sordo. Por su ventana se ven las luces de los enormes anuncios. Toda la noche se prenden y apagan dándole un aire misterioso a la recámara. Uno es de una mujer que bebe soda de una lata y el otro de un vaquero que fuma. Nuestro departamento está en el piso ocho, Lucy vive en el sótano, desde su casa no se ve la calle porque queda arriba. Enfrente hay una tienda de maletas donde trabaja la hija de Lucy. Para ir a mi trabajo en el restorán de Liu, camino tres cuadras de calles estrechas, cercadas por altos edificios de departamentos, oficinas y talleres, con sus tiendas polvosas y su penumbra a todas horas del día. En ese trayecto encuentro de todo, una lavandería de autoservicio, un video club, una pawn shop y una drugstore, comida china to go y Manhattan fried chicken, el mejor del mundo.

A Pete lo conozco desde que mi padrastro me llevó al estudio de filmación. Yo tenía 14 años y él quiso que me tomaran película mientras me estrenaba, para aprovechar y ganarse una lana. Si lloras te voy a pegar me dijo y claro que no lloré porque ya lo había visto golpear fuerte a mi madre hasta dejarla tirada. Ese día cuando acabamos me dio cinco dólares y me advirtió que no le dijera ni una palabra a mi mamá. Luego fuimos allá dos veces más y las dos repetimos la misma actuación. Los tipos de las cámaras casi se me metían adentro también, y nos hacían volverlo a hacer una y otra vez dizque para mejorar la toma. Pete estaba sentado en un escritorio a la entrada de la oficina y siempre me sonreía y una vez hasta me regaló una coca fría. El día en que por casualidad vi que a mi padrastro le dieron trescientos dólares que él se guardó en la bolsa del pantalón y a mí me dio sólo cinco, decidí largarme de casa y trabajar por mi cuenta. Entonces la filmadora me empezó a pagar el dinero completo por hacer piruetas sexuales con toda clase de tipos y tipas que no sé de dónde sacaban. Así estuve varios meses hasta que ya no me quisieron dar el trabajo pues dijeron que estaba muy vista. Entonces tenía yo dieciséis años y había rentado un cuarto en el hotel Central, creyendo que la vida era fácil y la chamba segura y que el dinero llegaría sin más. Pero no fue así, se cansaron de mi coño y me mandaron al diablo.

Al salir despedida le pregunté a Pete si sabía de algo para mí. Me dijo que sí y me llevó al restorán de Liu. Luego me propuso vivir en su depa para dividirnos los gastos. Y así fueron las cosas. Conforme pasaron los días y las semanas y los meses nos fuimos acostumbrando uno al otro y aquí estoy, hasta el día de hoy, durmiendo en el sofá de la entrada aunque algunas noches cuando Pete no trae a nadie, me paso a su cama para estar acompañada.

El chino Liu está todo el día en la caja mientras Linda, Nancy y yo atendemos a los clientes: que un sandwich de pollo sin mayonesa, que unos huevos not fluffy, que una hamburguesa con papas y sin pepinillos. Boxie dice que es un trabajo estúpido pero yo me siento bien. Cada quien hace lo que puede y nadie se me trepa encima, eso ya me tenía harta.

La hija de Lucy nos cuenta que se hizo un aborto. Ni siquiera sabíamos que estaba embarazada. Lucy se prende y la echa de la casa y yo me la llevo conmigo. Pete no protesta aunque ya vivimos apretados y muchas veces falta el agua. Le dejo el sofá mientras se repone y yo duermo en el suelo. La tele nos hace compañía durante la noche.

El chino Liu tiene un hermano que no entiende ni palabra de inglés aunque él cree que sí. Lleva al cuello una cadena larga con una estrella de Mercedes Benz que se robó en el estacionamiento donde trabaja. Todo el tiempo anda atrás de Nancy y le quiere meter mano a como dé lugar. Ella se enfurece y le grita fuck you y kiss my ass y el cree que entonces sí quiere y la sigue hasta la cocina. Nancy le vacía una cubeta de agua caliente y se arma el gran jaleo. Liu la despide, Nancy lo acusa de atosigar a las mayorías blancas y en medio del relajo y el griterío, el hermano insiste en que ella le había dicho claramente que sí, que fuck you y que kiss my ass.

La hija de Lucy se va. Consiguió empleo como telefonista de esas que dicen cosas cachondas. Una negra que tiene el culo más grande que jamás he visto le enseña lo que debe decir y la forma de entonarlo. Entre más tiempo haga que los tipos se mantengan oyéndola, más plata gana, porque la cosa es por comisión. La negra viene con ella a casa y cuando Boxie la ve decide llevársela a California para conseguirle trabajo de bailarina. Te voy a hacer rica le dice, no te vas a desperdiciar más usando sólo la voz, vas a enloquecer a todo mundo con ese trasero. Se va a buscarle unas bragas sexys, de esas transparentes que tienen una abertura abajo, pero ninguna le queda, así de grande lo tiene. Boxie la hace practicar durante horas y horas un baile encima de la mesa de la cocina.

Llevo tres días sin ir al restorán, Liu debe estar sacando más vapor que las ollas gigantes en las que prepara la sopa. Pero tenía ganas de caminar. Recorro Park Avenue desde la setenta a la noventa. No hay gente en esta calle, sólo autos. Los camellones tienen canteros llenos de flores amarillas y hay porteros parados abajo de las marquesinas de los edificios. De vez en cuando aparece una sirvienta uniformada que sube a un niño al auto con chofer que espera a la puerta. O voy por Madison para ver los aparadores. La ropa es preciosa, debe costar una millonada y hay cafés con mesas pequeñas que tienen flores en el centro. Pego la nariz a las ventanas y miro a los comensales que se ponen inquietos pues no entienden qué les veo. Voy por la séptima donde están las tiendas llenas de botones, flores de plástico, cuerdas para guitarra y agujas para viejas máquinas de coser. Por la cincuenta y siete miro los aparadores con muebles y floreros, muñecas y lámparas antiguas.

Por la ochenta y seis compro manzanas en los puestos de fruta y repaso los discos en las tiendas atestadas de adolescentes. Me gusta caminar.

A Pete también le gusta hit the floor, gastar suela. Vamos al jardín del Museo de Historia Natural y al jardín de esculturas del Museo de Arte Moderno. Le gusta el mercado de pulgas de la sexta y la veintiocho y asomarse a los restoranes caros como Le Cirque y Mortimers. En Columbus y la ochenta y nueve me enseña el edificio donde quisiera vivir: un depa en un piso muy alto para ver el lago del parque dice. Yo estoy bien en donde vivimos digo. Ay chiquita dice, si el nuestro parece uno de los edificios en bloque que hace el gobierno para los pobres. A mí eso me da igual digo. Cómo te va a dar igual dice, no es lo mismo vivir en Duke Ellington Boulevard, Gramercy Park, la Avenida diez, la zona de las treintas, la Quinta, Central Park West, son cosas muy distintas así que deja de decir estupideces.

Vuelvo al restorán y Liu no me quiere recibir, está furioso. Pero todos interceden por mí y cede. Y aquí estoy otra vez llevando y trayendo huevos estrellados con catsup, pay de manzana, cherry coke y café.

Abe es un cliente que pasa horas después de comer jugando dominó o backgammon con quien se deje, cuando no Mah Jong con Liu. Me invita a pasear por el puerto. Caminamos por los viejos muelles entre el olor a pescado y las slaughterhouses. Mira dice, el Hudson fluyendo hacia el Atlántico. Habla de antes y de hoy, de los viejos cargueros que entraban en la bahía y en cambio ahora se van enfrente a New Jersey y de los ferries que salen para

Staten Island. Luego entramos a una de esas tiendas en donde hacen tatuajes. Hay anuncios con modelos diferentes: águilas, mujeres desnudas, coronas de rey. Abe se hace una serpiente en el bíceps, las agujas le entran y salen de la piel dejando gotas de sangre. ¿Y qué haces cuando ya no lo quieras? pregunto. Vienes y te cortan el pedazo de piel y lo estiran con alfileres sobre una madera para que te lo lleves de recuerdo contesta. ¿Y la piel qué onda?, pregunto, ¿se queda el agujero? No seas tonta contesta, la cosen y cicatriza. ¿Y no te duele? pregunto. Te voy a regalar uno contesta, para que dejes de preguntar tanto. Y que me lo hacen en la nalga, un corazón con su flecha atravesada. Y de verdad, no dolía, nada más olía a quemado.

Oona vive en uno de esos lugares where the hardcore and garage scene is como dice Pete. Hay pintas por todas partes, algunas divertidas, otras violentas o groseras y otras más que simplemente anuncian el nombre de una banda de músicos o de delincuentes de por ahí. En su depa tiene un enorme Santa de plástico con una máscara antigás de las de verdad, que ella misma le arrancó a un policía durante una manifestación de esas a las que siempre va, donde se enfrentan las prochoice con las prolife. Y tiene también un viejísimo y desvencijado sillón que recogió en un basurero de Riverside Drive. Es una tipa divertida, adrenalina pura, animalidad instantánea, lleva el pelo muy negro y corto levantado en construcciones inverosímiles y con unos vestidos largos de tubo, completamente pegados a su flaquísimo cuerpo, que tienen aberturas a los lados pero no tirantes. Usa tacones de aguja de catorce centímetros con los que parece irse de boca y se pinta los labios de color rojo tan intenso que se ven en la oscuridad. Con ella voy a los clubes finos: al Palladium, el Club de, el Underground, el Regines, el Dancetería. Los tipos de la puerta la conocen y nos dejan entrar. Me presta alguno de sus tubos en color negro, azul fosforecente o hielo —es mi color preferido—, nos sentamos en el bar y pronto alguien nos paga la copa y nos invita a bailar. Es el tipo de gente CEO que se prende con la música de Talking Heads y con las luces estroboscópicas, pero sobre todo son de los que su máximo es una vez por semana cambiar de pareja, acostarse de tres o que les echen una buena meada después de venirse.

En uno de esos clubes hay adentro un montón de plantas como si fuera la selva tropical. La música es pura lambada y merengue y cosas así de las selvas del sur americano. A la hora de bailar a Oona se le escurre el vestido y se le salen las tetas y entonces la enfocan y su figura aparece en las tres enormes pantallas de las paredes, entera o partida en cincuenta pedazos. Es el momento cumbre de la noche. La gente aúlla. Un día mientras baila con un tipo que suda como regadera, echan el agua de lluvia que acostumbran soltar cada noche para que de veras parezca el trópico y el pobre cae fulminado y muerto no se sabe si por la emoción de ver las tetas de Oona, por el esfuerzo de su corazón de tanto bailar o por el cambio de temperatura pues el agua estaba helada.

A veces nos invitan a seguirla en una fiesta privada. Es típico cuando preguntan ¿y qué van a hacer después de la orgía? Y allá vamos, a algún depa en un piso doce o quince, subimos en un elevador forrado de madera y cuando llegamos hay enormes ventanales desde donde se ven las luces de los rascacielos. El espacio siempre es amplio y las paredes están cubiertas de espejos. Hay mucha gente, todos flacos y bronceados, todos sonrientes y bien vestidos, todos enjoyados. Un aroma de perfume sale de sus cuerpos. Los hombres son abogados, brockers, management consultants y las mujeres diseñadoras, art dealers, vendedoras de bienes raíces y presidentas de comités recaudadores de fondos. Meseros de uniforme guinda reparten bebidas, ¿desea un whisky?, ¿scotch, bourbon, rye, blended? También tenemos ginebra, vodka, ron, brandy y vermouth. Oona pide un tequila en las rocas para seguir con las selvas del sur dice, y yo la imito. La gente habla y opina. Me siento en un sillón de piel blanca que es lo más suave y mullido del mundo. Me hundo casi hasta el piso y me pongo a escuchar a un joven ejecutivo de no sé cuál empresa que habla de su trabajo como si fuera lo más interesante del mundo. Me quedo dormida.

Cuando despierto no sé dónde estoy. La luz del día entra directa y agresiva por la ventana y yo trato de recordar cómo llegué hasta este lugar. Me acuerdo de Oona bailando en medio de un grupo que le aplaudía. Mi vestido de tubo color rojo sangre está arrugado, pienso qué hacer para ir a casa pues ni sé dónde estoy ni traigo un dime. De repente aparece muy bañado un tipo de esos como los que salen en la tele: mentón cuadrado, nariz recta, hombros amplios, sonrisa crest y se presenta como el dueño de casa. Me invita a desayunar pancakes con rebanadas de mango fresco traído del Caribe. Vaya, le digo, seguimos con los amigos latinos. Sonríe y trae un compact para acompañar el desayuno. La música es tan sabrosa que los pies se mueven solos. No podemos evitarlo, bailamos un largo rato. El que canta se llama Juan Luis Guerra y su grupo es el 4. 40 dice, son la sensación del momento, todo mundo compra sus discos. Me pongo a escuchar la letra, pero mi español no da para tanto, no sé que son las bilirrubinas, ni entiendo cómo llueve café, ni qué hace el pez en la pecera y otras cosas por el estilo. Cuatro minutos con cuarenta segundos es el tiempo que tardan en hacerse las pop corn light en el horno de microondas le digo, tal vez por eso se pusieron ese nombre. Mi amigo me mira como si fuera yo una marciana y dice creo que no entiendes nada de lo que es el sur de este continente.

Me quedo con él dos días porque tiene una tina enorme a la que por todas partes le salen chorros de agua caliente y un sillón que da masajes. Y porque me da bien de comer. Cuando le aviso que ya me voy, me invita a pasar el fin de semana. No tengo ropa digo, no la vas a necesitar dice, ¿quieres saber a dónde vamos? dice, me da igual digo. Y así es como voy a dar a Waterstone, una granja de sexo según se anuncia a la entrada, en la que se deja la ropa al llegar y se pasan los días desnudo tomando el sol, nadando, jugando tenis y cogiendo con todo mundo, en cualquier sitio y a todas horas. Por las noches los huéspedes se reúnen en grandes grupos llamados mamut para hablar de sí mismos, de lo que sienten y quieren. Se sientan en el piso, se esculcan y escarban adentro del alma y usan palabras como frustración, angustia, comunicación, relación, compañero, realización personal. Muchas veces lloran y siempre todo mundo opina. Mi galán, que se llama Alfred o Herbert o John no sé cuántos the third dice que esto es lo más saludable, unirse a gente donde la variedad es la norma y donde uno se puede deshacer de sus inhibiciones y dejar que su energía sexual corra libremente. ¿Tú qué opinas? dice, ¿por qué nunca hablas? es necesario que digas lo que sientes. Deberías ir a Esalen para que aprendas la técnica del grito primigenio y otras terapias que te ayuden a desbloquearte, a quitarte la represión.

Pasamos tres días en ese lugar. Es suficientemente aburrido. Mucha gente se me acerca para el sexo. Yo acepto a todos pero no busco a nadie. No me gustan esos ejecutivos tan limpios y dizque liberados que hablan más de lo que cogen. A la salida, en el estacionamiento, se acerca una mujer vestida con vaqueros deshilachados etiqueta Gloria Vanderbilth, una delgada camisa Made in India de las que venden en los mercados callejeros, montones de collares de cuentas y altas botas de cuero. Se llama Louise dice mi galán, es mi ex esposa. Ella a su vez nos presenta al tipo que la acompaña, suéter negro de cuello alto y, por supuesto, también vaqueros. Es Ivy League nos dice ella, pero estudia composición en Julliard. Los tres se ponen a hablar un montón de tiempo sobre la técnica del ballet canadiense, no se lo pierdan, la película postmoderna alemana, no se la pierdan, la nota del crítico que salió el domingo en el Times sobre la novela del escritor inglés, no se la pierdan, la obra de teatro latinoamericano, qué trabajo corporal, no se la pierdan, y sobre todo pon-

gan atención a la escenografía, shocking. Cuando
por fin se van, desde la ventanilla del auto nos gritan que no faltemos al festival de cine del Lincoln
Center ni a la subasta de pintura donde lo que se re-
caude será a beneficio de los muertos de hambre en
Somalia. John o Alfred o como se llame, que cinco
minutos antes era amable y simpático con sus inter-
locutores, está ahora furioso y dedica todo el camino hasta la ciudad a contar horrores de la mujer, de
sus afanes por no perderse ningún espectáculo ni
evento social y de su frigidez.

Nos detenemos en una galería. Baby me dice
Herbert o John o como se llame, en esta ciudad hay
casi mil galerías pero tú vas a entrar en la más in de
Nueva York que es lo mismo que decir la más in del
mundo. Y entramos, yo con mi tubo rojo arrugado,
mis zapatos de tacón de aguja y mi cabeza rapada.
Hay montones de gente bebiendo y viendo las enormes fotografías que cuelgan de la pared en las que
siempre sale la misma mujer con distintos disfraces.
Esta tipa es muy talentosa me dice John o Herbert o
Alfred antes de ponerse a saludar a todo mundo y
olvidarse por completo de mí. De repente en el mi-
crófono una voz pide silencio. El ruido se acalla y
alguien empieza a hablar sobre un libro recién pu-
blicado que esta noche presentamos ante ustedes,
un ensayo excelente y excepcional que explica el arte fotográfico actual, un hito en la interpretación
artística de la segunda mitad del siglo XX. Todos
aplauden. Luego habla otro y otro que dicen más o
menos lo mismo y a los que también les aplauden.
Por fin salimos de allí. En el auto Alfred o Herbert o
John no sé cuántos de third va excitado y habla.

Habla y habla. Nada como los vernissages, nada como este chic dice. Me han invitado a la gala anual de Met que preside la mismísima Lady Astor, eso sí es llegar a la cumbre. Me estremezco de sólo imaginarme entrando al museo, el primer piso a la derecha, el templo egipcio de Dendur, los papiros que crecen en el agua y desde las ventanas se ve el cielo gris y nublado.

En la luz roja de un semáforo abro la puerta y me bajo del auto pues no soporto un instante más de rollo. Creo que ni cuenta se da de que desaparezco, está ocupado consigo mismo, con sus éxitos sociales. Nunca lo vuelvo a ver.

Decido quedarme en el bar de los punks. Está muy iluminado y lleno de gente con los pelos parados y pintados de colores, las chamarras de cuero colgadas de charreteras y los zapatos puntiagudos. Voy al rincón donde se acurrucan los solitarios que sólo hablan con su taza y espero a que aparezca algún conocido. Llega Oona con Mat. Vaya, apareciste dice ¿cuánto tiempo hace que no sabemos de ti? Nos sentamos en la mesa de Bill. Mat es un tipo que no habla. Vive en Bruckner boulevard. A los once lo agarró una banda y lo convirtió en correo de drogas, amenazándolo a él y a su familia si fallaba o se equivocaba. A los quince lo obligaron a matar. No pudo. Entonces lo apalearon. Dos docenas de tipos parados a lo largo de un pasillo y él tenía que pasar por en medio. Estuvo en coma más de dos meses y desde entonces busca que lo maltraten. Pide golpes, latigazos, navajas que le abran la piel, cadenas que se la lastimen. Está lleno de cicatrices viejas, moretones y heridas frescas. Los brazos y piernas están cubiertos de las marcas de sus inyecciones. Se mete todo lo que consigue y pasa las noches en los bares gay en los que por una copa se deja hacer cualquier cosa.

Bill viste con ropa del ejército, onda camuflaje, admira a Elvis y quiere tocar la guitarra como él. Tiene una novia despeinada e insignificante que se sienta a sus espaldas. Los dos comen crema de cacahuate, tocino y sandwiches de plátano para ser como su ídolo. A veces le dicen Memo, porque parece que su madre es mojada, una de esas mex-tex que ahora les gusta matar a los policías de la frontera. Le pido un toque. ¿Traes bragas?, pregunta, te doy mota si te las quitas aquí mismo y me las regalas. Oye digo, hace días que no voy por casa, mis bragas no están presentables. Eso no importa dice, quítatelas aquí, frente a todos. Como estoy bastante urgida, pues me subo a la mesa y le enseño que no uso nada. Todos me festejan y aplauden y Memo muy contento me regala medio pitillo de la buena, la golden mexicana. Al rato, cuando andamos hasta atrás, se pone a echar sus rollos porque dice que es poeta: La televisión sangra, mi cama vomita. Nada tiene objeto, pero mientras uno lo hace cree que puede funcionar. El mundo nos hiere a todos pero algunos aguantan y se fortalecen en los lugares vulnerados. Yo lo sé y no me cabe duda, ningún filósofo jamás, no importa qué tan profundo sea, podrá siquiera empezar a entender al mundo.

Voy a los baños. Me gusta. El agua caliente, el descanso y unos buenos polvos. Hay una larga cola para entrar. Como sólo dejan pasar parejas, busco entre los solitarios que están en la fila a alguno que me sirva para pasar. Me acerco a uno que va bastante adelante, le saco plática o más bien lo hago hablar, eso es cosa fácil, a todos los tipos les gusta que los oigan. Se llama Al, es profesor en la Universidad de Columbia, tiene una panza de sedentario, la calva incipiente y está lleno de tics. Es de sus primeras veces en los baños, le da miedo y al mismo tiempo ganas, por eso viene. En cuanto cruzamos el umbral desaparezco y en toda la noche no nos volvemos a encontrar. Me echo unas buenas con un par de tipos y también con dos chavas gordas que se ríen y cuentan chistes. Cuando salgo de madrugada, allí está Al. Te busqué durante horas dice, quería contigo, creí que veníamos juntos, pagué la tarifa por ti. Nos subimos a su auto, un compacto con cinturones de seguridad y allí me cuenta que tiene fuertes tormentas interiores. Me invita a pasear a los Cloisters, dice que es un edificio medieval que le parece hermoso y romántico. Me pregunta si conozco aquella canción de Leonard Cohen "Traveling lady, stay a while until the night is over, I'm just a station on your way I know I'm not your lover." No le contesto, estoy demasiado cansada y esas ondas dulzonas no son mi fuerte. Me bajo del coche y busco un teléfono. Mientras marco, Al me pide que no me vaya y con una llave se pone a raspar su nombre y el mío junto a los corazones y a los insultos que ya están rayados en el plástico de la cabina. Espero sentada sobre el cofre del auto hasta que Pete viene por mí. Cuando nos vamos veo la cara triste de Al quien no entiende por qué falló.

Paso el día junto a la ventana. Necesito pull myself together. Me acompaña la tele. No la veo pero está conmigo, la oigo. Las voces y el resplandor de su luz me hacen sentir bien. Pregunto la hora por teléfono. Son las tres. Mucho rato después vuelvo a marcar el 9761616. Son las 3:35. El tiempo pasa despacio.

Tengo un cartón de jugo de naranja y una bolsa family size de cheetos con sabor a queso. Cuando oscurece me levanto y me voy a dormir. El tiempo pasa lento.

Joss es cliente del restorán desde hace años. Llega a comer siempre a la misma hora, se sienta en el mismo lugar y pide lo mismo: pollo frito con ensalada y limonada con agua mineral. Un domingo nos invita a su casa. Y allá vamos, Dios sabe por qué pues no es un tipo divertido ni interesante, pero no tenemos nada mejor que hacer. Vive con su mujer que es rechoncha y con cara de buena gente. Nos sentamos en la sala en unos sillones verdes y duros, tapizados de tela floreada. También las cortinas son verdes y floreadas. Nos sirven limonada. Nada más sentarnos y Joss empieza a hablar de Dios y de la salvación de nuestras almas mientras Rosalyn escucha atenta y afirma con la cabeza. Nos tiene así un buen rato, convenciéndonos de volvernos de los suyos que se llaman davidianos. Nos habla de que la ciudad está llena de tentaciones y de religiones: hay presbiterianos, metodistas, baptistas, cuáqueros, menonitas, adventistas, pentecostales, católicos, judíos, musulmanes, ortodoxos griegos y ortodoxos rusos, budistas. Es un caos dice, la televisión está llena de preachers los domingos y por todas partes nos quieren jalar a sus ideas, pero el único camino verdadero es el de la Biblia. Por eso deberían irse de aquí dice, tenemos una gran casa en Texas donde podrán vivir en contacto con la verdad. Luego nos pide cooperar con su causa dando cualquier cantidad que queramos. Nos vamos de allí con la sensación de que nos engañaron.

Faith es hermana de Oona. Es vendedora en Macy's y anda bien vestida. La ropa en esa tienda es cara, yo compro la mía en Orchard Street, los domingos el mercado se pone muy vivo, igual que en la Tama Fair de la Tercera Avenida donde me gusta ir a ver las plantas y aves. Faith es una fanática de los grandes espectáculos. Jamás se pierde un partido de los Mets y va a todo lo que se presente en el Yankee Stadium y en el Madison Square Garden, le da igual si es un grupo de Rock, una artista de la televisión mexicana o Frank Sinatra celebrando sus setenta y cinco años. Es capaz de esperar horas por un boleto. También le gustan los desfiles, no falta al de Easter por la Quinta ni al de su Macy's en Thanksgiving. Hasta va al show de autos en Columbus. Yo voy a su casa por el crack. Me gusta porque me siento bien, me despego del piso por un buen rato y de verdad así se salva mi alma, no con los rollos religiosos.

Pero cuando llego no está. Me voy decepcionada, tendré que ir donde Ken que siempre consigue material pero lo vende caro. A ver si me fía, me urge meterme algo.

Camino por la Ocho, cerca de la terminal y me encuentro a Larry, el hijo de mi padrastro. Era un niño cuando vino a vivir con nosotros porque su padre y mi madre se juntaron. Entonces nos metieron a dormir en una cama demasiado angosta pero nos hicimos buenos amigos. Íbamos a la escuela dominical y luego nos quedábamos al programa de comidas calientes de la parroquia. Su padre lo golpeaba por cualquier cosa y yo lo consolaba, pero desde que me fui de casa no supe más de él. Nos abrazamos con gusto. ¿Qué sabes del viejo?, pregunto. Nada, contesta, un día me pegó tan duro que acabé en el hospital y luego la policía se puso a investigar hasta que me depositó en una de esas casas para niños maltratados de donde me escapé. Lo invito a venir conmigo. Nos ponemos a comer cheetos que sobraron del otro día y a ver la televisión. No supe a qué horas se fue porque me quedé dormida pero cuando me di cuenta se había cargado dos suéteres, unos zapatos y todo el material de Pete. Pobre Larry, siempre fue un debilucho de carácter.

Marcia nos invita a una fiesta que hace su hermano Ángel. A mí no me gustan los hombres hispanos porque son como piedras que se echan encima de las mujeres y no las dejan moverse ni respirar. Y ellas se dejan. Usan vestidos hampones y el cabello largo y rizado, siempre. Y siempre obedecen a sus hermanos, siempre. En las fiestas las mujeres se paran de un lado del salón y los hombres del otro. Cuando empieza la música ellos cruzan la pista y las invitan a bailar y después de cada pieza las devuelven a su lugar. Si una tiene novio y otro se atreve a acercársele, brillan las navajas y corre la sangre. Esa noche casi corrió por culpa de Linda. Se me acerca y me dice vámonos, aquí hay puro cubano. Un tipo la oye y le reclama, que no soy cubano chica que soy puertorriqueño, que vivo en el Barrio y no en Washington Heights. Allí hubiera quedado todo si a Linda no se le ocurre contestar same shit, puro brown colored que come frijoles y arroz y que oye esa música de salsa todo el tiempo. Todavía no lo termina de decir cuando los tipos ya están enojados de verdad y empieza la bronca, pero nosotras nos quitamos los zapatos, echamos a correr, nos subimos al auto que no sé quién le prestó a mi amiga, arrancamos y nos largamos de allí a toda velocidad.

Ger es pintor. Vive en un loft enorme con puerta de metal y paredes de color plata. Por todas partes hay frascos, latas, brochas, estopas y lienzos embadurnados. Junto a la única ventana hay un congelador blanco, desconectado y siempre abierto, en el que guarda su ropa. En medio del cuarto un colchón delgado y angosto cubierto con una manta de lana gruesa y una mujer, una negra altísima y muy bella que anda por allí todo el tiempo pero nunca habla. Son la gente más pasada que conozco y le entran a todo sin importarles la cruzada. Comemos espagueti con queso y nos enredamos haciendo sexo toda la noche. La mujer tiene los pies demasiado fríos y las manos demasiado calientes y yo brinco cada vez que roza mi piel con la suya. En la mañana el pintor me echa de su casa porque tiene que trabajar.

Estoy en pleno Soho y sin dinero. Camino y camino. Por todas partes aparecen tipos barbudos y sucios, mujeres con grandes bolsos de tela y faldas hasta el tobillo. Hay montones de restoranes, clubes que anuncian jazz, galerías y tiendas donde venden objetos inútiles. En la avenida de las Américas pido aventón. Ningún auto se detiene, a no ser para insultarme y tomar más velocidad. Después de un buen rato por fin uno lo hace. El conductor es ya mayor y se tapa la calva con un gorro pequeño de lana. ¿A dónde va?, pregunta amable. A donde usted me pueda botar respondo seca. Yo voy a Brooklyn dice, mi esposa está internada en el hospital, muy enferma, la visito todos los días. A mí me tiene sin cuidado su esposa pero como no quiero quedarme allí parada, decido subirme y a ver qué pasa. Lo acompaño hasta la dieciséis con primera, donde está el hospital judío. El tipo se estaciona y yo no sé qué hacer. Ahora cómo demonios salgo de aquí le digo. No hay un sólo mortal que conozca Brooklyn de punta a punta dice, porque llevaría una vida entera recorrerlo, así que si quiere puede esperar y yo la llevaré después hasta su casa. Como no tengo nada que hacer, entro con él a la clínica y me siento en la sala de visitas. Paso allí un buen rato. En algún momento el tipo viene y me trae una tasa de té y un hot dog. Es kosher dice, puede comerlo con confianza. Se alegra de que yo le haga compañía y dice que le gustaría mucho que su mujer me conociera, pero está prohibido entrar. Por fin nos vamos. Al subirnos al coche me pregunta dónde vivo. Ya que voy por ese rumbo, dice cuando le doy mi dirección, aprovecho y paso a la sinagoga de Lexington y la 55 dice, un buen rezo no le hace mal a nadie.

Vuelvo al loft. Allí están Ger y la negra, se llama Campbell. Él prepara unas enormes escenografías para una obra que van a representar en el teatro de San Marks en la Bowery. Comemos otra vez espagueti con queso y nos dedicamos al sexo desde media tarde hasta media mañana del día siguiente. You came to trade the game you know for shelter me dice. Luego nos dormimos, pero yo amanezco mal, me duelen la cabeza y el cuerpo. Duermo mucho tiempo y entre sueños escucho sus voces y sus movimientos. La mujer es amable, va y viene del grifo trayéndome agua porque siento una sed enorme. Me ayuda a levantar la cabeza y a beberla. Sus pechos caen sobre mi cara. Cuando me siento mejor, me levanto y vuelvo a casa. Pete me recibe con un abrazo, había estado preocupado por ti, te vi salir con cara de enferma y no supe nada durante varios días. Soy libre le digo, no tengo que darte cuentas de mi vida ni decirte dónde ando, ni a ti ni a nadie.

Veo la televisión, hace horas que veo la televisión. Me encantan los anuncios de ropa deportiva, las muchachas corriendo con el cabello suelto y también los de postres, los niños comiéndolos con la sonrisa y la cara de felicidad. Pero sobre todo me gustan los avances de las películas de la semana, siempre se me antoja verlas. Un día cuando tenga dinero me voy a suscribir al pago por evento. Me gustan las policiacas y las soap operas y las películas porno, esas me encantan, ¡y eso que ya sé cómo se hacen, sin ninguna calentura! Me voy a dar un baño, hace siglos que no me doy un baño, ojalá haya agua. Tocan a la puerta. Me da una inmensa flojera moverme, no lo hago. Es Pete que ha olvidado las llaves. Te oigo que estás adentro grita, oigo la tele, abre por favor. No contesto y tampoco abro. Todavía me siento débil por la gripa, no quiero moverme de esta posición. Pete sigue afuera, espera, ruega, amenaza, pide, insulta y por fin se va y trae a un tipo con herramientas que abre una por una todas las chapas que mandó poner después de que una vez nos robaron. Mientras ellos trabajan yo bebo cervezas y aviento las latas contra la puerta, furiosa por el ruido que hacen. Cuando al fin logran entrar, veo que Pete carga cajas de chop suey, te había comprado una cena sabrosa dice, pero ya se ha enfriado. Va a la cocina, lo calienta y nos sentamos a comer. Me mira con cara de pobrecilla, todavía estás enferma. Luego nos dormimos muy juntos para darme calor. Es mi ángel de la guarda.

La primera noche que me siento bien salgo a dar una vuelta, a ver a quién encuentro. Ando mucho rato hanging around pero no aparece nadie. Voy de un bar a otro y no están mis conocidos. Dios sabe dónde se han metido todos y no tengo ánimo de levantar a uno nuevo. Decido buscar a Ken. Llego al local, está atestado, las máquinas hacen mucho ruido. Tampoco está. Salgo y empiezo a caminar. Unos tipos se dan de golpes en una esquina. Si tuviera dinero iría a comer árabe a la calle treinta y dos, pero no tengo, nunca he tenido. Dinero, siempre dinero, money, green, cash, cashola, currency, bucks.

Estoy sirviéndole a un cliente sus albóndigas con arroz cuando saca una pistola y la pone sobre la mesa. Quita eso de allí le digo o no te atiendo más. Es un grandulón con la cara llena de acné, lentes de vidrio grueso y dientes muy separados, pero me obedece y la pone a un lado en el asiento. En eso entran dos tipos que se empiezan a burlar de él, oye granudo, oye grasiento, oye cuatro ojos y qué sé yo. Él no se inmuta, termina su comida, se limpia la boca con los palillos, echa un eructo fuerte, se levanta de la mesa, camina hasta donde los dos están comiendo y dispara varios tiros, uno tras otro, y luego se va despacio sin prisa. Al pasar por la caja paga su consumo. El piso queda lleno de sangre, todos nosotros en silencio. Ahora estamos sin chamba. La policía cerró el restorán y se llevó al chino Liu.

Marcia me viene a ver para contarme de un arquitecto que busca secretaria desnuda. Ella no puede entrarle porque su hermano y su novio la matan, ya ves cómo son los hispanos, pero tú sí porque eres libre, quien fuera como tú. Y pagan bien, mejor que Liu. Así que voy.

El tal arquitecto es un cincuentón con pantalón gris perla, saco azul marino y mascada al cuello. Sobre su escritorio hay una laptop, una cámara de video y una de esas agendas New Yorker Diary que dice start your day with a smile. Me desnudo frente a él para ver si me da el empleo pero dice que estoy demasiado flaca, me gustaría que tuvieras los pechos de por lo menos talla cuarenta. De todos modos me contrata, pero todo el tiempo insiste que si yo tuviera pechos más grandes él tendría más clientes y yo le contesto que si Dios me hubiera hecho negra sería toda más atractiva, pues las negras son guapísimas y tienen unos traseros fenomenales, eso sí me dice, pero entonces no tendrías este trabajo, nadie les da trabajo a los negros.

A mediodía mi jefe se hace traer ensaladas de veggies y crudities con aderezos bajos en calorías, refrescos sin azúcar y café con crema desgrasada. Le temo al colesterol dice, a los carbohidratos, al sobrepeso, a todo lo que sea azúcar y sal. Para mí pide sandwiches, hamburguesas y pasteles. Dichosa tú que no le temes a nada dice. Claro le digo, no me gustaría tener sida. Dos veces por semana toma un tratamiento antiestress de quince minutos (Lenox Hospital Health and Education Center, 1080 Lexington Ave, NY 10021) y dos veces por semana se broncea bajo la lámpara en una clínica especializada (Famous CEOS Sunshine, 19976 Avenue of the Americas). Cada noche va al gimnasio a hacer aeróbicos y pesas (NY Fittness Club, Madison Hotel, Suite 2050) y los fines de semana sale de Manhattan rumbo a Connecticut para descansar. Dice que es feliz.

El portero del edificio donde trabajo es un negro viejo con el cabello blanco. Canta canciones tristes y siempre me saluda sonriente, hello miss Moonie, how are you today. Tiene una hija que no consigue chamba. Un día la trae y yo voy con ella por todas partes preguntando si necesitan una vendedora. Recorremos la tienda de fotografía, la de nueces y dulces, la de camisetas y gorros pero nadie la quiere. Después nos vamos a casa porque ya estoy harta de andar de acá para allá y porque tengo hambre. Unto unos panes con chocolate pero ella no quiere. Saca de su bolso un frasco lleno de pepas de colores. Algunas son M & M dice porque me gusta lo dulce y otras sirven para estar tranquilo o alegre o despierto o dormido o sin dolor o sin hambre. Y mientras lo dice se traga un montón. Bueno le digo, pues dame a mí también. Y es así como le entro por primera vez a las anfes.

Boxie me trajo de California un vestido de vinyl amarillo que me aprieta las tetas con todo y que apenas son de talla treinta y cuatro. Me lo pongo para ir a cenar con mi jefe a uno de esos restoranes donde las luces son tan escasas que todas las caras se ven iguales. Pide bebidas, sopas, carnes con salsas y postres, porque de vez en cuando hace bien destramparse dice, y todo el tiempo fuma echando anillos de humo. Luego vamos a una casa donde están amigos suyos. Una mujer canta:

Cuando una nena de Nueva York dice
buenas noches ya es madrugada pasada.

La tipa se llama Charlie, es la dueña. Se le acerca a mi jefe, lo abraza y besa, qué bueno que veniste. A mí me ignora. Decido desaparecer, prefiero la calle. Salgo por la puerta de atrás y bajo la larga escalera de metal que se enreda como caracol. Llego a un patio lleno de botes de basura. Lo cruzo buscando la salida pero no encuentro nada. La noche es oscura. De una ventana sale una luz débil. Voy y miro. Es una cocina con una mesa de madera pintada de blanco y una mujer se corta las venas. La acompaño un rato en su faena y dudo si decirle que no lo haga o dejarla en paz. Decido lo segundo, cada quién su vida y cada quién su muerte. Regreso a la escalera. Subo pisos y pisos hasta que encuentro la puerta. He vuelto a la reunión. Nadie se dio cuenta de que me había ido.

Unos días después Charlie llama a la oficina y me invita al cine. Vaya digo, creí que ni me habías visto. Cómo se te ocurre dice, si tienes esos ojos que son mitad inocencia y mitad ya-todo-lo-he-visto y esa piel demasiado delgada y blanca que envejecerá pronto. Nos encontramos a la entrada de un cine de películas viejas en la cincuenta y siete, diez minutos antes de que empiece la función. Charlie masca chicle todo el tiempo haciendo muchos ruidos. En cuanto entramos va a la máquina expendedora de dulces, pero hace siglos que se han agotado. Sólo hay polvo y huellas de dedos. Me cuenta que se llama así porque es blanca pero vivió siempre en un barrio de negros. Para los negros todos los blancos son Charlies dice. La mitad de la película la pasa en el retrete, sacándose los puntos negros frente al espejo, para aprovechar la luz intensa y blanquísima que hay en esos lugares y la otra mitad chupa pastillas de menta y toma sodas parada junto a la puerta. Ingiere tanto Seven Up que estoy segura de que por sus venas no circula sangre sino refresco.

Cuando termina la película el fulano del asiento de al lado se está masturbando y no podemos salir. La luz se apaga otra vez y nos quedamos a la siguiente función. La próxima vez dice Charlie, prefiero ir al auditorio del edificio de ITT para ver treinta y dos videos al mismo tiempo. Después de que lo dice nos empezamos a reír y todo mundo nos calla, pero no podemos parar las carcajadas.

Charlie usa el pelo teñido de rojo y se viste con bustiers y shorts también rojos bordados de pedrerías, cuentas y chaquiras. Trabaja en un teatro. Por las noches baila y se quita la ropa frente a un montón de tipos que le gritan obscenidades, pero la tiene sin cuidado, de todos modos no me gustan los hombres dice y prefiero hacer esto que ser empleada con horas fijas y sudando el sueldo como tú. Y luego me cuenta que su madre sigue encuerándose a los setenta. El otro día estuvo en el programa de Cristina. Yo también voy a durar en el negocio hasta que me muera.

Faith tiene una amiga alemana que se llama Dorrie. Vino a este país porque le impresionan las dentaduras de los americanos que salen en el cine, tan perfectas y blanquísimas y el estómago tan plano de las mujeres. ¿Dónde meten los órganos?, pregunta con su acento extranjero. Pero ahora que está aquí descubre que todo le da miedo. No puede dormir porque la ventana está atorada y se queda siempre abierta. La ponen nerviosa los ruidos de claxons, neumáticos, máquinas que construyen y destruyen, motores que giran, rallan, baten, enfrían, zumban y hierven, los radios y las sirenas, los teléfonos y las voces, el tren que al pasar hace que todo vibre.

Dorrie cocina bien. En nuestro viejísimo sartén sin asa prepara omeletes con papas y salchichas y los sirve con pan negro. Pone discos de Jim Morrison que le encantan, show me the way to the next whisky bar y cosas así. Deja la cocina pringosa de huevo y grasa porque no le gusta limpiar. Pete se enoja y dice que mejor no la traigamos a casa, pero la verdad es que la ha empezado a querer. Se sientan juntos a ver la tele. Ella le dice que cuando veía las películas sobre Nueva York soñaba con ir al puente de Brooklin a beber champaña a la luz de la luna, caminar por Central Park en las tardes de otoño o ir a cenar al Carnegie Deli antes de ir a un show en el Carnegie Hall. Él la escucha y luego le dice que esta ciudad no es para ella porque aquí no cabe el sentimentalismo. Los puentes de N. Y. son la puerta del diablo, Hell Gate le dice.

Un día Dorrie le pide que la lleve al zoo. Se ponen de acuerdo en verse allá pero no se encuentran: él va al de Central Park y ella, que no le entiende el modo a la ciudad, se lanza hasta el del Bronx. De milagro regresa viva y con unos tenis de lona que compró por el camino y que no se vuelve a quitar jamás.

Pete la lleva a la calle 42, para que de una vez sepa de qué se trata Nueva York. Cuatro horas después regresan cargados de periódicos de sexo y revistas porno, lubricantes, aceites y toda clase de gadgets, entre ellos un enorme Rovers con gruesas venas en relieve. Dorrie está fascinada. De hoy en adelante pasaré mis días dándome dice, ya no necesito a nadie, los americanos son geniales, Nueva York es mejor de lo que esperaba. Sobre la pared del baño escribe un poema con plumón rojo:

¡Qué jadeos! ¡Qué gemidos!
Qué chillidos, sobeos,
mordizcos, aguijonazos,
embestidas, pellizcos,
lamidas, arrullos,
husmeos, gorgoteos,
desnuda lujuria,
gruñidos venéreos,
escoptofilia,
bocados, lengüeteos,
eróticos abismos,
prescritos terapéuticos paroxismos.
Firma T. W.

En el Village, Dorrie levanta a Stanley, un tipo que habla poco, pero cuando abre la boca es para decirnos que no tiremos las botellas vacías, que mejor las llevemos al centro de reciclamiento. Es fanático de la ecología y del jazz y conoce a todos los grupos que defienden el ambiente y todos los hoyos donde tocan la música. Siempre antes de salir marca al 423 0488 para saber los programas. Cuando llega a casa se sienta en el sillón que es mi cama y se pone a leer el Downtown Tabloid o el Interview.

Liu volvió a abrir el negocio y nos mandó llamar. Así que me despedí del arquitecto y regresé a servir sandwiches de ensalada de pollo y de Tab de cola con una sola caloría. Mis amigas no entienden por qué prefiero ser mesera pero yo sé que ya no quiero seguir con las nalgas frías.

Oona pasa por mí con su amigo Guy. Van en una larga limo blanca que tiene bar y compact. Paseamos por lugares donde Guy dice que los departamentos valen cuatro millones de dólares y luego por otros donde dice que los regalan y ni así nadie los quiere. De repente se aloca y empieza a manejar a toda velocidad. Va por la avenida FDR hasta que una patrulla nos empieza a seguir y por huir de ella aumenta la velocidad y se estrella contra una ambulancia estacionada. Acabamos todos en la delegación rodeados de policías irlandeses gordos con pistolas, walkmans, palos y esposas. Montones de gente esperan su turno y pasamos allí horas en el calor insoportable hasta que apuntan nuestros datos y nos toman las huellas digitales. Guy va a dar al tambo y a nosotras nos sueltan.

Saliendo de ese lugar nos tiramos un rato en el parque a echar la siesta. Pasamos al Seven Eleven a comprar algo de comer y nos vamos a casa de Faith en Springfield Boulevard. Son las tres de la mañana. En la sala de su casa hay varios microondas para calentar al mismo tiempo platillos diferentes. Cuando están listos, abre todas las puertas de los hornos, se para lejos, mira detenidamente lo que hay dentro y escoge lo que se le antoja comer. Luego tira lo demás al triturador del lavadero. Es que tiene mucho dinero, es vendedora en Macy's.

Faith tiene el cabello larguísimo, rubio claro y se viste con un mono negro que le cubre desde el cuello hasta los pies. Siempre tiene material y lo comparte. Desde que nos ve llegar sabe a lo que venimos. Nos damos un pasón y cuando salimos de allí estamos de buen humor. Hace tanto frío que nos ponemos encima de una de las coladeras por las que sale vapor y lo dejamos que nos entre por las piernas y nos caliente el sexo.

En casa de Charlie una tipa quiere meterme mano. Me dejo y nos vamos juntas a su place en la treinta y cuatro con primera, cerca del centro médico. La pasamos bien acariciándonos y chupándonos durante largo rato, hasta que abre la puerta una mujer alta, gruesa, vestida de cuero negro, con el cabello corto muy lacio que me dice que esa es su casa y esa es su mujer y se me lanza a golpes.

Me siento mal con la golpiza. Voy por la calle toda adolorida cuando veo un shelter. Paso mucho tiempo tocando el timbre y nadie abre pero insisto hasta que sale una vieja despeinada, vestida con unos pants que algún día fueron blancos. ¿Qué quieres? pregunta. Me golpearon le digo, vengo a buscar refugio. Mira niña, no te puedo recibir, primero porque es de mañana y sólo recibimos de noche, porque esa es la hora típica de la violencia, segundo porque sólo aceptamos a las golpeadas por novios, maridos o por cualquier hombre pero no por otra mujer y tercero porque ésta es una casa para mujeres de las minorías: morenas, negras o amarillas, hispanas o asiáticas, pero no para normales como tú, así que aquí no cabes y adiós me dice mientras cierra la puerta en mis narices.

No sé a dónde ir, no tengo ganas de volver a casa. Tomo un autobús y vago. En la avenida Amsterdam hay un youth hostel. Doy toda la vuelta a la larga barda cubierta de hiedra. El lugar está vacío, cerrado. En la pared hay una pinta: Nueva York es una ciudad del tercer mundo. Sigo caminando. Tomo otro autobús. Llego a Tompkins Square Park y me siento en una banca. Muchos niños juegan.

Decido buscar a Oona. Voy a su casa y la encuentro dormida aunque es media tarde. Es que ando sin dinero baby y aquí no se puede hacer nada sin dinero dice. Vamos juntas a casa de Vini que vive en la zona de las setenta oeste en el depa más desordenado que he conocido. Está sentada en el piso, vestida sólo con unos gruesos calcetines de rayas de colores y con su perro, que es muy gruñón. Se llama Forty porque lo recogió en un parque el día de su cumpleaños número cuarenta. Vini pasa el tiempo leyendo revistas en donde cuentan la vida de los artistas. Tiene un montón regadas por toda la casa. ¿Sabes que la princesa de Inglaterra se separó de su marido? ¿Sabes que Liz Taylor se casó con un albañil y volvió a engordar? ¿No te parece una inmundicia lo que Woody Allen le hizo a Mía Farrow? En el baño tiene un arsenal de cosméticos de colores brillantes que nos presta así que nos ponemos a maquillarnos y salimos de allí completamente cambiadas de cara y de ánimo.

Dorrie ha conocido al Supremo Maestro y ahora se viste de blanco y con turbante. El día que Guy sale de la cárcel contando lo mal que le fue, ella decide llevarlo con el gurú para una limpieza del espíritu y allí vamos todos a acompañarles. En la puerta del local nos hacen dejar los zapatos y luego esperamos mucho tiempo sentados en el piso, sobre la gruesa alfombra de una enorme habitación con luces tenues. Cuando por fin llega el esperado, vestido de blanco y con una larga barba gris, la gente se inclina y empiezan los cánticos y rezos. Pero Guy está inquieto. Se levanta para salir y yo voy tras de él. Entramos al baño, nos echamos agua fría en la cara. Para secarse hay papel de estraza, no máquinas que echan aire. Eso me gusta, es más humano. Me doy cuenta que el maestro me cae bien. Guy se va y yo me quedo.

Boxie me consigue una plaza en Escort Co. Mira darling dice, like everybody in N. Y. you have to make the most of what you have. What do I have?, pregunto. Oh god, responde, isn't it obvious?

Mi nuevo empleo consiste en ir a cenar a restoranes elegantes con señores también elegantes. Una parte de lo que pagan es para mí y otra para la agencia. Como debo ir bien arreglada, Faith me presta vestidos que saca de la tienda y devuelve al día siguiente sin que nadie se dé cuenta y Oona me regala una peluca rubia que compra en Mr. Elegant Hair Studio. Paso mis noches en Regents Park con individuos que hablan todo el tiempo de sus esposas. Los neoyorkinos pretendemos siempre ser felices dice uno y otro me asegura que lo son.

Estoy en ese trabajo un par de semanas hasta que un día todo el dinero que me pagan por un fin de semana en una casa de playa en Long Island me lo gasto en la feria de Coney Island y la tipa de la agencia se enfurece y me despide. Echaste a perder tu oportunidad me dice Boxie, no tienes remedio.

Vuelvo con Liu al restorán. El primer cliente al que atiendo me pide que limpie la mantequilla de los huevos, dice que están grasosos. Y yo lo hago con gusto ¿por qué no?, friendliness ante todo y after all, es mi chamba.

Pete está aprendiendo a leer las cartas, el iris del ojo y los signos del zodiaco. Cada vez tiene más insomnio, se está poniendo viejo, anda ya en los treinta y no liga tan fácil como antes así que llena el tiempo con estas cosas. Deja la luz prendida toda la noche y se pone a quemar varas de incienso y a leer libros que saca de las librerías de viejo de la cuarta avenida. El domingo se le hace el más largo y aburrido, no es un día dice, sino una brecha entre dos días.

Los vecinos se quejan porque pongo la música muy fuerte así que pego cajas de cartón en las paredes para que no se oiga. Boxie las pinta de colores y les cuelga adornos, hasta parece una casa de las que salen en las revistas. Para festejar el cambio organizamos una fiesta que dura tres días. Los mexicanos traen mota y los árabes hash, los bolivianos llegan con coca, los gringos con alcohol y anfetaminas, los griegos traen hot dogs y los coreanos fruta. Hay salvadoreños, chinos y vietnamitas, negros y blancos, gordos y flacos, de todo hay en este melting pot, en este hormiguero, en la gran manzana. Oona regala cigarros, Benson and Hedges 100, You've come a long way baby, me dice. Trae galán nuevo, uno recién llegado de Israel que como todos los de ese país que vienen aquí, es taxista. Alguien aparece con condones de colores, lubricados y aromatizados y otro con seis lagartijas en una caja cerrada con un letrero que dice obligatorio sacarlas a tomar el sol tres veces por semana durante media hora.

Después de la fiesta salgo a caminar, necesito aire, llevo mucho tiempo encerrada. Encuentro a una mujer que grita. Está en la catedral de Saint John, junto a la escultura de los niños. Me detengo a mirarla un largo rato. En la estación de Lexington y la setenta y siete conozco a un tipo. Es periodista o eso dice. Vive junto a la salida de la ochenta y uno y Central Park West, la zona que tanto le gusta a Pete. En la entrada de su casa cuelga un letrero: They do, I watch, they dress, scream, carousse, screw, I take notes.

Desde que cruzamos el umbral, el hombre se sirve whisky y habla. Nueva York es todo nena, calles y caras, aquí alguien se cuelga de una lámpara y alguien se exprime leche de los pechos y ni quien mire, la ciudad sigue inmensa y obstinada, recalcitrante, con el cielo cuajado de aviones. Uno reza en San Patricio, otro asesina a su vecino y los demás leen *Usa Today*. Algunos pasan la noche en la ABC donde todo el tiempo hay actividad como si siempre fuera de día y otros se la viven en los clubes para masoquistas que están abiertos hasta el amanecer. Hay quien usa su tiempo para comer waffles con crema batida, otros para estar into contemporary art" y otros más para dormir en las banquetas envueltos en periódico. Los viejos le dan de comer a las palomas en los parques y les enseñan a leer a sus perros, las cuarentonas piden lax con queso crema en los delis y dejan la mitad para no engordar. La misma gente que en las mañanas de los domingos escucha a los preachers va en las noches de los sábados a los sex shops y adult shows. Los ejecutivos de Wall Street se matan por un taxi y se suicidan por medio punto en los valores, pero los muchachos de los barrios negros se asesinan entre sí sin motivo siquiera. Hay quien pasa la vida tomando nuprines con vitamina B para sobrellevar las desveladas.

Aquí lo único que interesa es ser entretenido, everything and everyone is on stage begging for applause, a cada quien sus quince minutos de celebridad. ¿Sabes por qué? Como dice la publicidad de una famosa tarjeta de crédito, Catch the spirit: porque sólo los triunfadores son inocentes. Nueva York es una ciudad que lo promete todo y todo lo aniquila. Por eso vivo de fiesta en fiesta porque sólo así you're always ok, until the last streamer is tossed and then you just find another party and you are never homeless.

Cuando llegamos a su cama es noche avanzada. Sobre la cabecera cuelga otro letrero: I want to forget, to ignore, to dance, the dance of a person who chooses not to care.

Al día siguiente vuelvo a casa y encuentro a Pete echado en la cama. ¿Sabes? le digo, estoy harta, siempre es lo mismo, conocer a un tipo, beber y fumar, hablar y hablar, un rato de sexo y adiós. Me da flojera pensar que así va a ser siempre. No te preocupes dice, no dura mucho, en unos años nadie te mirará siquiera. Así es esto. Hay demasiada carne nueva.

Yo nunca he conocido a un wasp me dice
Yo nunca he ido a un brunch le digo
Ni siquiera he salido de Manhattan me dice
Yo ni siquiera del downtown le digo
No he comprado joyas en Van Cleef ni libros en Rizzoli ni jeans en Saks
Yo no he dormido en el Plaza ni he patinado en Rockefeller Center ni he entrado a la exposición de modas del Met
¿Te gustaría hablar con todas las consonantes y sin triturar las vocales como neoyorkina?
Kiss the pan my friend, my spelling is flawless
¿Te gustaría bajar la rampa del Guggenheim en una bicicleta de quince velocidades y conocer los veinte museos de arte que hay en N. Y.?
Preferiría sentarme en Washington Square y que Edward Hopper me pintara como un personaje solitario y triste
¿Qué prefieres, ver las luces de los rascacielos desde las torres gemelas o desde el Empire State?
Prefiero leer sobre los países del mundo en las librerías para viajeros de Madison
¿Qué prefieres, cokes free refill o pizzas con cupones de descuento?
Prefiero subir en los dieciocho elevadores del edificio Chrysler
Nunca has tenido nada de dinero
Y tú nada de cojones
Nunca has usado perfume
ni tú aftershave
ni yo desodorante
ni tú enjuague bucal
¿Te gustaría conocer a un magnate?

¿Y a ti te gustaría conocer a una top model?

¿Te acuerdas cuando el aeropuerto se llamaba Idlewood en vez de Kennedy?

Me acuerdo cuando la terminal de autobuses estaba en el puerto

Lo mejor es bailar rap en las calles, con tus tenis y tu afro look

Detesto a Spreengsteen, prefiero el New Age

Yo voy por el rock pesado

¿Qué tal una tina hirviente a la mitad de un jardín?

Mejor un baño de luna sobre el pavimento

¿Qué tal una noche de ballet en Lincoln Center?

Me basta con los muelles oxidados de Hudson River

No eres romántica

Prefiero ser sexual

Yo podría comer en La Côte basque un filete con morillas y un soufflé de frambuesas

Yo prefiero hamburguesa con doble queso

Yo podría vivir en un penthouse de la Trump Tower

Yo en los shelters de la Bowery con sus largas filas de camas y sus baños al final del corredor

Me gustaría tener el original de un Warhol

A mí me gustaría comerme la lata de sopa Campbells

Yo quisiera ser como esas chicas sanas de los anuncios deportivos con sus sonrisas parejas y blancas

Yo prefiero tener hemorroides

Me gustaría que usaras zapatillas de lamé

Me siento mejor en botas de cuero

Y que usaras brasieres de encaje comprados en Victoria's Secret

Prefiero no llevar bragas

Me gustan los hombres, me gusta ligar

A mí también me gustan los hombres y me gusta ligar

Y también me gustan las mujeres. Y los aparatos para darte solo. Y las películas para imaginar

Me gusta ver la tele en el canal del estado del tiempo

A mí me gusta hojear los directorios telefónicos de todo el país en la NY Public Library y detenerme en el de Manhattan para leer las once páginas dedicadas a los anticuarios

¿Qué tal disponer de una tarjeta dorada de American Express?

No, porque hay que ir hasta Battery Park a pedirla

¿Te imaginas si nos invitaran a todos los cocteles, inauguraciones, exposiciones, presentaciones, cenas, performances, shows y bailes que hay en esta ciudad?

Preferiría caminar por todas las calles, avenidas, callejones, puentes y freeways

¿Caminar? you're nuts. Recuerda: No tresspassing, Private property, Violators will be fined. Lo mejor es ir a todas partes en auto

El loco eres tú. Recuerda: Cars will be towed away at owners expense

¿Sientes nostalgia?

Para mí todo es caos. Estoy aquí como podría estar en cualquier parte. ¿Acaso la ciudad perdida no es más que un pueblucho? Hard-core, save energy, show time, rent-a-car, sodium free, sugar less, get off, sweat it out, unwind, tube, X-Mas, CD, Quartz, Sale, stamina, Keep America Beautiful

Fuck you
Fuck you too
Two times?
No, three!
ja ja ja
aaaghhh
zzz...

IV
Los suspiros de los solitarios

¿Le conté que conocí a otra sicóloga? Nos la trajeron a la escuela para los exámenes de orientación vocacional. Pero no es tan buena gente como usted. Estoy en un lío, no sé qué carrera quiero estudiar, los maestros hablan del futuro con una seriedad que pone nervioso. Hasta me han salido más granos aunque me lavo con el jabón de azufre y me echo la pomada esa que anuncian en la televisión. No sé por qué a mí todo se me va a la cara, ninguno de mis amigos tiene tanto problema.

Mi mamá enloqueció, ahora sí completamente. Desde que no puede leer, colgó por toda la casa unos letreros que dicen ¡libertad! Se cortó el pelo tan pequeño que ya mejor se hubiera rapado, anda vestida con vaqueros ajustados y una camiseta, igual que las chavas de mi escuela, y descalza, ya nunca se pone zapatos. Todo el tiempo masca chicle y habla en inglés, bueno, dice hi y bye bye porque son las únicas palabras que sabe. A cualquier hora del día la encuentra usted dormida sobre la cama revuelta, sin quitar la colcha que antes cuidaba más que a su vida, y en cambio en las noches anda como fantasma, con los audífonos del tocacintas pegados a la oreja para oír música y bailar por toda la sala.

Pero lo peor es la comida. En mi casa ya no se cocina, manda traer cualquier cosa, pollo empanizado, aros de cebolla, pizza y lo sirve así, directo de la caja, sin platos siquiera. A mí la verdad me gusta, pero la Nena se queja de que engorda y mi papá anda tan furioso que creo que hasta se va a enfermar.

El sábado no había nadie más que ella y yo. Ninguno de los dos teníamos nada que hacer así que como en los viejos tiempos, nos pusimos a platicar. Le conté de mis amigos, del Jorge que nomás anda metido en las drogas, del Juan que sueña con ser actor de cine, de Arnaldo que se la pasa persiguiendo mujeres, hasta nuestra sirvienta le gusta, y de mí que no tengo idea de lo que quiero hacer, porque no me gusta estudiar y mi papá insiste en que sea contador público o licenciado. No lo va usted a creer pero ¿sabe en qué terminó la plática? En lugar de una arenga llena de consejos y advertencias para el mañana como las que dicen siempre las mamás, me pidió que le consiga un cigarrito de mariguana con mi cuate, dice que trae ganas de darse un toque. ¡Mi mamá!

El mundo está al revés. Ahora soy yo el que le ruega que no sea gruesa y no haga locuras. Pero insiste, ya hasta se lo pidió ella misma a Jorge, qué buena onda de jefa tienes me dijo, qué envidia. Anoche de plano le dije que sería mejor verla leer otra vez. Entonces se puso muy seria y me soltó un discurso de que su vida sería muy distinta si tuviera oportunidad de hacer lo que le gusta, ser una de esas personas que están dedicadas a estudiar y cumplir una vocación, y por eso nada les importa ni afecta ni lastima, es más, ni siquiera se enteran de lo que sucede, ni cuenta se dan, metidas como están en lo suyo.

Me impresionó que mi mamá piense así, yo no sabía que le gustaba tanto eso de los libros, nunca lo hubiera creído.

Mi querida doctora, hice algo terrible. El otro día pasé frente a la librería y el dueño estaba parado afuera. ¿Qué le pasa? ¿Ha estado enferma?, hace mucho que no viene por aquí. No supe qué decir, no quería contarle la verdad y empecé a balbucear un pretexto, pero cuando menos cuenta me di ya había sacado unos libros, los había envuelto y yo los llevaba bajo el brazo. Y pues empecé otra vez a leer. Me encierro bajo llave en mi recámara como si fuera la peor delincuente, pongo toda clase de trampas para oír los ruidos por si alguien llega, tener tiempo de guardar el cuerpo del delito y ponerme a tejer. Luego los escondo hasta atrás del armario, donde se guardan las cobijas de invierno. Pero vivo asustada, con mucho miedo de que me descubran.

El martes vino mi suegra a cenar y me empezó a preguntar en qué iba la telenovela de las cinco, yo no tenía ni idea, ya nunca las veo, así que me puse a inventar y entonces me interrumpió, no mija, tú estás peor que yo me dijo, hace semanas que Pedro Antonio se casó con Ana María, ella ya hasta tuvo el accidente y perdió al niño y él en lugar de acompañarla en sus desgracias se fue con Lucía. Total, resultó que ella era la que sabía y yo me puse roja como jitomate porque todos se dieron cuenta.

Siento feo de engañar a mi gente, pero ni modo, voy a seguir haciéndolo. Todo sería tan fácil si yo viviera en una isla lejana y de difícil acceso, absolutamente sola, sin familia ni nadie que me mande, para poder dedicar todas mis horas a leer. ¿Ha oído hablar de Chatham? Es un lugar de belleza salvaje y sobrecogedora. Está situada a varios días de navegación del Ecuador y aunque está en pleno trópico tiene un paisaje de grises campos de lava, rocas y desiertos de cactos y aunque la luz de sol es generosa e intensa, hay pingüinos y leones marinos como si fuera una zona de hielos. Y todo porque hasta ella llegan corrientes de agua fría que chocan con los tibios mares de la región.

En este extraño lugar hay tortugas, pelícanos, albatros, iguanas y montones de pájaros de plumaje multicolor e inusitada diversidad de picos. Hay playas y también colinas cubiertas de vegetación en cuya cima descansan grises nubarrones de niebla. Éste es el sitio de los contrastes: desierto y bosque, jungla y playa, humedad y resequedad, fauna de frío y fauna de calor, de montaña y de mar, que habitan juntos y lo más increíble, que a pesar de ser tan distintos no se atacan entre ellos y miran a los extraños sin el menor temor ni agresividad. Aquí es mi patria, un paraíso y un laboratorio para alguien que como yo, se dedica en cuerpo y alma, de día y de noche al trabajo de conocer la naturaleza.

Mi isla es una de las muchas que componen el archipiélago que algunos llaman Las Encantadas, otros Las Galápagos y otros Colón. Eso depende si uno prefiere el nombre que le daban los piratas y balleneros que las usaron como base de sus fechorías hace medio siglo, o bien el nombre que le han dado los ingleses que ahora las gobiernan o incluso el que le quieren dar los ecuatorianos que se consideran sus dueños legítimos.

Vivo en una cabaña de piedra y madera y estoy conectada al mundo por medio de un viejo tonel atado a un árbol en Charles. en donde los barcos que pasan dejan víveres y depositan o recogen cartas y libros.

La mayoría de las trece islas e innumerables islotes que componen el archipiélago están deshabitadas y carecen de agua dulce. En la mía viven unas cuántas personas, no más de una docena, que se dedican a pescar y sembrar papas, calabazas y tabaco. Algunos suben a las zonas altas porque allí se dan bien las hortalizas, las frutas y el café, aunque también se dan las enfermedades del clima húmedo. De vez en cuando alguien caza un cerdo cimarrón o una cabra, cuando no una tortuga, para comer su carne. Dicen que la de esta última es de muy buen sabor, yo nunca la he probado, no me gusta matar para alimentarme, así que solamente como vegetales. En Charles vive más gente que aquí, no sé exactamente cuántos, sólo sé que son soldados traídos hace poco tiempo con el fin de cultivar una plantación y que no parecen estar muy a gusto con el trato que les da su coronel.

Hace algunos años, el señor Nicholas Lawson era el gobernador y yo fungía como su secretario, así en masculino, porque para poder vivir como me gusta y hacer lo que quiero, siempre visto de hombre y todos creen que lo soy, pues ¿acaso se puede ser mujer y dedicarse a la ciencia y vivir en este lugar tan apartado, completamente sola? Imposible, no son tiempos para eso, el mundo aún está muy atrasado. Por eso no tuve más remedio que el disfraz.

Como en la oficina del funcionario no había mucho trabajo, disponía yo de suficiente tiempo para cumplir con mis afanes naturalistas, que por lo demás no desagradaban a mi jefe. Incluso me facilitó un pequeño bote para que emprendiera recorridos por las islas, lo que hice sistemáticamente durante varios años hasta conocer cada uno de sus rincones, sus volcanes, sus cráteres, sus escollos, piedras y mares, sus muy diversas plantas y animales, su insoportable calor y durante algunos meses del año, entre diciembre y marzo, sus fuertes lluvias.

Mucho tiempo dediqué a esos menesteres, haciendo largas caminatas y deteniéndome durante horas para observar, comparar, analizar y anotar cuidadosamente lo que veía.

Esa costumbre es la misma que tienen todos los naturalistas del mundo, por lo cual yo, que también lo soy, pude acumular cuadernos y más cuadernos de notas con la idea de que sean de utilidad para la ciencia.

Me levanto de madrugada para aprovechar las horas frescas y descansar durante las de calor, aunque más de una vez estuve demasiado excitada observando algún insecto o raíz y entonces permanecí bajo el sol hasta que mi piel se curtió. Otras veces pasé horas en el agua, observando a los peces, algas y moluscos, medusas y crustáceos, hasta que mi piel quedó arrugada y lastimada por la sal. Muchas noches dormí al aire libre, en cualquier sitio, mirando a las estrellas mientras pensaba en las conclusiones a que me podía llevar lo que veía. Durante mis largas caminatas, bebí agua de los innumerables arroyuelos que corren por aquí, enfermando varias veces de fuertes diarreas a causa de su alto; contenido de minerales. Pero se veían tan límpidas y transparentes.

Recuerdo algunos momentos que fueron conmovedores. La primera vez que vi a los leones marinos con su brillante piel oscura, los ojos sombríos y los bigotes erizados con copos de blanca espuma de mar, las hembras y los cachorros echados sobre las piedras mientras los machos los cuidaban; la primera vez que vi las piedras emblanquecidas por el guano de las aves; cuando conocí a los cangrejos rojos con sus ojos saltones y sus pinzas amenazantes; cuando vi a los cormoranes capaces de quedarse inmóviles durante horas y a los pingüinos que habían perdido sus plumas, tristes animales de aspecto miserable en la época de muda. Y también la primera vez que vi a las iguanas tendidas sobre las rocas, que sólo alteran su majestuosa inmovilidad para buscar alimento en los cactos si son terrestres o que emergen de entre los oscuros manglares si son de agua para entrar al mar a buscar algas y salir inmediatamente por temor a los tiburones. En la isla de James conocí a los osos marinos, que habitan en cuevas y se parecen a los leones aunque son más peludos. En ese mismo lugar hay en el interior de un cráter volcánico, un lago circular de color azul verdoso cercado por dos anillos de vegetación, uno verde claro y otro verde oscuro, que es muy hermoso. Si bien hay varias lagunas, ninguna como esta que es un espectáculo excepcional. Pero lo más impresionante fueron las tortugas gigantes. La primera vez que encontré una, quedé petrificada. Las patas gruesas y pesadas, la cabeza con el largo cuello, el caparazón curvado de color negro intenso y los pequeños ojos brillantes que me miraban fijamente. Jamás había visto un animal tan enorme.

Hasta el día de hoy, después de tantos años de vivir aquí, me sigue fascinando y sorprendiendo la naturaleza de este lugar, cuando el cielo se tiñe de rojo al atardecer y cuando antes del amanecer el silencio se hace aún más profundo. Veo a los albatros que pasan el día planeando sobre el mar, subiendo y bajando rítmicamente con el viento, dedicados a pescar su alimento. Durante horas puedo observar sin cansarme, los enormes acantilados y el color del mar en algunas bahías o a un ciempiés que sube a mi mano y camina sobre ella. Me gusta mirar a las lagartijas que pasan corriendo o a los escarabajos y cucarachas que salen de debajo de una piedra. Me interesa el pinzón que se posa sobre un cacto, los pájaros que hacen sus nidos de algas y guano desecado, las mariposas de alas blancas moteadas de rojo, los bancos de peces de colores vivísimos, los caracoles escondidos, los delfines brincadores, las muchas variedades de conchas.

Cada uno de esos animales significa siglos en la historia de la naturaleza y tiene un importante valor para ella, lo mismo que las plantas, que se relacionan con ellos en un muy bien organizado ciclo de vida.

También hubo, por supuesto, cosas desagradables, como las garrapatas que se adhieren a la piel, las serpientes que salen de los lugares más inesperados, los escorpiones y las arañas que amenazan, el excesivo polvo, las arenas tan calientes que queman los pies a través de las botas y las piedras tan filosas que las rompen, la sal que lastima el rostro y las manos, el calor del mediodía que cae a plomo y el largo periodo de sequía, que dura muchos meses del año.

Entonces, leía mucho buscando en los libros no sólo datos sobre esta flora y fauna tan extrañas y desconocidas para los estudiosos sino, sobre todo, indicios de teorías y de explicaciones que me ayudaran a encontrar respuestas. Porque todo mi trabajo estaba guiado por una pregunta que me obsesionaba y por cuya causa abandoné mi casa, mi país y mi destino: saber cuál es el origen de la vida. Y desde que llegué a esta isla me dediqué a investigar para solucionar el enigma.

Un día, mi jefe, el señor Lawson, me mandó llamar. Había echado anclas en una de las pequeñas bahías naturales un barco inglés enviado por el Almirantazgo de Su Majestad Británica con el fin de hacer levantamientos cartográficos. Inmediatamente nos dirigimos a darle la bienvenida. No era un barco demasiado grande pero llamaba la atención que llevara un perro de caza como mascarón de proa, aunque más me llamó la atención descubrir que a bordo y como parte de la tripulación venía un joven naturalista. Fue así como conocí a Charles Darwin.

Era un hombre alto y delgado, que hablaba en voz baja, señal de buena crianza, y vestía con ropa y botas muy gastadas que no por eso ocultaban su fina calidad. Tenía una hermosa sonrisa que le abría las puertas y los corazones.

Esa misma noche el gobernador organizó una cena para los visitantes. El capitán del barco, de nombre FitzRoy, era un marino rígido con un concepto del deber y de la autoridad bastante fuerte pero al que Charles respetaba. Amaba tanto a su barco que hablaba de los mástiles y las velas como si fueran seres vivos y se enorgullecía de su cubierta tan limpia y sus marineros tan disciplinados.

La plática resultó interesante. Venían de un largo viaje por las costas de Sudamérica y nos relataron con detalle sus aventuras. Habían bajado por Brasil, quedando impresionados con la exhuberancia de sus selvas. Luego habían dado la vuelta por la extrema punta del continente, Patagonia y Tierra del Fuego, cruzando el tormentoso estrecho de Magallanes, donde se encuentran con fuerza los dos océanos y donde fuertes vientos agitan el mar hasta levantar murallas de agua. Y por fin habían subido por el Pacífico, que era todo menos lo que su nombre indicaba, pero que cuando alcanzaba momentos de calma los había asombrado sobremanera. En todas partes, mientras el barco cumplía la misión encomendada, Darwin había hecho excursiones para conocer y recolectar ejemplares de flora y fauna. Por eso le llamaban cazamoscas, pero le querían bien, al punto que el capitán le había puesto el nombre de Charles a una ensenada en la que un monte alto caía abrupto al mar. Mientras FitzRoy hacía el relato, aderezado con toda clase de anécdotas de marinero, Darwin escuchaba atento y sonriente, pero cuando se habló de él, enrojeció, incómodo con los elogios, y eso me agradó pues era señal de sencillez.

Al día siguiente, Charles y yo nos encontramos para que, por órdenes de mi jefe, lo llevara a conocer las islas. Muy pronto nos hicimos amigos, pues era un hombre de carácter fácil y simpático. Ambos admirábamos a Humboldt y habíamos devorado sus libros. Además habíamos leído a Lamarck, a Buffon y a otros naturalistas y viajeros del día. A los dos nos agradaban las largas caminatas y la observación atenta de la naturaleza. Como a mí, a Darwin le impresionaban los paisajes y podía quedarse mirándolos sin límite de tiempo.

De los treinta y seis días en que el barco permaneció anclado, casi todos los pasamos juntos y la mayoría los dedicamos a explorar. Salíamos desde temprano por la mañana y volvíamos hasta la hora de la cena, pues en eso Charles era rígido, como buen inglés. Y no sólo cuidaba sus horarios de alimentación, sino que incluso hacíamos un alto en nuestras actividades, en donde fuera que nos encontráramos, para tomar el té de media tarde.

Eran esos unos momentos sumamente agradables en los que Charles me hablaba de sus viajes. Había cruzado los altos picos de los Andes y las larguísimas pampas cabalgando catorce horas diarias y durmiendo sobre su montura. Había estado en bosques en los que apenas si se filtraba el sol de tan espesas que eran las copas de los árboles, en lugares tan altos en los que apenas se podía respirar, en lagos de aguas dulces donde reinaba el más profundo silencio, en ríos caudalosos y volcanes en erupción, en sitios en los que no habitaba alma humana alguna. Había conocido las noches más oscuras y también la extraña luminosidad del mar cuando hay luna, las enormes olas con sus crestas blancas, los icebergs y los glaciares. Había sentido un temblor de tierra en Chile, temporales y huracanes en el Atlántico y la calma chicha en el Pacífico. Había comido armadillo y guanaco, había bebido mate y ron. Había visto peces voladores, ballenas y grandes cóndores, yerbas medicinales, musgos y palmeras, líquenes y plantas trepadoras, una enorme variedad de insectos, reptiles y mamíferos e incluso había hallado varios fósiles, entre ellos un megaterio. De todos estos hechos llevaba un registro cuidadoso en su diario, del que le gustaba leer partes en voz alta.

Cuando nos hicimos más amigos, me habló también de su familia, a la que recordaba con nostalgia. Su padre viudo era un médico muy respetado, su hermano mayor era un hombre culto relacionado con la intelectualidad londinense y sus hermanas atendían la casa mientras les llegaba el momento del matrimonio. Además tenía muchos tíos y primos por los que sentía gran cariño. "Entonces con tanta gente ¿nunca estás solo?", le pregunté yo y él rió. "No me interesa la soledad", me dijo. "Qué lástima, respondí, a mí me parece el mayor de los bienes." En otras ocasiones me contaba sobre la naturaleza de su país, que tal como la describía sonaba aburrida y domesticada, ¡a mí que me gusta la naturaleza salvaje y libre!

Sin embargo y a pesar de tantas aventuras, nunca logré convencerlo de dormir a la intemperie. Por más que le rogué y le expuse las ventajas para nuestras observaciones y el ahorro de tiempo que eso significaría, por las noches siempre regresaba al barco, en donde gustaba de lavarse y vestirse para la cena. Era esa una costumbre inglesa que a mí me parecía aburrida, aunque reconozco que después de ingerir los alimentos se iniciaban excelentes conversaciones con los oficiales e incluso con el capitán. Darwin soportaba con paciencia a ese hombre lleno de ínfulas que interrumpía a cada rato para sacar a relucir sus argumentos religiosos y sus conocimientos bíblicos a los que convertía en explicación de todas las cosas. Por esta razón, los domingos nuestros paseos se reducían considerablemente pues por las mañanas Charles debía asistir con toda la tripulación al servicio que dirigía el propio FitzRoy.

Darwin era una mente alerta y vivaz, abierto a encontrarse con lo nuevo y muy impresionable. Aunque no tenía demasiada fuerza física, le sobraban energía y dedicación. Le interesaban la geología, la zoología y la botánica y era capaz de hacer observaciones profundas lo mismo sobre un gusano que sobre una orquídea, sobre un gato que sobre un pez, sobre un alga marina que sobre un árbol, sobre una montaña que sobre una roca. Pero su interés primordial era la geología de la que yo nada sabía y que me enseñó con suma paciencia. Llevaba consigo los tres volúmenes de un tal profesor Lyell, a quien admiraba. Se metía a los cráteres, pedregales y derrames, podía pasar horas bajo el calor inspeccionando cada piedra y pegando por aquí y por allá con un martillo para estudiar su color, dureza, vetas, ángulos de inclinación, hundimiento en el suelo y estructura.

Su mente estaba llena de dudas pues según me explicó, era creyente pero no podía ya aceptar la idea de que la tierra hubiera sido creada de una sola vez y de manera definitiva, ni tampoco que eso hubiera sucedido hacía apenas unos cuantos miles de años, como afirmaban los teólogos. Sus hallazgos indicaban que se trataba de un tiempo larguísimo, posiblemente millones de años. Y tampoco podía aceptar ya las ideas de sus maestros en el sentido de que las diversas formas que se podían encontrar en la corteza terrestre se habían producido por catástrofes y situaciones violentas. Él pensaba que se debían a cambios lentos pero constantes, que aún seguían sucediendo. "Hay fuerzas en la naturaleza que durante milenios de transformaciones graduales han ido dándole su forma a la tierra. Sé que al decir esto contradigo a mis maestros más respetados y también a la Sagrada Biblia, pero los datos demuestran que tengo razón. Donde ahora se extiende el mar pudo haber existido tierra y los animales y plantas pudieron haber pasado de uno a otra." Recordaba que alguna vez, en sus primeros paseos como naturalista, había encontrado una concha marina cerca de su casa en Inglaterra, lo que su profesor consideró un hallazgo sin importancia, pero que a él le impresionó mucho. "Y desde entonces la duda se metió en mi cerebro", decía.

A mí me encantaba escucharlo, su capacidad de deducción era excepcional. Juntos observábamos, recopilábamos datos, compartíamos libros y discutíamos poniendo en duda las premisas y conclusiones del otro, sólo para obligarlo a defenderlas con buenos argumentos y claridad. Los dos teníamos la costumbre de apuntar nuestros hallazgos en unos cuadernos y compararlos con la información de los libros. Teníamos la paciencia de tener presentes los detalles que tan fácilmente pueden pasar inadvertidos, unas veces por escondidos y otras por demasiado evidentes. Nunca dejábamos pasar una excepción y revisábamos una y otra vez los razonamientos, agrupando datos y conjeturando explica-

ciones que nos permitieran extraer leyes o conclusiones generales. Fue por entonces cuando discutimos
sobre Las Galápagos. "Seguramente no entiendes lo
que sucede en estas islas, ¿por qué razón si están lo-
calizadas en pleno Ecuador, no se pueden encontrar
en ellas playas de arena y palmeras tropicales?", le
pregunté. "Sí, reconoció, eso me intriga. He pensado que tal vez el archipiélago nació por una serie de
erupciones y que quizá los animales y plantas llegaron hasta acá por el mar desde la costa, pero de ser
así me llama la atención que la flora y la fauna sean
al mismo tiempo tan variadas y tan diferentes de las
del continente." "Quisiera mostrarte con deteni-
miento la fauna le dije, antes de que saques conclusiones." Fue entonces cuando le mostré las tortugas
gigantes, que tenían cientos de años de edad y pesa-
ban miles de pounds, las enormes iguanas echadas
sobre las piedras o sobre la arena caliente, los pájaros, los leones marinos, los cangrejos y los pingüinos. La diversidad biológica lo impresionó. ¡En una
ocasión le pude mostrar ochenta especies diferentes
de pájaros en un solo paseo!

Lo único que me molestaba de Darwin era su
costumbre de recolectar especímenes. Más que costumbre, era una verdadera fiebre. Me dijo que lo hacía desde niño, cuando jugaba en el jardín de su casa
y ya después de joven, cuando acompañó a no se qué
profesor en un viaje a Gales del Norte. Por supuesto
que lo había hecho profusamente durante todo el recorrido del Beagle y pensaba hacerlo también ahora.
Llevaba consigo frascos de diversos tamaños, bolsas
y un recipiente para plantas, y según me contó, por
las noches ponía la cosecha del día sobre su mesa de

trabajo en el barco y la acomodaba, clasificaba y disecaba, atorando a los especímenes con alfileres o metiéndolos en alcohol. Luego les ponía rótulos, los empaquetaba y mandaba a Inglaterra. "Dios creó y Linneo clasificó", acostumbraba decir, "es lo que se debe hacer cuando se es naturalista. Si no se colecciona sólo se pierde el tiempo pues nadie más podrá conocer esto, ya que no todos están en posibilidad de darle la vuelta al mundo. Es necesario mandar ejemplares a los museos de París y Londres para que la ciencia avance." ¡Y vaya que si mandaba! Grandes cajas con tucanes, pájaros, helechos, escarabajos, luciérnagas, hongos, mariposas, flores, hormigas, hojas, raíces y quién sabe cuántas cosas más.

A mí esa costumbre me parecía bárbara, no creía que fuera correcto desde el punto de vista ético matar seres vivos en aras de nuestro saber científico. Ni siquiera me parecía que debieran existir los zoológicos, pues aunque allí no se les quitaba la vida a los animales, sí se les sacaba de su medio ambiente sólo para darle gusto a los humanos. "¿No te bastaría con hacer descripciones detalladas y dibujos cuidadosos?", le preguntaba yo. "Claro que no, me respondía seguro de sí mismo, la única cosa en la que no puedo fracasar es en coleccionar."

Más aun, a Darwin le encantaba salir de cacería y comer carne. Siempre cargaba consigo un rifle y dos pistolas para buscar tortugas. Para disuadirlo de esa práctica, le mostré lugares donde había esqueletos de animales masacrados sólo para satisfacer al hombre, años de vida desperdiciados en unos minutos, y sin poderlo evitar comencé a llorar amargamente diciéndole que cómo podían considerarse hijos de Dios quienes no respetaban a los demás seres vivos. Mi llanto lo conmovió más de lo que hubiera podido imaginar. "Nunca había visto llorar a un hombre, me dijo, pero tienes razón, nuestro corazón no debería avergonzarse de ser tan sensible como el de las mujeres." A partir de ese momento, al menos delante de mí, se limitó a alimentarse de galletas, frutas y nueces, lo mismo que yo comía. Pero además, desde entonces, fue más gentil y noté que me miraba mucho y con atención, buscando cualquier oportunidad para estar cerca de mí.

Poco a poco Charles fue perdiendo su calma habitual y adquirió el rostro fatigado de quien se atormenta y duerme mal. Por más que insistía yo en preguntarle qué sucedía, me respondía con evasivas, repitiendo una y otra vez que no era nada, que estaba indispuesto por un mal sueño o que la comida le había caído pesada. Pero se le veía sufrir. Su hermosa sonrisa era ahora un gesto de cansancio y por largos ratos se quedaba pensativo viendo al infinito.

Por fin un día tomé la decisión de enfrentar la situación y le hablé: "No puedo soportar esto. Si no me dices qué pasa no saldré más contigo a nuestros paseos, así mi jefe me castigue. Habla o no me volverás a ver." Al darse cuenta de la firmeza de mis palabras, Charles se asustó, pero ni así pudo articular palabra. Permaneció un largo rato en silencio y después dijo: "Lo que me atormenta es que estoy lleno de dudas. Desde que llegué a este lugar lo que he visto y lo que siento me llevan por caminos insospechados que me dan miedo."

Con el afán de aliviarlo me decidí a hablar para mi amigo. "Estoy dispuesto a darle respuesta a tus inquietudes y a asombrarte con mis descubrimientos, que son el resultado de muchos años de trabajo y que bien pueden cambiar la historia natural. Te voy a decir todo lo que sé y con eso te daré la tranquilidad que añoras."

Sorprendido de mis palabras, Charles me preguntó: "¿Qué quieres decir?", a lo que yo respondí: "¿Crees tú que los animales que ves aquí, por ejemplo las tortugas, los pájaros o las iguanas, son todos iguales?" Darwin me miró con la expresión de quien no comprende de qué le están hablando. "Ven, te voy a mostrar". Lo llevé entonces por muchos sitios que ya habíamos recorrido, donde encontramos la fauna que ya le había enseñado, pero sólo entonces le hice notar las variedades que había dentro de cada una de esas especies en sus conchas o picos.

Yo había avanzado bastante en la clasificación de los pinzones y de las tortugas y le mostré una a una las diferentes variedades en las distintas islas. "En las tortugas eso se nota en el caparazón le dije, en la forma y grosor de la concha y en el largo del cuello, mientras que en los pinzones se nota en los picos.

¿Cuál crees tú que podría ser la razón de esta diversidad?", le pregunté. Pero a él no parecían interesarle mis palabras, más bien al contrario, estaba distraído.

Le hablé entonces de mis observaciones sobre la relación de la fauna con las plantas y con otros animales de los que dependía su alimentación, así como con los distintos tipos de depredadores. Después le mostré el cortejo de las aves y le hice ver que las especies únicamente se cruzan con sus iguales resultando que sus hijos son a su vez iguales a ellos. "Hay una selección sexual" le dije y observé que se ruborizó cuando usé esa palabra.

Por fin, le hablé de lo que podía parecer un desperdicio, pues las plantas producían más semillas y los animales más huevecillos de la cantidad de seres vivos que finalmente estaban destinados a nacer. "¿Cuál crees tú que es el sentido de este exceso?" le pregunté, pero de nuevo no me pareció que pusiera atención a mis palabras, ni siquiera estaba yo segura de que me escuchaba. Así y todo, seguí hablando: "Yo creo que las diferencias en una misma especie tienen que ver con las necesidades de los animales de buscar su alimento y adaptarse a su medio ambiente. Mi idea, resultado de todos estos años de trabajos y lecturas, es que los organismos tienen que luchar por su existencia y ello las obliga a adaptarse a las más difíciles condiciones de su medio ambiente. En esto consiste la supervivencia de las especies."

"Ahora bien, dichos cambios, producto de la adaptación, necesariamente se tienen que heredar a las siguientes generaciones de modo tal que la descendencia aparezca modificada y conteniéndolos, ya que ellos fueron útiles a sus antecesores. Así es como se va dando la diferenciación cada vez mayor entre las especies. Esto significa, en primer lugar, que las especies no son inmutables, sino que cambian para lograr esa adaptación y, en segundo lugar, que aquellos que no se adaptan, necesariamente mueren y terminan por desaparecer de la faz de la tierra, por lo cual podemos hablar también de la extinción de las especies."

"La cuestión de la extinción, seguí hablando ante un Darwin distraído, tiene que ver con nuestra pregunta de para qué se producen más semillas y huevecillos de los que van a nacer. En este sentido la respuesta parece sencilla: es para protección de la especie.

"Lo que te digo se puede comprobar en este lugar privilegiado que son Las Islas Galápagos. Aquí puedes ver a un pinzón que aprendió a utilizar una espina para obtener su alimento rascando la corteza de un árbol, a un cormorán que ha perdido la facultad de volar o a una iguana que busca su alimento en el mar pero sale inmediatamente pues teme a los tiburones y también tortugas con características diferentes en cada una de las pequeñas islas. Todo por la supervivencia.

"Creo le dije, llegando al meollo de la cuestión, que así como en tus descubrimientos geológicos encontraste que los cambios en la tierra son constantes e imperceptibles, lo mismo se puede decir de la naturaleza en la que no hay nada inmutable. Las especies evolucionan, aparecen y desaparecen. Por supuesto, se trata de un proceso muy lento, muy gradual, sin saltos bruscos, que se va dando durante varias generaciones."

Cuando terminé mi discurso, Darwin se puso de pie y empezó a caminar de un lado a otro, pues era de aquellos que cuando sufren o se enojan no pueden permanecer inmóviles, al contrario de mí que sólo lo hacía si era feliz. Luego de guardar silencio un buen rato, me preguntó si yo creía en Dios y en la Biblia, cuyas explicaciones se oponían por completo a mis ideas. Sin dejarme amedrentar por su dureza, le contesté que creía en la ciencia y que en este momento la religión y la verdad científica eran incompatibles. "La vida en la tierra está regida por fuerzas naturales y no por ninguna mano divina", dije. Eso lo turbó sobremanera y me pidió que no siguiéramos hablando de tema tan delicado.

Decidió entonces regresar, pero lo detuve y le dije que debía escucharme un momento más para que le hiciera otras dos confesiones. Me miró asustado pues no imaginaba que todavía hubiera más cosas que decir. Entonces hablé. "Lo primero que te quiero decir es que yo estoy segura, perdón, estoy seguro, de que todo esto tiene que ver con la forma en que se originaron las especies, la vida en la tierra, no sólo la de las plantas y animales sino también la de los seres humanos. Creo que el secreto del origen de la vida está en que las especies no son independientes sino que se originan de otras especies. Y creo también que es muy probable que el ser humano proceda del mismo crisol. Yo sé que esto encaja bien con tus propios descubrimientos sobre el tiempo de formación de la tierra, pero no encaja con tus creencias religiosas según las cuales el hombre es el centro del mundo y ocupa un lugar especial en la creación. Sin embargo, es la verdad, las evidencias lo demuestran."

Sumamente alterado, Charles dio la media vuelta y se fue sin dejar que le dijera nada más ni le hiciera mi segunda confesión, la de mi ser mujer. Durante dos días no bajó del barco ni quiso verme. Y eso me hizo estar muy inquieta, pues había puesto en sus manos todo mi pensamiento y quería escuchar su opinión.

Cuando lo volví a ver, parecía como si nunca le hubiese dicho el resultado de mis descubrimientos. Hicimos nuestros paseos como de costumbre, él recogió sus especímenes y no se tocó el tema conflictivo. Pero al caer la tarde me informó que esa noche no volvería al barco y que se quedaría a dormir conmigo a la intemperie.

Muy contenta inicié los preparativos, busqué el sitio adecuado y acumulé agua. Tenía la ilusión de mostrarle a mi amigo el cielo y las constelaciones que desde aquí se veían con perfecta claridad. La noche se nos vino encima con su oscuridad y su silencio. Charles estaba sumamente alterado, la respiración se le oía agitada y el corazón le latía con fuerza. Y de repente, cuando apenas nos habíamos sentado sobre una roca lisa para cenar nuestras frutas y galletas, mi amigo empezó a hablar. "Yo también debo hacerte una confesión. Se trata de algo que me turba sobremanera. Mis dudas y mis miedos no se deben únicamente a los datos científicos que estoy descubriendo en estas islas, que resultan muy terribles para mis creencias, pero al mismo tiempo demasiado obvios como para negarlos, sino que se deben también a lo que estoy descubriendo dentro de mí. No entiendo qué me sucede pero me atraes mucho, sueño con tu rostro y tus ojos, con tu voz cristalina y tus manos, por las noches cuando nos separamos extraño tu risa." Y luego agregó con la cabeza gacha: "Por si El Creador no tuviera ya suficientes motivos para castigarme, ahora se agrega este." Y antes de que yo pudiera decir nada continuó: "Al marcharme de Londres una mujer me prometió esperarme pero no lo hizo y se casó. Sufrí al enterarme de la noticia, pero ahora doy gracias al cielo por haberla salvado de mí, que por lo visto estoy hecho para contradecir lo que mandan la naturaleza y la fe." Y empezó entonces a llorar, un llanto suave y quedo pero muy profundo y prolongado.

Lo abracé y besé, solidaria y sorprendida por no haberme dado cuenta de su tormento personal y por atribuir todo su sufrimiento al interés científico. Para mí, Charles no era sino un amigo, un excelente compañero de trabajo y un interlocutor excepcional. Hacía mucho tiempo que yo me había endurecido para los sentimientos, pues para poder dedicarme a mi vocación me había visto obligada a cerrar mi corazón hasta no dejar entrar en él nada que no fuera mi trabajo. Pero mi joven amigo nunca había tenido que tomar una decisión tan extrema, pues el mundo era suyo, todo suyo. Y por eso le sucedió que sin darse cuenta se enamoró, precisamente de mí.

Nunca podré explicarme por qué en ese momento no le dije la verdad. Quizá se debió a que para entonces yo ya era de verdad un hombre, como había querido ser. "El amor puro es cosa de Dios, le dije para consolarlo. Él nos enseña a amar sin las convenciones ni los principios absurdos que nos inventamos los humanos. Amamos a los animales, al sol y la lluvia, amamos a una piedra y a un fósil, ¿por qué no habríamos de amar a nuestro prójimo sin importar su sexo?"

No sé si mis palabras efectivamente lo tranquilizaron o fue por el cansancio de ese largo día y de toda la agitación que, sólo entonces lo comprendí, había vivido su espíritu en la última semana, pero

Charles se dejó invadir por una gran calma. "Tienes razón, no puedo culparme a mí mismo de esto, lo único que puedo hacer es tener la fuerza para obligar a mi cuerpo a no pedir la consumación de este amor."

Luego de un largo silencio, tan largo que creí se había quedado dormido, Charles me pidió que le repitiera algunas de mis conclusiones científicas pues creía no haberlas comprendido del todo. "Mira querido le dije, me has entendido muy bien, tú mismo has comprobado en estas islas que las especies varían por la acción de las condiciones de vida, de la lucha por la existencia y del uso y desuso de ciertos órganos y funciones. Has visto también que las características que adquieren en esa adaptación las heredan a sus descendientes. Yo sé que te resulta difícil aceptarlo, por razones religiosas que no científicas, pero cuando miramos todas las producciones de la naturaleza como seres que tienen una larga historia, cuando contemplamos las complicadas estructuras e instintos de los seres vivos como el resultado de disposiciones útiles a su posesor, no sólo resulta más interesante el estudio de la historia natural sino también más fructífero ya que podemos entender el misterio de misterios que es el origen de la vida, de dónde viene y cómo comenzó. Y luego agregué una frase que podía sin duda ayudarle en su conciencia: "Date cuenta mi buen amigo, de la grandeza de esta concepción de la vida. Si tú lo quieres ver desde un punto de vista religioso, puedes hacerlo y así Dios aparecerá como quien creó las leyes por las cuales la naturaleza funciona como lo hace. Si bien el mundo no fue creado de una vez y para siempre, es El Creador quien hizo las cosas del modo como las hizo. Y eso es válido para el mundo y también para tu persona, para lo que sucede dentro de ti."

Cuando amaneció, aún conversábamos. Había sido una noche de palabras profundas separadas por largos silencios en los que permanecíamos abrazados. Hacia el mediodía, el sol nos dio sobre la cara y nos obligó a ponemos de pie. Entonces mi amigo dijo: "Me quedaré aquí a vivir contigo. Hoy mismo hablaré con el capitán para informarle de mi decisión. Estoy seguro de que en este lugar y a tu lado me convertiré en el científico que deseo ser y en el ser humano que puedo ser."

Tomados de la mano, caminamos hasta la ensenada donde su barco esperaba. Allí nos separamos con un beso suave y cada quien buscó un lugar para refugiarse en soledad de las agitaciones padecidas. Él, en la hamaca donde dormía y que hacía las veces de cama, colgada en un pequeño camarote que compartía con el dibujante de los mapas. Yo, en un ojo de agua de mar que se formaba junto a las rocas, donde metí el cuerpo y la cabeza para refrescarlos y tumbada boca arriba dejé correr las horas.

Dos días después me mandaron llamar para avisarme que por la mañana zarparía el Beagle. Charles se iría con ellos, pues el capitán le había hecho reflexionar sobre la gran pena que su decisión de quedarse causaría en su familia, pudiendo incluso provocar la muerte de su padre. "Ve y resuelve las cosas, le había dicho, y si después aún lo deseas, podrás volver." Lo sentí mucho, porque ya me había acostumbrado a su compañía y a su inteligencia.

Antes de partir, le hice una visita. De excelente humor, Charles conversaba con algunos oficiales y les relataba que en su viaje había conocido a muchas mujeres. "Las argentinas son guapas, las peruanas llevan un ojo tapado, las brasileñas tienen la piel morena, las de Tierra del Fuego van semidesnudas" lo escuché decir, pero cuando me vio, calló y bajó la cabeza avergonzado. "¿Hablando de mujeres?" le pregunté, pero no me respondió. De repente el capitán dio la señal de partir y todos empezaron a correr de un lado a otro, colocándose en sus posiciones. No pude ya decirle nada, ni siquiera unas palabras de adiós. Pronto la nave se empezó a mover. Esperé allí parada mientras el barco se alejaba y nos despedíamos moviendo las manos.

Cuando su imagen se perdió en el horizonte, el señor Lawson me entregó una carta de mi amigo. En ella escribía: "Tienes una inteligencia excepcional pero sobre todo un genio original. Gracias por todo lo que me hiciste ver en Las Galápagos. Ello me ha afectado tanto que seguramente será el origen de todas mis opiniones posteriores. Pero ahora necesito tiempo para pensar."

Me conmoví. Y sólo entonces me di cuenta de que yo tampoco había sabido cómo enfrentar la situación. Unas semanas más tarde recibí la primera de las muchas cartas que se cruzarían entre nosotros, dando lugar a una relación epistolar intensa. En ella, Charles me relataba los lugares por los que iba pasando en el trayecto de regreso a Inglaterra. En los mares del sur hizo importantes observaciones sobre los arrecifes de coral que proliferaban en las aguas tibias, con sus muy diversas formas, tamaños y colores. "Millas y millas de largo pero nunca con más de sesenta centímetros de profundidad", escribió. Ello le hizo reafirmar sus ideas sobre la formación de la corteza terrestre, pues consideraba que esos corales tenían por lo menos un millón de años de edad. Desde Brasil, a donde se vieron obligados a regresar para completar unos datos que FitzRoy consideraba imprescindibles, me relató la desesperación de la tripulación que ya quería volver a casa. Desde Ciudad del Cabo me envió su ejemplar con la *Introducción a la Filosofía Natural*, y recién desembarcado en su patria apuntó unas cuantas líneas que hablaban de su felicidad por el retorno al hogar.

Poco después me hizo saber que se había casado con alguna de sus muchas primas y que había comprado una gran casa en el campo, donde pensaba residir dedicado a sacar conclusiones de lo que había observado y recolectado en su muy largo viaje. Esperaba que por correo yo le mandara dibujos y datos y él a su vez me enviaría libros de reciente publicación.

Por supuesto, su matrimonio me afectó y por primera vez pensé en la posibilidad de abandonar las islas y volver al mundo para vivir la vida de una mujer normal. Pero por supuesto, no lo hice.

Y un día llegaron los primeros libros de los que Charles era autor: su diario, un manual de zoología y uno sobre geología de Las Galápagos. Su método de exposición era claro y no trataba de convencer a nadie de sus ideas sino que simplemente explicaba sus puntos de vista, seguro como estaba de que contenían la verdad. Si bien su estilo no era fluido, su razonamiento era impecable y se cuidaba mucho de hacer buenas demostraciones. Pero nunca tocó el tema del origen de las especies ni el de la selección natural.

El tiempo pasaba, Charles hacía su trabajo y yo el mío. Hasta que de repente cayó en sus manos un libro que lo alteró profundamente y que de inmediato me envió con una carta adjunta: "Por favor léelo y escríbeme tus impresiones." Su autor era un economista llamado Malthus que hablaba de la relación entre población, espacio y medios de subsistencia. Según él, aquella tiende a crecer más que estos y la limitación de los recursos actúa como selector natural sobre el exceso de individuos haciendo que sucumban los débiles y sólo sobrevivan los más aptos, con lo cual se controla el excesivo crecimiento de la especie. De no ser así, sostenía Malthus, las poblaciones se multiplicarían sin límite y no cabríamos en el planeta ni alcanzaría el alimento.

A mí también ese libro me afectó profundamente, no sólo porque me parecía interesante que tantos estudiosos estuviéramos preocupados por lo mismo y que en nuestra búsqueda de una respuesta llegáramos a conclusiones tan similares sin ponernos de acuerdo, sino sobre todo porque según Charles, Malthus nos proporcionaba el eslabón que faltaba a la cadena y el problema de la selección natural encontraba ahora su correcta lógica científica. ¿Por qué era el eslabón que faltaba el que ahora nos daba ese economista inglés, me pregunté yo, si la explicación que yo le había dado aquella vez era de lo más completa y dentro del mayor rigor? La respuesta no dejaba lugar a dudas: a Malthus se le podía creer porque era hombre, era inglés y vivía en el lugar en donde se toman en cuenta las opiniones, rodeado por la gente que les da la debida atención e importancia. Charles podía dudar de mí y de mis conclusiones, pero cuando el que hablaba era ese colega suyo tan prestigioso, las cosas cambiaban.

Le escribí entonces para insistirle en que debía publicar las ideas que yo le había expuesto. No tenía ninguna importancia que hubiera sido yo quien las había descubierto, lo importante era que se hicieran públicas y contribuyeran al avance científico. Y sólo él podía hacerlo, yo no conocía a nadie y a mí nadie me conocía ni me pondría atención.

Pero por más que dije, Charles no se atrevía a dar el paso. La ciencia se enfrentaba al dogma y él no quería enojar a sus conocidos y familiares, menos que a nadie a su esposa, que por lo visto era sumamente religiosa. Charles, por lo demás, no era audaz, y aunque ya era reconocido y respetado prefería callar que sugerir algo en contra de la explicación bíblica de la creación.

Así que suspendí la correspondencia, molesta por su actitud timorata. Me podía imaginar su vida en pantuflas, encerrado en la cómoda biblioteca de su hogar, rodeado de hijos y sirvientes, la chimenea prendida, revisando las colecciones de insectos acumuladas en su juventud y buscando qué libros escribir que no alteraran a las buenas conciencias. Podía imaginármelo sin salir nunca de su casa, como no fuera para ir a la reunión de alguna sociedad científica de esas que abundan en aquel país y que tanto les gustan a los ingleses. De modo que preferí dejar de pensar en él.

Poco tiempo después establecí contacto epistolar con un científico joven que vivía por entonces en las islas Molucas, estudiando su fauna y flora. Se llamaba Wallace, era también inglés y ejemplificaba en sí mismo la dura lucha por la supervivencia, pues viniendo de casa pobre había costeado sus estudios y experimentos con mucho esfuerzo.

Alfred Wallace había oído hablar de mí y pronto empezamos a intercambiar hipótesis y hallazgos hasta que me decidí a contarle mis conclusiones, las mismas que años antes habían impresionado tanto a Darwin. Con él fue más fácil, pues tenía menos prejuicios, de modo que lo pude convencer de mi verdad y a pesar de que sus condiciones de vida y sobre todo su salud eran muy precarias, preparó un largo artículo en que las exponía de manera clara y directa.

Pero Wallace tampoco contaba con los medios ni con los contactos sociales para publicar o para hacer llegar su escrito a las sociedades científicas, de modo que lo único que se le ocurrió hacer fue enviárselo al propio Darwin.

Y un día recibí a través de mi tonel en la isla de Charles un grueso sobre que venía de Inglaterra. Contenía un manuscrito y una breve nota: "Mi querido Camilo: Te escribo como siempre desde mi casa de Down, en Kent. Aquí están redactadas, por fin, mis ideas sobre el tema que nos preocupa. He trabajado largo tiempo en ellas, en el más riguroso de los secretos. Le he pedido a mi esposa que lo publique cuando yo muera, pero te envío una copia que yo mismo he preparado para que hagas buen uso de ella si no se cumpliera mi voluntad. Recuerdo siempre tu hermoso rostro aquel día hace tanto tiempo, cuando me hiciste conocer tus descubrimientos científicos y me consolaste por mis debilidades humanas."

Empecé inmediatamente a leerlo. Era por fin el libro que yo deseaba, el del origen de las especies. En sus páginas aparecían datos y experimentos recolectados con la mayor paciencia y cuidado, así como argumentos perfectamente bien construidos con los que presentaba sus puntos de vista y refutaba los de otros científicos, a los que Charles conocía a la perfección. De este modo, la formulación de las ideas era de una calidad y una claridad abrumadoras. Darwin tenía una manera inteligente de reinterpretar lo que yo le había dicho, lo que él había pensado y lo que otros habían escrito y sabía sacar deducciones y teorizar sobre las observaciones empíricas. Por si fuera poco, sabía expresarlo bien.

Le escribí agradeciendo su confianza y recordándole los momentos más dulces de nuestra amistad, pero también le comenté sobre los trabajos de Wallace, advirtiéndole que estaba dejando pasar la oportunidad de ser el primero que hiciera públicas las verdades, pues pronto otros científicos lo harían.

No sé si fueron mis argumentos, pero la presión funcionó. Charles resumió su libro en un artículo, y honesto como era, presentó juntos los dos escritos, el de Wallace y el suyo propio, ante la sociedad científica correspondiente. ¡Y qué escándalo fue! Científicos y teólogos por igual atacaron duramente al autor iniciando una campaña de burlas y agresiones que mucho lo debe haber lastimado, pues era un alma sensible.

Pero la verdad estaba dicha y eso era lo único importante.

No volvimos a escribirnos durante largo tiempo. Charles estaba demasiado ocupado con su trabajo y seguramente también alterado con los problemas. Tuve noticias de su mal estado de salud. Siempre estuve segura de que si se hubiera preocupado menos por las opiniones de los demás, si hubiera comido menos carne y menos sal, y sobre todo, si hiciera más ejercicio y volviera a salir de sus cuatro paredes para asomarse al mundo, en lugar de vivir encerrado dejándose consentir por los suyos, no se sentiría así ni se quejaría tanto.

Los años pasaron. Yo seguía viviendo mi vida y ya mi cerebro empezaba a buscar nuevos horizontes y a plantearse preguntas diferentes. No volví a saber de mi amigo hasta que se decidió a publicar también la verdad sobre el origen del hombre. El libro me lo envió él mismo, pero en esta ocasión no lo acompañaba ninguna nota. Me impresionó sobremanera la forma que tenía de desarrollar mi idea de que todos los seres vivos procedíamos de un mismo crisol. Aceptaba así que el ser humano no era el centro de la creación sino, de modo humilde, un mamífero más, un primate que comparte con los demás de su especie una serie de atributos físicos. Por supuesto que al publicar estas conclusiones despertó aun más ira entre sus contemporáneos, quienes lo empezaron a dibujar como un mono, según vi en el periódico en que venía envuelto el paquete. Pero para entonces yo ya no tenía ningún contacto con Darwin. Ni siquiera sabía si sus familiares le entregaban las cartas que de tanto en tanto le enviaba sólo para saludarle y a las que jamás respondía.

Un día me encontraba yo en mi cabaña cuando tocaron a la puerta. Me sobresalté pues jamás nadie me visitaba. Me puse de pie y abrí. Un hombre joven me saludó con suma cortesía y me preguntó si podía pasar.

Dijo llamarse Francis Darwin y ser hijo de Charles. Dijo también que él se encargaba de ayudar a su padre en sus trabajos científicos pues era un hombre enfermo y envejecido. "Estoy poniendo en orden sus papeles para publicación. Y al hacer esto me he encontrado con algunas cartas que usted le envió y con otras que él le escribió a usted pero que nunca se decidió a enviar. Estas últimas comprometen en mucho su reputación personal y me han hecho pensar que quizá existan otras que sí se mandaron. Por esa razón he venido hasta acá, para hablar con usted y suplicarle que me entregue todos esos escritos y me asegure que jamás hará pública la historia de lo que sucedió entre usted y él. A cambio de eso me comprometo a darle una pensión vitalicia cuyo monto usted mismo podrá fijar."

Me quedé muda. Jamás hubiera podido imaginar que un incidente como el ocurrido hacía casi cuarenta años podía aún despertar tantas sospechas. Pero es que el buen Charles jamás había podido descargar su mala conciencia pues siempre se había quedado creyendo que yo era hombre y había sufrido por aquel su enamoramiento de mí. Ahora la familia se había enterado de mi existencia y su preocupación era enorme.

Era demasiado tarde para argumentar o explicar. Me levanté de la mesa, me dirigí al pequeño cajón de madera en que guardaba las cartas de mi amigo y el manuscrito de su libro que él mismo me había confiado y le entregué todo al joven de rostro duro e impaciente que decía ser su hijo y que había emprendido tan largo y pesado viaje sólo para salvar lo que él consideraba el honor de su padre. Luego le dije que yo no necesitaba dinero porque en este lugar no había nada para comprar, pero que aceptaría gustoso el envío de libros pues me interesaba saber lo que se debatía en ese momento en la ciencia y en la filosofía. Mi visitante prometió hacerlo y salió de mi casa despidiéndose con su muy inglesa amabilidad.

Nunca lo volví a ver, pero él cumplió rigurosamente su promesa, y hasta el día de hoy una vez al mes en el tonel de la isla de Charles me espera un paquete que contiene mi alimento espiritual.

Ha pasado tiempo desde entonces. Supe que Charles murió. Cuando me enteré de la noticia pensé largamente en él.

La ciencia requiere de la observación empírica, también exige la acumulación de evidencias y la experimentación, pues no hay otra forma de hacer los descubrimientos. Eso es algo que yo no supe hacer y que Charles hizo de manera ejemplar. Pero además, él dio otro paso que fue fundamental: el de usar sus hallazgos para reinterpretar las ideas existentes y el cuerpo de conocimiento previo. Por eso, aunque fui yo quien hizo las observaciones y quien llegó a las conclusiones que le hicieron entender por primera vez el origen y la evolución de las especies, fue él quien tuvo la capacidad de reunirlas y de hacer las grandes generalizaciones. Yo me quedé siendo naturalista y él pasó a ser científico, pudo dar el salto para hacer congruentes la propuesta con el método y las conclusiones con la teoría.

Y si bien es cierto que por ser mujer yo no podía desempeñar ningún papel en la ciencia, razón por la cual me vine a encerrar en este rincón del mundo en donde nadie me impidiera dedicarme a mi vocación, también es cierto que por estar aquí encerrada en las islas, sin participar del debate intelectual del momento, me quedé atrás. Me sucedió como a los animales de Las Galápagos, que me adapté a un modo de vida que no exigía de mí mayores esfuerzos y que, por lo tanto, si bien me permitió hacer lo que quería, también me impidió alcanzar niveles superiores.

Darwin en Inglaterra pudo ser el más grande pero a él tampoco las cosas le fueron fáciles. La batalla contra las ideas en boga y contra los dogmas fue dura y requirió de un enorme valor. Charles se enfrentó al poder de los teólogos, de los "científicos" y de los políticos que insistían en ocultar la verdad a pesar de las evidencias y se enfrentó también a las ideas enquistadas en la gente común. Soportó con estoicismo las burlas y los ataques y sin duda sufrió mucho.

Los escritos de Darwin fueron publicados y yo no existo para nada en ellos. No sé si fue decisión del propio Charles o de su esposa y su hijo que le ayudaron a redactarlos, pero me borraron de la memoria de la historia para dejarle todo el crédito a él. No me pesa que se haya hecho famoso con lo que yo le enseñé, pues lo que importa es que la ciencia avance y ayude al mundo. Los descubrimientos no son propiedad de una persona sino de la humanidad y es necesario divulgarlos.

Y en cuanto a mí, pues también he sufrido. Sacrifiqué mi vida en aras de la ciencia, pues en el camino que yo me tracé no cabía una familia. ¿Qué marido o qué hijos habrían aceptado vivir en estas condiciones y me habrían permitido dedicarme a mis observaciones? Mucho pensé en esto hace tiempo, cuando Darwin anduvo por aquí y entre nosotros se creó un vínculo más poderoso que el de la simple amistad. Hubo un momento en que él pensó quedarse a vivir aquí y hubo otro en que yo pensé decirle la verdad y seguirlo a Inglaterra, pero no lo hice. Necesité un gran valor para cumplir hasta el final con la meta que me había trazado. Pero conservo la esperanza de que así como Charles pudo romper con el dogmatismo respecto al origen del ser humano, el ejemplo de mi vida servirá para romper la imposibilidad de las mujeres de seguir su vocación y que no por dedicarse en cuerpo y alma al arte o a la ciencia se vean privadas de vivir una vida completa. Hace poco leí sobre una joven llamada Marie Curie que trabaja en Francia en un laboratorio. Parece que se casó con su maestro y que ambos están dedicados a la investigación. Ojalá que le vaya bien, ojalá y en el próximo siglo, en ese año de 1900 que ya se acerca, las cosas para las mujeres sean más fáciles. Y no sólo para ellas, también para aquellos que se enamoren de personas de su mismo sexo, ¿por qué no?

Últimamente he pensado en mi familia, lo que antes no me sucedía. Recuerdo nuestra estancia con la gran casa señorial, los caballos y el ganado que daba la mejor carne de toda la Argentina. Y recuerdo el rostro tenso de mi padre cuando daba las órdenes y cuando recibía a los políticos de la capital que le mostraban gran deferencia. ¿Habrá sufrido cuando me escapé?, ¿habrá vuelto a pensar en mí después de aquella noche en que huí sin saber yo misma a dónde iba, pero desesperada por librarme de ese viejo viudo a quien me habían destinado para el matrimonio?, ¿habrá enviado a los gauchos a buscarme, ellos esperando encontrar a una joven de vestido largo con las dos piernas discretamente colocadas hacia el mismo lado de la silla de montar, siendo que yo ya me había disfrazado de hombre con las ropas que le robé al mozo de cuadra? ¡Hace tantos años de eso y las memorias siguen allí! Veo la cara de mi pobre madre siempre asustada y temerosa de su marido, la de mi hermana obediente cuando la casaron con el miserable de Juan Domingo y la de mi hermano aprendiendo a ser patrón, igualito a mi padre. Es curioso, el único rostro que se me ha borrado es el más querido, el de la abuela, que aunque me decía que una mujer no debía ser rebelde como yo ni enfrentarse así con su padre, era la que me consolaba y consentía: "Mi pobre Camila, vas a sufrir mucho en la vida."

A punto estuve de mandarle una carta cuando llegué al puerto, en el momento de contratarme en el barco, pues fue entonces cuando sentí miedo. Pero no lo hice. Y jamás la volví a ver, ni a ella ni a los demás. Nunca supieron de mí desde aquella mañana inolvidable en que nuestro bergantín se detuvo aquí y yo supe que había encontrado el único lugar donde seguro nadie pensaría en buscarme. Y me quedé. El muchachito que limpiaba la cocina desapareció sin dejar rastro. Hubo que zarpar sin él.

Y aquí sigo. Aún me dedico a observar las plantas, los animales, las piedras, el cielo, aunque también pienso ya en otras cosas. Como los griegos, respiro el aire del mar, doy prolongados paseos, me tiro al sol y bebo agua pura mientras busco la inspiración en el manantial profundo de mi ser.

Si este lugar y su espléndida naturaleza me hicieron algún día preguntarme sobre el origen de la vida, a la hora de la vejez, lo que me inquieta es pensar en su fin y su sentido.

El fuego existe para quemar y el sol para alumbrar y calentar. ¿Para qué existe la vida? La carcoma no se pregunta para qué cava, lo hace porque para eso vive y el alacrán no se cuestiona por qué pica, pues también para eso vive. Pero los seres humanos sí nos preguntamos y saber para qué vivimos constituye para nosotros la cuestión más profunda del universo, el mayor de los enigmas. ¿Debemos considerar a la vida como algo con un sentido y fin o como algo desprovisto de significación y regido por el azar? ¿Nos movemos hacia algún lado? ¿O quizá nos precipitaremos eternamente sin saber si es hacia adelante o hacia atrás, errantes a través de una nada infinita?

Hay quienes consideran que estamos aquí para buscar la felicidad y el placer. Hablan de pasiones y emociones, de experiencias y aventuras, de amor y amistad, de diversión. Para otros en cambio están aquí para sufrir, para el dolor y la pena. Hablan de tortura, de causas, de fe, de creación, de entrega o de silencio. Para algunos el único sentido de la vida es acceder al conocimiento. Otros consideran que la vida es una carrera de fatigas sin utilidad, una complicada jornada que no conduce a ningún lado. Hablan del absurdo, del pesimismo, del nihilismo o simplemente del aburrimiento.

Hay quienes tratan de probar todas sus posibilidades y sus límites, muchas veces para forzarlos. Se vuelven entonces genios, santos o criminales. Hay quienes en cambio están aquí para cumplir con la repetición tenaz de los mismos trabajos, de las mismas costumbres, de las mismas obligaciones. Hay gente que toma una copa de vino para sentirse alegre y gente que con ese mismo vino se emborracha; gente que se queda en un mismo sitio y gente que se mueve todo el tiempo; hay quienes se aferran y quienes son siempre y en todo lugar forasteros.

Para algunos la vida transcurre con el sol brillando y la casa tibia. Otros en cambio andan desprotegidos, viviendo a la intemperie, cruzan ríos anchos y caudalosos sobre puentes demasiado angostos. Hay quien sueña y quien vive despierto, quien tiene tiempo de sobra y a quien nunca le alcanzan las horas, quien pierde su camino y quien jamás lo encuentra, quien tiene demasiada rabia y siente que la vida le debe, quien toma el destino en sus manos (a saber lo que esto quiere decir) y quien se deja guiar por él o se le opone.

Hay quien anda por la vida como si fuera el único, otro en cambio como si fuera el culpable, unos como si nada y otros insomnes en la larga noche de su miedo. Unos serán torturadores, otros recibirán la tortura y los más mirarán indiferentes a ambos y se encogerán de hombros.

Por todo esto es que no podemos saber cuál es el sentido de la vida. Lo único que sí sabemos sobre seguro, es que siempre hay un final, un momento en que todo se acaba y llega la muerte. Y también sabemos que nadie quiere que llegue ese momento, nadie quiere morir, todos nos aferramos a la vida, aunque sea en las peores condiciones y circunstancias.

Entonces la respuesta es muy simple: el sentido de la vida es vivir. Vivir es el sentido mismo de la vida. Lo mismo que el fuego, que la carcoma, que el alacrán, vivimos para vivir.

La única verdad absoluta es el gran sí a la vida, todo le perdonamos con tal de tenerla, con tal de no perderla. Le perdonamos por igual su ligereza o su peso, la oscuridad y la luz demasiado intensa: "Yo te amo, vida, haya gritado de júbilo o haya llorado en ti", escribió mi amiga Lou, una mujer con la que me carteo de vez en vez.

Lo que hace la diferencia entre una vida y otra no es entender su sentido o su fin, sino el modo de vivirla. Creemos que los caminos por los que podemos transitar sólo tienen una dirección y que nuestra vida no puede ser sino un poema o una tragedia, una sinfonía o un lugar sin música, una cima o un abismo. Pero la verdad es que estamos hechos de dos, de cuatro, de mil pedazos distintos, de sinsentidos, de indiferencia, de hartazgo.

Todo esto no lo sé a ciencia cierta, es especulación, intentos de hacer explicable lo que no entiendo, aunque bien sé que el caos no podrá ser conjurado jamás.

Los seres humanos sembramos y segamos y nos afanamos y nos hacemos preguntas. Sé que no existe una respuesta, pues, después de todo, el mismo sol que solidifica el barro derrite la cera. ¿Cuál es, cuál puede ser la verdad?

Envié por escrito estas ideas mías a un amigo filósofo que vive en Sils María, un lugar de Europa en el que se ha aislado para dedicarse a pensar; a él no le oculté mi ser mujer, pues después de todo, cuando se llega a la filosofía es porque se dejaron atrás muchas tonterías.

Largo tiempo pasó hasta que recibí la respuesta de mi buen Fritz, que está demasiado ocupado con su propio quehacer y su muy mala salud, pero cuando la leí contenía ideas tan fundamentales que me dejaron mucho para pensar. Decía Nietzsche: "Quizá la única verdad es que se debe vivir de tal manera que se desee absolutamente volver a vivir. Aquel a quien el esfuerzo proporcione el sentimiento más elevado, que se esfuerce, aquel a quien el reposo se lo dé, que se repose, aquel a quien el hecho de seguir y obedecer le dé ese sentimiento elevado, que obedezca. Lo importante es que cada quien sepa lo que le da ese sentimiento y que no retroceda ante nada para conseguirlo."

El final de su carta fue lo que más me conmovió: "Tú eres una gran filósofa querida amiga de las islas, pues eso se mide más por la grandeza del alma que por la claridad de la lógica y tus preguntas son indicio de que en ti la hay. Sólo que de nada ha de servirte pues ¿quién se atrevería a oír los suspiros de los solitarios?"

V
Y mi honda es la de David

Por poco no venía hoy porque he estado mal de la garganta, pero tenía ganas de contarle algo que pasó, bastante terrible. El otro día me sentía tan adolorida y con fiebre, que de plano no fui a la escuela y me quedé en la cama. Vi que mi mamá andaba nerviosa, dando vueltas por la casa. En una de esas hasta la muchacha me lo dijo, ay señorita, no sé qué tiene hoy la señora pero no me deja cumplir con mis quehaceres. La costumbre es que temprano me da las órdenes y el dinero, voy al mercado y regreso a hacer la limpieza mientras ella se pasa el día encerrada en su cuarto, sin meterse conmigo ni pedirme nada, es la patrona perfecta, no como donde trabaja mi hermana, que están encima de ella con haz esto, haz lo otro. Yo creo que se duerme, no sé, pero no sale de allí casi hasta que ustedes llegan. Como a eso de las seis de la tarde oigo que suena el despertador y entonces se levanta, se arregla y se mete a la cocina a completar la comida. Pero hoy, véala, como mono enjaulado, me regaña porque aquí está mal barrido o porque le eché demasiada sal a la sopa.

Confieso que me molestó lo que me contó la sirvienta. Yo nunca había pensado en qué ocupa mi mamá su día. Me imaginé que en cosas de la casa y la comida, pero nunca me detuve realmente a pensar. Lo que sí, es que a nosotros siempre nos ha dicho que hay que estudiar, trabajar y tener ocupaciones, nada de perder el tiempo. Pensé en mi hermano y en mí toda la mañana en la escuela, luego en el inglés, en el gimnasio o haciendo las tareas y en mi pobre papá trabajando en su oficina para que tengamos una sirvienta que hace todo mientras ella duerme, muy cómoda, sin hacer nada. Y pues, la verdad, me dio coraje, mucho coraje. Entonces empecé a atar cabos de cosas raras que yo ya había notado, por ejemplo en las mañanas, se ve que ya le urge que nos vayamos de la casa, como si tuviera algo muy importante que hacer y nosotros le estorbáramos, o el otro día que mi abuelita le estuvo preguntando por la telenovela y ni idea tenía, ya no prende la televisión.

Así que al día siguiente, entre que la garganta todavía me dolía y que la curiosidad me ganaba, salí de la escuela a media mañana y regresé a la casa. Tuve la suerte de encontrar a la Lupe abajo del edificio porque iba a tirar la basura, ay señorita ¿todavía se siente mal?, dejé la puerta entreabierta, no me vaya usted a cerrar por favor. Subí las escaleras en silencio, abrí con cuidado, entré muy callada, fui derechito al cuarto de mi mamá, abrí la puerta y ¿qué cree que encontré? Pues nada menos que a la señora, pero no dormida sino leyendo. ¿Con que eso era, eh?, ¡todo su esconderse es para poder leer porque mi papá se lo prohibió!

Hubiera visto usted cómo se puso. Pegó un brinco y trató de esconder el libro y recoger su tejido que se ve estaba allí preparado para un caso de estos, sólo que yo fui demasiado rápida. El corazón se le salía por la boca de los puros nervios, no pudo ni articular palabra y me miró con unos ojos como los que tienen los animales del zoológico, pidiendo compasión. Me acordé entonces de un día de la semana pasada, íbamos mi papá y yo caminando y nos encontramos al dueño de la librería, ¿cómo está la señora? salúdenla y díganle que ya le conseguí lo que me pidió. Eso no nos gustó nada, pero creímos que a lo mejor eran encargos de antes de la prohibición y ya con esa idea nos quedamos muy tranquilos.

Por supuesto esa misma noche lo conté en la mesa y se armó un buen lío, él la regañó, ella lloró y mi hermano me gritó que yo era una chismosa, pero creo que hice bien, las cosas deben ser así, ¿no le parece?

No reconocería usted a mi mamá. Hubo un pleito en la casa porque la encontraron leyendo. Parece que la Nena llegó de improviso, no sé bien cómo estuvo, el hecho es que la descubrió y la acusó con mi papá. Y fueron unos gritos que para qué le digo, después se dedicaron días y días a llamarla mentirosa, a burlarse de ella, a despreciarla y humillarla, ¿qué clase de ejemplo es ese para los hijos? y ¿qué se ha creído esta señora que ahora nos resultó intelectual?, y cosas así. Hasta que la acorralaron tanto que los mandó al demonio. Fue muy raro. En un momento algo cambió y ella se levantó de la mesa, yo nunca la había visto tan alterada y dijo que estaba harta de nosotros y que lo único que quería era ser libre para hacer lo que quisiera y gozar de la vida, de su vida. Y desde entonces dejó de esconderse de mi papá, dejó de tenerle miedo y empezó a hacer lo que le viene en gana.

Y ahora debería ver usted, ya todos pueden gritar tres días prohibiéndole leer, ella de todos modos lee. Creo que es la mejor clienta de la librería. Ahora sí, ya no se ocupa para nada de la casa ni de la comida, gracias al cielo está la sirvienta y la había enseñado bastante bien, porque ella se ha olvidado por completo de nosotros, ya ni siquiera finge que le interesamos, ahora vive en su propio mundo, jamás imaginé que reaccionaría de ese modo, no le dirige la palabra a mi padre ni a mi hermana, tampoco a la abuela.

Es que mi jefa ha cambiado mucho. Anoche la Nena estaba comiendo un mango y de repente le salió un gusano. Hizo unos aspavientos como si se hubiera encontrado al mismísimo demonio. En cambio mi mamá se acercó y con mucho cuidado sacó al animalito y lo puso sobre una servilleta para observar sus movimientos. ¿Lo puede usted creer? Antes cuando se encontraba una cucaracha en la cocina gritaba dos horas y luego dedicaba dos días a sacar las ollas y platos para limpiar y fumigar. Ahora en cambio la recoge, la mete en un frasco y se queda viéndola largo rato. Lo mismo con el moho que se le forma al pan, era capaz de ir a media noche a llamar al vendedor para reclamarle y ahora es al revés, parece como si quisiera que aparezca. Hasta sale a la calle a levantar piedras para buscar lombrices, ¡mi mamá que nunca nos dejó jugar con tierra porque pensaba que lo peor del mundo era estar sucios!

Y sabe las cosas más extrañas. El otro día me habló de los peces de aguas tropicales que tienen unos colores bellísimos. ¡Si así me enseñaran en la escuela, bien que aprendería! Con ella no es aburrido oír de las conchas, las raíces, los caracoles, me

encantan sus historias. En la casa falta jabón para lavarse las manos pero no hay un solo árbol de la calle
que no conozca, se sabe sus nombres, las formas de
sus hojas, qué se yo.

Lo único que me choca es cuando le entra por
hacer discursos, eso sí me pesa mucho. Nadie la
aguanta si empieza con que ojalá hubiera tenido las
oportunidades de estudiar que tienen los jóvenes de
hoy, hasta la sirvienta le huye. Por eso tengo que ser
yo el que contesta siempre, no la voy a dejar hablando sola. Anoche, nada más por no dejar, le dije que
no creía que fuera tarde para dedicarse a lo que ella
quería si tanto le gustaba. Entonces me explicó que
el problema es que había nacido mujer y su destino
eran la familia y el hogar y resultaba muy difícil
romper con esa tradición social. Apenas si terminé
la secundaria, me dijo, a nadie le pareció importante darme una buena preparación pues yo debía sólo
hacer tiempo mientras me casaba.

Y allí hubiera quedado todo si mi hermana no se
mete y dice en su tono de burla que tiene últimamente: es una lástima que el mundo no sea como la
señora quisiera que fuera. Yo me quedé callado, pensando que iba a empezar otro pleito de esos que hay
cada rato en la casa pero no, muy tranquila mi mamá
le contestó que las cosas podían cambiar, es más, a tu
generación le corresponde hacerlo, deben tomar la
responsabilidad en sus manos para que esta sociedad
sea diferente. Conforme hablaba se fue emocionando
y empezó a decir que deberíamos hacer la revolución.

—¿De qué hablas? le pregunté, ¿a qué te refie-
res con eso de la revolución?, ¿no te estarás volviendo comunista?

¿Y qué tendría eso de malo? me contestó, lo importante no es cómo se llamen las cosas sino el bien que hacen.

Antes de que pudiera yo agregar palabra, se oyó una voz: ¿qué son esas ideas que estás metiéndole a tu hijo en la cabeza? Era mi papá que en ese momento entraba por la puerta de la cocina y que por lo visto había oído todo. ¿No te basta con lo que tú nos has hecho, ahora quieres también enloquecer a mi hijo? Yo me quedé mudo, siempre le he tenido miedo a don Alberto, pero ella, sin turbarse, porque ya no le tiene ni tantito temor, le contestó que dejara de decir tonterías, que a todos, él incluido, nos convendría vivir en un país donde tuviéramos resuelta la salud, la educación, la vivienda, donde no temiéramos por nuestro futuro y el de nuestros hijos. El discurso estuvo lindo, pero la respuesta de mi papá fue que iba a meterla a un hospital siquiátrico, pues no estaba dispuesto a permitir nada de esto y que a usted la iba a demandar porque en lugar de curarla la puso peor y que las dos se iban a arrepentir de toda esta payasada de las lecturas.

He estado pensando lo que sería mi vida si yo hubiera nacido en otro país, donde las cosas fueran diferentes para las mujeres. Habría podido estudiar, seguro sería bióloga y en lugar de estar siempre encerrada en mi casa andaría por todas partes haciendo mi trabajo. Y también tendría familia, claro, porque no quisiera quedarme sin hijos ni marido. Pero para que eso suceda no hay otra que una revolución, que el mundo cambiara de verdad. A mí me habría gustado conocer a Fidel cuando empezaba a andar por la Sierra, tan alto (¿cuánto tú mides Fidel?) y tan majo en su arrugado traje verde olivo y con sus barbas oscuras (¿para qué las barbas en este calor Fidel?). ¡Qué fortaleza física la suya!, ¡qué energía!, ¡qué convicción!

El primer encuentro habría sido por casualidad, porque él habría llegado a casa de mis amigos un día en que yo estaba allí.

Cuando me dijeron quién era le solté a quemarropa lo que pensaba de él y sus compañeros: "No creo que tengan la menor posibilidad de triunfo dije, pues a pesar de que pomposamente se llaman Ejército Rebelde no son sino unos cuantos levantados, mal armados, apenas tienen unos pocos fusiles frente al ejército del gobierno bien pertrechado por los americanos y ni siquiera conocen el terreno de la sierra ni a un solo guajiro de por allá." Luego le recordé las palabras de aquel poeta: "Este país, siempre en el imposible."

No sé si porque ese día estaba de buen humor o porque no quería ofender la casa donde nos encontrábamos, pero en lugar de enojarse o de ignorar a la jovencita insolente que era yo entonces, se soltó a contestarme con un discurso que me dejó atónita: "No hay situación social y política, por complicada que parezca, sin una salida posible. Las posibilidades del éxito se basan en razones de orden técnico y militar pero también, y sobre todo, en razones de orden social. Se ha querido establecer el mito de las armas modernas como supuesto de toda imposibilidad de lucha abierta y frontal del pueblo contra la tiranía. Los desfiles militares y las exhibiciones tienen por objeto fomentar ese mito y crear en la ciudadanía un complejo de absoluta impotencia. La guerra no es una mera cuestión de fusiles, de balas, de cañones y de aviones. Ninguna arma, ninguna fuerza, es capaz de vencer a un pueblo que se decide a luchar por sus derechos."

Como vio que lo escuchaba yo con interés, siguió hablando: "Los ejemplos históricos pasados y presentes son incontables, ninguno tan elocuente y hermoso como el de nuestra propia Patria. Durante la guerra del 95 habían en Cuba cerca de medio millón de soldados españoles sobre las armas, las armas del ejército español eran sin comparación más modernas y poderosas que las de los mambises, los cubanos no disponían por lo general de otra arma que los machetes porque sus cartucheras estaban casi siempre vacías. Y atacaron a los españoles. ¡Así luchan los pueblos cuando quieren conquistar su libertad: les tiran piedras a los aviones y viran los tanques boca arriba!

"Ahora bien —continuó— cuando dije que nuestra posibilidad de éxito se basa también y sobre todo en razones de orden social, es porque tenemos la seguridad de contar con el pueblo. La primera lección es que no puede haber revolución si no hay circunstancias objetivas que en un momento histórico dado la faciliten y la hagan posible. Es decir, que la revolución no puede nacer de la mente de los hombres. Nosotros ya contamos con una fuerza social aunque tengamos pocas armas y toda una serie de dificultades.

"Mira me dijo —y años después reconocí sus palabras en la Primera Declaración de La Habana— hasta este día en nuestra Patria ha imperado la explotación más inhumana, el abuso, la injusticia, el saqueo sistemático de los fondos públicos por políticos rapaces, el saqueo sistemático de las riquezas nacionales por monopolios extranjeros, ha imperado la desigualdad y la discriminación, la mentira y el engaño, el sometimiento a los designios extranjeros, la pobreza. Cientos y miles de familias viven sin esperanza en sus humildes bohíos, cientos y miles de niños no tienen escuela, más de medio millón de cubanos no tienen trabajo y los cubanos negros tienen menos oportunidad que nadie de encontrar trabajo. El vicio y el juego imperan en nuestro país, es explotado el agricultor, el pescador, el trabajador, el pueblo en su inmensa mayoría. Para el pueblo no se hace nada, ninguna medida de justicia para librarlo de su hambre, de su pobreza, de su dolor y sufrimiento, no se hace absolutamente nada en bien del pueblo. El pueblo carece de todas las oportunidades, no tiene un campo de recreo, una calle, un parque."

Frente a mi cara de ignorancia e incredulidad, Fidel se explayó: "Entendemos por pueblo la gran masa irredenta, a la que todos ofrecen y a la que todos engañan y traicionan, la que anhela una Patria mejor, más digna y más justa, la que está movida por ansias ancestrales de justicia, por haber padecido la injusticia y la burla generación tras generación, la que ansía grandes y sabias transformaciones en todos los órdenes y está dispuesta a dar, para lograrlo, hasta la última gota de sangre. Nosotros llamamos pueblo —siguió diciendo, con una voz que se iba apasionando conforme hablaba— a los seiscientos mil cubanos que están sin trabajo deseando ganarse el pan honradamente, a los quinientos mil obreros del campo que habitan en bohíos miserables, que trabajan cuatro meses al año y pasan hambre el resto y cuya existencia debiera mover más a compasión si no hubiera tantos corazones de piedra; a los cuatrocientos mil obreros industriales y braceros cuyos retiros, todos, están desfalcados, cuyas viviendas son las infernales habitaciones de las cuarterías, cuyos salarios pasan de manos del patrón a las del garrotero, cuyo futuro es la rebaja y el despido, cuya vida es el trabajo perenne y cuyo descanso es la tumba; a los cien mil agricultores pequeños que mueren trabajando una tierra que no es suya; a los treinta mil maestros y profesores que tan mal se les trata y se les paga; a los veinte mil pequeños comerciantes abrumados de deudas; a los diez mil profesionales jóvenes que encuentran cerradas todas las puertas. ¡Ése es el pueblo, el que sufre todas las desdichas, cuyos caminos están empedrados de engaños y falsas promesas!"

Cuando Fidel terminó de hablar, se hizo un silencio en la habitación en donde nos encontrábamos reunidos y no hubo nadie que se atreviera a romperlo. Fue cuando me di cuenta de dos cosas: que yo tenía un nudo en la garganta porque me había conmovido y que yo quería estar cerca de él porque me había convencido.

Entonces, después de que todos se dieron las buenas noches y se retiraron a dormir, yo lo seguí hasta su lecho y sin decir más, me acomodé junto a él. Y él no me dijo que no.

Lo que encontré en esa ocasión fue a un hombre que en el amor era tan apasionado como en la palabra, tan decidido como en la acción.

La segunda vez que lo vi, ya no fue por casualidad sino porque lo busqué. Había pasado noches en vela meditando sobre sus palabras y lo único que deseaba era unirme a su empresa revolucionaria. Ansiosa, esperé muchas semanas hasta que volvió a la casa de nuestros amigos donde nada más verlo, otra vez le solté mis dudas a quemarropa: "¿Cómo es que estaba tan seguro, pregunté, de que a él la gente sí le creería y lo consideraría un verdadero revolucionario y no uno más de los levantados que a cada rato había en el país y que prometían tantas cosas pero sólo usaban a las revoluciones para tomar el poder y enriquecer a su persona y a sus amigos?"

Pero en esta ocasión Fidel no estaba de humor y se enojó. Lo único que quería era descansar y yo lo provocaba a una discusión. Y la tuvimos, pero no precisamente sobre el tema de mi pregunta sino sobre mi derecho, que yo defendía con vivos argumentos, a decir cualquier cosa que yo pensara, por poco que a él le pudiera gustar y sobre su obligación como revolucionario y persona democrática, de responderme y de aceptar que otros pudieran pensar distinto de él. "¡Oye tú Fidel, le dije, tienes que controlar la ira y escuchar con serenidad aunque lo que se diga sean memeces. Tienes que responder y tratar de convencer en lugar de enojarte y agredir!" Entonces se calmó y reconoció que en mis palabras había razón.

"El pueblo —insistí— no tenía por qué creerle a él si a lo largo de la historia siempre se había repetido que los levantados hacían promesas y terminaban convertidos en dictadores dejando las cosas igual." Para darle peso a mis palabras, le hablé de la historia de Cuba que él conocía tan bien. Le recordé los días gloriosos de la Demajagua y de Baraguá, de Céspedes, Maceo y Martí y de todos los caídos en pos de una vida mejor que sólo habían servido para que dejáramos de ser colonia española y nos convirtiéramos en colonia norteamericana mientras que los pobres seguían igual de pobres. "¿Por qué tú crees que te van a creer a ti?"

Fidel me escuchó con paciencia y cuando hube terminado me dijo: "Haremos la revolución, esta vez se hará de verdad. Los campesinos están cansados de discursos y promesas, lo sé, saben que de los políticos nada pueden esperar. Pero esta vez, por fortuna para Cuba, la revolución llegará de verdad a su término. No será como en el 95, que vinieron los americanos y se hicieron dueños del país, no será como en el 33, cuando el pueblo empezó a creer que la revolución se estaba haciendo y vino el señor Batista y traicionó la revolución y se apoderó del poder e instauró una dictadura feroz. No será como en el 44, año en que las multitudes se enardecieron creyendo que al fin el pueblo había llegado al poder y los que llegaron al poder fueron los ladrones. ¡Ni ladrones ni traidores ni intervencionistas, esta vez sí es una revolución!"

Y después de pensarlo unos minutos, agregó: "La fuerza tremenda de la Revolución Cubana no estará en derrotar a la tiranía sangrienta que nos oprime sino en acabar con las condiciones que la han hecho posible. No se trata de un simple cambio de hombres en el gobierno. El pueblo cubano desea algo más que un simple cambio de mandos, ansía un cambio radical en todos los campos de la vida pública y social, hay que proporcionarle una existencia decorosa a cada cubano. El secreto de nuestra revolución, la fuerza de nuestra revolución es que ha vuelto sus ojos hacia la parte más necesitada y sufrida de nuestro pueblo, hacia los humildes, para ayudarlos."

Su apasionamiento era conmovedor pero no había respondido a mi pregunta: "¿En aras de qué podemos creer que esta vez sí se hará la verdadera revolución?", insistí.

"Lo que hace diferente a esta revolución de todas las demás —me respondió aunque para ese momento ya la ira latía bajo sus palabras— son las gentes que la están haciendo. Te voy a decir quiénes son los luchadores: son seres inconformes que no se resignan con el fatalismo político que hasta aquí hemos vivido, seres que desean para la Patria un destino mejor, una vida pública más digna, una moral colectiva más elevada y que no han dudado en entregar su vida a la causa. Sólo quien haya sido herido tan hondo y haya visto tan desamparada la patria y tan envilecida la justicia puede hablar con palabras que sean sangre del corazón y entraña de la verdad."

Fidel calló. Observé que no había en sus palabras ni en su rostro ninguna vanidad ni ninguna pose. Nos sentamos a cenar lo que mi amiga había preparado: lechón y plátanos fritos. Fidel permaneció callado toda la comida y sólo a la hora del café volvió a hablar. Me relató entonces los sacrificios de los rebeldes, la cárcel, la tortura, la muerte. Habló de su estancia en México, del desembarco del Granma y la disolución de la expedición, de los dieciséis meses de trabajo arduo y silencioso antes del 26 de julio y de la masacre del Moncada, del fracaso de Goicuría y la amarga derrota de Alegría del Pío, de los dos años en las prisiones y los seis meses en el destierro. Habló de los propósitos que lo inspiraban en la lucha y de sus convicciones morales sostenidas a través de las pruebas más difíciles, de la represión, la calumnia y la incomunicación y terminó diciendo que las revoluciones se hacen con moral y con utopía, con vocación y con honradez.

"Eres un romántico", le dije con lágrimas en los ojos y el corazón henchido de emoción. "No lo soy chica —me respondió—, antes lo era porque leía a Víctor Hugo. Hoy leo a Marx y a Lenin, que son revolucionarios científicos, científicos verdaderos". "Vaya, le dije bromeando, pasaste de ser antimarcista a ser marxista." "Así es", me dijo con esa sonrisa suya que me enloquecía entonces y me sigue enloqueciendo hasta hoy. Y luego me miró con una complicidad que yo entendí, así que cuando dijo buenas noches y se fue a la habitación, pues yo lo seguí.

Esa noche encontré que Fidel olía mal, muy mal. Seguramente que todos los guerrilleros apestaban por vivir en las condiciones en que vivían. Yo nunca había pensado en eso. "Camilo dice que el Che es el más apestoso de todos, que seguro gana las batallas porque ahuyenta a los soldados con su pura peste, me dijo riendo. Me levanté al baño, preparé unas toallas mojadas con agua y jabón y luego de desvestirlo lentamente le lavé el cuerpo con sumo cuidado. Conforme quitaba la ropa raída, sucia y arrugada, iba apareciendo el hombre tan hermoso, en su espléndida desnudez, en toda su fuerza y vigor. Fui conociendo cada uno de sus rincones mientras él se dejaba hacer y me dediqué a robarle bastante del escaso tiempo de que disponía para descansar.

La tercera vez que lo vi fue en una fiesta. Llegó con varios de sus compañeros y al verme sonrió. ¡Qué tal mulata!, me dijo. Yo enrojecí y mi corazón empezó a latir con fuerza. Lo vi dirigirse a la cocina y ayudar con la comida, era un excelente cocinero, sabía veinticuatro formas diferentes de preparar los mariscos. Cuando empezó la música, creí que se iría por aquello de tanta seriedad, tantos principios y estudios, pero no, al fin de cuentas era del trópico y eso no se lo quitaba nadie. Vino por mí, me abrazó fuerte y firme como todo lo que él hacía y así me tuvo toda la canción y todas las demás piezas porque esa noche nos divertimos juntos hasta el amanecer.

En la mañana, nada más despertar, le pedí que me admitiera a su lado. "Todo mundo es bienvenido aquí me dijo, necesitamos que todos ayuden en la lucha contra la tiranía, pero no es cosa fácil y tendrás que soportar mucho." Antes de que me dijera cuál sería mi papel, le hice otra vez una pregunta: "¿Por qué has decidido que la táctica adecuada es la guerrilla?" y me respondió tranquilo mientras se vestía: "Las condiciones revolucionarias hay que crearlas y hay que crearlas luchando y luego hay que ir desarrollando la lucha hasta el momento en que se convierta en una lucha de masas. Esto es lo que diferencia a un movimiento verdaderamente revolucionario de un golpe de Estado." "¿Y por qué iniciar la lucha en la provincia de Oriente?" insistí, a lo que él me contestó mientras se echaba agua en la cara.

"Porque en esa zona la topografía del terreno y la distancia de la capital dificultan la movilización de las fuerzas represivas." "Pero también de las nuestras", alcancé a decir mientras él cruzaba la puerta, por lo que ya no me escuchó.

Sus respuestas habían sido tan cortas que me sentí extraña. Supe entonces que si bien hablar era una de las pasiones de Fidel, escucharlo se había convertido en la mía. En ese momento yo no sabía que ambos tendríamos oportunidad de satisfacer hasta el exceso ese gusto.

Los días pasaban y Fidel no me indicaba cuál sería mi tarea. Y yo desesperaba. Un día por fin me mandó llamar pero cuando nos encontramos, antes de decirme nada, me tomó con una furia que no le conocía pero que me encantó. "¡Te extrañé mulata!", me dijo, a lo que yo respondí alegre como era mi costumbre: "Quizá mi tarea en esta lucha será la de darle salida a las pasiones de su jefe. No me desagradaría la idea." "No digas memeces, respondió enojado, aquí todos somos iguales y los trabajos de la revolución son cosa seria." Entonces me sentí mal por haberlo herido, no era mi intención. "Perdóname —le dije—, he sido una boba."

La tarea que me asignó Fidel era extraña. Se trataba de escuchar lo que decía y opinaba la gente común sobre la revolución y sobre los revolucionarios para luego hacérselo saber. "No tengo otra forma de estar en contacto con las verdaderas opiniones del pueblo y eso es fundamental para mí. En la prensa no se puede confiar y los correos tienen su punto de vista propio que también es importante pero sesgado. Deberás hacer este encargo con sumo cuidado y discreción, nadie podrá saber quién eres, pues de lo contrario, la confianza de la gente se verá coartada."

Así fue como entré a formar parte del grupo de Fidel, si bien mi destino no fue vestir el verde olivo ni tomar el fusil. Mi lugar fue más oscuro y menos heroico: me convertí en portadora de la opinión pública para él. Iba yo por la calle, en las guaguas, en las escuelas, en las sobremesas, escuchaba lo que se hablaba y se lo contaba. Él mostraba un enorme interés por saber todo y una gran claridad de pensamiento para entender. Siempre me pedía que fuera absolutamente franca, porque quería conocer la verdad.

Ignoro si había más gente con el mismo encargo, como tampoco sé si él me creía todo lo que yo le decía. Lo único que sí sé es que me agradecía con palabras hermosas: "Por la confianza y el cariño con que nos acompañas en estos años heroicos y decisivos de la Patria. Tu nombre como el de otros que colaboran en tareas secretas, no aparece ahora en público porque mañana aparecerá en la historia."

Yo no necesitaba estar en la historia, me bastaba con estar cerca de él. Y si bien eran contadas las ocasiones en que podíamos encontrarnos, la intensidad de los ratos juntos compensaba la larga espera. Recuerdo un día en que después del amor, mientras escuchábamos cantar a Barbarito Díez por la radio, los dos guardábamos silencio y él fumaba su eterno habano. De repente volteó, me miró y dijo: "Por tu entrega y tu belleza, mulata, tu nombre también quedará grabado en mi memoria."

Conservo de ese tiempo la única foto que nos tiraron juntos. Yo vestía una saya de corduroy, una

camisetica blanca y una chaqueta. Él, su traje verde
olivo arrugado. Entonces yo me peinaba con cer-
quillo y él llevaba una boina.

Veinticinco meses estuvieron los rebeldes en la
montaña. "De esas alturas humildísimas nos viene
la condición, el título, la estancia en las historias",
escribió un joven narrador. Fue ese un tiempo muy
duro, pues andaban mal alimentados y mal vestidos, haciendo larguísimas caminatas, viviendo en la
humedad y escondiéndose de la persecución. Pero
allí se mantuvieron, firmes. "Un Fidel que brilla en
la montaña, un fusil, cinco barras y una estrella",
cantaría después la gente.

No había en ellos incertidumbre ni angustia,
pues como me decía Fidel, el destino de los revolucionarios estaba sellado y no había derrota posible.
Y si bien aún no se inventaba la famosa frase de "Patria o Muerte", que él diría en público hasta un año
después, la actitud ya era la misma. Siempre citaba a
Martí:

Cuando se muere
en brazos de la Patria agradecida.
¡Empieza al fin con el morir la vida!

Durante esos meses, Fidel me mandaba llamar
cuando tenía tiempo o interés en lo que yo podía
informarle. Mientras hablábamos, él hacía alguna
cosa, ora ajustaba el peine dentro del arma, ora acomodaba sus papeles o caminaba de un lado a otro
por la habitación. ¡Y siempre fumaba su habano!
Después me lanzaba un discurso que tenía que ver
con el carácter de la revolución, como si al hablar él

mismo fuera pensando. Algunas veces decía que se trataba de ganar el poder para hacer vigente la Constitución del 40, poner un gobierno provisional de carácter civil que normalizara el país y convocar a elecciones generales en un plazo no mayor de un año. Otras veces decía que se tenía que lograr una democracia humanista, capaz de satisfacer las necesidades materiales sin sacrificar la libertad, la justicia social y los derechos humanos. Y por fin, las últimas veces que tocamos el tema, decía que la lucha tenía que ser antiimperialista, nacionalizar las grandes industrias y comercios, lograr la propiedad social de los medios de producción y el desarrollo planificado de la economía. "¿Qué tú piensas de esto?", me preguntaba y entonces esperaba mi respuesta mirándome con esos ojos suyos intensos y profundos. Y yo no sabía más que decirle que era un romántico y él decía que no.

Lo que más le interesaba a Fidel era saber qué pensaba la gente sobre las acciones revolucionarias. Yo le dije, porque eso me habían dicho a mí, que a la mayoría le gustaban pues veían en ellas la posibilidad de vengarse de las diarias humillaciones del ejército y la policía, el SIM y los ricos. "Y también les gustan los rebeldes, porque son respetuosos a la hora de pedir comida y posada y no tienen la costumbre de confiscar, asaltar o secuestrar como modo para conseguir fondos. Pero lo que enoja grandemente es cuando vuelan puentes o queman plantíos de caña pues ello les afecta mucho." Luego de mis palabras, Fidel se ponía a cavilar pues para él lo más importante, la condición fundamental para el triunfo, era el apoyo del pueblo. Y por eso me hizo muy feliz, conforme los triunfos rebeldes se hacían más continuos, poderle llevar noticias alentadoras de cómo la gente los respetaba y admiraba cada vez más y de cómo estaba dispuesta a ayudar, aunque eso significara un riesgo muy grande para ellos.

La última vez que vi a Fidel en la montaña fue cuando ya el resquebrajamiento de la dictadura era patente y se había decidido dar el golpe decisivo apoyando la acción armada con la huelga general revolucionaria. Fue un momento emocionante. Para entonces, mi embarazo estaba muy avanzado y él, cariñoso como sabía ser, me vino a desear suerte en el parto. Lloré mucho mientras lo abrazaba, porque era el momento más difícil de mi vida y el más difícil de la lucha y también le deseé suerte en el trance que se le avecinaba.

Al despedirnos, le pedí que no marchara al frente, no lo fueran a matar como a Martí que todavía ni pisaba la tierra cuando cayó. No sé si me oyó, pero si así fue, no me respondió. Nada más cerró la puerta, yo me derrumbé y pasé dos días rezándole a la Virgen de la Caridad del Cobre, pidiéndole por él y por la Patria.

Paso a paso seguí sus instrucciones cuando advirtió a la ciudadanía de tener mucho cuidado para no aceptar órdenes y comunicados falsos, cuando los conminó a no pagar impuestos, a no asistir a clases en las universidades y abandonar cualquier cargo de confianza o militar al servicio de la tiranía, pues todo ello se consideraría traición a la Patria. Con uno de mis amigos de confianza, le hice llegar una nota informándole del miedo que tenía la gente de acatar esas medidas ya que ello podía costarles la vida, pero Fidel me mandó decir que bastaba de contemplaciones pueriles.

Y es que su ánimo ya no estaba para discutir ni conmigo ni con nadie. Las órdenes militares y las instrucciones para los civiles iban y venían, se habían abierto los otros frentes, las columnas al mando de Camilo y el Ché tomaban objetivos, el tren blindado había volado y la tensión era muy fuerte. Fue entonces cuando nació nuestro hijo, robusto como su padre y llorón como su madre. Por nombre le puse Fidel, porque así se llamaba el que lo engendró y también la que lo parió, Fidelia, que soy yo, sí señor.

Y por fin llegó el triunfo. Cinco años, cinco meses y cinco días después del Moncada, llegó el dulce triunfo, más dulce que el guayabito, más dulce que el mejor bombón. El tirano huyó mientras todos festejaban el año nuevo y el país entero fue de los revolucionarios.

Veinte mil mártires había costado la lucha, muertos que "crecen y se agrandan aunque el tiempo devaste su esqueleto", escribió un poeta. "¿Dónde ponerlos a ustedes en el informe, hermanos? ¿Dónde sus nombres en medio de cifras, de ilegibles tantos por ciento?"

Lo primero que hice fue pedir botella para La Habana, en donde yo quería estar durante esa semana cuando la capital se llenó de barbudos con boina y brazalete, todos tan iguales que parecían jumaguas y que decían compañero para acá y compañero para allá. Tenía razón Fidel, era el pueblo uniformado. Todo en ellos era bulla mientras esperábamos la entrada del jeep de los comandantes. Llevaba conmigo a mi hijo y quería mostrárselo a su padre.

Aún se me enchina la piel al recordar cómo lo recibió la gente, cómo cifró en él sus esperanzas. Eso era el verdadero triunfo. Aún se me enchina la piel al recordar el discurso de la victoria pronunciado precisamente en el Cuartel Columbia que desde ese momento se llamó Libertad. Y la paloma que se posó en su hombro. Y los otros discursos que empezamos a escuchar. Y Camilo que le decía: "Vas bien Fidel." Y las primeras apariciones en la televisión y las primeras manifestaciones que abarrotaban las plazas. ¡Cómo se sentía uno vivo, parte del todo, dueño de la Patria!

"¿Quién ganó la guerra?", preguntaba Fidel y él mismo respondía: "El pueblo, el pueblo ganó la guerra." Y la emoción era indescriptible. "¡Fidel, Fidel!", gritaba la gente agitando las pancartas que decían: "¡Gracias Fidel"! Y yo pensaba que vivir este momento era lo más chévere de mi vida y que Fidel era el más pincho del mundo y que mi hijo había nacido en el mejor país y en el mejor momento de la historia.

Retomé entonces mi trabajo para saber ahora lo que pensaban los ciudadanos de las medidas del gobierno revolucionario. Trabajé varios meses sola, sin ver a Fidel ni saber si eso quería de mí. Estaba tan ocupado que era imposible acercársele.

Un día cuando salía de un mitin y se dirigía a su auto, me vio. Estaba yo allí parada, entre la gente que lo aclamaba. Se acercó a mí con una de sus hermosas sonrisas y me citó para una semana después.

Y por supuesto que fui. Le llevé al niño y él lo levantó en sus brazos y lo besó en la frente. Y yo lloré.

Luego me dijo que mi trabajo seguiría siendo el mismo, que recibiría un sueldo de cien pesos del Ministerio del Interior, en alguna de esas direcciones de seguridad cuyo nombre completo he olvidado, pero que no tendría oficina ni obligación de rendir cuentas a nadie que no fuera él mismo y eso en reuniones privadas en las que nadie tomaría nota de lo que allí se hablara, como era la costumbre hacer con cualquiera que tuviera algo que decirle al Comandante. Me convertía yo así en uno de los primeros cuadros secretos, que años después serían ya brigadas completas que saldrían por el mundo a conseguir divisas, información, productos electrónicos, piezas de repuesto, maquinaria y tecnologías que abiertamente nadie nos vendía para no enemistarse con los yanquis. "Tienes que aprender a vivir en plena normalidad y en plena legalidad, me dijo Fidel, tu trabajo es ahora más importante que nunca." Y yo lo cumplí, lo cumplí a la perfección: jamás nadie me descubrió.

Los primeros meses fueron tan intensos que ni tiempo quedaba para darse fresco. Todos los días algo se iniciaba, algo nuevo se echaba a andar. Y había muchos discursos y uniformes verde olivo por todas partes. La gente discutía, opinaba, argumentaba. Todos veían la televisión para escuchar al Comandante, para saber las novedades. Fidel decía: "Primero la conquista del poder por las masas y segundo, la liquidación del aparato, de la maquinaria militar que sostenía todo aquel régimen de privilegio." Y empezaba a tomar medidas y a dictar leyes que iban desde la remoción del presidente hasta qué hacer con la vieja renta de lotería, desde cómo resolver la cuestión de los salarios hasta los nuevos precios de los productos. "Gobernar, orientar y educar al país, me dijo en una ocasión, es obra de paciencia e inteligencia. Hay que hacer todo sin que ninguna necesidad sea olvidada, ningún rincón del país postergado." "Espero que tampoco nos olvides a nosotros, a tu hijo y a mí", le dije yo, aunque sin mucha esperanza de que pudiera ponernos atención con tanto quehacer que tenía y porque yo ya había escuchado rumores sobre otras mujeres y otros hijos suyos.

En esa época sufrí bastante. Unos celos enormes vinieron a amargar mi existencia. En vez de informarme sobre las medidas revolucionarias me informaba sobre los amores de Fidel. Y luego lloraba toda la noche.

Por eso decidí dejar a mi pequeño Fidelito con mis padres. Allí estaría bien cuidado y atendido por mi madre y mis hermanas, todas ellas cariñosas y bullangueras.

Y entonces sucedió que un día vino por mi casa, acompañado de varios amigos, un escritor extranjero que se llamaba Gabriel, la cantante Elena Burke y otras personas que yo nunca supe quiénes eran. Traían unas botellas de buen ron y muchas ganas de divertirse.

De sólo verlo olvidé mis pesares. Bebí y bailé como si fuera del Tropicana, luciéndome ante él y olvidando las inhibiciones de mi educación, que para algo habíamos hecho tanta revolución. Me le entregué cuando ya había amanecido y todos se habían marchado.

Volví entonces a mi trabajo y lo cumplí con la seriedad de una verdadera miliciana. Tomaba yo un vaso de ostiones en el malecón mientras escuchaba las opiniones de los comensales o una sopa de tiburón en el barrio chino mientras comentaba con algún parroquiano los últimos discursos. En cualquier parte, con un cafecito, con el cigarrito o un habano entre los labios, se hablaba de las novedades. Y no sólo nosotros en La Bana sino en todo el país, desde la punta de Maisí hasta el cabo San Antonio, que yo recorría sin dejar olvidado ningún rincón.

Y fue así que nos empezamos a dar cuenta de cómo la mayoría de la gente pasó de la incredulidad a la dicha cuando se bajaron los alquileres, el precio de la luz y el del teléfono, cuando se firmó la reforma agraria y cuando el dinero les empezó a alcanzar para comprar muchas cosas que siempre habían querido tener. Y fue entonces cuando también nos dimos cuenta de que otros, al contrario, pasaban de la dicha a la incredulidad cuando se cerraron los casinos, se les dijo que no valían sus estudios hechos en escuelas privadas mientras estaba cerrada la Universidad de La Habana, se decretó la reforma urbana, se habló de la moralización en las costumbres públicas y empezaron a escasear los productos de lujo como el shampoo y el papel para envolver regalos.

Y es que entonces efectivamente empezó la revolución porque ya había trabajo para todos, hasta faltaban brazos, y había también escuela y medicinas y alimentos. La gente, desacostumbrada de tener esa oportunidad, se puso a comprar lo que veía, cualquier cosa que fuera, de modo que para que alcanzara no hubo más remedio que inventar la libreta. Y aunque pronto empezaron las colas y el márcame mi lugar, uno podía tener muchas cosas por la libre y el dinero alcanzaba bien y había bienestar.

Los ojos se aguaban de ver que ya no había ni un niño en la calle sin hogar y que todos tomaban leche, no como antes que se la servían a los perros de los ricos mientras los pobres jamás la podían probar. Los ojos se aguaban de ver que no había ningún mendigo pidiendo limosna, ningún viejo abandonado, ningún joven sin escuela o sin trabajo, ningún hombre maltratado sólo porque era negro y ninguna mujer obligada a ser puta. Los ojos se aguaban de ver que ni los yanquis ni los blancos eran ya los dueños del mundo, que se tomaron las casas de los ricos para repartir el espacio, que se hicieron granjas y cooperativas, se construyeron viviendas y los domingos se podía ir a la playa porque ya todas eran para todo el pueblo: Tarará, Jibacoa, Varadero, Santa María del Mar.

Y Fidel hablaba: "Nuestra sociedad le da una protección al hombre, lo garantiza contra la enfermedad, contra el accidente, ningún hijo se queda desamparado, todos tienen oportunidad de asistencia médica, de estudiar, le garantiza el empleo." Y lo que decía era verdad.

¡Cómo trabajé en esos años! Caminaba por las calles de las ciudades, recorría los campos y los pueblos del interior, iba a los juegos de pelota y me montaba en las guaguas, esperaba en la cola de las bodegas y ofrecía mi trabajo voluntario en los círculos infantiles y en los hospitales, participaba en las reuniones de los barrios y en las de las fábricas, todo a fin de oír lo que la gente tuviera que decir, los trabajadores y los estudiantes, las mujeres y los viejos, hasta los niños. Yo les preguntaba y los escuchaba. Y como nadie sabía quién yo era, y como además nadie tenía ya miedo como en tiempos de la dictadura, pues todo me decían, lo que les gustaba y lo que no, lo que les enojaba y lo que les asustaba de la revolución. Y yo todo lo ponía por escrito, cada una de las opiniones, para que nada se me olvidara cuando Fidel quisiera saber, cuando tuviera tiempo para que yo le contara.

Porque tiempo era lo que menos tenía. Trabajo, ganas, energía, palabras, todo eso le sobraba. Yo deseaba mucho que me llamara, para leerle mis informes y también porque extrañaba su cuerpo, soñaba con abrazarlo y sentir su calor, pero era imposible, siempre estaba rodeado de montones de gente y nunca se iba a la cama, apenas si dormitaba un poco para reponerse y volvía a lo suyo. Y muy de vez en vez me mandaba decir que no se había olvidado de mí y que siguiera yo firme en el cumplimiento de mi deber. Y eso hice.

Desde entonces Fidel tomó la costumbre de hacer muchos discursos para orientarnos, para decirnos qué había que hacer y cómo debían ser las cosas. "La gran tarea de nuestro pueblo es producir, insistía, porque los bienes no caen como maná del cielo, tiene que conquistarlos el hombre, luchando con el medio, trabajando. Hay que trabajar más, hay que tomar más interés en todo, hay que triplicar el cuidado y la atención en la producción, en las fábricas, en las cooperativas, en las granjas, en los campos, en todas partes, triplicar el esfuerzo para extraer el máximo de nuestra riqueza, para extraer todo lo que necesitamos, utilizar todos los recursos con que contamos y distribuir mejor lo que tenemos, lo que producimos." Todo esto nos decía Fidel y nosotros lo escuchábamos.

Y sí, se trabajaba, vaya que sí, en los centrales, en las escuelas, en los comedores, en los policlínicos, en las empresas y las industrias que se creaban, en los campos deportivos, en los caminos y carreteras. El Inpud producía ollas y frigos, los de Cuéllar millones de botellas, unos hacían zapatos y otros cajas de cartón. Se levantaban por todas partes centros de acopio, molinos y trituradoras, secadoras de arroz. Había mucho trabajo voluntario, para construir, para la zafra, para donar sangre, para vacunar, para higienizar, para alfabetizar. Se hacían campañas: la Federación de Mujeres nos convenció de consumir una libra menos de azúcar a fin de tener más para la exportación, los cederistas nos invitaron a recoger fierro viejo y botellas usadas, Fidel dejó de fumar sus habanos para dar el ejemplo y que todos se fueran a la venta. Había brigadas y microbrigadas, becados, cuarteles convertidos en escuelas, servicios médicos y estomatológicos, premios a los obreros destacados y a los héroes nacionales del trabajo.

Años buenos fueron esos, llenos de metas y plazos, tareas y más tareas, consignas, buen rendimiento y hacer méritos. "¡A la caña!" "¡Marchar con espíritu de contingente!" "¡Palante y palante!", era lo que se veía escrito por todas partes, lo que se oía por todas partes, lo que todos pensábamos y queríamos. Había una pancarta que inspiraba: "Esa bandera, ese cielo, esta tierra, la defenderemos al precio que sea necesario." Y otra que entusiasmaba: "Señores imperalistas, no les tenemos absolutamente ningún temor." Así era la revolución.

Había que inventarlo todo, pues nada estaba hecho: desde cómo discutir en las reuniones hasta cómo organizar una cooperativa, desde una ley hasta una palabra especial que diera fe de lo nuevo, desde la refacción para un buldozer hasta la ruta para una guagua. Si había sequía se inventaba darle miel al ganado, si faltaban brazos en la zafra se sacaba a los estudiantes de las escuelas para que fueran al campo, si se requería una vivienda se organizaba el trabajo voluntario. Había terminado toda discriminación por color, sexo o edad, los trabajadores se preparaban para ser jueces, se hacían nuevas leyes, se hablaba sobre el futuro brillante y desarrolladísimo que nos esperaba, con estadísticas de lo mucho que ya se hacía y lo mucho que faltaba por hacer.

Lo que más había eran congresos, mítines, asambleas, plenos y reuniones de todo tipo que ponían feliz a Fidel. Los había de estudiantes universitarios y estudiantes de nivel medio, de obreros y campesinos, de mujeres y vecinos, de pioneros. "Cuando uno ve un congreso de diez mil delegados obreros, decía, cuando ve las concentraciones multitudinarias, cuando ve los cientos de miles de milicianos, se da cuenta que la clase obrera está con la revolución. Cuando ve cien mil brigadistas alfabetizando, se da cuenta que el estudiantado está con la revolución. Cuando ve los mítines campesinos, las decenas de miles de milicianos campesinos, se da cuenta que los campesinos están con la revolución. Nuestro país vive de congreso en congreso, consultando constantemente las ideas, el pensamiento, los criterios, las preocupaciones, las inquietudes de toda la población. No hay ningún país del mundo donde la población tenga más participación.

Fue entonces cuando se formaron las organizaciones a las que todos pertenecíamos. Todo mundo tenía un carné y un uniforme, hasta los bebés en los círculos infantiles. Había sindicatos, federaciones, organizaciones de agricultores, de estudiantes, de pioneros. Había cederistas, miembros de las FAR, milicianos y reservistas. El sueño de todos era tener su carné. Fidel insistía en que todo debía ser homogéneo, "Unidad absoluta y absoluta integración sin disidencias ni oposiciones que sólo le sirven al enemigo, pues lo único que quiere el imperialismo es dividir. La unidad es una de nuestras armas fundamentales para sobrevivir", decía.

Pero no sólo puedo hablar de los buenos tiempos, pues también recuerdo momentos difíciles. Desde el principio hubo mucha calumnia y mucha intriga contra Cuba, contra Fidel, contra la Revolución. Un día eran los norteamericanos que se enojaban y lanzaban amenazas y advertencias y otro día era Fidel que les respondía con alguna medida muy fuerte como la de nacionalizar sus empresas. Y decía furioso: "¿Qué es lo que se busca aquí si todo el pueblo está con la revolución? ¿Qué es lo que se busca aquí si todos los sectores del país están con las medidas del gobierno revolucionario? ¿Qué es lo que se pretende aquí si no difamar el prestigio de una nación entera? ¿Qué es lo que se pretende si no impedir el deseo y la aspiración de una nación entera, si no menoscabar la soberanía de nuestro país, impedir nuestro derecho a la libre determinación que tienen o deben tener todos los pueblos del mundo? ¿Dónde está el crimen de la Revolución Cubana? ¿Dónde están las faltas de la Revolución Cubana que lo que quiere es sencillamente realizar en nuestra Patria el ideal, que lo que quiere es lo más justo y lo más humano?"

Y luego agregaba: "Si cada uno de los ciudadanos de los pueblos hermanos de América pudieran visitarnos, pudieran estar aquí quince días para recorrer la isla y ver por sus propios ojos lo que aquí está ocurriendo, ¡qué fácil sería destruir el velo de mentiras y de calumnias malvadas que tejen poderosos intereses internacionales contra nuestra revolución!"

Pero un día, cuando menos cuenta nos dimos, ya nos habían acusado los cancilleres de América y ya nos habían expulsado de su organización. Entonces Fidel nos llamó en asamblea para decirnos que la política agresiva contra nuestro país era un acto que violaba el derecho internacional y que constituía una agresión económica a un país pequeño para hacerlo desistir de su propósito revolucionario. "La existencia de la revolución es la respuesta cabal de Cuba a los crímenes y las injusticias instaurados por el imperialismo en América. Cuba duele de manera especial a los imperialistas. ¿Qué es lo que se esconde tras el odio yanqui a la Revolución Cubana? ¿Qué explica la conjura y el propósito agresivo de la potencia imperialista más rica y poderosa del mundo contemporáneo y de las oligarquías de todo un continente que juntos suponen representar una población de 350 millones de seres humanos contra un pequeño pueblo de sólo siete millones de habitantes, económicamente subdesarrollado, sin recursos financieros ni militares para amenazar ni la seguridad ni la economía de ningún país?" Y después de preguntarse esto, él mismo respondió: "Los une y los concita el miedo, lo explica el miedo, el miedo a la revolución latinoamericana, el miedo a que los obreros, campesinos, estudiantes, intelectuales y sectores progresistas de las capas medias tomen revolucionariamente el poder en los pueblos oprimidos, hambrientos y explotados por los monopolios yanquis y la oligarquía reaccionaria de América, el miedo a que los pueblos saqueados del continente arrebaten las armas a sus opresores y se declaren, como Cuba, pueblos libres de América." Y terminó diciendo: "Lo único que Cuba puede dar a los pueblos y ha dado ya, es su ejemplo. La idea de los imperialistas de que queremos exportar la revolución es falsa. Es cierto que apoyamos a los movimientos revolucionarios, pero no somos una fábrica de subversión sino un seminario de ideas sociales y económicas. Y si bien las ideas tienen una importancia fundamental, las revoluciones no se exportan, las hacen los pueblos."

Fue tan emocionante oírlo y tan emocionante escuchar la respuesta de la gente enardecida: "¡Fidel, Fidel, qué tiene Fidel que los americanos no pueden con él!" Y todo el mundo se ponía a cantar: "Cuba que linda es Cuba, ahora sin yanquis me gustas más." Y Fidel se emocionaba también y decía: "Cuba fue el último territorio que se independizó de España y el primero que se independizó de los yanquis. Es el primer territorio libre de América, libre de explotación, vicio, analfabetismo y de todo lo que produce el 'mundo libre' en los demás países de este continente. Somos la trinchera mas honrosa del mundo, ¡hoy a Cuba se le respeta!"

Pero los problemas seguían. Allí estaban los ricos y los niños bisoños que habían creído poder aprovechar a su favor el rabo de nube pero se habían encontrado con que no era así, que esta vez la revolución era de verdad. Y estaba la Iglesia que al principio había apoyado a los revolucionarios pero ahora se sorprendía de las medidas que tomaban. Todos ellos empezaron a fomentar y patrocinar el sabotaje, a poner bombas en los almacenes, a provocar incendios en los centrales azucareros, a lanzar panfletos desde los aviones o de plano a levantar la contrarrevolución en el Escambray. Pero Fidel les respondió creando las milicias y los Comités de defensa y vigilancia que luego se convirtieron en los CDR. Terminaron entonces convertidos en los condenados del condado y en la miserable gusanera instalada en Miami.

Y también estaban los guajiros y los pobres del campo y de las ciudades que querían rápidamente y por la libre tomar lo que se les había prometido, pues no tenían paciencia de esperar a que la revolución les cumpliera. Y a ellos Fidel les prohibió hacerse de nada por su cuenta pues el orden era necesario. "La anarquía es el peor enemigo de la revolución", decía.

Y un día, cuando menos cuenta nos dimos, ya los yaquis nos habían invadido. Y si bien es cierto que con todo y sus armas modernas los echamos, se quedaron en La Caimanera para siempre, hasta el mismísimo día de hoy incrustados en nuestra piel. "Guantanamera, guajira Guantanamera", dicen los versos del poeta.

Pero Fidel se mantuvo firme. Y nos decía: "¿Quieren a fuerza de privaciones, a fuerza de agresiones, a fuerza de bloqueos rendir a la Patria? Pues he aquí su error. Es a este pueblo rebelde y heroico al que quieren aplastar, pero ¡no nos cruzaremos de brazos y no nos cruzaremos de brazos! El imperialismo jamás aplastará a la Revolución Cubana, el imperialismo jamás vencerá a la Revolución Cubana." Y nosotros respondíamos, en mítines multitudinarios a los que yo llevaba a mi hijo para que se enorgulleciera de su Patria y de su padre: "¡Fidel, seguro, a los yanquis dales duro!"

Con el bloqueo, nos dejaron de comprar azúcar y de vender maquinaria, refacciones, alimentos, medicinas y combustibles, de modo que empezaron a escasear los productos. Y nadie quería nada con nosotros por temor a las represalias de los yanquis. No teníamos recursos naturales como carbón o petróleo ni grandes ríos para la energía hidráulica. Tampoco teníamos tecnología ni créditos, ni dónde comprar equipo de producción o refacciones para mecanizar la agricultura y para echar a andar la industria. Por si fuera poco, no había técnicos ni administradores ni profesionistas pues la mayoría se había ido cruzando las noventa millas de mar. Y como bien decía Fidel, los dirigentes revolucionarios, tan capaces de resolver los problemas relacionados con la lucha insurreccional y la toma del poder, eran en cambio absolutamente ignorantes de las cuestiones más fundamentales de la ciencia económica. "La dirección del Estado es cosa muy difícil, decía Fidel, los cuadros no tienen preparación, no son economistas sino comunistas."

Entonces llegaron los soviéticos a ofrecernos su ayuda y a salvarnos. En adelante ellos nos comprarían lo que teníamos para vender y hasta el azúcar que no podíamos refinar y ellos nos venderían lo que necesitábamos comprar, todo a buen precio y con créditos y asesorías.

De modo que mientras en nuestro puerto desembarcaba su petróleo, sus materias primas y sus armas después de recorrer las 6 400 millas que lo separaban del mar Negro, Fidel iba a Moscú, se abrazaba con los líderes rusos y hablaba del "pueblo admirable de la Unión Soviética" y de la "amistad eterna" entre los dos países. Nuestros periódicos se llenaron de elogios para sus embajadores, sus militares, sus técnicos, sus artistas y hasta sus turistas que tan feo olían y en la nueva Constitución se escribió un artículo que daba fe de la amistad entre ellos y nosotros. "Sin la URSS, decía Fidel, sin el campo socialista, sin la ayuda que nos prestan, el triunfo de la revolución en un país como Cuba habría sido imposible. ¡Cuba y su glorioso pueblo heroico no están solos!"

Pero la gente se empezó a asustar. Decían que era comunismo y que no habían luchado tanto para eso. Fidel les contestaba que al pueblo no debía importarle si eso se llama comunismo o de otra forma, puesto que nada tenía que perder quien nunca había tenido nada y sí había mucho que ganar. "Cada país tiene sus peculiaridades, decía Fidel, y cada país tiene que ajustar su programa, sus métodos y sus tácticas a esas peculiaridades. Los regímenes sociales no pueden imponerse." "¿Qué tú piensas de esto?", me preguntó en una ocasión y le respondí con sinceridad: a mí me da igual cómo se llame esta revolución si ella es para los pobres. Yo no soy socialista ni comunista, soy fidelista, le dije y aquí, en esta isla, todos somos fidelistas.

Esa era la verdad.

Poco a poco tuvimos montones de toneladas de azúcar, complejos industriales, refinerías y termoeléctricas, industria farmacéutica, investigación científica y hasta empezamos a construir la Central Nuclear de Juraguá, que nunca se pudo terminar. Tuvimos un Museo de la Revolución, un palacio de las convenciones, dos canales de televisión, libros, diarios y revistas y hasta una importante escuela de cine. Tuvimos atletas que en todas partes ganaban las competencias deportivas, expectativas más largas de vida y cambiamos nuestros males de pobres por enfermedades de país desarrollado. Tuvimos nuevas provincias como Granma donde antes eran Bayamo y Manzanillo, nuevos héroes y una nueva historia y todos los niños se empezaron a llamar Camilo o Vilma, Abel o Celia, Lenin o Tania y todas las escuelas y fábricas se llamaron Frank País porque lo asesinaron y Camilo Cienfuegos porque se accidentó y Haydée Santamaría porque se suicidó y Ché Guevara porque se fue a morir a Bolivia. Y los días festivos cambiaron de fecha y tuvieron nuevas razones: el día de la rebeldía nacional, el año de la productividad, el año de la educación.

Fueron tiempos hermosos en los que, como decía Fidel, "Había una profunda convicción revolucionaria, una conciencia nueva, una actitud nueva ante la vida."

Pero luego empezó el tiempo de las acusaciones, de las traiciones y las políticas, de las ronchas y las intrigas, que para sacar a unos y meter a otros en los cargos, que para decidir las cosas. Los CDR parecían espías, todo mundo vigilando y delatando a sus vecinos, amigos, compañeros. Se despertó mucha desconfianza. Había represión contra los que tenían otras inclinaciones sexuales y otros pensamientos, contra los que tenían algún comercio privado y contra aquellos a los que llamaban vagos o parásitos. Había rumores de purgas, redadas y detenciones, de torturas para hacer cantar a los presos y hasta de fusilamientos, todo en voz baja.

Cuando le pregunté a Fidel sobre esto que se comentaba por todas partes, me aseguró que estaba yo equivocada: "Esta revolución es única en sus métodos, única en sus procedimientos. Como todas las revoluciones que ha habido en el mundo busca la justicia pero por caminos propios, no por medio del terror y la fuerza sino de la persuasión y de la razón. Por eso lo primero que hicimos nosotros, no fue dictar la ley agraria sino convencer a todo el pueblo de que la ley agraria era necesaria. Eso se llama 'crear las condiciones subjetivas' y es tan importante como crear las condiciones objetivas de las que ya te hablé." Sin embargo, en las calles uno escuchaba de este al que cogieron preso y de aquel al que se llevaron.

También entonces salió el asunto del sectarismo y la rectificación y las autocríticas. Fidel se enfurecía contra los prepotentes y vanidosos, contra los comemierda y los que tenían mandomanía. Decía que por todas partes había traidores con el puñal levantado a la espalda o vacilantes que obstruían la marcha de la revolución. "¡No habrá error al que no le salgamos al paso, error que no sea superado!", repetía el Comandante.

Pero la verdad es que la gente empezó a tener miedo, no sabía qué se debía hacer y, sobre todo, qué se podía decir. Se acusaba a este de espíritu pequeñoburgués y a aquel de individualista, a este de pragmático y a aquel de oportunista. Cuando se lo dije a Fidel, me respondió con un acertijo incomprensible: "Sólo puede preocuparse quien no esté seguro de sus convicciones revolucionarias. Para nosotros, será bueno lo que sea bueno para las grandes mayorías del pueblo. El prisma a través del cual nosotros lo miramos todo es ese: para nosotros será noble, será bello y será útil todo lo que sea noble, sea bello y sea útil para ellas. Si no se piensa así, si no se piensa por el pueblo y para el pueblo, entonces sencillamente, no se tiene una actitud revolucionaria. Esto significa que dentro de la revolución todo, contra la revolución nada. Y este es un principio general para todos los ciudadanos. Frente a los derechos de todo un pueblo, los derechos de los enemigos del pueblo no cuentan. Hicimos una revolución más grande que nosotros mismos y seremos todo lo duro que sea necesario frente a los enemigos."

Los años fueron pasando. Veía yo poco a Fidel. El hombre estaba atrapado en el trabajo y no se acordaba de su mulata ni de su hijo. Las malas lenguas contaban que había otro Fidelito por allí, uno que sí llevaba el apellido del Comandante.

Fue mi propio padre quien me lo dijo. Lo hizo porque estaba furioso por la prohibición de criar cerdos y gallinas en el patio de la casa. "Dicen que eso pone en riesgo a toda la producción nacional, que los animales se enferman, que tuvieron que sacrificar a medio millón de puercos y rastrear los jamones por toda la isla, que por eso hay que producir en condiciones científicas, higiénicas, todo planificado, que no al chinchalito, ni a la producción individual ni al trabajo por cuenta propia. ¿Con qué nos vamos a ayudar en los momentos de escasez?", se preguntaba afligido.

Había muchas cosas de la revolución que mi padre no entendía, tal vez porque ya era viejo. "¿Por qué meterle todo el esfuerzo solamente a la caña, decía, que ni siquiera tenemos cómo refinar? ¿Por qué no sembrar nuestros alimentos: arroz, viandas, vegetales, frijoles, frutas?"

Yo le contestaba lo que oía que decían los del gobierno: que si hacíamos eso, no tendríamos divisas porque no habría nada que vender. Pero él afirmaba que para eso estaban el tabaco, el níquel, las medicinas que ahora se fabricaban aquí y que no convenía apostar todo a un sólo producto que con un ciclón o un cambio de precios en el mercado nos haría mucho mal. Así pensaba mi padre y lo decía a quien quisiera oírlo, pero para mí que el Comandante sabía mejor que nadie lo que nos convenía.

Y de repente empezó a suceder que los camaradas soviéticos ya no sólo nos compraban azúcar a buen precio y ya no sólo nos prestaban dinero, sino que venían también a enseñarnos y a indicarnos el camino. Y nosotros teníamos que obedecer sus instrucciones. Duros y fríos como eran, con ellos todo se convirtió en rígido y formal, en comisiones y jerarquías, en planes quinquenales. ¡Hasta nos cambiaron nuestra forma de contabilizar, y si por ellos fuera, habrían cambiado la receta de los helados Coppelia, pero yo le hice jurar a Fidel que eso nunca lo permitiría!

Y como ellos, nos fuimos volviendo muy burócratas —las plantillas cada vez más infladas— y muy ineficientes —el rango de ocupación de los trabajadores cada vez más estrecho—. Ya habíamos distribuido la riqueza que había pero no éramos capaces de crear nueva riqueza. Y lo que era peor, cuando ya lo lográbamos, éramos incapaces de organizar adecuadamente el transporte y la distribución de los productos. Aunque se hablara de emulación socialista y de brigadas millonarias y multimillonarias, la verdad es que se producía poco y que lo que se hacía era de mala calidad. Los incentivos morales ya no estimulaban a nadie y no quedaban rastros del espíritu de superación, de la capacidad de entrega y sacrificio de que se hablaba en los discursos. Se faltaba mucho al trabajo, se lo cumplía apenas y con desgano, había impuntualidad y las aportaciones voluntarias, aunque muchos las cumplían, eran deficientes. ¡Ya a nadie le interesaba lavar a fondo una olla en un comedor público o barrer la calle, planchar su ropa de la beca o limpiar un vidrio, apurarse en la entrega de los productos o ser amable para vender un medicamento y atender a un enfermo! La única consigna que todos repetían era "No coja lucha compañera, no pase trabajo." Yo se lo decía a Fidel, pero él me respondía que la ineficiencia podía deberse a muchos factores: la inexperiencia de la gente, la indisciplina, hasta el paternalismo de las leyes laborales, pero que la revolución iba por buen camino.

La verdad es que todo estaba muy centralizado y nadie se atrevía a tomar ninguna decisión sin consultar o recibir instrucciones de arriba. Y estas consultas o decisiones dependían de organismos complejos con mecanismos muy lentos, de modo que el tiempo y la energía se iban en comisiones, consejos, juntas y oficinas. Las cosas se movían poco y casi siempre por influencias y conocidos. Las asambleas en las fábricas, en las escuelas, en los centrales, se convirtieron en larguísimas y tediosísimas repeticiones de la voz oficial y la gente dejó de participar y de opinar ya no nada más por miedo sino por simple desidia.

Daba pereza leer el periódico porque siempre decía lo mismo, aburría escuchar a los compañeros en sus discursos porque siempre decían lo mismo, hasta Fidel ya siempre decía lo mismo. Yo se lo hacía ver pero él tenía la idea de que un periódico no era para informar sino para hacer agitación y propaganda. ¡Y vaya que lo era! No se escuchaba ni se leía nada que no fueran modelos y ejemplos, consignas, héroes del trabajo, llegadas del embajador soviético, críticas al presidente norteamericano en turno, su nombre escrito con una suástica en el centro.

Y así y todo Fidel me aseguraba que había libertad de prensa y de información. Una y otra vez me decía que no se había privado absolutamente a nadie de su derecho a opinar libremente, a escribir libremente y a expresarse libremente. "Nosotros somos enemigos de las opiniones controladas, le gustaba repetir, aquí no hay censura, lo que hacemos es seleccionar lo que publicamos, pues algo contrarrevolucionario no merece los honores de que lo editemos." Y luego agregaba: "Los que quieran saber lo que es una verdadera democracia que vengan a Cuba."

En una ocasión, después de que estuvimos juntos por primera vez en meses y yo hasta lloré del gusto que me daba volver a sentir su cuerpo, le lancé de una vez varias preguntas, con mi viejo estilo acribillador que tanto le había gustado: "¿Cómo diferenciar entre el que critica y se opone del que conspira y es contrarrevolucionario?, ¿cómo diferenciar entre la unidad y la unanimidad? ¿Entre el burócrata parásito y el trabajador administrativo? ¿Cómo distinguir entre el necesario control y la represión?" Pero Fidel no tenía ya ganas de responder a mis preguntas, me acarició el cabello y me dijo que me quería mucho porque conservaba toda la frescura de la juventud.

Pero yo no quería elogios sino decir mi opinión y por eso le dije que al menos tendría que existir la restricción de un parlamento, de una prensa libre o de una opinión pública que respondiera a las dudas de los ciudadanos. Entonces cogió un buen subío y me respondió que en Cuba no había caudillismo ni había culto a la personalidad. "Yo afortunadamente no nací con vocación de caudillo ni con la estructura mental del caudillo, nunca he sentido un placer especial en dar órdenes y tampoco hemos permitido que nuestra fotografía esté por todas partes, que algún sitio público lleve nuestro nombre o se nos levante alguna estatua. Si en algún momento se han tomado decisiones de manera unipersonal ha sido porque no teníamos bien armado el aparato, pero unipersonal —y esto lo recalcó— no quiere decir caprichoso. Yo creo sinceramente y firmemente en los principios de la dirección colectiva, creo que la dirección institucional es el factor fundamental, pues ¿quién se puede creer tan superior y tan infalible?"

Pero yo insistí en lo mío y le dije que había privilegios y privilegiados, los que tenían auto, gran casa, playa cerrada, viajes al extranjero y derecho a comprar en las diplotiendas. "Eso molesta a la gente, pues se oye mucho hablar de sociedad igualitaria pero se ven las diferencias. Y lo mismo sucede con la cultura. Casi todos los libros que se publican o los programas que se escuchan en la radio y se ven en la televisión no son interesantes para la gente, son pura propaganda. Y al teatro o al ballet nadie puede ir porque los boletos se venden sólo para quienes pagan en dólares."

Entonces se atacó. "Este abuso, este privilegio, toda esta cosa, ¿esto es comunismo? decía. ¡Privilegios jamás! ¡Guerra al privilegio, guerra a todo lo que sea debilidad, a todo lo que sea acomodamiento! ¿En qué se convierte la revolución? En una coyunda, en una escuela de domesticados. Y eso no es la revolución, pues la revolución tiene que ser escuela de hombres valientes, de pensamiento libre, de fe en las propias ideas. No queremos un ejército de revolucionarios domesticados y amaestrados. Dime casos decía, dime nombres", pero yo, temerosa de su furia, le respondía: "Tú me enseñaste a no decir tal ni más cuál. Yo soy revolucionaria, no espía, sólo te digo los problemas, no los nombres de las personas."

Pero después, cuando volvía a la carga con el tema, pues yo veía que eso era lo que más molestaba a la gente, entonces me decía que nada ganábamos con sembrar la duda o con destruir los prestigios de la revolución. Y como yo insistiera, me respondió que había que cuidar a la jefatura, que "lo importante son las dirigencias y una buena dirigiencia es lo que se necesita para que todo marche bien. Cuando hay buenos cuadros, buena dirección, todo marcha excelentemente bien."

Y así fue que siguieron esos privilegios para algunos cubanos y para los extranjeros que venían a estudiar o a pasear aquí y que llegaban a los grandes hoteles en La Habana nuestra Bana, y en Varadero, muy bien comidos y bebidos, o que vivían en la nueva y flamante Escuela Internacional de Cine o en los campamentos para los pioneros, con todo gratis. Fidel le llamaba a esto "solidaridad" y afirmaba que ella era parte esencial de la revolución. Por eso, por la tal solidaridad, nuestras brigadas iban a construir clínicas de salud a Perú y nuestros artistas y músicos iban a congresos y presentaciones en todo el mundo y nuestros médicos y soldados iban a combatir en Angola, Namibia y Etiopía. ¡Y a nosotros nos faltaban tantas cosas que yo me enojaba con Fidel y le decía que no estábamos como para regalar! Pero él siempre me respondía, con esa su seguridad: "La solidaridad internacional es necesaria para saldar la deuda que tenemos con la humanidad." Y me invitaba a ver una película filmada en África donde nosotros éramos los héroes salvadores de esos negros perseguidos y maltratados, y de nuevo los ojos se me aguaban y le daba la razón.

Los años pasaban. Vivíamos. Pero no había mejora en la calidad de la vida. Era muy complicado conseguir los alimentos. Había que hacer largas y lentas colas para marcar la libreta, para recoger los productos racionados y para comprar los que no lo estaban como la leche condensada soviética o la carne enlatada búlgara. Nunca se sabía lo que se iba a encontrar. Alguien gritaba ¡llegaron los plátanos!, ¡llegó la tela!, ¡los jitomates! y uno abandonaba cualquier ocupación que tuviera y corría a tratar de conseguirlos. La variedad de los productos era escasa. Comíamos pan, arroz, frijol, huevo, pollo y cerdo —aquel muy flaco, este muy grasoso— viandas, algunas verduras y algunas frutas. Habían desaparecido los mariscos, los lechones, el delicioso pan con timba, los mangos, las manzanas y la fruta-bomba. ¡Hasta la sopa de tapioca con plátanos dejó de existir! El ron y otros licores, como la dulce guayabita del Pinar que nos vendían, no eran de los buenos pues esos se iban para las diplotiendas y la exportación. Ni siquiera se podía conseguir el cafecito de media mañana, ese tan cubano, ese de la canción: "Mamá Inés, todos los negros tomamos café" o el tabaquito con su sabor amargo y fuerte.

Y luego la ropa. Se nos asignaban unos cuantos metros de tela cada año, de mala calidad y hasta feos. La ya hecha estaba mal cortada y los zapatos eran toscos y duros. Escaseaba el jabón, la pasta dental y el papel para inodoro. Ir al servicio se convirtió en una verdadera faena. Cuando llegaba un electrodoméstico a la bodega, desaparecía más rápido que un merengue a la puerta del colegio, pero si se rompía, tardaban siglos en arreglarlo. Y lo mismo sucedía con los teléfonos y las máquinas. Las guaguas demoraban en pasar y venían siempre llenas de gente. Continuamente se iba la luz o faltaba el agua. Uno esperaba durante años por un auto, un frigo, un televisor o una bicicleta. No había neumáticos ni vidrios ni pintura ni focos ni ningún producto de belleza. Y el correo era pésimo, todo se perdía.

Por si fuera poco, si se requería cualquier trámite, permiso o papel, que mucho se requerían, era un ir y venir lento y tardado, "compañera eso no es en esta oficina", "compañera eso no se puede", "compañera espere un poco", "¿qué tú crees compañera que esto es fácil?", "ya tú sabes que toma tiempo" y otras memeces por el estilo que daban ganas de pegarle candela al tipo y a toda su oficina. Lo único que teníamos en abundancia eran larguísimos discursos en asambleas interminables, de base, plenarias y qué sé yo cuántas más.

Todo esto se lo comentaba yo a Fidel, pero como si los años no hubieran pasado, él me respondía que muchas cosas materiales nos faltarían pero había algo que sobraba: una doctrina revolucionaria científica, profunda, llena de interés. "No importa —decía— si eso es el precio de la libertad, el precio de la dignidad, el precio que nos exige la Patria. ¿Cuáles son las posibilidades reales y los principios morales de nuestra revolución? ¿Cuál es no sólo el proceso material sino la riqueza cultural y espiritual que estamos formando? Las revoluciones no nacen para disfrutar de lo que se haya hecho sino para crear lo que no existe. Desde luego, tenemos escaseces y no nos gustan, pero los productos esenciales los hemos mantenido. Vivimos en una pobreza decorosa y en unas cuantas cosas pueden envidiarnos los ciudadanos de los países desarrollados. Tenemos que elegir entre el lujo y las cosas vitales: entre pintura y alimento para los niños, entre cosméticos y equipos médicos. Yo no te descarto que los zapatos sean feos, pero eso no me importa si la energía se concentra en lo fundamental: producir medios de producción y buenos alimentos."

Y así fue durante diez, quince, veinte, veinticinco, treinta años. La vida siguió con sus racionamientos y sus colas, sus privilegios y sus discursos, sus promesas para el futuro y su envidia de los extranjeros.

Y en esos diez, quince, veinte, veinticinco, treinta años mi vida siguió igual, con mi trabajo y con mi amor incondicional por Fidel. Como decía la canción que entonces se cantaba: "En la vida hay amores que nunca, pueden olvidarse."

Durante todo este tiempo él me mandaba llamar para recibir mis informes, pero si al principio siempre encontraba un tiempito para estar conmigo en la intimidad durante las horas de la madrugada, eso se fue espaciando cada vez más hasta desaparecer. Como decía el songo que entonces se bailaba: "Se acabó el querer, adiós que te vaya bien, y ahora olvida nuestro pasado."

Pero olvidar no me era posible, pues si yo sólo había sido una sombra en su vida, una mujer más entre muchas, una revolucionaria del montón, Fidel para mí lo era todo, no sólo mi gran amor sino el único.

Diez, veinte, treinta años. Y un día vino la toma de la embajada y el Mariel. Y nos dimos cuenta de que el deterioro estaba no sólo en las condiciones de vida sino también en el ánimo de los ciudadanos. Parecía como si todos quisieran salir de aquí, todos irse. Se lo dije a Fidel y me respondió: "Tenemos una política de puertas abiertas y el que quiera viajar que viaje. Allí están los permisos de salida, lo que pasa es que los yanquis no les dan la visa." Pero no era cierto, nadie se podía ir.

Y luego llegó el año 89 y lo inesperado, lo nunca imaginado: las reformas que llevaron a la desintegración de la URSS, nuestro gran ejemplo y nuestro gran protector. Para 1990 no había más socialismo en Europa ni más ayuda soviética para nosotros. El golpe fue muy duro en lo moral y en lo económico. Y si hasta ahora habíamos podido salir adelante sin los yanquis y a pesar de la oposición del imperialismo y de su bloqueo, ahora, ¿cómo vivir sin divisas, sin petróleo, sin ayuda de ningún tipo?

Pero Fidel no cejaba. "Nuestra revolución no va a fracasar, me dijo, porque cuenta con los obreros, los campesinos y los estudiantes. En nuestro país hay una identificación entre Estado, gobierno y pueblo, hay un gran nivel de unión y de consenso en lo que se refiere a la revolución. Aquí el sistema está diseñado para proteger al hombre, para ayudarlo. Hay contacto permanente entre la dirección y el pueblo y nuestros órganos colectivos sí funcionan. Nosotros no tenemos por qué hacer aquí un tipo de reformas o un tipo de rectificaciones que no se ajustan a nuestras realidades. No tenemos por qué venir y copiar lo que hicieron en la Unión Soviética."

Pero a pesar de esas palabras, la situación empeoraba. Veíamos a Fidel en la televisión discutir durante horas qué hacer para darles de comer a los cerdos porque no teníamos alimentos para ellos ni plata para comprarlo. Veíamos a los especialistas analizar los posibles usos del bagazo de la caña, discutir formas para fabricar papel y métodos para sustituir la energía del petróleo. Los veíamos inventar toda suerte de "tecnologías de conversión", como les llamaban, para hacer que la paja fuera combustible y los desechos agrícolas fueran proteínas. Los oíamos exigir a los ciudadanos ahorros de energía y combustible, hablar de la vuelta a las bicicletas y a los arados animales. Hasta regresamos a la medicina homeopática, nosotros que nos enorgullecíamos de nuestra industria farmacéutica. Sí, día a día la situación era más grave.

En el aniversario treinta y tres de nuestra gloriosa revolución, escuchamos al Comandante: la jornada laboral se reducía a la mitad, ya no se serviría de comer en los centros de trabajo, habría más cortes en la luz y en las rutas de transporte, no habría gasolina. Estábamos en "periodo especial en tiempo de paz."

Desde entonces han pasado muchos meses. Fidel insiste: "Seremos capaces de resistir, resistir a cualquier precio, defendiendo nuestra causa. En nuestro pueblo no habrá jamás zanjón, nadie va a desertar en los momentos difíciles de nuestra Patria. Cuba es un eterno Baraguá, nuestra bandera será defendida hasta por los muertos alzando los brazos." Y a mí me dice: "Todavía no concibo esta revolución derrotada sin pasar por el cadáver de miles y cientos de miles de revolucionarios."

Y bueno, aquí estamos, en el tercer año de la última década del siglo XX, año treinta y cuatro de la revolución y en nuestro lugar exacto en el Caribe.

La Revolución Cubana se ha convertido en un reparto ya no de pobreza sino de miseria, en una pura ineficiencia, en una falta total de esperanza. Hoy los niños se acercan al primer extranjero que ven, de esos a quienes les damos lo mejor que tenemos a cambio de sus pocos dólares, para mendigarle un dulce o un chicle, los jóvenes para envidiarle sus pantalones vaqueros o sus zapatos deportivos, las mujeres para ofrecerles su cuerpo a cambio de una lata de soda o de un pedazo de jabón. La gente sigue viviendo en bohíos y cuarterías, las viviendas están derruidas y los muros sin repellar. Hay basura y escombros por todas partes, en las casas hay salideros y en las calles charcos, falta el agua y la luz, los consultorios de los médicos de familia no tienen medicamentos, ni siquiera alcohol.

En la bolsa negra se consigue un jitomate, un trozo de boniato, un poco de arroz con gorgojo o un lechón, que se venden por el salario de medio mes, de tres meses. Las bodegas están vacías y después de esperar durante horas en las largas colas, algunos salen con frijoles y otros con una col o con media botella de ron porque ya se terminó el alimento. Los diarios se publican esporádicamente y se cuelgan en las esquinas para quien los quiera leer. La policía vigila las guaguas porque la gente se lía a golpes para abordar alguna cuando rara vez aparece.

Cada vez más gente deserta, se roba un avión o una barca para huir. Los terroristas desembarcan en nuestras costas y desde Miami nos envían mensajes que apuntan al descontento y a la subversión. Los yanquis esperan y se alistan mientras nosotros padecemos hambre.

Cuba, mi Cuba, la tierra más hermosa que ojos humanos vieron jamás. Cuba, la del cielo azul al que por las noches no le cabe ni una estrella más, la del mar picado, la de la brisa salada al atardecer, la del idioma que es todo ritmo, todo balanceo. Cuba, la del malecón donde se estrellan bravas las olas, la de los barcos en la bahía que hacen sonar sus sirenas y las campanas en las iglesias que repican todas al mismo tiempo.

Cuba, mi Cuba, Isla Juana, Isla Fernandina, Santiago de Cuba, San Cristóbal de La Habana. País de caña y tabaco, de plátano, arroz y café. País deseado por ingleses, españoles y yanquis, país querido por Hatuey el indio, Girón el pirata, Maceo el guerrero, Céspedes el padre de la Patria, Villaverde el narrador, Cucalambé el de las décimas y Plácido el poeta. País querido por Martí el libertador, Mella el comunista y Fidel el revolucionario. País de Damajagua, Yara, Bayamo, Baraguá, Moncada y Sierra Maestra.

Cuba, mi Cuba, país de sangre mítica, de ciclones, conspiraciones, rebeliones, levantamientos y revoluciones, de viruela, vómito negro, fiebre amarilla, dengue y cólera. País de esclavos y negros cimarrones, de mambises, estudiantes asesinados, guajiros, mulatas, "mussolinis tropicales y también civiles que lo mismo da."

Cuba, mi Cuba, país de San Marcial que acaba con las hormigas porque destruyen siembras y plantíos, país que conoció el hielo al empezar el siglo XIX y que en ese mismo siglo vio prohibir que se tocara música en los lugares públicos.

Sí, te quitaron la música mi Cuba, a ti, la del son y el bongó, la clave, el bolero y el guaguancó.

Cuba, mi Cuba, país de maniguas, machetes, bateyes y trapiches. País de lugares oscuros como la Cueva del Huno y de repartos elegantes como el Vedado y el Biltmore. País de mujeres valientes, poetas, partidos políticos, periódicos y burdeles, teatros sólo para hombres, casinos y playas. País de Yemayá, Changó y Babalú, de Santa Bárbara bendita y la Virgen de la Caridad del Cobre, país del ron, los habanos y la guayabita del pinar. "Patria mía, muy dulce por fuera y muy amarga por dentro", decía el poeta.

En el nombre de mi Cuba
este saludo te envío
cuando el sol besa tus lomas
se enamoran las palmas y crecen las flores.

¿Qué hacer ahora por ti mi Cuba? ¿Cómo hacer que te dejen en paz vivir, sembrar, comer, bailar y pensar?

Hace poco vi a Fidel. Aún tiene una gran energía física y no ha perdido nada de su entusiasmo ni del apasionamiento que lo caracteriza, pero luce cansado y ha encanecido, el tono de sus palabras es más reposado. "No me he debilitado ni yo ni mi espíritu revolucionario, me dijo, conservo mi ánimo y mi espíritu de trabajo. También tú luces bien mulata, aún conservas el cuerpo sabroso y la carita de rasgos finos."

Ese día estaba particularmente sensible. Me miraba fijamente y me decía, una y otra vez: "Tú y yo que hemos dedicado más de treinta años a confrontar ideas y a discutir." Y yo sentía el nudo en la garganta y la emoción que aguaba mis ojos. Yo, la más fiel fidelista, fiel como Celia, enamorada siempre, en silencio como Haydée o abiertamente como Nati, revolucionaria clandestina como María Antonia y revolucionaria abierta como Melba. Yo, la madre de uno de sus muchos hijos, un Fidel entre otros tantos sólo que aquellos sí llevaron su nombre y su apellido.

Los malos tiempos me alejaron de él. Está muy ocupado viendo qué hacer con nuestro futuro, hoy más seriamente amenazado que nunca y no me manda llamar jamás. Como todos los cubanos, no conozco su domicilio particular y sólo lo veo cuando pasa veloz en su auto negro o cuando aparece sin avisar en algún lugar público, en una fábrica o en una reunión. Como todos los cubanos, lo veo en la televisión, cuando habla en los congresos o cuando sale a sus viajes al extranjero, muy de cuello y corbata, con su uniforme impecable en el que luce tan majo. ¡Cómo extraño los tiempos en que hablaba conmigo, en que lo escuchaba chacharear durante horas interminables, los tiempos cuando yo le pedía que me premiara por mis servicios a la revolución y él se tomaba unas horas para mí! Pero ya no es así, no tiene un minuto: Fidel en el Consejo de Estado y en el Buró Político y en el Comité Central y en la Asamblea Nacional y con las delegaciones que le visitan y con los periodistas extranjeros que lo entrevistan. Fidel Comandante en jefe y Presidente y Primer Ministro y Primer Secretario y héroe y líder. Fidel resolviendo conflictos internacionales y problemas alimentarios y cuestiones médicas y asuntos educativos y militares y políticos y obreros.

He pedido una cita con él. Quiero entregarle personalmente una carta. El compañero que lleva la agenda no me conoce, dice que será difícil, que está muy ocupado.

"Querido Fidel: Tú mejor que nadie sabes quién soy, tu mulata Fidelia, que ha sido y seguirá siendo fiel a mi Patria, fiel a la Revolución y fiel a tu persona. No soy ñángara, no estoy cansada de luchar ni apagada. De ti aprendí lo que significa ser revolucionaria y lo que significa ser una persona íntegra en todo momento y en toda situación. Tú me enseñaste que la ética y la moral son las armas fundamentales de nuestra defensa, me enseñaste lo que es la dignidad y lo que significa la convicción, el ser insobornable. Me enseñaste a hacer las cosas por cumplir con el deber y sin esperar reconocimiento y de ti aprendí a no cejar en la lucha y a trabajar infatigablemente.

Hubo un tiempo en que todos estuvimos de acuerdo en sacrificar los intereses individuales y en sacrificar el bienestar material. Pero han pasado más de treinta años y la situación es peor que nunca. Tú mismo me enseñaste que es incompatible con la naturaleza humana renunciar a la calidad de vida, que no hay recompensa posible para aquel que renuncia a todo. "En el mundo ha de haber una cierta cantidad de decoro", me dijiste con las palabras de Martí.

Querido Fidel: los cubanos no podemos más. Tú nos enseñaste que ningún pueblo puede avanzar más de lo que los factores objetivos lo permiten. Y aquí estamos, solos en el mundo, sin ayuda de nadie, sin combustibles ni divisas ni alimentos ni medicinas. No se trata de elegir entre un producto necesario y uno de lujo, es que no hay nada. Tenemos hambre. El frío sube desde el estómago, la rabia baja desde la cabeza.

Martí decía que "el verdadero hombre no mira de qué lado se vive mejor sino de qué lado está el deber." Pero hoy ya no es posible pensar de ese modo pues no se trata sólo de vivir mejor, se trata simplemente de vivir y aquí ya no se puede. Dices tú que nos faltan muchas cosas materiales pero que nos sobra una doctrina revolucionaria, principios morales, dignidad. ¡Sólo que necesitamos alimento terrenal para sostener esos principios! "No hay pan sin libertades" me dijiste en alguna ocasión, pero tampoco libertades sin pan te digo yo. "Se necesita un mínimo de condiciones para desarrollarse." Son tus palabras, querido Fidel.

El hambre es ahora nuestra tiranía, y "el derecho de insurrección frente a la tiranía es uno de esos principios que tiene siempre plena vigencia". Son también tus palabras, querido Fidel. Ya no queremos soportar con valor y serenidad lo que aquí está sucediendo, porque no le vemos salida ni futuro. El entusiasmo se ha enfriado, la desesperanza se ha apoderado de nosotros.

¿Recuerdas cuando me dijiste que nosotros no estábamos haciendo una revolución para las generaciones venideras ni para la posteridad, sino para ahora, con y para esta generación, para los hombres y las mujeres de ahora? Pues es el momento de reconocer que esto no sucedió. He visto nacer y crecer a nuestro hijo, he visto nacer a mis nietos y la situación es cada vez más difícil.

Este es el límite, querido Fidel. Nos lo han puesto desde afuera, eso lo sabemos, pues esta podía haber sido la sociedad más libre, más democrática y más igualitaria del mundo, el único país sin pobres de este pobre continente.

No fue nuestra revolución la que fracasó, nosotros tenemos la razón, la razón histórica, la verdad que la historia se encargará de escribir porque como bien tú dices, no se puede fabricar eternamente una mentira. Pero hoy, y mientras eso sucede, debemos aceptar, como tú me enseñaste, que "Una opinión sostenida por muchos es más fuerte que el mismo rey. La soga tejida por muchas fibras es suficiente para arrastrar a un león."

Querido Fidel: esta Patria que fue el último bastión del colonialismo en América y que durante más de treinta años fue su primer y único territorio libre, libre del imperialismo, libre de la explotación y la desigualdad, esta Patria que fue la de la utopía, es ahora una isla de fantasmas.

Querido Fidel: En enero de 1959, dijiste que si cualquiera de tus compañeros o tú mismo fuesen el menor obstáculo para la paz de Cuba, el pueblo podía disponer de ustedes porque tú eras un hombre que sabía renunciar. Sí, así dijiste, mi querido Fidel.

Pues bien, ese momento ha llegado. Lo supe cuando mi nieto, de apenas ocho años de edad, y a quien su maestra le preguntó "¿qué quieres ser cuando seas grande?" respondió: "extranjero". Sí, Fidel, nuestro nieto quiere ser extranjero para vivir como ellos que lo pasan de lo más bien, que nada les falta. La respuesta me dolió querido amigo, me dolió en las entrañas.

Querido Fidel: Siempre he pensado que tú nunca te equivocas, y sin embargo hoy, por primera vez, me atrevo a creer que eres ingenuo y ves las cosas como deseas que sean y no como realmente son. Tú, que en la memoria puedes guardar datos y cifras exactos, que has leído más libros que nadie sobre historia y política y aún hoy dedicas muchas horas del día a enterarte y analizar lo que sucede en el mundo, no te das cuenta de verdades que para los demás son muy obvias.

Yo, que te he acompañado toda la vida, que te he esperado siempre, que no quise creerles a todos esos que escriben contra ti y hasta se suicidan echándote la culpa; yo, que nunca amé a nadie más que a ti ni dudé jamás de tus palabras porque tu verdad fue siempre la mía, hoy te escribo con el corazón en la mano. He pasado mi vida escuchando lo que la gente tiene para decirte y te lo digo: el pueblo cubano, hambreado y atosigado, harto de la escasez, este pueblo que te recibió esperanzado hace más de treinta años y que tanto te ha querido, te pide que le ayudes, que no lo hagas sufrir más. Te pide que te vayas."

VI
Del Señor son la tierra y sus frutos

Fíjese nada más la última locura de mi esposa: convirtió a la sirvienta en un miembro más de la familia, le compró ropa, le puso televisión en su cuarto y la mandó a estudiar enfermería, que según ella es una carrera útil. Por supuesto, la chica se aprovechó y dejó de cumplir con los quehaceres domésticos. Si le digo, oye Lupe ¿dónde están mis calcetines? me contesta búsquelos usted don Alberto, que yo tengo mucha tarea. ¡A esto hemos llegado!

Y bueno, pues como aquella está ocupada, mi mujer cocina otra vez, pero viera usted qué comida, ella le llama "sencilla" pero más bien es parca: un pequeño pedazo de carne de cerdo o de pollo y montones de arroz y frijoles. De fruta sólo sirve naranjas y plátanos, de verdura apenas jitomates y col. ¿Pues que somos tan pobres? pregunto yo, ¿qué no hay elotes, calabazas, alcachofas en este país?, ¿qué ya no existen los mangos, las manzanas, los duraznos, las piñas? Y los postres ni se diga, se acabaron, desaparecieron definitivamente. No te quejes me dice, somos unos privilegiados, hay gente que ni esto tiene, países enteros que apenas si comen.

Y viera la ropa que se pone: unos zapatos baratos y unos pantalones pasados de moda que sólo Dios sabe de dónde saca. La Nena dice que seguro pierde más tiempo buscando esos horrores que si

comprara lo moderno y normal que hay en las tiendas de por aquí.

Pero ¿sabe una cosa? nada de esto me molesta
como antes porque a pesar de las locuras hay algo
diferente, no sé bien qué es. Como que mi esposa se
ha vuelto sabia. A mis hijos les dice que deberían
trabajar y no sólo estudiar para que vayan aprendiendo a arreglárselas en la vida y a no depender. En
eso tiene razón, yo siempre he pensado que no es
justo que toda la carga me toque a mí, pero jamás
me hubiera atrevido a decirlo, imagínese, tendría
que ser otro mundo en el que viviéramos, tendría que
llegar la revolución, como ella dice. Puedo imaginarme la cara de mi mamá si la Nena empezara a
trabajar, ¿qué no tiene padre esta muchacha?, ¿qué
marido crees que la va a querer así?, me diría. Y mi
Beto, de por sí le choca estudiar, si además hiciera
otra cosa el pobre reprobaría todas las materias.

Antes soñaba, bueno, juntos soñábamos mi
mujer y yo, con que mi hija se casara bien, con un
muchacho que tuviera una carrera y la pudiera
mantener desahogadamente, que vivieran como nosotros en su departamento y con una familia pequeña, pero ahora ella le dice que no se amarre tan
pronto, que aprenda primero a valerse por sí misma
y a pensar en algo más que el matrimonio. Y para el
muchacho, pues queríamos que fuera licenciado,
que tuviera una chambita en la misma oficina que
yo, pero ahora ella se pone a hablarle de la vocación,
la entrega y cosas así. Él se emociona con los discursos y dice que va a ser médico para trabajar en uno
de los grandes hospitales del gobierno, pero después
se arrepiente y sale con que prefiere ser comerciante

porque no le gusta estudiar. Total, quién sabe en qué va a acabar mi familia, no tengo ni idea, la única que tiene bien claro su camino es la sirvienta.

Estoy pensando en que hagamos un viajecito, aprovechar las facilidades que dan para conocer Europa. Los amigos que han ido dicen que vale la pena pasear por París, por Londres, por Roma. Vamos a ver si se puede. Después de todo, como dice mi esposa, la vida es una y se la debe gozar. Y yo no he vivido, paso todo el día metido en la oficina luchando por el pan y viendo cómo quedar bien con mi jefe. Para cuando llego a mi casa ya no tengo ganas de nada. Creo que es hora de salir un poco, ir alguna vez al cine, jugar un dominó, a lo mejor hasta leer un libro, ¡quién quita y me gusta y hasta empiezo a volverme como ella!

La vida en la casa está tranquila, mis padres ya no pelean, como que mi papá anda menos enojón, hasta escucha a mi mamá y le pregunta qué opina de esto o de lo otro.

El lunes vino a comer mi amigo Eduardo, Lalo, ¿ya le he hablado de él? Es un compañero del salón, en realidad no es de mis cuates cercanos pero por orden alfabético es el que sigue de mí en la lista y nos pusieron a hacer juntos un dibujo de geometría. Ese Lalo es muy estudioso, dice que va a ser escritor, sus cuentos salen en el periódico de la escuela. Mi mamá y él empezaron a platicar de que si el mundo fuera diferente y esas ideas que a ella se le han metido en la cabeza. Si de ellos dependiera, ya habrían cambiado todo lo que existe, lo voltearían al revés.

En eso estábamos cuando llegó mi hermana. Y como de costumbre, se burló de nosotros. Siempre que se habla de cosas que no le interesan hace lo mismo. Pero lo que pasa es que a ella nada le llama la atención, es más, todo le choca, es una chava bastante hueca. Creo que anda mal con el novio, no oigo que la llame por teléfono ni veo que salga con él.

La Nena es la que más se enojó con eso de que ahora cada quien tiene que recoger su cuarto y lavar sus platos de la comida. Anoche estábamos cenando y se le antojó un chocolate caliente, no hay le dijo mi mamá, pero sírvete café. Eso la enfureció y empezó a decir que si pudiera se iría de la casa porque ya no aguanta. Tanto lo repitió que de plano mi jefa le contestó muy duro: adelante Ana Lilia, qué esperas, vete y gana tu pan, que para eso eres joven, fuerte, sana y con una buena educación. Se hizo un silencio en la mesa, mi hermana esperando que mi papá se pusiera de su lado, pero él se quedó callado. La Nena se fue a su cuarto y aventó la puerta gritando que en esta casa a la única a la que consentían era a la sirvienta.

Y pues así están las cosas. Yo por mi parte es la hora que no sé qué decidir de mis estudios, me impone mucho eso de que me hablen tanto del futuro. ¿A lo mejor ahora que mi mamá ya está curada me puede usted ayudar a mí?

No me lo va usted a creer pero se me ocurrió una idea: empecé a hacer pasteles, para venderlos entre mis vecinos y conocidos. Mi pan de nuez tiene fama de excelente, así que espero ganar algo de dinero. Quiero disponer de él a mi gusto y no andarle pidiendo siempre a Alberto. Pero con eso, el quehacer de la casa y mis lecturas ¡apenas si me bastan las horas!

Amasar el pan es algo muy agradable, no sé si usted lo ha hecho, a mí siempre me ha gustado, siente uno que está en contacto con lo primordial, con lo que nutre al ser humano. Es como cuando mis hijos eran pequeños y yo los criaba y les enseñaba todo: a hablar, a comer, a caminar. Es la misma sensación, una dicha muy profunda por estar haciendo algo importante, ¡lo más importante que existe!

El otro día le comenté estos pensamientos a mi amigo el dueño de la librería y nos pusimos a hablar sobre qué era lo esencial en esta vida y lo fácil, que se nos olvida y enreda. Luego me dio varios libros. Y ahora que los estoy leyendo le digo que si yo pudiera, me iría a vivir al campo, para no sólo hacer el pan sino para empezar por lo primero, trabajaría la tierra para producir el grano con el cual hacerlo.

Para eso el lugar ideal sería un kibbutz en Israel. Mi abuela Sara Nejome habría sido de las pioneras que fundaron los primeros asentamientos. Muy joven se habría ido a Palestina, buscando la tierra, pero desde niña habría pertenecido a los grupos sionistas y habría cooperado, todos los viernes de su vida, con un poco del muy escaso dinero de que disponía para la alcancía azul y blanca del Fondo Nacional Judío que era la organización que se encargaba de comprar tierra en el país de nuestros antepasados.

Mi hermana y yo adorábamos a la abuela y nos encantaba escuchar sus historias y luego conjeturar sobre ellas. "Yo creo que era valiente porque se atrevió a dejar a los suyos para irse sola a un lugar tan lejano y desconocido en el que no había nada" decía Jen. "Yo creo que se fue porque sabía que Dios la protegería pues Él quería que sus hijos volvieran a la tierra de Israel" decía yo. Cuando se lo preguntábamos, la abuela nos respondía que "No era cosa de valentía ni de fe, sino simples ganas de vivir. Yo estaba harta de las persecuciones de los antisemitas, de las prohibiciones, de los sombreros de picos y las telas amarillas que a través de la historia obligaron a usar a los judíos para diferenciarse de los demás, y sobre todo estaba harta de los pogroms, de las matanzas y el miedo."

Pero nosotras sabíamos que esa no era toda la verdad. Si mi abuela se vino a estas tierras tan lejanas es porque soñaba con trabajar la tierra y eso les estaba prohibido a los judíos en los países del este de Europa. Toda su vida había repetido el poema de Bialik: "¡Oh si tuviera alas para volar, para volar a la tierra donde florecen el almendro y la palma!"

Cuando contaba su llegada a Eretz, mi abuela Sara tenía dos versiones. Unas veces decía que en el momento en que bajó del barco empezó a llorar por la emoción: "¡Habíamos oído tanto hablar de ella, nuestra tierra! Nos habían dicho que era hermosa, llena de florecillas silvestres, tierra donde brotaban la leche y la miel." Otras veces contaba que en el momento en que tocó el suelo se le vino a la memoria el rezo de la noche de Yom Kipur: "Bendito seas Señor que devuelves Tu presencia a Sión."

Pero la verdad es que mucho debe haber querido mi abuela a esta tierra para no sentir desilusión por la que encontró, que en lugar de florecillas, de

leche y miel o de bendiciones, era pura aridez, agotada por el abandono de siglos, imposible de sacarle
nada según afirmaban los vecinos árabes.

Pero ella y sus amigos fueron tercos. No habían
abandonado casa y familia y viajado miles de kilómetros para rendirse, así que con sus dos manos que
nada sabían de asuntos agrícolas, pues siempre habían vivido en los ghettos, limpiaron y desmonta-
ron piedras, matas, abrojos, yerbas y abrieron los
primeros surcos para plantar las semillas.

"¿Quién construirá Galilea? ¡Nosotros! ¡Nosotros!", decía la canción de los que se instalaban en los
pantanos del norte. Y aquellos que llegaban hasta
los desiertos del sur, le agregaban otra estrofa: "¿Quién
construirá el Neguev? ¡Nosotros! ¡Nosotros también!"
Yo creo que cantaban para desahogar su cansancio o
para convencerse de que no se habían equivocado:
"Hemos venido a esta tierra para rehabilitarla y cons-
truirla y para que ella nos rehabilite y construya a nosotros: "Anu banu artza livnot u lehivanot ba."
Cantaban en su nuevo idioma, el hebreo.

A Jen y a mí nos encantaban las canciones de
los pioneros, nos conmovía imaginarlos cantando a
pesar de la malaria, la disentería y las fiebres, a pesar
de los turcos, los ingleses y los árabes que los perse-
guían, les robaban y les requisaban las mercancías.
Tomando quinina y plantando eucaliptos para combatir a los moscos se les iban el tiempo y la energía,
aguantando el hambre y sembrando cipreses para hacer una valla contra los vientos se les iban los días y
los esfuerzos.

A mi hermana le gustaba que la abuela le hablara de sus sueños, de sus ideas, de los libros que

leía. A mí en cambio me interesaban las cosas tangibles, la solución de los problemas cotidianos. Mi hermana había heredado el carácter pacífico y soñador de mi abuela, yo, en cambio, llevaba en la sangre su amor por la tierra y su idealismo. Y ella trataba de dar respuesta a las inquietudes de las dos. A mí me contaba cómo vivían, qué comían: "Levantamos un cuarto con las piedras del lugar y lo techamos con juncos entre cuyas rendijas se veía el cielo de Eretz, tan absolutamente limpio y puro, cuajado de estrellas. Dormíamos sobre tablones y nos cubríamos con paja. Nuestra mesa estaba hecha a base de latas y un viejo pedazo de tela hacía las veces de cortina para separar a los hombres de las mujeres. Para satisfacer nuestras necesidades nos íbamos caminando lejos pues tardamos buen tiempo hasta construir una letrina. Comíamos pitas, de las grandes, de esas que no se hacen duras, con queso de cabra y tomates que nos vendían unas mujeres árabes. Alguna vez alguien conseguía un poco de té o de yerbabuena para preparar infusiones. Un día los hijos del jeque vecino vinieron a ayudarnos a construir un horno. Eran tiempos en que no existían los odios que durante todos estos años tanto han crecido entre árabes y judíos, fomentados por quién sabe qué extraños intereses. Había robos, rencillas, pero no odios. Por eso simplemente llegaron tan tranquilos, vestidos con sus galabiyas y sus largas kefiyas y nos ayudaron en la tarea y fue entonces cuando comimos nuestra primera comida caliente: dos gallinas que alguien había traído de Tiberiades. Esos mismos vecinos árabes nos regalaban a veces un pastel de especies o un vaso de lebeniyah fresca. El clima era extremoso y lo sufríamos. No sé qué era peor, si el calor inclemente del verano que hacía arder la frente o la lluvia del invierno que se colaba por los resquicios de la casa y del cuerpo destruyendo los techos y, enfermando a las gentes y a los animales. Aunque pensándolo bien, lo más difícil era y sigue siendo el Jamsin, jamás se acostumbra uno a él."

A Jen en cambio le hablaba de los grandes pensadores, de Herzl y Borojov, de Marx y Jabotinsky y le repetía de memoria los poemas de Bialik y Alterman, de Greenberg y Tehernichevsky. "Por las noches, por más cansados que estuviéramos, teníamos grupos de estudio y discusión. Y hacíamos asambleas en las que se daba información sobre lo que sucedía en el país, sobre el movimiento sionista internacional y sobre política en el mundo. Cuando alguien recibía noticias de casa, las transmitía a todos y cuando alguien hacía algún viaje para vender o comprar algo o para recoger un encargo, nos contaba de lo que pasaba afuera del kibbutz: que si había surgido un moshav en el Galil o un periódico en Haifa, que si la escuela Bezalel en Jerusalem contaba con más alumnos o el lago Kinneret se veía más azul. En ocasiones las asambleas eran para dar la bienvenida a un nuevo miembro o para recibir a algún visitante ilustre, como Trumpeldor, que pasó por nuestra comunidad antes de irse a morir a Tel Jai."

"Lo que queríamos era cambiar al mundo, a la sociedad y a las personas y creíamos que era posible. Bueno, yo todavía lo creo, decía la abuela. Por eso insistíamos en cambiar las costumbres y la moral burguesas, pensábamos que no debía existir nada que no fuera común ni ningún asunto íntimo o personal, creíamos que todo se debía compartir. Estábamos convencidos, yo todavía lo estoy, de que allí donde no hay individualismo ni propiedad privada ni deseo de bienes materiales, se podía lograr una gran empresa colectiva basada en el esfuerzo, lo que daría lugar a una nueva forma de vivir y por lo tanto a una nueva forma de ser. Esta era nuestra idea para construir el Estado. No sólo inventamos una nueva forma de vida sino también una nueva moral basada en las decisiones democráticas del grupo y vivimos de acuerdo a ella. Y eso fue sumamente difícil y agotador.

La mitad de la vida se nos iba en reuniones, todos hablaban al mismo tiempo, todos gritaban y se enojaban, no se dejaba pasar nada por alto, los argumentos quemaban. Debatíamos desde la revolución mundial que suponíamos se desataría en Europa luego de la gran Revolución Rusa hasta las ruedas que queríamos comprarle a un viejo carretero para construir nuestro primer arado; desde cómo cambiar la estructura del matrimonio y la familia hasta qué tipo de semillas sembrar; desde en qué consistía nuestro judaísmo y nuestra concepción de la tradición, hasta en qué máquina convenía invertir primero; desde el sentido de los bienes materiales hasta si era mejor tener sólo gallinas o también gansos; desde nuestro concepto de la educación para los hijos que algún día tendríamos hasta que si el caballo se debía usar para el arado o para las guardias nocturnas; desde la idea misma de nación y de gobierno que pensábamos debía tener la Mediná cuando existiera —pues en este tiempo no había nacido todavía—, hasta que si las mujeres podían usar aretes, que en ese tiempo eran símbolo de rebeldía para algunas y de lujo para otras, dependiendo de su país de origen. Todo lo discutíamos, cuándo comprar ropa y de qué tipo; si había que conseguir rifles o mejor pistolas, en ese entonces ni quien soñara con ametralladoras o con armas más modernas; si ya era el momento de invertir en un radio; dónde era mejor vender el grano; de qué manera convenía cocinar el pollo. Cada cosa era para nosotros cuestión de política, un asunto profundo, un principio y hasta teníamos que argumentar si se trataba de un principio socialista o sionista.

¡Y vaya que peleábamos! Hasta hubo quienes abandonaron el kibbutz y quienes se fueron temporalmente y luego volvieron y quienes se dijeron insultos terribles que generaron rencores que hasta hoy duran. Pero así fuimos construyendo nuestra comunidad y nuestra vida cotidiana."

Cuando mi abuela hablaba de los principios, mi hermana la interrumpía y le hacía preguntas, pero cuando contaba de la vida cotidiana, ella se quedaba callada y era yo la que intervenía. Y me encantaban sus respuestas, los ojos se le hacían pequeños y las arrugas de la frente más marcadas.

"Compartíamos todo, lo que cada quien tenía lo aportaba para la comunidad, ya fuera un libro, una cobija, un par de botas. Por eso nacieron los chismes de que también compartíamos a nuestras parejas y que todas las mujeres se acostaban con todos los hombres, pero eso era falso porque si bien es cierto que queríamos romper con la vieja moral, teníamos unos principios tan firmes que convertían nuestra conducta en intachable." ¿Y entonces no se divertían? preguntaba yo. "Claro que sí, me respondía la abuela, a pesar del cansancio físico, a pesar de los músculos adoloridos y del cuerpo molido por tanto trabajo, estábamos tan contentos que prendíamos una hoguera y nos poníamos a bailar. ¡Ah lo que es ser joven! Uno saca fuerza y energía de no sé dónde, de su mismo ideal o de su misma juventud. ¡Hasta para el amor nos alcanzaban las fuerzas! Poco a poco se fueron formando las parejas que se iban lejos para pasar la noche juntos en algún lugar y al día siguiente muy temprano estaban listos para cumplir con sus labores."

Así eran nuestras conversaciones, la abuela respondiéndole a cada una lo que sabía que ella quería oír. Otras veces en cambio hablaba con las dos, como cuando quería relatarnos algo sobre nuestra madre. "El abuelo me hizo a su madre la primera noche que pisó Tierra Santa, el muy malvado. En esa época todo estaba prohibido, desde ponerle techo a las construcciones hasta traer inmigrantes. Entonces nos volvimos expertos en el engaño, en las horas de oscuridad terminábamos las casas y ocultábamos armas y cosechas, de modo que cuando amanecía parecía como si nada hubiera ocurrido. Y seguimos trayendo a los nuestros clandestinamente. Los barcos llegaban a Chipre cargados de refugiados y de allí los pasábamos a las lanchas que desembarcaban de madrugada en las playas escasamente vigiladas. Cuando por fin llegábamos al kibbutz, después de toda la tensión y el esfuerzo, lo festejábamos cantando y bailando. Aquella ocasión en que llegó el abuelo Dovidl, venía de Polonia, el pobre no tenía nada pero no me quitó los ojos de encima ni un minuto mientras les servía unos vasos con agua y al rato, sin más, se me acercó, me tomó del brazo y nos fuimos caminando lejos, como acostumbraban hacer los enamorados. Y entre los campos me hizo a su madre.

"¡El lío que se armó! Mi embarazo alteró a toda la comunidad porque nuestras condiciones de vida eran muy precarias y nuestra pobreza extrema. Pero ya estaba hecho y no había remedio." En este punto la abuela sonreía y ponía los ojos pícaros antes de agregar: "Les voy a decir una cosa, desde niña supe que quería vivir mi vida dedicada a lo más importante. Siempre estuve convencida de que había sólo dos cosas esenciales en la vida, que eran las que yo deseaba verdaderamente: trabajar la tierra y tener hijos, muchos hijos. Y las dos cosas las hice y de nada me arrepiento, mi vida ha sido la mejor.

"La madre de ustedes fue mi única hija y la felicidad que me dio cuando nació no se puede expresar con palabras. Aún ahora puedo recordar el calor de su cuerpecito, la belleza de su carita enrojecida, el sonido del llanto con que entró a la vida. Y claro, todo el kibbutz la convirtió en centro de su adoración. Si se enfermaba todos la velaban, si aprendía a hablar todos la festejaban, si alguien viajaba, invariablemente volvía con un regalo para ella. Fue nuestra hija colectiva, nuestro motivo de orgullo y nuestra gran dicha en esos años tan difíciles."

Nunca entendí la insistencia de mi abuela en hablar de nuestra madre, pues si bien sé que lo hacía para que no la olvidáramos, el resultado era que ella no lo aguantaba y la conversación terminaba. Primero los ojos húmedos, luego la voz que salía con dificultad y por fin el silencio. En ese momento nos abrazábamos a su cuerpo pero sabíamos que ya no estaba allí con nosotras, sino muy lejos con sus recuerdos.

Mi abuelo Dovidl desapareció muy pronto, antes de que naciera mi mamá. La Abuela dice que se regresó a su casa en el shtetl porque extrañaba mucho y porque no soportó la vida tan dura en Eretz, pero según mi tío Uri, se fue a vivir a la ciudad y allí se casó con otra mujer.

Mi tío Uri es hijo del abuelo Menajem, a quien la abuela conoció poco después de que mi madre aprendió a caminar. "El Keren Kayemet aceptó darnos tierra para formar un kibbutz. Fueron dieciseis dunams en los que sembramos viñedos como era la costumbre en este lugar. ¿Recuerdas, querida Keren las palabras del profeta Amós?", me preguntaba, para ella responder: "Y traeré otra vez a mi pueblo de Israel y plantarán viñedos y beberán el vino." "Y eso hicimos. El estacado de la fruta es latoso, hay que hacerlo planta por planta poniendo un palo y atándolo con hilo. Luego las regábamos a cubetazos con el agua que sacábamos de un pozo que nosotros mismos habíamos cavado. Recorríamos las hileras con sus racimos colgando para mojar la tierra, sin desperdiciar ni una gota del líquido tan precioso. Y aprendimos a podarlos con mucho cuidado porque es una fruta delicada."

Al llegar aquí, la abuela se detenía. Muy despacio pelaba una manzana, el cuchillo filoso en la mano derecha iba dando la vuelta a la fruta hasta sacar la cáscara completa. Luego la partía y nos daba un pedazo a cada una antes de seguir con el relato: "Al abuelo Menajem lo conocí cuando fuimos a vender nuestras primeras uvas, era el encargado de comprarlas para unos fabricantes de vino y desde la primera vez que nos vimos nos gustamos. Entonces empezó a visitarme en el kibbutz y un día sin más, nos trajo de regalo una bomba usada que aunque la mitad del tiempo estaba en compostura, nos resultó muy útil. Por ratos la prendíamos para subir el agua y por ratos para generar electricidad. Los compañeros estaban tan agradecidos con ese regalo que se volvieron amistosos con él, cosa que Menajem supo aprovechar para venir todas las semanas a pasar el shabat. Y siempre llegaba cargado de cosas buenas: pan, pollos, azúcar, manteca, un día trajo unas tijeras. Y bueno, decía la abuela, pues sucedió lo que tenía que suceder y nació tu tío Uri."

A la abuela le gustaba recordar al abuelo Menajem. "Era un hombre muy creativo, siempre se le ocurrían cosas, no podía estar quieto. La primera construcción importante que hicimos fue gracias a que él consiguió los materiales y les enseñó a los javerim el modo de hacerlo. Fue el tanque para almacenar agua. Era una torre alta con un enorme tambo que se volvió nuestro símbolo y el eje desde el cual todo se medía: Nos vemos en la torre", Sembraremos esto a cien metros de la torre", "El depósito de gasolina debe estar a tal altura en relación con la torre y los silos a tal otra', y cosas así. ¡Pero era tan difícil conseguir con qué llenarla! Tuvimos que cavar pozos y racionarla, pero pudimos tener agua y todo gracias a él, al bueno de Menajem. Y hubiéramos resuelto también el problema de la energía si él hubiera seguido haciendo sus experimentos, pero los javerim se burlaban de esas ideas. Ya desde entonces él hablaba de que debíamos aprovechar el sol porque en esta tierra carecemos de petróleo y no tenemos depósitos de carbón ni grandes ríos para producir electricidad."

La abuela Sara y el abuelo Menajem sembraron la primera huerta del kibbutz. "No sabíamos nada de eso, pero leíamos y preguntábamos. Conseguimos semillas, las metimos en agua caliente, que es un método infalible para desinfectarlas y para hacer que germinen más pronto, y con nuestras propias manos cavamos hoyos en la tierra en los que las plantamos y luego las cubrimos rápidamente para que la humedad no se evaporara." Y siempre terminaba diciendo: "Cuando veo las máquinas que tenemos ahora, que hacen las tres operaciones a gran velocidad, me conmueve recordarme a mí y a Menajem con las manos metidas hasta el fondo de la tierra pues no teníamos siquiera un abridor de surcos. Pero más me emociona recordar las caras que pusieron los compañeros cuando comimos los primeros rábanos, que de milagro salieron buenos, pues luego supe que se amargaban con suma facilidad, y los gestos de sorpresa que hicieron con las primeras zanahorias que tardaron tanto en salir que creíamos que ya no nacerían.

Desde entonces las hortalizas se volvieron una prioridad. Hoy somos autosuficientes en este cultivo tan fundamental para nuestra alimentación y tenemos una excelente variedad: lechugas, espinacas y acelgas que nacen dos veces al año, tomates que aguantan bien la sequedad y hasta la salinidad pero a la hora de la cosecha requieren de cuidados espe-

ciales pues se mallugan con facilidad, coles, bróco-
lis, coliflores, calabazas, cebollas, pimientos, apio,
que cuando crece mucho da el nabo, betabel, que
a mí no me gusta crudo pero sí en sopa, chayotes,
hasta pepinos y pepinillos, a pesar de que requieren demasiada agua y espárragos, que son muy
complicados. Últimamente estamos sembrando
alcachofas, es una verdura mediterránea que se da
bien aquí. Y claro, tenemos yerbas para el té y para la cocina."

Una de las historias que le gustaba relatar a la
abuela era la de las berenjenas. "En una ocasión en
que andábamos por el campo escondiéndonos para
poder estar solos, nos topamos con unos judíos sefaradís que volvían a su casa por ese camino. Ellos
nos regalaron unas semillas de una verdura que no
existía en mi casa y que yo nunca había visto. Las
sembré y nacieron las berenjenas que tanto les gustan a todos y que aprendimos a preparar con ajo o
asadas.

"El abuelo Menajem era un verdadero campesino, entendía los humores y exigencias de la tierra
y supo enseñar a los del kibbutz, de modo que
cuando el Keren Kayemet nos dio 35 dunams más,
se pusieron a sembrar en serio, guiados por él. Creo
que de entonces data la cara de felicidad de mi
abuela, esa sonrisa alegre y esos ojos dulces de quien
ve que poco a poco se iban cumpliendo sus sueños.
Le gustaba mucho hablar de eso: "De las necesidades básicas del ser humano, que son alimento,
vivienda y vestido, no hay duda de que la alimentación es la más importante, dice. Y los cereales constituyen el alimento fundamental, pues le dan al

organismo el combustible que es la energía que necesita para vivir. Y por supuesto no sólo al organismo humano sino también al de los animales, que a su vez nos dan sus productos como carne, leche y huevos, que son la fuente de las proteínas. Por eso no existe nada que pueda reemplazar a los cereales. A sabiendas de esto, Menajem y yo insistimos en abandonar los viñedos, de los cuales había más que suficiente en Eretz y en sembrar granos. Y logramos convencer a los compañeros.

"El terreno en esa zona es totalmente plano, con un suelo arenoso, muy suelto y permeable, que si bien se moja con facilidad hasta los estratos más profundos, permite que el aire lo atraviese, de modo que no retiene el agua y se seca rápidamente. Los muchísimos años que esta tierra llevaba sin cultivar la habían deslavado, de manera que no era fácil empezar. Además el viento era un verdadero problema pues se llevaba las capas de tierra y cuando ya lográbamos que nacieran los cultivos, arrancaba las hojas tiernas y doblaba las más altas. Hoy día ya contamos con formas de hacer más compacto el suelo y con sustancias para corregir su composición química, pero entonces no teníamos nada. Así que lo primero que hicimos fue sembrar una cortina de árboles para proteger y luego nos pusimos a trabajar el suelo, limpiándolo de piedras, malezas, terrones y costras. Una vez hecho esto, revolvimos muy bien la tierra, echándole agua. En ese tiempo no teníamos abono, ni siquiera estiércol, pues no contábamos con animales ni tampoco con desperdicios orgánicos, ya que aún no sembrábamos nada, así que la única forma de revitalizar la tierra fue buscar la que estaba a bastante profundidad para mezclarla con la de arriba y que así toda adquiriera humedad, buena temperatura, aire y microorganismos. Fue un trabajo muy rudo. Pero hicimos lo que parecía imposible, cavando hondo y buscando en sus profundidades la humedad y el humus."

"¿Ya se aburrieron?", preguntaba la abuela porque veía a Jen medio dormida, pero sabía que a mí me tenía prendida de interés. "Sigue por favor" le rogaba yo y entonces me abrazaba. "Mi linda Keren, la tierra te llama tanto como a mí." Y volvía a la historia:

"Empezamos sembrando trigo porque el clima y el suelo de aquí son excelentes para este cereal. El trigo necesita agua pero no tanta como el arroz y necesita calor pero no tanto como el maíz. Es una planta poco exigente, para crecer le basta con que esté fresco y para madurar le basta con un poco de sol. Además, tiene mucho valor alimenticio en relación con su volumen y peso, no se deteriora fácilmente y no es complicada de almacenar. Por eso la elegimos como nuestro primer cultivo.

"Alguno de los barones europeos que hacían filantropía para los judíos que se instalaban en Palestina, dio un crédito y fue cuando nos hicimos de asadones, palas, rastrillos, guadañas, hoces y zapapicos, barriles para regar, bolsas para las semillas y un cuchillo para la cocina. Era mucho ¡nos sentíamos dueños de las herramientas más modernas! Y es que en ese tiempo nos faltaba todo: medicamentos, hilo y aguja, botas para salir al campo, papel y lápiz para escribir a casa.

"Teníamos un solo caballo con un arado de madera lento y rudimentario. El animal se cansaba, el arado se atoraba con alguna piedra y los surcos nos quedaban chuecos, pero no importaba, allí íbamos, echando la semilla y espantando a los pájaros que se la querían comer.

"Hasta el día de hoy mi cuerpo tiembla al recordar el momento en que salieron los primeros brotes de nuestro trigo, luego cuando se elevaron los tallos rectos y por fin salieron las espigas con sus hermosos granos. Era un prodigio.

"Fui siguiendo paso a paso su crecimiento, me quedaba horas sentada junto a las plantas viendo cuando se extendían las hojas, cuando salían los nudos, cuando empezaba la floración. Sentía gran impaciencia porque maduraran los granos y vigilaba que no les atacara ningún bicho o que no les salieran hongos, lesiones o manchas que son señal segura de enfermedad. Me ocupaba en desmalezar y quitar toda yerba que naciera junto a ellas y que pudiera robarles su sol, sus nutrientes o su agua. Estaba pendiente de los roedores, de los pájaros, hasta del cielo, esperando que no hiciera demasiado calor ni demasiado frío para que no se echaran a perder. ¡Los compañeros se sorprendían porque en lugar de ir a dormir a casa, Menajem y yo nos quedábamos en el campo acompañando al trigo! Y fue allí, entre las amadas plantas y sobre la madre tierra que tan noble se portó con nosotros, donde Menajem me hizo a tu tío Arieh. Yo creo que por eso es el más fuerte y robusto de mis hijos, porque fue concebido de esa manera.

"El día en que el cereal estuvo listo para la cosecha, salimos con las herramientas a recoger el fruto de nuestro esfuerzo. Primero cortamos los tallos, luego atamos las mieses y las acomodamos debidamente para esperar a que se secara el grano. ¡Qué espectáculo hermoso ver los campos segados y los montones de espigas! A pesar de que terminábamos sudorosos y adoloridos, no nos cansábamos de admirar lo que era nuestro.

"Cuando el grano está amarillo y se desprende con facilidad de la espiga, entonces se le puede trillar, luego de lo cual se limpia, separando toda impureza, tierra o elemento dañado y se lo almacena. Nosotros lo hacíamos a granel porque nuestro clima es lo suficientemente seco como para evitar hongos. Hoy todo eso se hace con máquinas, hay segadoras y combinadas que cortan, trillan y limpian y los silos tienen la luz y la temperatura adecuadas, pero entonces no era así y lograr una cosecha de granos grandes y uniformes era la felicidad total, la misión cumplida.

"Por supuesto, no siempre nos fue bien, muchas veces el grano nacía enfermo, duro o plagado porque no teníamos ni fertilizantes ni plaguicidas ni forma de sembrar a mayor profundidad que la que nos permitían nuestras muy rudimentarias herramientas. Y luego estaban las langostas, cuando veíamos aparecer la nube negra en el horizonte, no había nada que hacer por más ruido y humo que hiciéramos siguiendo todas las recetas que nos habían recomendado. Y lo peor venía después, cuando había que buscar los huevecillos que dejaban y enterrarlos muy profundamente para que no nacieran más animalejos. Y eso para no hablar de las veces cuando se nos daba bien una cosecha y nos la requisaban los turcos o cuando nos quemaban el campo los árabes."

Al llegar a este punto en la historia, invariablemente mi hermana se había quedado dormida porque a ella no le interesaban las cosas de la tierra. Entonces la abuela nos llevaba de regreso a la casa de los niños, Jen en sus brazos y yo caminando a un lado. Durante el trayecto a través de las veredas apenas iluminadas del kibbutz y mientras me ayudaba a desvestirme y meterme en la cama, la abuela, que sabía cuánto me interesaban los detalles, seguía con su relato: "Lo más complicado fue siempre el agua. La acumulábamos en barriles y hasta en piedras, aprovechando cada gota, incluso las del rocío. La mejor agua es la de lluvia, pues es liviana y bien aireada, solo que aquí llueve muy poco y como no tenemos ríos, pues tuvimos que excavar un pozo. El problema es que esta agua no llegaba limpia, por lo cual algunos cultivos se contaminaban, sobre todo los de hojas verdes, a los que se les pegan con facilidad todas las enfermedades. Además, por el tipo de suelo, el líquido venía salado, lo cual le servía al tomate y a la berenjena pero no a las otras plantas. Hoy día existen productos para mejorar la calidad del agua, que su dureza, que su temperatura, en fin, pero entonces no había nada. Es más, nosotros ni siquiera imaginábamos que era posible cambiar las condiciones naturales del agua o de la tierra, no teníamos conocimientos, todo era hecho empíricamente, probando a ver qué sucedía. Adivinábamos cuándo y cómo sembrar, cuándo echar el agua y cuánta, qué cantidad de semillas plantar, cuál era la distancia adecuada entre una y otra y todas las demás cosas."

Uno de mis recuerdos más emotivos es cuando la abuela nos llevaba a vacunar con el tío Shmuel.

Jen y yo llorábamos, gritábamos y no nos dejábamos. Entonces ella nos contaba la historia: "El abuelo Menajem murió de malaria cuando yo estaba embarazada del tío Shmuel. Es una enfermedad espantosa. Los músculos se ponen tensos y duros, el cuerpo se agita en fuertes temblores y la fiebre sube mucho. Y después de la crisis viene una gran debilidad y todo se pone tan flojo que es imposible levantar la cabeza o mover un brazo.

"En esos tiempos nos enfermábamos mucho, sobre todo del estómago y la garganta. Y nos daban insolaciones tremendas. Además teníamos problemas con los dientes, estábamos muy mal de los dientes. Y claro, no teníamos médico ni vacunas ni medicamentos. En casos graves usábamos el caballo para llevar a alguien con un doctor, pero por lo general nos curábamos con agua, quinina y reposo. Hoy tenemos un médico y debemos aprovecharlo. Tu tío Shmuel estudió medicina, precisamente porque me vio sufrir por la muerte de su padre y porque él mismo sufrió por ser huérfano. Desde que era pequeño hablábamos mucho de esa ciencia bendita que ayuda a salvar vidas humanas y creo que eso le penetró muy hondo.

"Había aquí un doctor rumano, el primero que tuvo el kibbutz, lo contratamos con un sueldo bastante alto que se juntaba con mucho esfuerzo. Le pusimos una clínica y una enfermera y le dimos una casa bien construida, de las mejores que había, para que allí viviera con su esposa. Todas las tardes después de la escuela el tío iba a ayudarle. Como él no tenía hijos, se encariñó y tuvo la paciencia de enseñarle. Después de cumplir con el servicio militar,

Shmuel se fue a la Universidad, el kibbutz pagó sus estudios. Yo estoy muy orgullosa de que ahora nos atienda, decía la abuela, aunque me avergüenza tener unas nietas tan cobardes, que no se dejan inyectar."

"Cuando sea grande voy a estudiar medicina para que estés contenta, voy a curar a todas las gentes, ya nadie se va a morir", decía Jen. "Y yo voy a trabajar la tierra para darles de comer a todos, y ya nadie va a pasar hambre, decía yo. Entonces la abuela nos cubría de besos y abrazos "mis pobres niñas, decía, mis adoradas niñas".

El primo Shlomo es nieto del abuelo Shlomo, al que mi abuela conoció cuando empezó la guerra de Independencia. Nuestro kibbutz había quedado en plena frontera de la línea de partición y hubo que defenderlo a costa de muchas vidas y mucha destrucción. El abuelo Shlomo pertenecía al Palmaj y fue asignado a este lugar, como encargado de dirigir la lucha. Él le enseñó a la abuela las canciones heroicas que ellos cantaban para darse ánimo: "Desde Metula en el norte hasta el Neguev en el sur, desde el mar hasta el desierto sabremos vigilar, nosotros, los chicos del Palmaj."

Después, cuando llegó el triunfo, el abuelo Shlomo se quedó para dirigir la construcción del refugio. Hicieron entonces uno pequeño pero bien acondicionado y allí, mientras acomodaban las cobijas y los garrafones de agua, nuestra abuela Sara y el soldado Shlomo se juntaron para hacer al que sería mi tío Avigdor, el padre de mi primo Shlomo.

Cada vez que mi abuela hablaba del tío Avigdor decía que con él había llegado la buena suerte al kibbutz, pues fue entonces cuando los javerim se dirigieron a la Agencia Judía a pedir un préstamo para construir la casa de los bebés. "Para entonces ya se habían dado cuenta de que yo iba a tener muchos hijos, decía la abuela con su sonrisa plácida, y que otras también los tendrían, pues Rojele y Leah estaban embarazadas, así que el asunto iba en serio. ¡Qué casa! Era la más bonita del kibbutz, tenía dos pisos y amplias ventanas para que entraran el aire y el sol y estaba en medio de todas las construcciones por la cuestión de la seguridad. A ustedes no les tocó vivir allí, nos decía, pero era muy cómoda, el abuelo Shlomo le instaló nuestro primer flamante aparato de aire acondicionado y unos calentadores Primus ruidosos pero eficientes."

Según mi abuela, Shlomo había sido su marido más guapo, moreno y delgado como todos los sefaradís. Había llegado a Haifa de niño en brazos de sus padres y los habían desinfectado con Lysol antes de pisar tierra lo cual les había causado una profunda ofensa. Muy joven se alistó en el Palmaj y siempre eligió los trabajos más peligrosos, quizá para demostrarle a los ashkenazim que era el mejor y resarcirse así de la humillación a su gente. El destino quiso que lo asignaran a nuestro kibbutz y que aquí encontrara el amor, precisamente en una mujer blanca y rubia. Pero ese mismo destino no quiso que viviera para disfrutarlo. El abuelo Shlomo cayó una noche en que hacía guardia cuando su hijo Avigdor tenía apenas un año. Veinte años después ese mismo tío Avigdor quedó hecho pedazos por la explosión de una mina, cuando su propio hijo Shlomo estaba a punto de cumplir el año. Por eso desde que pudo hablar, mi primo Shlomo dijo que sería soldado, para vengar a su abuelo y a su padre. Y lo ha cumplido, aunque ya dos veces ha estado gravemente herido en el hospital.

De haber vivido, el abuelo Shlomo se habría integrado al Ejército después de la proclamación del Estado de Israel y seguro se habría ido del kibbutz porque no era hombre para quedarse tranquilo cultivando el campo. No sé cuál habría sido la reacción de la abuela en ese caso, pero no se presentó la necesidad de saberlo. En cambio el abuelo Shaul, que había nacido en Eretz y había vivido siempre junto a la tierra, adoraba la vida del campo y si hacía sus rondas nocturnas de guardia con las armas al hombro, era sólo porque no le quedaba remedio. ¡Qué diferentes eran los dos y de todos modos ambos amaron a la misma mujer y ella los amó también!

La abuela Sara y el abuelo Shaul fueron los responsables de la diversificación de cultivos en el kibbutz porque Shaul decía que era muy riesgoso depender de un sólo producto para sobrevivir. Entonces empezaron a sembrar avena y cebada, que según nos ha explicado la abuela, son semejantes en sus prácticas de cultivo al trigo, son adaptables a tipos diversos de suelo y resistentes sin pedir demasiada agua, la avena necesita más que el trigo y la cebada menos. La abuela se emociona siempre al recordar los altos y rectos tallos, verde claro el de la cebada y verde oscuro el de la avena.

Al abuelo Shaul le obsesionaba conseguir el equilibrio perfecto del suelo y él le metió la idea en la cabeza a la abuela, de modo que ambos se la pasaban leyendo y haciendo experimentos para lograrlo. Así fue como decidieron sembrar leguminosas que combinan bien con otros cultivos y le restituyen sus cualidades a la tierra. "La rotación es necesaria, dice ella, pues contribuye a la regeneración de la tierra. Cada planta va consumiendo ciertos nutrientes y cuando estos faltan, crece menos, con los tallos débiles y el color amarillo pardo."

Entonces hubo en el kibbutz habas, frijoles, guisantes y ejotes. "Y ya metidos en esto, un día decidimos sembrar papa, que es muy alimenticia. Pero como durante las diferentes etapas de su crecimiento necesita muchos cambios en la cantidad de agua y de luz y en la temperatura, su cultivo resultaba sumamente complicado. De todos modos lo hicimos y claro, el fracaso no se hizo esperar. Necios como éramos insistimos una y otra vez hasta que lo logramos."

Cuando nos reíamos de sus experimentos, la abuela no se molestaba. "Nuestra papa no es tan sabrosa como la rusa que comíamos en casa o como la que tenemos ahora, que es traída del Perú, porque tenía poco sabor y mucho almidón, pero en más de una ocasión nos salvó del hambre." Y después de decir esto terminaba preguntándonos si ya sabíamos que al trigo para crecer le gustan los días largos y la papa al contrario los prefiere cortos. Y no, nosotras no lo sabíamos.

Del abuelo Shaul nació Dov, que es mi tío favorito, un hombre tierno y tranquilo que pasa sus días tocando la dulce flauta jalíl. Desde hace varios años él y su amigo Arieh, que toca el acordeón, andan por todo el país dando conciertos de música folklórica yiddish y hebrea.

Pero el abuelo más verdadero de todos fue Jaim. Él llegó aquí después de la guerra con las olas de inmigrantes sobrevivientes del holocausto. Mi tío Moishe, su hijo, dice que la abuela se enamoró de él porque estaba tan flaco y débil que partía el alma y a ella con su instinto maternal le gustó eso de cuidarlo y darle de comer. Mi abuela se enamoró de Jaim cuando Shaul se fue a América a comprar los primeros tractores para el kibbutz y ya no volvió. La abuela cuenta que después de que cumplió su encargo, Shaul empezó a mandar cartas diciendo que convenía esperar un poco pues estaba por salir una nueva trilladora y luego que convenía esperar otro poco pues anunciaban una incubadora de pollos y así el tiempo fue pasando sin que él se decidiera a regresar. Pero hasta el día de su muerte, el abuelo Shaul nos proveyó con todo lo que pudo mandar desde ese lejano país.

Mientras tanto, la abuela prodigaba atenciones y cuidados al recién llegado Jaim, quien en agradecimiento no sólo la embarazó sino que se casó con ella y adoptó a todos sus hijos. "Yo soy a la antigua, decía cuando quería justificar sus acciones, no vine a este país por ser librepensador ni sionista sino porque Hitler mató a los míos y de milagro yo sobreviví y aquí me trajeron." Todos en el kibbutz recuerdan con emoción a esa extraña pareja que eran Jaim y Sara, él tan flaco y pequeño, completamente calvo, ella alta y gorda, con su mata de cabello rubio enredado en un trenza, los dos parados debajo de la jupá con todos los niños y con el embarazo tan avanzado, mientras el rabino decía las plegarias del matrimonio.

Diez días después nació Yosele. También en eso el abuelo Jaim fue tradicional y eligió para sus hijos los viejos nombres judíos y no "esas palabras hebreas que nada significan para mí y que no tienen ningún sabor."

El tío Yosele murió a los cuatro meses después de mucho sufrir. Desde que nació había sido debilucho, ¡cómo no serlo si su padre había pasado por el infierno del campo de concentración! y por más que mi abuela luchó por su vida, no pudo salvarlo.

Parece que ella estuvo muy deprimida por bastante tiempo, hasta que el abuelo Shaul empezó a mandar desde América unos frascos con vitaminas muy buenas que fortalecieron al abuelo Jaim.

Fue él quien empezó con las naranjas, que hasta entonces habían sido cultivo exclusivo de los pardesanim. Esa fruta simbolizaba el lujo, pues en la vieja Europa era muy cara y la apreciaban mucho. Hasta el día de hoy, cada vez que mi abuela pela una para comerla, se acuerda de cuando era pequeña y sucedía el milagro de conseguir una de estas hermosas y doradas maravillas: "Nos la comíamos completa con todo y semillas y luego hacíamos té con la cáscara y todavía después de usarla la poníamos a secar para meterla entre la ropa y que le diera buen olor.

"Las naranjas que aprendimos a sembrar con Jaim resultaron dulcísimas, decía la abuela, de muy buena consistencia. Muy pronto el cultivo fue tan exitoso que las empezamos a exportar a Europa, la gente se las arrebataba. Aunque dicen que después de la guerra de Yom Kippur, los estudiantes en Francia las aventaban contra la pared para destruirlas y así mostrar su antisionismo, qué lástima, ¿qué culpa tiene la fruta?, el alimento es sagrado o debería serlo.

"Los árboles de la naranja son bajos y anchos, eso yo lo sé porque todos en el kibbutz hemos ayudado a cosechar la fruta, de modo que al mediodía, cuando el sol pega a plomo sobre las cabezas de quienes trabajan en el campo, se puede uno meter en ellos y aprovechar su sombra para descansar un rato."

Mi abuela la aprovechó para abrazarse con el abuelo Jaim y así nació mi tío Moishe, que gracias a las vitaminas americanas fue un niño sano y normal. Un año después nació mi tío Hershele, que también fue un fortachón rubio y alto que volvió locas a las mujeres desde niño y hasta el día de hoy. "A él lo concebimos entre las rosas, que en ese entonces empezamos a sembrar y para cuyo cultivo levantamos unos espaciosos y húmedos invernaderos en donde nacían las flores más perfectas y hermosas, de largos tallos, anchos pétalos, un intenso color rojo y, sobre todo, muy perfumadas. Por eso se vendían a más de un dólar cada una en el crudo frío del continente europeo. Cuando Hershele creció, hizo honor a su concepción y fue quien sembró los enormes girasoles que crecieron más altos que un ser humano y de los que se sacaron las semillas para fabricar aceite. Aún recuerdo aquellas noches en que saboreábamos sus garinim mientras veíamos una película de Greta Garbo o de Ingrid Bergman en la vieja pantalla y con el viejo proyector que los javerim habían comprado en Tel Aviv."

Mi abuela tuvo todavía dos hijos más. Cuando nació el tío Najman, el kibbutz estaba en plena etapa de modernización. "Entonces se adquirieron métodos de irrigación, se compraron semillas mejo-

radas, fertilizantes y plaguicidas, se iniciaron cultivos nuevos como la manzana, una fruta muy apreciada en el mercado, de gran rendimiento por área y
de manejo fácil, y se construyó mucho. Cada rato
aparecían por aquí los de la empresa Solel Boneh y
ayudaban a levantar casas, cobertizos, silos, bodegas. Se agrandó el comedor, se le hicieron baños, se
construyó un salón para actividades diversas como
ver cine y jugar ajedrez y una pequeña biblioteca. Se
levantaron casas de dos pisos para los veteranos vati-
kim y cuartos independientes para los jóvenes y para los padres viejos de nuestros compañeros que
quisieran vivir con nosotros. A las casas de los niños
se les pusieron todas las comodidades, se acondicio-
naron los refugios y se hicieron dos cosas maravillosas: una gran alberca para sobrellevar los tórridos
veranos y una cocina espaciosa y funcional con toda
la tecnología moderna. Desde entonces tenemos
máquinas para todo: para lavar la ropa y para secar-
la, para lavar los platos, hasta para pelar papas y partir zanahorias. Y en cada casa se tuvo un radio y un
refrigerador.

"El tío Najman fue el encargado de vender
nuestras cosechas y comprar nuestros insumos por
medio de las empresas colectivas. Y también fue el
responsable de nuestra conversión en productores
de lácteos. Él era muy pequeño cuando trajeron las
primeras tres vacas al kibbutz, unos pobres animales
que mugían todo el tiempo. Se encariñó con ellas,
sobre todo con una a la que llamábamos Jabibi, que
era la que daba más leche y que había adoptado a
un ternerito llorón cuando su madre murió de parto. Por eso, en cuanto pudo, Najman consiguió un

crédito y levantó los establos y la fábrica de lácteos. Eran tiempos en que había dinero, muchas liras, entonces se llamaban liras, luego fueron shekels y ahora son nuevos shekels, decía la abuela. Recibíamos ayuda del gobierno, que a su vez la recibía de Estados Unidos y de los judíos de todo el mundo. Hoy la producción de lácteos es nuestra industria principal y tenemos en varias ciudades de Israel unos restoranes en los que se sirven nuestros helados, quesos, yoghurts y labne, que son deliciosos, los mejores del país y eso es mucho decir porque aquí hay excelentes lácteos por doquier."

El abuelo Jaim y la abuela Sara orientaron entonces una parte de la producción de cereales a la alimentación del ganado. "Al principio les dábamos avena y cebada, que tienen mucho carbohidrato y poca fibra, me decía la abuela, incluso les dábamos el rastrojo del trigo agregándole algo de azúcar, pero luego decidimos cambiar por alfalfa, que también es excelente, muy rendidora y más adaptable a nuestro suelo, además de que nos ayuda a contener su erosión. La alfalfa tiene la ventaja de que crece rápido, no es planta anual sino perenne y se puede sembrar asociada a las leguminosas. Nosotros usamos el producto henificado, porque así conserva las características de la planta verde y es fácil de llevar a los animales. También les damos algunas raíces forrajeras porque sirven para estimular la secreción de leche."

El benjamín de mis tíos fue Gidon, el único a quien mi abuelo Jaim, ablandado después de tantos años de vivir en Israel, aceptó poner un nombre hebreo. Gidi, que así le decíamos, adoraba a su madre y se puso celoso cuando Jen y yo nos venimos a vivir para acá y ella nos dedicó mucho de su tiempo y de sus atenciones. Fue entonces cuando le dio por irse lejos y quedarse horas caminando por los campos o sentado mirando al cielo. De allí nació su pasión por las abejas. Empezó muy joven a criarlas y hasta el día de hoy se mete en los panales para sacar la miel y ellas se paran encima de su cara y su cuerpo cubriéndolo todo pero sin picarlo. Mi abuela le ayudó sembrando flores de ornato por todo el kibbutz, que se convirtió entonces en un lugar muy bello, como sigue siendo hasta hoy.

"Nuestra vida hubiera sido perfecta si no fuera por las constantes guerras, el terrorismo, la inseguridad, dice siempre la abuela. No hemos tenido un solo día sin preocupación desde que vivimos aquí." Cuando la abuela dice esta frase, Jen se pone triste y a mí me da coraje. Desde niñas discutíamos qué sería lo mejor para conseguir la paz, pero nunca pudimos ponernos de acuerdo. Ella soñaba con hablar con los enemigos, explicarles, llevarles flores y poemas y yo soñaba con matarlos, con desquitarme.

Después de la guerra del 67 llegaron al país muchos inmigrantes sudamericanos. Uno de ellos, llamado Jacobo Kleinman se convirtió en nuestro padre.

Había nacido en Uruguay, hijo de una familia acomodada y profundamente sionista. Desde muy pequeño soñó con vivir en Israel y por fin lo logró cuando recibió una beca para estudiar en el Instituto de Ciencias Weizmann en Rehovot. Entonces mi madre se había ido del kibbutz, decidida a vivir en la ciudad y trabajaba como vendedora en la tienda de regalos del mejor hotel de Beer Sheva, el Dessert Inn.

Java mi madre y Jacobo mi padre se conocieron cuando él entró a hacer unas compras y no se separaron más hasta el día en que ella murió por la explosión de una bomba en el parque al que nos había llevado a pasear a mi hermana y a mí, sus gemelas de seis años de edad. Fue entonces cuando la abuela nos trajo a vivir al kibbutz y por eso crecimos aquí.

Yo no sé cómo sean otras madres, pero la abuela Sara Nejome fue la mejor del mundo para nosotras. Su ancho cuerpo fue el sitio ideal para dormir, de sus manos siempre brotaron caricias y de su boca hermosos relatos.

Cuando me convertí en mujer, su felicidad fue muy grande, "ahora ya puedes tener hijos", me dijo. Me enseñó a ser limpia en esos días del mes y me explicó que era en los otros cuando se hacía el embarazo. Mi hermana Jen aún tardó en sangrar. Con ella la abuela se comportó de otro modo porque sabía desde entonces que su camino sería diferente. Nos conocía demasiado bien.

Y es que aunque por fuera nos vemos idénticas, por dentro Jen y yo somos muy distintas. Desde pequeña a ella le han gustado la poesía y las canciones de protesta y es una pacifista de corazón. Hace varios años pertenece a una organización que se llama Shalom Ajshav, en la que se proponen dialogar con los árabes y lograr la paz a toda costa, incluso devolviendo los territorios ocupados, no les importa si hay que entregar a Jerusalem. Jen, cuyo nombre significa "encanto", de verdad lo es: graciosa y encantadora. Y lo aprovecha bien: va y viene por todo el país haciendo discursos y participando en mítines y se ha vuelto muy amiga de un escritor famoso que es el fundador de ese grupo. Son de los que no están de acuerdo con la política del gobierno y han iniciado la moda de criticar al ejército. Si antes nuestros soldados eran héroes porque destruían a los aviones enemigos cuando aún no despegaban de sus bases, hoy se habla mal de ellos porque responden a las piedras de la intifadah con balas.

Yo en cambio, heredé de mi abuela el amor por la tierra y desde que pude me dediqué a eso en el kibbutz. No en balde llevo por nombre Keren, que significa semilla. Muy joven participé en la siembra de las flores de ornato y también ayudé a mi tío Herschl con los girasoles. Pero nunca sentí que mi trabajo tuviera aquel valor de los primeros tiempos, cuando de verdad el esfuerzo de los pioneros era significativo. Hoy todo se hace con máquinas, horarios programados y fertilizantes, de modo que sembrar la tierra es como cualquier otro trabajo, no requiere de idealismo.

Cuando tenía diecisiete años conocí a Tal. Era un domingo despues de la fiesta de Pesaj y fui con mi amiga Liora al museo de la diáspora que está en la universidad de Tel Aviv. Tal estaba sentado en la cafetería, vestido de pantalones cortos, camiseta sin mangas y unas gruesas sandalias negras. Cuando nuestros ojos se encontraron, le daba una mordida a un enorme baguette relleno de queso. Era tan hermoso, tan grande y fuerte, tan lleno de vitalidad, que no pude resistir y me acerqué. Siguiendo la costumbre de las mujeres de mi familia, no esperé demasiado y nueve meses después nació mi primera hija, a la que puse el nombre de mi madre, Java. Pero el guapo de Tal nunca supo esto pues cuando terminó el servicio militar sus padres le regalaron un viaje al Tibet y no nos volvimos a ver.

Tres años después nació mi hija Shifra. Su padre es un violinista ruso que recién había llegado a Israel y a quien conocí un domingo después de la fiesta de Sucot, cuando fui con mi amiga Liora a escuchar un concierto en la montaña de Zijron Yaacov. Tampoco él supo jamás que nació la niña, no se lo dije, bastantes problemas tiene con su adaptación al país como para que yo le agregue este.

Y es que ¿cómo no tenerlos si en Israel la vida es tan complicada? Hay hombres que se visten como en la Edad Media: de negro, con sombreros de piel y largos sacos en este calor. Y lo que es peor, piensan y viven como en la Edad Media: sin trabajar, dedicados a leer las Sagradas Escrituras y a rezar para que Dios los lleve el año próximo a Jerusalem, siendo que viven precisamente en la Ciudad Santa, aunque no lo reconocen porque es El Mesías quien los deberá conducir a ella. Y al mismo tiempo hay mujeres semidesnudas asoleándose en las playas, junto a los hoteles de lujo. Hay gente rica que tiene casas de dos pisos y grandes jardines en Ramat Hasharón, hay gente normal que se levanta todos los días para estudiar o trabajar y hay gente muy pobre que vive en los alrededores del mercado o en las barracas de lámina que les da el gobierno.

En este país donde los recursos naturales son nulos y los recursos económicos escasos, viven judíos de todo el mundo, que no tienen nada que ver entre sí: los de América vienen a buscar la religión ortodoxa, los etíopes no saben para qué los trajimos de África, los rusos llegaron huyendo del infierno pero en lugar del paraíso encontraron que no cae maná del cielo. Los sefaradís tienen quejas contra los ashkenazim, los intelectuales se oponen a los religiosos y en el gobierno todos pelean entre sí. Está de moda hablar mal de los kibbutzim y hacer públicos los errores del ejército. ¡Y por si fuera poco está siempre la amenaza de guerra de nuestros vecinos y el terrorismo que nos tiene en tensión de día y de noche!

Por eso yo tomé una decisión, porque creo que la situación obliga a tomar posición, que no se puede vivir ignorando los hechos.

Me he unido a Gush Emunim y al movimiento Amaná que es el de las mujeres dentro de ese grupo tan religioso. Son los pioneros de hoy, los que levantan asentamientos en los territorios que se ocuparon a raíz de la guerra, nosotros les llamamos territorios liberados. Vivimos en Judea y Samaria, donde estuvieron nuestros antepasados, el padre Abraham y el rey David. Es una tierra hermosa con su luz única, pero está seca y empobrecida. Nosotros la trabajaremos y la haremos florecer.

En este lugar he sentido otra vez el espíritu original que animó a nuestra gente a venir a Palestina. Aquí estoy con los idealistas, con los jóvenes de corazón, con los que rechazan los bienes materiales por la vida de la fe y del esfuerzo. Ellos sienten verdadero amor por esta Patria y tienen un código de conducta personal estricto. Son como eran al principio los nuestros, antes de ablandarse con las comodidades. Por eso aquí me ha sucedido que cuando cantamos nuestro himno nacional, el Hatikva, y cuando veo ondear nuestra bandera, un temblor recorre mi cuerpo, como debe haber sentido mi abuela después de la Independencia, en aquel glorioso momento en que, por primera vez, se izaba un lábaro patrio de los judíos, tan hermoso azul y blanco como un talit con la estrella de David en el centro. Pero lo mejor ha sido conocer a Dios. Yo, que nunca supe de Él ni de su consuelo, que nunca le pedí ni le agradecí nada, que permanecí lejos por mi ignorancia y mi arrogancia, por fin lo he encontrado. Y es que en este lugar, Él está presente en cada momento de nuestra vida.

Yaacob, el hombre que es mi marido, me enseñó el camino. Así tenía que ser pues por algo lleva el mismo nombre que mi padre y que uno de los tres padres de los judíos. Fue él quien me dijo que las dos fuentes de la vida son la Torá y el agua. "Agua no tenemos en estas tierras, pero la hemos de conseguir. Por lo pronto haz que entre en ti la palabra de Dios."

Y así fue. Mis ojos y mi corazón se han abierto. He aprendido a creer. Cuando escucho las plegarias y los cantos, algo dentro de mí se conmueve. He aprendido a proclamar en voz alta mis alabanzas al Señor. "Shema Israel, Adonai Eloheinu, Adonai Ejad", "Escucha Oh Israel, Adonai es nuestro Dios, Adonai es Único."

Estoy aprendiendo los rezos, las brajot y las tefilot, la halajá, las leyes de la kashrut y los deberes específicos de la mujer. Estoy aprendiendo a celebrar las fiestas y a preparar el shabat, ese día tan especial cuando la familia va al baño y después, limpios y puros, nos sentamos alrededor de la mesa, el mantel blanco, los candelabros con las velas encendidas, el vino para el kiddush y el pan de la jalá.

Mi marido me llevó con un famoso Rabí que es nuestro dirigente espiritual. Cuando le pregunté si yo podía vivir entre ellos aunque no supiera de religión, él me contestó con el Talmud: "Si una persona se ocupa de las necesidades de la comunidad es como si se ocupara de la Torá."

¿Cree usted que podré hacerlo?, dije yo y él me contestó con las palabras de Rabí Najman de Bratislava: Cualquiera se puede educar a sí mismo pero sólo a través de sus acciones.

¿Pero usted cree que yo aún podré aprender?, dije, a lo que me respondió con las Brajot: El que no se avergüenza en preguntar será exaltado.

¿No le parece que es muy tarde para empezar?, dije, a lo que me respondió con Ibn Ezra: El tiempo es el maestro más sublime y más sabio.

¡Pero yo nunca he sabido de esto!, dije, a lo que me contestó con las palabras de Rabí Hilel: Y si no ahora ¿cuando?

¿Entonces de verdad usted cree que yo aún podré hacerlo?, insistí una vez más, a lo que él contestó: Si el agua puede penetrar la roca sólida, también la Torá puede penetrar en tu corazón.

En ese momento sentí una gran dicha, la de saber que este camino se había abierto para mí. "Ni un justo logrará ocupar el lugar de un arrepentido", me dijo el Rabí.

Y aquí estoy, Baruj Hashem, en el sitio correcto. Me quedé aquí por las respuestas del Rabí, por la fe de mi marido, por esta tierra bendita a la que hemos de sacar sus frutos y por la posibilidad del arrepentimiento y la redención. Aquí me he casado, aquí sembraré semillas y pariré hijos, el siguiente de los cuales viene ya en camino, ojalá sean muchos más, "Bendito seas Señor que viví para llegar hasta este día."

"Amarás al Señor tu Dios con todo tu corazón y con toda tu alma y con toda tu fuerza. Todas las mañanas le agradecerás al Eterno por restaurar tu alma con Su gran compasión", dice el libro. Y sí, le agradezco, cada día al levantarme, cuando me espera tanto trabajo y cada noche antes de dormir, cuando el cansancio es profundo. Pero sobre todo, los sábados mis rezos están plenos de devoción:

> Haznos dormir en paz, oh Dios,
> Y levántanos con vida.
> Extiende sobre nosotros Tu protección,
> oriéntanos con Tus sabios consejos.
> Sálvanos para que cantemos Tu gloria,
> protégenos contra todo mal y tentación.
> Con Tu misericordia guía nuestros pasos,
> concédenos la vida y la paz, ahora y siempre.

¿Qué más puedo decir? En lugares como este, donde los siglos han dejado su huella y la divinidad su aliento, ya todo ha sido dicho desde hace mucho tiempo, una vez y para siempre y no es posible agregar palabra alguna. Sólo nos queda unirnos al silencio.

VII
El manantial de luz

Vengo feliz porque me ascendieron, el sueldo no es mucho más alto pero las responsabilidades son más importantes y la oficina está preciosa, enorme, con su escritorio amplio, dos teléfonos y mesa para reuniones. Creo que lo del viaje a Europa se va a quedar por ahora en sueño, pero no importa, vale la pena, hasta voy a ponerme en forma, quiero empezar a correr, ir unas tres veces por semana y comprarme trajes nuevos.

A mi esposa le ha dado por decir que deberíamos tener más hijos. ¡Imagínese! Es cierto que hemos vuelto a tener vida íntima, tan sabrosa como cuando éramos jóvenes y recién casados, quién lo diría a estas alturas, pero de allí a los embarazos, pues eso ya se me hace demasiado. Cuando le digo que ya no estamos en edad para esos cuentos dice que entonces los adoptemos, que hay montones de niños que necesitan una casa, hágame favor, ya veo yo mi departamento lleno de mocosos y mis noches llenas de lloridos. ¿Y a ellos también les piensas dar de comer puras yerbas?, le preguntó la Nena el otro día, porque ahora nos ha convertido en vegetarianos, dice que es lo mejor, lo más sano. Sirve sopa de lentejas, ensalada de verduras crudas y fruta con nueces y miel y mientras masticamos habla todo el tiempo del equilibrio, la energía, el karma y cosas por el estilo. Ya la conoce, cuando se le mete una idea en la cabeza, hasta las macetas de la sala sufrieron el cambio ¡y ahora en vez de geranios les sembró epazote!

¿Le dije que puso un negocio? Pues le va muy bien, va a terminar manteniéndome ella a mí. Hace pasteles y ya tiene tantos pedidos que compró otro horno y contrató a dos muchachas que le ayudan. Ahora está buscando un local y hasta piensa tener venta al público además de las entregas a domicilio. Mi muchacho aprendió a manejar y ella le paga un sueldo por trabajar como repartidor cuando regresa de la escuela.

Lo que no me gusta es que se junta con unas vecinas que se visten de blanco y andan por la vida como iluminadas. De repente a media tarde se ponen en la sala a hacer ejercicios, se estiran y doblan como si fueran de chicle, una de ellas hasta se para de cabeza. Y luego se sientan en el piso con las piernas cruzadas, cierran los ojos y así se quedan montones de tiempo sin que nadie les pueda dirigir la palabra, ni buenas tardes porque se las distrae "de la mente en blanco", hágame el favor, será en negro digo yo. En un rincón puso la foto enorme de un señor medio encuerado que dice que es un santo, la adorna con flores frescas y le prende incienso como si fuera un altar. Y todo el día oye un disco en el que repiten y repiten la misma frase: "Om Namah Shivaya", diez, cien, mil veces idéntica y en un idioma incomprensible, es aburridísimo, pero ella canta feliz como si estuviera rezando. La verdad nosotros nunca hemos sido gente religiosa, pero si ya se trata de serlo, pues que sea en la fe verdadera y no en estas cosas tan raras, ¿no cree usted?

Como verá he adelgazado. No es porque ahora en mi casa medio nos matan de hambre con la nueva forma de comer que inventó mi mamá, espinacas y pan integral, sino porque rompí con mi novio y eso me dolió mucho, hasta el apetito perdí. Yo que pasaba la mitad de mi vida a dieta y sin poder bajar de peso, lo logré ahora por la pura tristeza. Dicen que ya anda con otra, todo mundo lo ha visto, pero según mi mamá es lo mejor para mí: "no te conviene casarte tan rápido, hay que disfrutar de la vida y esos dolores se curan con el tiempo". Ya la conoce, se pinta sola para eso de echar discursos. Antes yo me enojaba cuando me salía con sus filosofías, hasta le contestaba feo o me encerraba en mi cuarto, pero ahora ya no, simplemente la dejo que hable y no le hago caso. Aunque la verdad, tengo que reconocer que algunas veces las cosas que dice me llegan. A ver si no me sucede como a mi papá y a mi hermano, que cada vez están más embobados con ella y se beben sus palabras como si fuera el santísimo vino de la comunión.

¿Cree usted que volveré a tener novio? He tratado de renovarme, me corté el pelo en un salón que me recomendaron, hago con más energía los ejercicios en el gimnasio y compré ropa nueva. Mi mamá dice que me veo bien, pero yo me siento rara de estar sola, tenía costumbre de ir y venir con Luis, esperar los fines de semana para pasear juntos. Ahora me da miedo que llegue el sábado y no tener con quién salir. No me gusta ir con mis amigas y que se note que no tenemos pareja, aunque la ventaja de eso es que en las fiestas somos más libres que las otras y podemos bailar con todos.

Entré de mesera en un restorán de crepas que está en la calle de la Paz, los que trabajan allí son puros jóvenes como yo. Es durísimo, estamos de pie todo el tiempo y no se gana mucho, salario mínimo y propinas, pero todo sea con tal de ya no estudiar. De allí resultan a veces algunos planes y hay un muchacho que ya me invitó un par de veces al cine, pero no me hago ilusiones.

¿Sabe lo que me pasó el otro día? Fui al cuarto de mi mamá a buscar unas medias. Ahora ya no lee echada en su cama como antes, sino que acomodó una mesa junto a la ventana y la adornó con macetas que ella misma siembra desde que decidió que le gustaba meter las manos en la tierra. Se arregló un rincón y allí se sienta muy seria haciendo como si estudiara y apuntando montones de cosas. Entonces yo, nada más por ociosa, me puse a ver los libros que estaban encima. Abrí uno al azar y vi una frase que ella había subrayado: "Nadie posee tanto algo como aquel que lo sueña." Me dejó pensativa, ¿será cierto que vale tanto la pena soñar?

Mi querida doctora, vengo a la terapia con la misma fe con que se va a la iglesia y salgo igual de reconfortada. Es bueno hablar con alguien.

No lo va usted a creer, pero últimamente se me ha removido algo muy profundo y siento revivir las ganas de acercarme a lo sagrado. ¡Hace tantos años que no tenía nada que ver con eso!

He pensado en Dios, pero no crea que para pedirle algo, que nos cuide y proteja o que nos enseñe el camino de la salvación, sino sólo para darle las gracias. Me he dado cuenta de lo bueno que ha sido conmigo. Tengo una linda familia, vivo una vida tranquila, sin carencias ni dolores, salí de la depresión tan terrible que tenía y hasta tuve éxito en mi negocio. La verdad, pues, estoy contenta.

Me he acordado de mi abuela, cuando me llevaba a misa y ahora estoy leyendo sobre religión. Creo que es lo que le falta a mi vida para estar completa. Si yo pudiera, si de mí dependiera, me habría gustado vivir cerca de un maestro espiritual.

Por ejemplo, en la India, un país donde el cielo no es azul sino verde, el calor es denso y pesado, hay mucho polvo y mucho ruido, un exceso de gritos y de movimientos y en el aire flota un olor acre en el que se mezclan las especies, la orina y el sudor. Por todas partes la gente, montones de seres humanos flaquísimos que se afanan en sus actividades, algunos venden algo o barren la calle, otros defecan o escupen, y los más, con los ojos dilatados, dejan pasar el tiempo mascando betel, la roja saliva escurriendo por las comisuras de los labios. Y por doquier la suciedad, las vacas que se pasean pisoteando cualquier cosa a su paso y los costillares de perros sarnosos que buscan algo para comer.

Me veo a mí misma bajando del barco, saliendo del puerto, caminando por las calles maleta en mano. Un elegante automóvil se abre paso con dificultad entre los peatones y las rikshas, que corren de un lado a otro llevando a sus pasajeros sobre los hombros desnudos y los pies descalzos del cargador.

El chofer, de impecable uniforme, conduce a dos señoritas inglesas que se dirigen a sus barrios limpios y tranquilos, con sus enormes casas blancas y sus lawns verdes perfectamente cuidados.

No me quedaría ni un día en la ciudad, pues no vine a este país a tomar el té ni a conversar, sino a buscar mi camino espiritual. Por eso abordaría inmediatamente el tren para Kochrab, donde está el ashram de Gandhi, el hombre a cuya sombra quiero vivir.

Después de cruzar el territorio de un extremo a otro, recorriendo aldeas y campos, y comiendo curry picante que hace arder mi estómago de occidental, llegaría por fin a mi destino. Pero ¡cuál no sería mi desilusión cuando lo único que encontré fue un pequeño bungalow en medio de la nada! Largo rato estuve parada bajo el sol a plomo completamente desorientada. Había atravesado la mitad del mundo para llegar hasta aquí y ahora no sabía qué hacer.

A la primera persona que vi fue a una mujer de baja estatura que vestía un sari color amarillo floreado y llevaba la cabeza cubierta. Sin duda se dirigía al pozo, pues cargaba un recipiente, pero al verme desvió su camino y se me acercó con la amabilidad de sus ojos oscuros. "¿Se te ofrece algo?", preguntó en inglés con fuerte acento. A quemarropa le solté la frase que había ensayado durante muchos meses: "Soy una extranjera que pide permiso para ingresar a esta comunidad, a vivir y trabajar con las gentes que admiro. Busco a Dios y sé que aquí lo podré encontrar y vivir mi vida cerca de Él." La mujer sonrió: "Varios extranjeros han llegado hasta nosotros desde los tiempos de Sudáfrica y han sido excelentes colaboradores. No tenemos sino gratitud para ellos, de modo que eres bienvenida. Aquí no nos importa la nacionalidad ni la religión de las personas, sólo su postura moral." Al decir esto, me hizo una seña para que la siguiera. Luego supe que esa mujer se llamaba Kasturbai y era la esposa de Gandhi.

La seguí por este sitio seco y pobre hasta que encontramos a una joven a quien ella explicó mi situación. Después se fue a sus labores mientras Kamdar, que así se llamaba, me mostraba un lugar en el que había baldes y tinas y me dejaba allí para que me lavara y refrescara del largo viaje. Fue ese un gran momento, el más agradable desde mi llegada a este extraño país. La deliciosa sensación del agua resbalando por mi cuerpo, en mi cara y sobre mi cabeza que latía con fuerza, afectada por el calor. ¡Cuántas veces vería yo repetirse esta escena con todos los extranjeros que venían de visita al ashram y tenían dificultades con el clima! Recuerdo a un escritor norteamericano que pasó una semana con nosotros, se sentaba dentro de la bañera llena de agua y allí permanecía durante horas escribiendo en su pequeña máquina montada sobre unos cajones.

Lo primero en que participé fue en una comida. Otra joven, llamada Ramibai, vino por mí, me ayudó a secarme y a vestirme y me condujo al comedor. Unas veinte personas sentadas sobre esteras esperaban en silencio. Frente a cada una había un vaso con agua y un cuenco en que los encargados de servir depositaban los alimentos. Pero nadie comía.

De repente entró él. Yo no lo había visto jamás pero supe que era Gandhi porque todas las miradas convergieron en su persona. ¿Eso era todo? ¿Podía un hombrecito tan insignificante hacer tanto ruido y despertar tanta admiración y tanta polémica?

Como la mayoría de los hindús, era de baja estatura, moreno y sumamente delgado, con un buen bigote negro. Tendría unos cuarenta y cinco años y vestía de blanco con ropa que le cubría desde el cuello hasta los tobillos: un saco largo y un faldón. Calzaba unas sencillas sandalias y llevaba colgado un reloj barato. Poco después cambiaría esa vestimenta por aquella que lo haría tan famoso: un taparrabos blanco y la cabeza completamente rasurada. No sé si era por la reverencia con que todos lo miraban, o por una fuerza especial que se desprendía de su persona, el hecho es que me puse nerviosa. ¿Qué le diría yo? ¿Qué hacía allí metida en su casa? ¿Para qué había venido desde tan lejos a buscarlo?

Pero él ni siquiera se percató de mi presencia. El hombrecito se dirigió a su lugar, tomó asiento sobre un almohadón y todo quedó aun más quieto y silencioso. Alguien recitó unas plegarias que todos escucharon con atención y luego los veinte se dedicaron a comer con absoluta concentración, como si ese acto fuera el más fundamental de la vida. ¿En esto consistía la vida espiritual? ¿Se podía encontrar a Dios en las verduras y en el hecho de masticar? Por lo visto todos creían que sí y ya llegaría el momento en que también yo lo pensaría, pues los alimentos nos han sido dados por el Creador para hacer vivir nuestro cuerpo y son tan importantes como los rezos y los actos de devoción.

Pero en aquel momento yo aún no sabía esas cosas, aún creía que la vida del espíritu se componía de actividades que parecían ser más importantes. Intenté comer como los demás, pero me sentía demasiado alterada. Y la posición me resultaba incómoda, sentada como estaba sobre mis piernas cruzadas. Tampoco sabía usar los dedos para tomar los alimentos ni doblar la chapati como hacían los demás: en un triángulo que la convertía en pan y cuchara al mismo tiempo. Y por si fuera poco, la comida me resultaba totalmente insípida.

Y sin embargo, desde ese primer encuentro con junto a mi gurú, aprendí dos cosas. La primera, que cuando se comía había que hacerlo con la entrega más plena, sin pensar en otra cosa ni mucho menos hacer algo más al mismo tiempo (por ejemplo hablar, como era mi costumbre). Y eso valía para todo: si barría, si preparaba las nueces, si estudiaba o rezaba, debía darle a cada cosa la mayor dedicación y la concentración total. Y segundo, que sentarme en el piso con las piernas cruzadas me era imposible por más de unos minutos pues mis tobillos y mi espalda de occidental sufrían intensos dolores por esa costumbre, por más que yo hubiera practicado la meditación en mi país, por más que hubiera hecho ejercicios de Hatha Yoga.

Las primeras semanas en el ashram la pasé mal. Todo me resultaba extraño, feo, incómodo y difícil. No encontraba un quehacer adecuado para mi persona, no podía comunicarme —no nada más por el idioma sino porque la gente hablaba muy poco—, y el calor me liquidaba.

Un día estalló la peste en la aldea, por lo que Gandhi decidió que abandonáramos el bungalow y nos mudáramos a otro sitio, lejos del peligro. Eligió un terreno en las riberas del lechoso río Sabarmati, a unas cuatro millas de la ciudad de Ahmedabad y allá nos fuimos a fundar una nueva comunidad. Por nombre le puso Satyagraha, palabra que él había inventado y que significaba "la no aceptación de la injusticia y al mismo tiempo el triunfo de la verdad por las fuerzas del alma y del amor". Así se habían llamado en África y se seguirían llamando aquí, las campañas de desobediencia civil de mi maestro.

El lugar era bonito. Había un bosquecillo de frondosos árboles, vacas y búfalos que pastaban y mujeres que lavaban su ropa en el río golpeándola contra las piedras.

Nos instalamos en varias carpas mientras construíamos las habitaciones permanentes, que fueron chozas bajas y blancas. El único cuarto que ya existía se convirtió en el de Gandhi. Era pequeño, como una celda, hasta tenía barrotes que algún habitante anterior le había colocado.

Lo primero que levantamos fue la cocina. Para entonces éramos ya unas cuarenta personas entre hombres, mujeres y niños, que vivíamos en condiciones muy precarias. Las provisiones se traían desde lejos y no contábamos con ningún servicio: ni agua corriente ni drenaje ni luz eléctrica. Pero para mi sorpresa, nadie perdía el buen humor.

Empezábamos el día a las tres de la madrugada. Lo primero que hacíamos al levantarnos era lavarnos con sumo cuidado y rezar con gran devoción. Después salíamos a emprender una larga caminata siempre con Gandhi a la delantera, pleno de energía y dando enormes pasos. Por fin cuando aparecía el sol en el cielo, venía el desayuno que se componía de frutas y pan con manteca, mermelada o miel. Había té para quien quisiera tomarlo, pues aunque Gandhi no lo bebía, tampoco lo prohibía.

Las horas hábiles las dedicábamos a trabajar en las labores de la granja, así como en las tareas domésticas de barrer, limpiar, lavar y preparar los alimentos. Además salíamos a las aldeas vecinas a ofrecer nuestros servicios como maestros de escuela y como orientadores en cuestiones de alimentación, medicina e higiene para la gente tan pobre e ignorante que habitaba en ellas. A todo eso se sumaba nuestra obligación de estudiar.

Por las noches caía yo rendida, pero el calor no me dejaba descansar. Acostumbrábamos dormir fuera de la habitación, pues era más fresco, pero en el monzón las lluvias eran tan intensas que se volvía imposible. Entonces teníamos que permanecer dentro del cuarto, donde se levantaba un vaho húmedo que incrementaba la de por sí inclemente temperatura. Había muchas víboras que Gandhi no nos dejaba matar aunque compartía nuestra aversión hacia estos animales. "Todo lo que vive es tu prójimo", decía.

Lo más difícil fue acostumbrarme a la comida. A pesar de que empezábamos a trajinar desde una hora tan temprana, no ingeríamos ningún alimento hasta que el sol hubiera salido ni una vez que se hubiera puesto. Yo pasaba hambre y eso hacía que las noches se me hicieran muy largas. Pero tampoco durante el día quedaba satisfecha, pues comíamos poco, ya que Gandhi consideraba que comer más de lo necesario era robarle el alimento a otras personas. "Trabajar para ganarse el sustento y alimentarse para mantener el cuerpo físico y no más, así habrá trabajo, alimento y ocio para todos", decía.

La comida no sólo era poca sino extremadamente austera. Gandhi pensaba que había que alimentar al cuerpo pero no a los sentidos, de modo que se oponía a que los alimentos produjeran algún placer. Así pues, nuestro menú se componía de verduras cocidas o crudas; frutas crudas o secas; nueces; arroz o papas y chapatis. Había miel, mermelada de fruta, ghi o manteca y jengibre. Y eso era todo. Gandhi consideraba que no se debían ingerir demasiados productos distintos ya que ello dificultaba la digestión. Él mismo no comía más de cinco alimentos diferentes en un día.

Para beber había agua hervida o té y tiempo después, cuando una enfermedad puso a Gandhi al borde de la muerte, agregamos a nuestra dieta la leche de cabra. Su sabor me resultó siempre desagradable y me provocó diarreas, pero no había remedio pues la leche de vaca no entraba a nuestra cocina debido a un voto del maestro de jamás probarla. Era su manera de mostrar su oposición al maltrato que se les daba a esos animales, precisamente en la India, el país que se suponía los idolatraba.

Por supuesto la carne y todos los productos que tuvieran que ver con ella no se ingerían por ningún motivo y bajo ninguna circunstancia. Los alimentos se preparaban sin ningún condimento ni azúcar o sal, aunque a la hora de servir se ponía una poca de esta última para quien deseara agregarla. ¡Cómo extrañaba yo los pasteles y los dulces de mi casa!

Gandhi insistía en la conveniencia de hacer ayunos periódicos, recordando siempre con ternura a su muy piadosa madre que le había enseñado esa práctica. Él mismo los hacía por cualquier causa, desde por sus experimentos de salud hasta por penitencia, desde por sus afanes de domar la carne hasta como castigo. Y durante toda su vida los usaría también como arma política, bastante efectiva por cierto, aunque ello lo puso en más de una ocasión al borde de la muerte.

Los experimentos que Gandhi hacía sobre sí mismo con los diferentes alimentos le enseñaron a curar las enfermedades. Jamás aceptó ninguna medicina que no fuera natural y, siempre y para todos los casos, recetaba dietas específicas, hidroterapia, cataplasmas de arcilla o barro y lavativas. A mí me alivió de una fuerte hemorragia eliminando por completo las verduras y la sal de mi dieta y haciéndome comer sólo frutas crudas. A uno de los niños que se rompió un brazo le hizo aplicaciones de cataplasmas hasta que quedó totalmente recuperado.

Gandhi era muy escrupuloso en lo que se refería a la limpieza, que debía ser absoluta en las personas y los alimentos, así como en las habitaciones y las letrinas. Él mismo, cuando se levantaba, dedicaba veinte minutos a lavar su cuerpo y quince a cepillar sus dientes y después ocupaba una buena media hora en barrer su habitación. Por las noches se aplicaba lavativas para tener los intestinos muy limpios y todos lo imitábamos en esta práctica. Su ropa lucía inmaculadamente blanca. En una ocasión en que debía recibir a un célebre escritor extranjero, se entretuvo varios minutos para limpiar una pequeñísima mancha de mango que había escurrido por accidente en su taparrabos. En los momentos más difíciles de su vida, Gandhi jamás dejó de cumplir sus rituales de limpieza. "El cuerpo es la morada de Dios, decía, es preciso conservarlo puro."

Y daba gran importancia al ejercicio. Dos veces al día, muy temprano de mañana y al anochecer, nos invitaba a acompañarle en largas caminatas. "Si el cuerpo se mantiene fuerte y sano nunca nos va a molestar y sólo así, liberados de él, podemos dedicarnos a cumplir con nuestro trabajo", decía. "El cuerpo, la mente y el espíritu trabajan al unísono y para que ese trabajo sea armónico deben estar completamente sanos." Y si uno lo miraba a él, tan delgado y ágil, tan fuerte y lleno de energía no podía menos que reconocer cuánto de verdad había en sus palabras.

Gandhi abominaba de las conversaciones inútiles a las que veía como pérdida de tiempo. Hablar servía para decir lo necesario y el resto del tiempo había que estar callado pues sólo en el silencio se podía conservar la energía y escuchar la "pequeña voz interior" que todos teníamos dentro y que era, según él, la más sabia y a la que había que obedecer. A mí como occidental esto me resultaba sumamente difícil, pues la costumbre de charlar me había sido inculcada desde muy pequeña y además me agradaba. Gandhi guardaba silencio durante largas horas y tiempo después decidió no hablar un día completo de la semana. Y esa decisión la respetó contra viento y marea. Recuerdo la primera ocasión en que vinieron por él para llevarlo a la cárcel, como era lunes, su día de silencio, no dijo nada y simplemente se entregó a la policía. Recuerdo también aquella vez cuando había que tomar alguna decisión importante de la lucha política y para desesperación de toda la India, él se encerró en su silencio durante seis largas semanas.

Nuestra vida en el ashram era rígida y austera, "así pongo en práctica las enseñanzas de la Gita como yo las entiendo", decía Gandhi, "el ascetismo es un sacrificio muy duro, pero es el único que nosotros le podemos dar a Dios a cambio de todo lo que Él nos da". Contábamos con dos cambios de ropa y un cuenco para comer, eso era todo. Lo demás se reducía a lo más necesario para cumplir con nuestro trabajo, ningún adorno, ninguna propiedad personal. A eso se le llamaba aparigraha, es decir, no tener bienes materiales. Pero aunque en mi cabeza yo estaba de acuerdo con el principio, sufrí mucho. Mi idea de lo más esencial para sobrevivir no era la misma que la de Gandhi, pues el papel higiénico y los dulces eran para mí básicos y no así para el maestro. Más de una vez pensé en huir de ese lugar en el que nadie me retenía y al que había llegado por mi voluntad.

Nunca olvidaré el momento en que lo conocí. En el tiempo que llevaba viviendo en el ashram lo había visto muchas veces y había comido cerca de él, pero no habíamos sido presentados ni habíamos cruzado palabra. Un día Kurshed, la muy joven hija de un querido amigo del gurú, vino por mí y me dijo que Gandhi quería verme. Me puse tan nerviosa que empecé a sudar copiosamente y hasta me costaba trabajo respirar.

Cuando llegué a donde se encontraba, lo vi sentado en la letrina, rodeado de varias personas. Allí estaba Mirabehn, una inglesa que vivía aquí, Maulana, el erudito musulmán de cuerpo atlético,

los médicos Hakim y Ansari, su hijo menor Devadas, el joven Kishorlal, que siempre trabajaba con
él, y uno de sus secretarios, Mahved Desai. También estaba el reverendo Andrews, un hombre simpático y culto, muy amigo del Mahatma. ¡Era la
única persona en el mundo que le decía Mohan!

Profundamente concentrado, Gandhi escribía
alguno de los muchos artículos que entregaba a los
periódicos. Lo hacía sobre pequeños pedazos de papel y en el reverso de sobres usados. Su instrumento
eran colillas de lápiz que apenas si sobresalían de sus
dedos. No podía yo creer que ese hombre admirado
y obedecido por millones, hiciera sus necesidades
en público y no dispusiera ya no se diga de un teléfono, un escritorio o un ventilador, ni siquiera de
buenas hojas de papel y herramientas adecuadas para escribir. Pero si alguien odiaba el lujo, el desperdicio y el despilfarro era precisamente él. Y si
alguien no tenía nada que esconder ni de qué avergonzarse era precisamente él.

Estuve un buen tiempo ahí parada, mirándolo.
Mi cuerpo temblaba de pensar que estaba frente al
Iluminado, al Maestro, al Santo, al Ejemplo, a La
Fuerza Moral, al Alma Grande.

Cuando terminó lo que hacía, me hizo una seña para que me acercara. Al hacerlo, me postré y le
dije lo que había leído en alguna parte: "Me inclino
ante Ti con mi cuerpo, mi palabra y mi espíritu."
Gandhi rió. "No soy Dios para que digas esas tonterías", me increpó. Detrás de sus pequeñas gafas con
aros de metal, sus ojos pequeños y llenos de ironía
me miraban fijamente. Observé sus orejas muy
grandes que sobresalían de la cabeza, la nariz tam-

bién grande y un lunar en el párpado inferior derecho. Luego me habló con su voz baja, suave, diríase que hasta débil. "Así que tú eres la que tiene el apetito de Bhima", me dijo, aplicando a mi persona su famoso sentido del humor. Yo me ruboricé pues ese personaje de la épica hindú era conocido por su glotonería. "No te preocupes, eso se puede controlar. También yo tengo un gran estómago." Todos rieron cuando dijo esto último, pero yo me quedé seria. Me apenaba que supiera tanto de mí, yo creí que nunca se había fijado en mi pobre persona.

Hablamos entonces de mi búsqueda de Dios, de mi deseo de vivir la vida cerca de Él y según sus enseñanzas. "Aquí no buscamos ningún éxtasis místico, sino precisamente llevar la espiritualidad a las tareas de la vida cotidiana. Pero el camino de la autopurificación es difícil y pausado", me dijo. De repente, miró su reloj y sin decir más, se levantó y se dirigió a la salida. Todos lo siguieron. "La puntualidad es una de sus obsesiones", me hizo saber alguien al oído. Él debe haberlo escuchado porque se detuvo y dijo dirigiéndose a mí: "El tiempo es un don de Dios y cada minuto debe dedicarse a su servicio y al de la causa", dicho lo cual siguió su camino.

Desde el momento en que vi a Gandhi y hablé con él, mi vida cambió. Yo, un ser humano cualquiera, había estado en presencia del gurú, había recibido darsham y la fuerza de su persona me había vivificado. ¿O fue su paciencia?, ¿o su ternura?, ¿o su generosidad? No lo sé. ¡Parecía un hombrecito común y corriente y cuando uno se le acercaba producía un impacto tan especial! Desde que me dedicó su atención yo fui otra, recuperé las ganas de seguir mi búsqueda espiritual. ¡Qué bien había hecho en venir a la India!

Durante días me sentí tan importante y tan emocionada, que olvidé mis deseos de huir y de comer dulces y pude concentrarme en cumplir con mi trabajo y con mi seva. Hasta dormí más tranquila. Y empecé a sentirme aún mejor cuando comencé a aprender las oraciones y a participar en los rezos. "La devoción es importante me decía Gandhi, el que tiene un comportamiento más religioso tiene más de la chispa divina en él." Si bien yo apenas conocía los ritos sagrados hindús, de todos modos pude gozar intensamente de esos momentos pues sentía que en ellos llegaba a mí una enorme energía y al mismo tiempo una gran serenidad. Fue entonces cuando entendí la insistencia de Gandhi en cumplir con la sandhya, pues él creía firmemente en la fuerza de la plegaria. "Los rezos no son un medio sino un fin en sí mismos, me decía, reza como puedas, del modo como tú sabes, cada quien debe seguir su propia vía hacia Dios. No hay una sola vía, todas las religiones son rutas distintas que convergen en un mismo fin." Y el Mahatma lo creía tan a pie juntillas, que durante los servicios se leían además de los himnos vaishnavitas, versículos del Corán y cánticos cristianos.

Pero sobre todo, empecé a sentirme bien cuando por instrucciones de mi maestro, comencé a leer la Gita, el libro sagrado al que Gandhi llamaba "Canción celestial". Mi corazón empezó de verdad a abrirse y a brotar de él mi propia bakhtio. La ira y la desesperación desaparecieron como por arte de magia. ¡Quién lo hubiera dicho, yo, una extranjera, sin casta, que en otro tiempo habría sido castigada derramando fierro caliente en mis orejas por el sólo hecho de haber escuchado aunque fuera por accidente la lectura de un libro sagrado, ahora participaba de sus bondades! ¡Y todo gracias a ese hombre, a ese sabio para quien los seres humanos valíamos por nuestra postura moral y no por nuestra herencia o nuestro lugar de nacimiento!

Me di cuenta entonces de lo bien que estaba de salud, de lo bien que me habían sentado la comida y los ejercicios físicos impuestos por Gandhi, de lo activa y fuerte que me sentía. ¡Como si la diosa Shakti me hubiera llenado de energía! Mi maestro tenía razón en que había que cuidar al cuerpo, en la importante relación entre el bienestar físico y el bienestar mental.

Poco después de mi primer encuentro con Gandhi, me mandó llamar Maganlal, quien se encargaba de organizar y administrar el ashram y que tenía fama no sólo de eficiente sino de mago, pues resolvía las finanzas aprovechando muy bien el dinero que el maestro obtenía de sus ricos amigos industriales y comerciantes. Él me informó que por instrucciones del Mahatma, yo empezaría a trabajar en la oficina ayudándole a leer la prensa en otros idiomas y a contestar la correspondencia que llegaba desde todo el mundo. ¡Era el mismo encargo que Gandhi había desempeñado para el Congreso Nacional Indio al volver la primera vez de Sudáfrica!, así que me sentí sumamente halagada. Pero no sabía lo que me esperaba, porque recibíamos revistas y periódicos de todo el mundo que se leían con cuidado para preparar resúmenes y muchas cartas de políticos, filósofos, teólogos y literatos así como de gente común y era costumbre contestar a todas ellas, cualquiera que fuese su contenido o quienquiera que fuese su remitente.

Además, como parte de mi trabajo, debía empezar a aprender dos idiomas de la India, el hindi y el urdu, pues Gandhi hacía enormes esfuerzos por hablarles a los campesinos en sus lenguas, que eran muchas, y de todas conocía aunque fueran rudimentos.

Mis nuevos deberes me evitaron en adelante el trabajo en el campo, que me resultaba tan difícil de soportar bajo el sol, pero se sumaron a los trabajos domésticos y seguí como todos moliendo cereales, preparando alimentos, limpiando letrinas, cuidando enfermos.

Al principio la carga me pareció excesiva. Había días en que terminaba tan agotada que no podía ni respirar. Gandhi se reía y decía que así era mejor pues podría cuidar mi aire como los fakires. No se conmovió en absoluto de mis penas, al contrario, me hizo avergonzarme de su capacidad de trabajo y esfuerzo. "La vida que merece vivirse es la del trabajo", decía y agregaba "No te pido más de lo que puedes dar, pero sí todo lo que puedes dar. Nadie se ha elevado nunca sin haber pasado por el fuego del sufrimiento."

Yo miraba a ese hombre enjuto que apenas si comía, apenas si dormía y siempre estaba de buen humor, inventando modos de lucha, recibiendo a tanta gente, escribiendo artículos para los periódicos, trazándose programas de estudio y, por si fuera poco, jamás faltaba a sus oraciones y hasta encontraba tiempo para barrer su habitación y para hacer ejercicio, por lo cual no podía yo sino sentirme indigna frente a él. Elegí entonces un nombre: en adelante me llamaría Maya, puesto que en mí todo era ilusión, falsa opinión.

Maganlal mi jefe, era un verdadero ashramita y un verdadero satyagrahi, que se dedicaba sin límite de horario ni de esfuerzo a todo lo que se ofreciera y en cualquier tipo de quehaceres: por igual se ocupaba de las cuestiones secretariales que de la limpieza, lo mismo atendía a los campesinos de las aldeas vecinas que a nuestros ricos benefactores, un día sumaba y restaba rupias y otro viajaba las cuatro millas que nos separaban de la ciudad para comprar alimentos. Y siempre acompañaba a Gandhi en sus entrevistas con dignatarios o escritores sin jamás mostrar cansancio ni perder la serenidad. Trabajar con él fue un privilegio. Recuerdo cuando preparamos la carta con la que el maestro de devolvió todas sus condecoraciones al Virrey, dando inicio así a su famosa campaña de no-cooperación y cuando escribimos la carta que envió a Hitler durante la guerra conminándolo a no seguir con la destrucción.

Los momentos más significativos de mi vida en el ashram eran cuando Gandhi tenía tiempo para conversar conmigo. Yo esperaba y ansiaba esos ratos y me preparaba para ellos. Al principio, hablábamos de temas sencillos como mi dificultad de adaptación al trabajo. Él me respondía sonriente explicándome el sentido fundamental de la Gita: "La salvación sólo se realiza a través de la acción. La acción es obligatoria, pero hay que realizarla de la mejor manera posible. Hay que trabajar, ayudar al prójimo dando todo de nuestra parte. Pero lo importante es que no se debe esperar de ello ningún beneficio personal ni recompensas ni alabanzas. Eso no quiere decir que seas indiferente a los resultados de la acción, pues ellos la guían, sino que a ti en lo personal no te afecten para llevarla a cabo. Igual te da el dolor o el placer, ganar o perder, las penas o las alegrías. Para ser el amo de tu vida y estar más cerca de Él debes superar estos opuestos y saltar el pantano de la ilusión."

También hablábamos de mis dificultades para seguir el camino correcto. Gandhi me escuchaba paciente y luego respondía. "Se lo atribuyo a las modalidades occidentales que determinan tu carácter y que constituyen un impedimento muy serio para llevar a la práctica las enseñanzas". Según él, las impresiones que se reciben en la niñez son las que echan raíces profundas en la naturaleza humana y por lo tanto son muy difíciles de erradicar o de cambiar. "Por ello la educación de los niños es tan importante", decía. Pero de todos modos me instaba a perseverar porque creía también en la capacidad de la voluntad: "Uno se convierte en lo que piensa, y lo más importante es tener la fuerza para cumplir con las propias resoluciones." Un día le pregunté, ¿Porqué haces tantos votos y promesas?, ¿para poner a prueba tu voluntad de que los puedes cumplir?" "No, me respondió, si bien es cierto que la autorrestricción es conveniente para el alma, para mí las resoluciones disciplinarias, más que pruebas, son escudos." Otro día le pregunté, ¿Crees que lo que me falta son conocimientos? "No, me respondió, lo importante no es acumular conocimientos sino formar el carácter."

Eran tantas mis dudas que a veces me parecía a Gargi, el discípulo que de tanto querer saber llegó a desesperar a su maestro. Pero el mío jamás perdió la paciencia y siempre me respondió con inteligencia y ternura. "No importa que preguntes, el conocimiento sólo se adquiere haciendo preguntas, pero recuerda que de nada sirve preguntar si no se tiene fe. El que tiene fe lleva la chispa divina dentro de él."

A todo el que se le acercaba, Gandhi lo escuchaba y le daba consejos. Aún recuerdo a un matrimonio de Intocables que se quería separar. Dedicó una semana completa a hablar con cada uno para instarlos a permanecer unidos. Y lo logró. Por eso cuando el poeta Tagore le puso el nombre de "Alma Grande", y aunque a él no le gustaba que lo llamaran así, yo también empecé a usar desde el fondo de mi ser el apelativo de "Mahatma", que tan bien le iba y tan adecuado era.

Poco a poco los temas de nuestras conversaciones se fueron volviendo más profundos. Gandhi me hablaba de que la lucha es entre el bien y el mal, entre la verdad y la mentira. La acción desinteresada en favor de los demás, la búsqueda del bien y de la verdad, debían ser la guía de mi vida. Para lograr ese camino había que tener mucha fuerza y voluntad, un corazón sin complacencias ni blanduras, dispuesto al sacrificio y al esfuerzo, dispuesto a la disciplina y al autocontrol sin los cuales nada se podía lograr. "Y también hace falta la gracia de Dios", me decía con su sonrisa pícara, como si no fuera suficiente con todo lo que de por sí me faltaba.

Y es que en sus labios todo esto sonaba fácil, pero para una mente como la mía eran precisamente las cosas más difíciles. Para Gandhi la verdad no consistía sólo en no mentir, sino que se convertía en algo mucho más amplio, en la búsqueda del absoluto. La no-violencia, ahimsa, no sólo consistía en no matar sino que incluía él ni siquiera irritarse o perder la calma, la castidad no sólo era física sino también de pensamiento y no se refería nada más a la sexualidad sino al control de todas las pasiones, el no robar no sólo significaba no tomar lo que es de otros sino tampoco tomar lo que no se necesitara realmente, la no-posesión no se refería nada más a no aferrarse a los bienes materiales sino de plano a eliminar todo lo superfluo y llevar la vida a su máxima sencillez. Eso era todo. De modo que lo que nos pedía no era sólo el ascetismo sino una renuncia muy profunda, sanyasa le llamaba, una renuncia al yo.

Me pregunté entonces qué clase de ser humano o ser divino era aquel que se atrevía a emprender no sólo una lucha por convertirse a sí mismo en perfecto "y poder ver de frente a Dios", como él decía, sino incluso por cambiarnos a los demás y así "amasar una nueva humanidad". ¿No era acaso el menos humilde y el más ambicioso de todos? Una persona que hace de su forma de vida una renuncia constante con los más duros votos, ¿acaso no termina por sentir más placer y por halagar más su vanidad que las gentes comunes y corrientes, nada complicadas, que tenemos formas de ser y vicios simplemente humanos?, ¿no era su ascetismo una de las formas más elevadas de la lujuria y su modo de vivir la fe, con esa inquebrantable seguridad en sí mismo y en lo correcto de sus acciones, la forma más alta y menos humilde de ejercer el poder?

Y sin embargo, ¿quién era yo para tener esta clase de pensamientos? Yo, que no tenía ni siquiera la fuerza y la voluntad para intentar lo que él con tanto esfuerzo venía haciendo desde hacía tantos años.

Y es que Gandhi era necio y terco, muy obstinado y poco tolerante con ideas divergentes de las suyas. No obedecía más que a "su voz interior". Nunca cambiaba de opinión a menos que él mismo lo considerara correcto. Entonces sí, no le importaba reconocer en público sus errores, aunque a veces este reconocimiento favoreciera a sus enemigos políticos. Pero si no, se mantenía inamovible pues estaba absolutamente seguro de que su modo de hacer las cosas era el correcto.

Yo no sé el resultado que ese modo de ser suyo tuvo en la política. Veía yo que provocaba desesperación en su familia y en algunos colegas como Nehru, quien con su gran dignidad y su gorro blanco, mostraba un respeto y una deferencia sin límites hacia el Mahatma —le llamaba Bapu—. Y como el poeta Tagore, que se mesaba la barba y lo acusaba de medieval. Pero sí sé que en su propia vida, dos veces estuvo a punto de morir por terribles enfermedades en las que no aflojó su intransigencia respecto a la medicina occidental. Y nuestra querida Kasturbai, su esposa, murió de pulmonía porque Gandhi no permitió que le inyectaran penicilina. Y de sus cuatro hijos, tres lo abandonaron porque no soportaban su carácter. Es más, Harilal, el mayor, quien según la tradición debía ser su heredero espiritual y el jefe de la familia, llegó en su furia contra el padre hasta convertirse al Islam, casarse con una musulmana y luego abandonarla a ella y a los hijos para entregarse al alcoholismo. Pero Gandhi no se inmutó. Cuando alguna vez hablamos de esto, me dijo: "Estoy preparado para sacrificar las cosas que me son más queridas a fin de proseguir mi búsqueda de Dios."

Dos veces nada más, en mis muchos años a su lado, lo vi dejarse convencer. La primera fue cuando su hijo Devadas quiso casarse con Lakshimi, la hija de su gran amigo Rajaji. El Mahatma se oponía a este matrimonio porque no le parecía que dos personas debían casarse por amor. Entonces les puso una prueba terrible: que debían esperar cinco años. Pero los muchachos la pasaron y todos fuimos alegres testigos de esa boda. La segunda vez, fue cuando la buena de Manú enfermó gravemente y Gandhi permitió que le hicieran una intervención quirúrgica para salvarle la vida.

Y sin embargo, la grandeza de Gandhi radicaba precisamente en esa forma de ser, en esa lucha por trascender lo más bajo que tenemos los humanos y por alcanzar una vida más plena y más pura, tanto en lo personal como en su trabajo social y político. Sólo él, con su obstinación, pudo convertir en una misma lucha la de su mejoramiento personal y la del mejoramiento social.

En una ocasión escuché a alguno de los dignatarios que pasaban por el ashram, decir que la terquedad del Mahatma era una ceguera de esas que eliminan los obstáculos y conducen a empresas valientes. Y, en efecto, la terquedad era su mejor arma y la supo usar muy bien. La usó contra los ingleses y también contra los propios hindús que se le oponían, la usó contra nosotros sus seguidores cuando no entendíamos sus puntos de vista y la usó también contra sí mismo. ¡Qué mejor ejemplo que su lucha en favor de los Intocables, a la que se oponían hasta sus más cercanos colaboradores!

Esa lucha fue para mí conmovedora, porque mis ojos la presenciaron desde el principio. Recién instalados en Sabarmati, Gandhi insistió en la incorporación a la comunidad de la primera familia de intocables, a los que se debía recibir con las mismas obligaciones y derechos que los demás miembros. Conservo aún muy vivo el recuerdo de aquella pareja que llegó con una niña pequeña y con los ojos llenos de miedo. El malestar y la oposición de los ashramitas fue grande y aunque todos pretendían obedecer las instrucciones del gurú, lo hacían a disgusto y con dificultad acostumbrados como estaban, durante siglos, a despreciar a esos parias. Alguna vez hasta escuché una discusión entre el Mahatma y su esposa, que no aceptaba compartir los alimentos con ellos o permitir que las manos de la mujer los tocaran. El dueño del pozo no autorizaba que tomaran agua y hasta nuestros benefactores cortaron de tajo su ayuda económica pues no aceptaban el cambio de las viejísimas y muy arraigadas costumbres. Pero Gandhi no se inmutó. "Si unos cortan su ayuda, ya llegará el dinero de algún lado, decía, Dios no nos va a abandonar porque estamos en lo justo." "Mayabehn, me dijo un día, sabio es aquel que ve idéntico al ser en sí, en el brahamín, en el rico, en la vaca, en el elefante, en el perro y en el que se lo come, que es el Intocable." En momentos como esos es cuando yo más lo admiraba y lo veía crecer a alturas insospechadas.

Poco a poco, como las gotas de agua que terminan por horadar la piedra más dura, logró su propósito. Sin ninguna violencia ni imposición, convenció a todos de aceptar a esa familia de "hermanos desclasados", como les llamaba, a esos "Harijans que eran también hijos de Dios." Entonces vimos a la madre de Nehru, una mujer sumamente piadosa, comer comida servida por una Intocable. Y unos días después se presentó ante nosotros un rico industrial de Ahmedabad, al que nadie conocía, y sin más, nos regaló dos lakhs de rupias en el momento en que ya no teníamos ni una para comer al día siguiente. Entendimos así que Gandhi estaba con la verdad y que por ello nos sucedían los milagros. "Si un corazón sincero abriga deseos puros siempre los verá satisfechos", me dijo sin ningún orgullo ni presunción.

¡Cuántas tormentas como esa sorteamos, cuánta incomprensión, tensiones y presiones, amenazas, falta de dinero! Pero jamás perdió la calma, su respuesta fue siempre devolver el bien y aunque odiaba al pecado nunca odió al pecador. Y entonces uno podía ver cuán real y profundamente arraigadas estaban en él sus ideas: la no-violencia, la humildad, la tolerancia y sobre todo la tan profunda y verdadera fe. ¡Y cómo lo admirábamos!

Aún recuerdo con emoción cuando decidió que nosotros —y toda la India— debíamos confeccionar no sólo nuestras ropas sino hasta el hilo para la tela. A los ojos de la gente esta parecía una locura pero es que para él los pobres eran el alma del país. Visitaba las aldeas, se alojaba en sus casas y viajaba en la tercera clase en los trenes para estar cerca de ellos, pues le parecía que en esa mayoría silenciosa y en la recuperación de sus modos de vida tradicionales, se hallaba el camino de la salvación. Por eso se oponía con vehemencia al llamado "progreso" de Occidente, que introducía máquinas y costumbres que desde su perspectiva nos hacían daño. "Los campesinos pasan muchos meses del año desocupados pues las faenas agrícolas no los requieren. Hilar y tejer les permitiría no sólo tener un quehacer, sino incluso ayudarse con los ingresos provenientes de esta actividad o, al menos, con el ahorro que significará no comprar el algodón inglés."

Por eso comenzó la campaña del Swadeshi. En una gran hoguera, Gandhi quemó los productos extranjeros y pidió a los hindús que no los consumieran. Debían revitalizar la economía nacional y la suya propia y el primer paso consistía en elaborar sus hilos y telas. La medida era extraña y el golpe muy duro, pero el pueblo lo siguió.

En el ashram empezó un ir y venir para buscar quién nos enseñara el oficio. Y fueron dos mujeres las que lo hicieron. Las dos se llamaban Ganga pero no tenían nada que ver entre sí. La primera consiguió un viejo torno y las mechas. La segunda nos enseñó a cardar, a hilar y a tejer. Las dos lo hicieron con una entrega que terminó por conmover hasta a los más escépticos. Y pronto en todas las aldeas se levantaron las hogueras y en todos lo hogares reaparecieron las ruecas. Ellas se volvieron el símbolo de la nación que renacía y hasta el escudo de su bandera. El país entero vestía con trajes hechos por sus propias manos, burdos, pero motivo de gran satisfacción.

Por supuesto, muchos se burlaron de él, decían que Gandhi miraba hacia atrás de la historia y no hacia adelante. Pero el Mahatma se mantuvo firme y les recitó un verso salido de la pluma de uno de sus acusadores: "Si no responden a tu llamada, camina, camina solo."

En dos ocasiones mi gurú me reprendió. En las dos se debió a que yo no había entendido el verdadero sentido de sus enseñanzas. La primera fue cuando me sentí llena de vanidad por el hecho de pertenecer al grupo de sus gentes más cercanas. Empecé a creer que mi trabajo de escritorio era más importante que el que hacían otros, a pesar de que el Mahatma repetía que todos lo trabajos eran igualmente dignos: "No hay trabajos mejores o peores, lo que importa no es la naturaleza del trabajo sino el espíritu con que se realiza", me había dicho. Entonces me mandó llamar y me hizo ver que me había colocado en la oficina no por ser mejor sino precisamente por mi incapacidad para soportar el calor del campo y por mi ignorancia para salir a enseñar a las aldeas como hacían los demás. Cuando me vio bajar la cabeza avergonzada me dijo: "¿Quién que se haya vanagloriado de su fuerza espiritual no la ha visto humillada en el polvo?"

La segunda fue cuando le pedí que me dejara acompañarlo a sus campañas. Desde mi ingreso al ashram lo había visto partir una y otra vez, que a la marcha de la sal acompañado de ochenta ashramitas, que a la campaña del añil con una gran comitiva, que a la del khadi y a la de Charca. Lo vi inumerables veces salir a resolver conflictos de los campesinos o de los obreros con sus patrones. Lo vi irse para visitar al Virrey en la capital y para viajar hasta Inglaterra. Lo vi despedirse de nosotros inu-

merables ocasiones para recorrer las aldeas y estar
cerca de los pobres y también para llegar a las ciudades a tratar de detener la locura de la violencia que
periódicamente se desataba. Y por supuesto, lo vi
muchas veces salir para ir a la cárcel. Y yo siempre
me quedaba atrás, pues nunca era convocada a
unirme a él cuando lo que más quería era estar cerca
y acompañarlo. Entonces se lo reclamé. Y recibí la
respuesta que merecía: "Sólo me acompañan aquellos que tienen un papel para desempeñar."

Y en efecto, iban los secretarios, los periodistas
y políticos, los que ocupaban un lugar simbólico,
como aquel joven de ojos conmovedores a quien
Gandhi había salvado del patíbulo; o los que repre-
sentaban a los directamente interesados como aquel
campesino flaco que lo persiguió durante semanas
hasta convencerlo de ir a su provincia. "Quizá no me
llevas porque soy mujer", me atreví a decir. "El sexo
femenino no es el débil, es el más noble de los dos
por su poder de sacrificio y de silencioso padecimien-
to, me respondió, y si bien es cierto que jamás he
mandando a ninguna mujer a recorrer durante un
año las aldeas como hago con los jóvenes hombres
que se unen a nosotros, a quienes pido que conozcan
el país a fondo antes de incorporarse a la lucha, siempre he estado rodeado de mujeres que tienen importantes puestos de responsabilidad. La intuición de la
mujer sobrepasa a la arrogante pretensión del hombre." "Entonces quizá no me llevas por ser extranjera", insistí. "No, me dijo, tú no vas por varias
razones: porque yo sé que no tolerarías hacer las caminatas de treinta kilómetros diarios bajo el sol y sobre todo porque tienes labores que desempeñar

dentro del ashram que deben cumplirse. ¿Qué sería de la comunidad y de nuestras obligaciones con las aldeas si todos se fueran?"

Tuve que aceptar que tenía razón, que yo no era convocada a salir por mi propia incapacidad y porque de acuerdo a las labores que yo cumplía, mi lugar correcto estaba aquí, en nuestra casa. Pues como decía Gandhi, cada quien debía desempeñar aquel trabajo para el que era capaz.

¡Y qué bien que no me llevó! Cuántas veces los ingleses respondieron rompiendo cráneos y hombros con los lathis, cuántas veces dispararon sus armas asesinando a la gente. Y cuántas veces los hindús y los musulmanes pelearon brutalmente. ¿Qué vanidad herida podía quedarle a una personita como yo después de aquello? Yo, una pashu, un ser de grado inferior dominada por instintos groseros ¿no era precisamente lo mejor que nunca me hubieran incluido en las comitivas? ¿No era una suerte no tener que salir de mi refugio y no tener que ver la miseria y la violencia que había en la India? ¿Acaso había yo olvidado lo terrible que fue mi llegada a este país, lo difícil que fue mi adaptación al clima, a la comida, a la forma de ser de la gente, a los idiomas? ¡Bendito Gandhi que me salvaba de todo ello y me dejaba protegida cumpliendo con mi seva y con mi trabajo de escritorio!

Desde entonces, nunca más envidié a las mujeres que le acompañaban, ni a Kasturbai, que le llevaba el jugo de naranja para terminar los ayunos, ni a Manú sobre cuyos hombros se apoyó en la vejez para caminar, ni a la doctora Sushila Nayar, que era responsable de vigilar su salud y le daba a beber agua de limón con jengibre ni a Abha que acercaba el oído a su debilitada voz para recibir instrucciones y transmitírselas a los demás, ni a Mirabehn, la inglesa, que le entregaba antes de partir sus sandalias, su fruta, su rueca, su botella de leche y algunos libros. Desde entonces sólo quise ser yo misma y hacer lo que me correspondía. "Es mejor que uno haga las tareas que puede hacer aunque fracase y no que emprenda otras que no son para él aunque parezcan más altas y mejores", me dijo mi maestro.

En una de las ocasiones en que volvió de la cárcel, se le ocurrió que otra vez nos mudáramos de lugar. Quería dejar el ashram a un grupo de Intocables y que nosotros saliéramos de allí. Y así fue. Buscamos un sitio lejos de la ciudad, en el corazón mismo de las aldeas campesinas y lo encontramos cerca de Wardha, en un campo lleno de alacranes en donde fundamos la comunidad de Sevagram.

Y así empezamos otra vez desde el principio: buscar el pozo de agua, construir las habitaciones y las letrinas, organizar la cocina y el trabajo, el hilado y tejido, la educación de nuestros niños y la salida a las aldeas vecinas a levantar las industrias rurales, a enseñar y a educar.

Fue esa una época muy intensa. Gandhi hizo tantos ayunos y fue a dar tantas veces a la cárcel que perdimos la cuenta. Empezó su costumbre de enviarnos cartas desde su encierro y de llevarse una cabra para ordeñar diariamente leche fresca. ¡Hubo momentos en que tanta gente nuestra estaba tras los barrotes que el ashram lo sosteníamos apenas unos cuantos! ¡Y hubo momentos en que éramos tantos los que acompañábamos al Mahatmaji en sus ayunos que parecía como si ya nadie comiera en la India!

Había tanto quehacer que reorganizamos todo. Yo empecé a trabajar con Pyarelal y como ya no nos dábamos abasto con la correspondencia, entraron a ayudarnos Kishorlal y Devadas y después Vinoba y Kalekar, que sabían sánscrito. Los recuerdos se me confunden: ¿fue entonces cuando Gandhi empezó a usar dentadura postiza? ¿Fue entonces cuando enfermó de algo que nunca supimos bien a bien si era malaria o paludismo y se fue a reponer a la playa cerca de Bombay a casa de uno de nuestros benefactores? ¿Fue entonces cuando lo visitó, durante una de sus enfermedades, aquel músico discípulo de Sri Aurobindo que se llamaba Dilip y con quien mi gurú se sintió tan feliz que habló de la necesidad de estar más cerca de ese hermoso arte? ¿Fue entonces cuando el Pandit Nehru, con su rosa sobre el ojal, vino trayendo a su pequeña hija Indira para que conociera a quien él llamaba "el alma de la India"? ¿Fue entonces cuando Gandhi decidió que su sucesor sería precisamente Nehru y no alguno de los hermanos Patel que también habían estado tan cerca de él? ¿Fue entonces cuando vino aquella atractiva mujer norteamericana que le tomó una fotografía sentado en el piso con su rueca? ¿Fue entonces cuando Amil Segupta hizo aquel dibujo donde se ve al Mahatma hilando y aparecen los cuatro componentes de su pensamiento: la sabiduría de Los Vedas, la piedad de Buda, el sacrificio de Cristo y la fraternidad del Islam?

Lo que sí recuerdo con claridad, es que en una de las ocasiones en que estuvo en la cárcel decidió preparar una nueva traducción de la *Bhagavad Gita* al idioma de su región, el Gujaratí. "¿Para qué otra traducción?", le pregunté yo cuando regresó a casa cargando las hojas con el producto de su gran esfuerzo, a lo que él respondió: "Porque me interesa que la Gita sea accesible para quienes no tienen la posibilidad de entenderla, como es el caso de las mujeres y de todos aquellos que tienen poca preparación. Por eso le he puesto una serie de notas y le he preparado un prólogo donde explico cómo entiendo yo las enseñanzas de este gran libro."

Tuve la fortuna de que en esa ocasión Gandhi iniciara un periodo de renovación espiritual del que estuve muy cerca. Todos los días al atardecer, nos reuníamos afuera de su pequeñísima habitación, en la que únicamente había una estera para dormir, un librero y un crucifijo sobre la pared. Allí, mientras él analizaba y comparaba los párrafos con sus amigos eruditos, yo escuchaba y tomaba notas.

Y fue en ese tiempo que decidí cambiarme el nombre, con lo que Gandhi estuvo de acuerdo: "Estás en el camino de levantar el velo de la ilusión y puedes por tanto abandonar el nombre de Maya y tomar otro que signifique que has encontrado la satisfacción espiritual", dijo, "Te llamarás Ananda."

Me hubiera gustado vivir así cien años más, recibiendo las enseñanzas de mi maestro. Pero no fue posible, pues poco después empezaron los momentos tristes. Muchos de sus seguidores lo abandonaron y entre las masas aparecieron quienes lo apedreaban y le gritaban mueras. Al principio él siguió como si nada, yendo a donde tenía que ir y diciendo lo que tenía que decir. Pero cuando por fin se logró la Independencia, sufrió por la terrible violencia que significó la creación de los dos países, la India y Pakistán. Aún recuerdo las cartas que intercambió con Jinah, el líder musulmán, a quien le rogaba que no permitiera ese acto criminal, pero de nada sirvió. "Treinta años de trabajo han terminado vergonzosamente", me dijo. Desde entonces lo vi cada vez más decaído. Él, que algún día había dicho que deseaba vivir ciento veinticinco años para terminar su labor, ahora hubiera preferido morir y pasaba el día orando sin comprender lo que sucedía. Había caído el raj, los británicos se iban, pero lo que dejaban no era el país con el que había soñado el Mahatma.

Fue entonces cuando lo vi por última vez, pues salió del ashram para nunca volver. "Nunca había tenido ante mí un camino tan incierto y tan oscuro", me dijo antes de partir, "ruego por la luz". Todavía hoy recuerdo ese gesto suyo tan famoso de bendecirnos moviendo la mano en forma de "olvidar el miedo", abhaya mudra y su saludo, el namaste, para el que juntaba las dos manos y agachaba la cabeza, pleno de humildad.

Gandhi se fue a las aldeas en las que indos y musulmanes se mataban y trató de lograr la concordia. Se fue a las ciudades a ayunar para que la cordura volviera. Y ya nunca se detuvo, ni cuando tres veces lo intentaron asesinar. Su comitiva se redujo a las pocas mujeres que le atendían y pasaba el tiempo viviendo entre los pobres, pidiendo limosna para darles a los todavía más desprotegidos. Su insistencia por seguir adelante llevaba hasta las últimas consecuencias aquellas palabras que acostumbraba decirnos: "Mantente firme aunque te falte la esperanza."

Pero mi Ghandiji, mi Bapu, mi Mahatmaji, había perdido todos los apoyos. Él, que predicaba con el ejemplo, que había sido capaz de convertir la ira en amor y la pasión en castidad, hombre austero, humilde, santo, el que había escogido el camino más difícil, estaba ahora solo en el mundo y su lección ya no le interesaba a nadie.

Un día lo supimos. Había muerto. Lo habían asesinado. Su cuerpo que hacía años no había pisado el ashram; su cuerpo que diecisiete veces ayunó en público y tantas más en privado; su cuerpo que envuelto en el algodón basto y blanquísimo que hacíamos con nuestras manos se manchó de sangre; su cuerpo que nos había servido de modelo, que había logrado elevarse por encima de los mortales comunes por su generosidad y compasión, por su tolerancia, serenidad y bondad; su cuerpo sin codicia ni envidia ni odio ni orgullo ni hipocresía, yacía ahora allí, tan lejos de nosotros, untado de sándalo y azafrán, lavado y vestido como a él le gustaba, con la cabeza cubierta de laureles y los pies de rosas, con el collar de cuentas de algodón, porque seguramente así lo hicieron quienes pudieron estar cerca de él en esa hora tristísima, los que lo vieron morir, los que lo escucharon invocar a Rama con su último aliento.

"La luz se ha extinguido sobre nuestras vidas y todo ya es tiniebla", se oyeron las palabras del Pandit Nehru por la radio.

¿Quién guiaría ahora nuestros pasos por el mundo? ¿Quién nos enseñaría a distinguir el camino recto del falso, el bien del mal? ¿Quién salvaría a este pobre país sumido en el horror? Me sentí como la poeta Mirabei cuando escribió: "¿Qué haré yo sin aquel mi Señor?"

Entonces salí del ashram. Fui con todos mis hermanos a donde teníamos que ir: a verlo partir de este mundo. Sentía yo un profundo dolor y una enorme tristeza. De poco me servían las palabras que él me había enseñado: "Porque segura es la muerte para el que ha nacido y seguro es el nacimiento para el que ha muerto, por lo tanto no debes lamentar lo que es inevitable."

Cuando llegamos a Delhi nos encontramos con que miles y miles habían hecho lo mismo. Fue imposible acercarse al río, pero a la distancia se elevaba la enorme pira funeraria, con su olorosa madera y pude imaginar cómo lo colocaban sobre ella, untado de ghi y aceite de coco, la cabeza hacia el norte. Las lágrimas fluían mientras imaginaba su rostro seguramente sereno, ahora que por fin podría unirse al Mahat. "Has dejado tu cuerpo, vete hacia Él. Oh Arjuna. Oh Krishna, Oh Govinda."

De repente se escuchó el clamor de la multitud y supe que mi gurú ardía. Me hizo recordar las enormes hogueras en las que quemó todos los productos extranjeros cuando decidió la no-cooperación.

Era invierno. El sol tenía ese brillo particular del tiempo frío y el viento atizaba las llamas de la pira elevándolas a enormes alturas. Entonces no éramos nosotros, sus seguidores, los únicos vestidos de blanco, pues muchos llevaban ese color de luto. Se escuchaban los lamentos de la gente, los mantras y cantos religiosos, el crepitar de los leños.

Todo había terminado. Sadaguru, Hare gurú, He Mahatma, Ki Jai Bapu, adios mi Mahatmaji, adiós.

Yo, que no conocía ni las fórmulas ni los gestos ni los rituales para expresar mis lamentos, pero que sentía como la poeta: "que Dios me había atado a él con la hebra de algodón del amor", lo único que pensé fue pedirle al Señor de los cielos que lo liberara del renacimiento, que terminara para su alma el samsara. "Mahatma amar ho gayé": te has hecho inmortal, te has ganado el descanso, ha terminado para ti el doloroso ciclo para liberar tu alma.

Estaba sola en medio de la multitud. Había perdido a mis compañeros. Vi a muchos hombres, mujeres y niños, ancianos y jóvenes, políticos y charlatanes, ricos y pobres, nacionales y extranjeros, que manifestaban su dolor. Escuché el murmullo cuando partieron el Virrey y su Lady, Nehru y los dignatarios. Escuché cuando algunas mujeres querían lanzarse a la pira como viudas en sati. Escuché rezos y cantos, el llanto quedo de los humanos y los sonidos agudos que al mediodía tiene la cítara. Vagué entre mendigos y sadhus, swamis y rajás, coolies y leprosos, vacas maltratadas y perros sarnosos. La violencia estaba en el aire. ¡Qué bien que te fuiste querido maestro! Este mundo ya no es para ti.

Me quedé toda la noche viendo arder la pira. Esperé a que amaneciera para que guardaran las cenizas en la urna y después me fui. No quería estar allí durante los doce días que debían transcurrir hasta que las depositaran donde se unen el sagrado Jumna y el sagrado Ganges, ese río al que todos adoran y del que yo sólo veía las orillas viscosas y malolientes.

Recordé entonces las enseñanzas de Gandhi: "El yo es un encadenamiento de transformaciones y una cosa prepara para otra en la vida." Y me di cuenta que tenía razón. Para mí, las circunstancias habían cambiado y ahora yo debía también cambiar, debía seguir mi camino.

Epílogo
El horizonte infinito de Dios

He venido a darle las gracias y a decirle adiós.

Lo que sucedió usted lo sabe: aprendí a leer y mi soledad encontró compañía, el silencio se pobló de voces, el vacío se llenó de fantasías.

En los libros encontré lo que necesitaba, ahora es mío el mundo y hasta una porción de la eternidad. Como dice el poeta: "¡Poseo dragones y dioses y lunas!"

He podido vivirlo todo, no perderme nada de la vida. He podido andar y desandar el tiempo al derecho y al revés, subir y bajar por los paisajes y las islas, conocer a los humanos con sus secretos, sus fracasos, sus miedos, sus palabras y su fe.

Mía ha sido la vida del corazón y también la vida regida por la razón, pero no me ha faltado el azar con sus sorpresas.

Me he imaginado a mí misma en grandes romances y en arrebatos místicos, en la entrega revolucionaria y en el fuego de la poesía. Me imaginé el placer y no sólo viví todas las pasiones sino también la diversidad de sus matices.

Un día fui científica y otro filósofa y en los dos casos me hice preguntas y supe por dónde buscar las respuestas. Me dejé arrebatar por la música que perturbó mi alma y me di entera a la maternidad que la llenó por completo. Probé ser muy rica, tanto, que no sería de creer, y también muy pobre, con menos de lo que para cualquiera sería lo más indispensable. Pude trabajar la tierra nutricia y sacar de ella los sagrados alimentos y supe también lo que es vivir en la naturaleza virgen, dejándose acariciar por el viento y quemar por el sol. He vivido en el encierro total, separada del mundo y también supe lo que es recorrerlo al antojo y sin echar raíces.

He conocido la fidelidad y la indiferencia, la ternura y la exaltación, las mayores alegrías y la desilusión. He sido generosa, iracunda, decidida. Y también he sido miedosa, sumisa y obediente de mi destino.

He vivido en donde he querido: en Arabia, en Granada la hermosa y en Fez la santa, en la India y en Rusia, en Cuba, en Israel, en Nueva York, a la orilla del mar en unas islas y en pleno desierto, en las calles de las ciudades y entre las espigas de los campos. He vivido cuando he querido: en los siglos anteriores y en todos los años de este que corre. He vivido con quien he querido: junto a los hombres y mujeres comunes y con los héroes. Grandes maestros me han guiado por el camino de la lucha, por el camino del placer, por el camino del arte y por el camino de la fe.

Conocí los más increíbles prodigios y las maravillas más extraordinarias, ciudades fabulosas, tesoros inimaginables.

He probado manjares adobados en las más extrañas especies, frutas y dulces de inexplicable sabor. He sentido sobre mi piel aceites, perfumes y telas que ni sabía que existían, aprendí metáforas sobre cosas que aún no he visto y que no sé si algún día veré, le he rezado a divinidades cuyos nombres no conozco y he hablado en idiomas que no puedo ni pronunciar.

He recorrido el país donde florece el naranjo y el país de las montañas azules, he estado donde la nieve cae sobre la sierra y allí donde el cielo es más claro. He dormido al pie de un abedul blanco y junto a una pira funeraria. He caminado por pueblos muy viejos y he esperado en los cafés apenas iluminados. Construí casas, puentes, moví piedras.

Y también he pasado por el fuego del sufrimiento y del dolor. He conocido droga y violencia, las humillaciones que son capaces de infligir los humanos, las penas más profundas y la muerte inevitable.

Y durante todo este tiempo, un día me olvidé de Su existencia y otro fui una devota creyente, un día dudé y desesperé de la misericordia divina y otro hallé por fin el camino del Señor.

Sí, eso he hecho yo. Me atreví a ponerme los disfraces, a parecer otra, me atreví a buscar la felicidad como si tuviera derecho a ella. ¿Por qué no?

Hubo tiempos en que me pregunté sobre el sentido de la vida y otros en que simplemente la viví. Hubo tiempos en que quise ser de una pieza y otros en que acepté a los incontables seres que me habitan y a las numerosas formas que se agitan dentro de mí.

Hubo tiempos en que pensé, tiempos en que recorrí los senderos abruptos, sembrados por los guijarros de la renuncia, tiempos de desconcierto y tiempos en que entendí que estamos aquí para cumplir una misión.

He tenido días de tempestad, días de calma y otros en los que todo cambió vertiginosamente. He recorrido los caminos y he buscado en las profundidades. He mirado hacia las alturas y he remontado los ríos hasta su fuente.

Muchas han sido mis noches de insomnio, mis noches desnuda, mis tardes con las manos vacías. Pero me salvé del naufragio, sentí arder el fuego, cambié mi destino de hastío por el de la locura, mi vida tibia por la del exceso, la del extravío, el misterio, la magia, la ilusión, el infinito, el absoluto. ¿Recuerda usted la epístola de San Pablo a Los Corintios?: "Ojalá me tolerasen un poco de locura. Sí, toleradme."

Si un hada me ofreciera cumplir mis deseos, le diría que no quiero más que lo que tengo, que estoy en donde debo estar, en mi lugar exacto en el universo. Para mí los días son hermosos y así quiero seguir: soy ama de casa, cuido y atiendo mi hogar y a mis seres queridos, tengo un trabajo que me agrada y dispongo de tiempo, ¡oh dulce libertad!, para leer y a través de ese manantial inagotable, vivir las más maravillosas aventuras entre estas cuatro paredes.

Dicen que nadie posee tanto algo como aquel que lo sueña. Dicen que sólo los sueños y los deseos son lo verdadero que tenemos. Ahora el mundo es como yo quiero que sea: un universo de éxtasis, cincuenta universos de éxtasis para mí. ¡Y aún quedan tantos caminos por recorrer!

¿A dónde le parece que podría ir ahora? Después de tanto ascetismo, se me antoja una buena diversión. He pensado en Brasil, con sus negros de nalgas duras, sus playas calurosas y su música alegre. Me gustaría estar allí en pleno carnaval, cuando todo mundo anda en la calle. Yo iría con mi tanga minúscula, bailando sobre uno de esos carros alegóricos que entran al sambódromo...

La señora de los sueños terminó de imprimirse en
noviembre de 2001, en Litográfica Ingramex, S.A.
de C.V. Centeno 162, Col. Granjas Esmeralda, C.P.
09810, México, D.F. Composición tipográfica:
Patricia Pérez Ramírez. Cuidado de la edición:
Ramón Córdoba. Corrección: Clara González,
Marucha Piña y Bulmaro Sánchez.